KB113431

귀족의 딸

귀족의딸 1

초판 1쇄 펴낸 날 | 2016년 8월 4일

지은이 | 목영木榮
펴낸이 | 서경석

편집책임 | 조윤희   편집 | 이은주, 최고은
마케팅 | 서기원   경영지원 | 서지혜, 이문영

임프린트 | ⓂUSE
주소 | 경기도 부천시 원미구 부일로 483번길 40 서경B/D 3F (우) 14640
전화 | 032-656-4452 팩스 | 032-656-4453
이메일 | roramce@naver.com 블로그 | bolg.naver.com/roramce
홈페이지 | http://www.chungeoram.com

발 행 처 | 도서출판 청어람
출판등록 | 1999년 5월 31일 제387-1999-000006호
어람번호 | 제11-0036호

ⓒ 목영木榮, 2016

ISBN 979-11-04-90897-2   04810
ISBN 979-11-04-90896-5   (SET)

뮤즈는 도서출판 청어람 단행본사업본부의 임프린트입니다.

도서출판 청어람은 언제나 여러분의 소중한 작품 투고와 도서 출간 기획 등 다양한 제안을 기다리고 있습니다. chungeorambook@daum.net

I

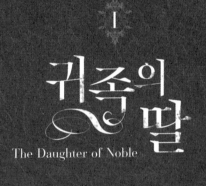

귀족의 딸

The Daughter of Noble

목영木榮

장편소설

C MUSE

I

프롤로그

"타앗!"

강렬한 외침과 함께 라이라의 칼끝이 미끄러져 넘어진 테리의 목을 정확히 겨눴다.

"자, 이제 항복하시지?"

눈부신 태양 빛에 날카로운 칼날이 번뜩였다. 끄덕, 테리의 고갯짓에 라이라가 가쁜 숨을 몰아쉬며 칼을 거둬들였다. 그녀의 황금빛 머리칼이 눈이 부신 듯 테리는 좀처럼 일어나지 않았다. 그녀가 오른손을 그에게 내밀었다.

"자, 일어나."

라이라가 힘주어 테리를 일으켜 세웠다.

"이젠 제가 못 당하겠습니다."

씨익, 치아를 드러낸 테리가 라이라를 내려다보며 기특하다는 듯 그녀의 머리를 쓰다듬었다. 그녀에게서 짙은 장미향이 물씬 뿜어져 나왔다. 이마를 타고 흐르는 땀방울에서도 꽃향기가 나는 듯했다.

이제 열일곱 살이 되는 라이라가 눈부신 금빛 머리칼과 녹아 흐를 듯 밝은 파란색의 눈을 빛내며 환하게 웃었다.

"이젠 내가 훨씬 낫지? 나한테 스승이라고 불러, 테리."

몇 년 전만 해도 칼 부리는 법을 알려달라며 조르던 꼬마가 잘난 척하자 테리는 웃음부터 나왔다. 칼자루도 제대로 쥐지 못했던 라이라가 훌쩍 자라 이렇게 저와 대련도 할 수 있을 실력을 갖춘 모습에 뿌듯함도 느껴졌다.

웸블던 가(家)의 유모인 어머니와 기사인 아버지 사이에서 태어난 테리는 어렸을 적부터 아버지에게서 훈련받아 이 근방에서는 꽤나 훌륭한 검술가였다. 그의 실력이면 충분히 기사가 될 수도 있지만 아직 명예에 대한 욕심이 없어 테리는 라이라를 가르치고 마을의 소년들을 지도하는 것으로 만족하고 있는 중이었다.

"아가씨, 이제 슬슬 돌아가야 할 시간입니다."

붉게 변하는 하늘을 올려다보며 테리가 집에 가기를 권했다. 라이라는 아쉬운 듯 지금껏 수련했던 들판을 둘러보고는 테리와 함께 나란히 걸음을 옮기기 시작했다.

루슬란 왕국의 초여름은 기분 좋게 선선했다. 햇빛이 내리쬐는 한낮이라면 모를까, 이렇게 어스름이 깔릴 때면 시원한 바람이 얼굴에 맺힌 땀방울을 말려주곤 했다.

저 멀리 양떼가 매에, 소리 지르며 지나가는 것이 눈에 들어왔다. 하얗고 몽실몽실한 털을 좌우로 흔들며 걷는 모양이 귀여웠다. 푸르른 들판과 그보다 더 짙은 빛을 뿜어내는 숲, 부드럽게 일렁이는 바람, 붉은 노을로 은은하게 물들어가는 하늘. 라이라가 사랑하는 풍경이었다.

"여긴 언제 봐도 아름다워."

가장 좋아하는 곳, 파르란 언덕 위에서 마을을 내려다보며 라이라가 감탄 섞인 목소리로 말했다. 보라색과 붉은색으로 물든 하늘이 살포시 마을을 감싸고 있는 모습이 무척 아름다웠다.

여기저기서 들려오는 사람들의 말소리는 정다웠고 마을 곳곳에서 풍겨 나오는 구수한 빵 굽는 냄새, 짙은 스튜 냄새에 라이라는 행복했다. 여느 때와 같이 평화롭고 아름다운 마을, 그린그린을 내려다보며 라이라는 환하게 미소 지었다.

"아가씨, 라이라 아가씨!"

마을 입구에서부터 허둥지둥 뛰어오며 라이라를 애타게 찾는 목소리에 라이라와 테리는 걸음을 늦추었다.

"유모!"

"어머니!"

라이라의 유모이자 테리의 어머니인 젬마가 커다란 엉덩이를 흔들며 열심히 라이라의 눈앞까지 달려왔다.

"아이고, 힘들다. 일찍 일찍 다니셔야지, 이게 뭡니까, 아가씨? 그리고 그 옷차림은 또 뭐고요? 테리 이 녀석, 또 네놈이 아가씨를 꾄 게냐?"

모름지기 귀족 아가씨란 치렁치렁한 드레스를 입고 앙증맞은 부채로 얼굴을 가리며, 뭇 남성들의 보살핌을 받아야 하는 존재라 굳게 믿고 있는 젬마에게 고귀한 라이라 아가씨를 못된 길로 인도하는 아들이야말로 악당 중의 악당이었다.

"꾀긴 누가 꾀요? 저야말로 아가씨의 우악스러운 손길에 이끌
려⋯⋯."

"이놈의 자슥, 어디서 감히!"

덩치는 커도 어머니 앞에서는 애일 수밖에 없는지 충분히 피할
수 있음에도 테리는 젬마의 주먹을 고스란히 다 맞았다.

"아유, 젬마, 테리 죽겠어. 도대체 무슨 일이야?"

라이라가 젬마의 두툼한 손길에서 테리를 구해내자 테리는 그
녀에게 고마움의 눈빛을 한없이 보냈다. 그러나 라이라는 그에게
서 시선을 거둔 지 오래였다.

"아, 그렇지!"

그제야 생각났다는 듯 젬마의 얼굴에 다급함이 떠올랐다.

"아가씨! 큰일 났어요! 어서 저택으로!"

젬마가 호들갑을 떨어대는 탓에 이유도 제대로 알지 못한 채
라이라는 옷을 갈아입는다, 머리를 빗는다, 수선을 펴야 했다. 대
충 묶었던 황금색 머리칼을 곱게 빗어 양전하게 늘어뜨리고 새파
란 눈과 잘 어울리는 짙은 코발트색의 긴 드레스를 입은 그녀를
흐뭇하게 바라보며 젬마는 양손을 맞잡았다.

"아유, 아가씨, 정말 아름다우세요! 역시 아가씨는 칼보다 이렇
게 깃털 달린 부채를 쥐고 있을 때가 가장 보기 좋으세요!"

사내아이들처럼 천방지축으로 산과 들로 돌아다니는 라이라의
행동이 내심 못마땅했던 유모는 자신의 손끝에서 벌어진 마법에
입이 찢어져라 웃어댔다.

"자자, 어서 가십시다. 성주님께서 기다리고 계세요."

분명 뭔가 한소리 할 것처럼 입술을 뾰족이 내민 라이라를 살 포시 무시하며 젬마는 그녀의 등을 떠다밀었다. 젬마의 성화로 인해 불평 한마디 내지르지 못한 라이라는 어쩔 수 없이 자신의 아버지이자 그린그린 마을의 성주인 그레이엄 앞에 나서야 했다.

"오, 라이라!"

작은 그린그린 마을의 유일한 귀족이자 성주인 그레이엄 하워드 웸블던이 사랑하는 딸의 등장을 반겼다. 유모에게 풀어내지 못한 화를 아버지에게 풀려 했던 라이라는 자신을 반기는 아버지 옆에 낯선 남자가 서 있는 것을 보고 서둘러 예의를 차렸다.

"부르셨어요?"

황금빛 머리가 부드러운 포물선을 그리고 코발트빛 바다가 촤르륵 펼쳐졌다. 어렸을 적부터 배웠던 귀족들의 인사를 한 라이라는 스스로도 만족스러운 듯 살풋, 입술에 미소를 그려냈다.

"그래, 어서 오너라. 여기 이분은 수도에서 오신 발름 진 데렉 후작님이시다."

'수도?'

라이라의 푸른 눈이 커다래졌다.

'이 산골 마을에 수도에서 오신 귀족이라.'

라이라는 멋진 콧수염을 가진 이 중년의 남자에게 호기심이 생겼다. 호기심 어린 그녀의 눈길을 받아내며 발름이 모자를 벗었다. 그러자 날카로운 눈매가 드러났고 그것은 라이라의 온몸을 순식간에 훑어 내렸다. 그 시선에 라이라는 약간 진저리를 치며 그에게 머리를 숙였다.

"라이라 제랄딘 웸블던입니다."

"듣던 대로 아름다운 분이시군요, 뵙게 되어 영광입니다. 웸블던 영애. 전 발름 진 데렉 후작이라고 합니다."

라이라의 손등 위를 발름의 콧수염이 간질였다. 그 낯선 감촉에 라이라는 저도 모르게 손을 빼려 했지만 그의 단단한 손길에서 벗어날 수 없었다. 당황한 라이라가 그를 올려다보자 발름은 싱긋 웃으며 그녀의 손을 놓아줬다.

"아주 멋진 아가씨군요. 왕자님의 신부 후보감으로 손색이 없으십니다."

라이라는 자신이 들은 말이 무슨 뜻인지 몰라 눈만 깜빡였다.

"과찬의 말씀이십니다."

말은 그렇게 했지만 그레이엄은 흐뭇한 심정을 감추지 않았다. 사랑하는 부인을 잃고 애지중지 키워온 딸이 훌쩍 자라 한 남자의 아내가 되는 상상을 가끔 해보긴 했지만 왕자의 신붓감 후보라니, 마치 꿈만 같았다.

평상시처럼 느긋한 오후 티타임 중, 나무 그늘 아래에서 한 권의 책을 읽고 있던 그에게 전해진 것은 느닷없는 왕명이었다. 바로 딸인 라이라가 왕자의 신붓감 후보가 되었으니 라이라를 수도로 올려 보내라는 내용.

처음엔 귀를 의심했다. 그러나 성에서 나온 데렉 후작의 손에서 전해진 전서를 보고 나서 이 놀라운 행운을 믿지 않을 수 없었다. 당당히 박힌 옥새 자국. 분명 그것은 왕의 명령이 사실임을 밝혀주는 것이었다.

젬마에게 딸아이를 데려오라 하면서 웸블던 자작은 묘한 감정에 사로잡혔다. 우리 웸블던 가(家)의 영광이 이제 시작되는지도 모른다, 그레이엄은 중얼거렸다.

그렇지 않아도 슬금슬금 라이라의 혼담 얘기가 오가는 중이었다. 유서 깊은 가문은 아니지만 그래도 자작 가문이기에, 함부로 딸의 혼처를 정할 수 없어 신중에 신중을 기하고 있었다. 비스커스 마을의 웨인 자작의 자제를 사윗감으로 염두에 두고 있었는데 왕자의 신부라니. 설마 하는 마음이 들긴 했지만, 만에 하나 라이라가 왕자의 눈에 들어 신부가 되기라도 한다면!

저녁 식사를 하는 내내 완벽하게 식사 예우를 하는 라이라를 보며 그레이엄은 다시 한 번 희망을 품었다. 그 희망은 라이라를 바라보고 있는 발름의 눈빛에 더욱 불씨를 키워나갔다.

아무리 사신 입장으로 왔다 하더라도 수도의 쟁쟁한 귀족 여식들을 다 봤을 터, 그런 발름이 라이라를 마음에 들어 한다는 건, 그녀에게도 승산이 있다는 의미로 받아들여지기에 충분했다.

"라이라."

후작에게 손님방을 내어준 후 그레이엄은 사랑하는 딸을 자신의 방으로 불러 소소한 담소를 나누었다.

"네, 아버지."

"이 아비의 꿈이 뭔지 잘 알고 있지?"

"네."

자라면서 귀에 못이 박히도록 들었던, 좋은 남편에게 시집가서 행복하게 살라는 아버지의 말을 떠올리며 라이라는 다소곳이 머리를 끄덕였다. 가만히 딸을 바라보던 그레이엄이 라이라의 손목을 끌어당겨 따뜻하게 감싸 쥐었다.

"이 아비는 결심했다. 널 수도로 보낼 거다."

"아버지…….."

"만에 하나 왕자님의 눈에 들어 네가 왕자비가 된다면 우리 가문은 한 단계 더 도약할 것이고 우리 마을 사람들도 좀 더 나은 생활을 할 수 있게 될 게다. 라이라, 수도로 가거라."

라이라는 아버지가 그럴 것이라고 생각은 했지만 막상 실제로 들으니 눈물부터 났다.

'이렇게 아버지랑 떨어지면 안 되는데.'

자신이 떠나고 난 뒤 홀로 남을 아버지를 생각하면 그냥 곁에 있어야 할 것 같았다. 그러나 평상시 아버지가 입버릇처럼 말했던 것을 떠올리면 그의 말을 들음이 옳았다.

"이건 내 뜻이기도 하지만 왕명이다. 너도 알다시피 왕명을 거스를 순 없단다."

라이라는 고개를 끄덕였다. 이제 그녀는 십칠 년간 살아온, 그녀가 무척이나 사랑해 마지않는 작고 아름다운 마을, 그린그린을 두고 사랑을 찾아 여행을 떠나야 했다.

웸블던 자작은 사랑하는 딸을 바라봤다. 라이라 혼자 수도로 보내야 하는 것이 못내 마음에 걸렸다.

"따님은 혼자 수도로 가셔야 합니다. 극비리에 신붓감 후보를 모시는 것입니다. 따님 말고도 다른 영애들도 있는데 왕자비 자리를 노리는 가문의 공격을 받을 수도 있으니까요."

솔직히 라이라와 동행할 마땅한 인물도 없었다. 유모인 젬마가 같이 가기엔 수도로 향할 여정이 그리 만만치 않을 것이고, 테리를 보내자니 그 또한 마뜩치 않았다. 기사도 아니고 그렇다고 시동도 아닌 평민이 귀족 아가씨를 따른다면 보나 마나 흠이 될 터였다. 또 외부 기사를 부르는 것도 힘들었다. 그저 발름과 그가 데려온 병사들에게 라이라를 맡길 수밖에 없었다.

"라이라."

그레이엄이 목구멍에 무언가 콱 걸린 것을 애써 내리누르며 딸아이를 불렀다.

"네, 아버지."

"넌 강한 아이다."

그레이엄은 진심을 다해 말했다.

"난 널 강한 아이로 키웠다."

딸이 태어나자마자 죽은 아내 몫까지 그레이엄은 라이라를 열심히 키웠다. 예절 교육은 물론, 여자 스스로 몸을 지킬 줄 알아야 한다며 라이라가 검술을 배우고 싶다 할 때 흔쾌히 허락을 하기도 했다. 라이라는 다른 귀족 영애들과는 다르다고, 그레이엄은 자부했다. 라이라의 강인한 체력과 영특한 머리, 상황 판단 능력은 그레이엄의 자랑거리였다.

"난 널 믿는다, 라이라."

"……네, 아버지."

아버지와 딸이 서로를 뜨거운 눈으로 바라봤다.

라이라가 왕자의 신붓감 후보가 되었다는 소문은 삽시간에 퍼져 나갔다. 작은 마을에서 일어나는 크고 작은 사건들은 반나절도 안 되서 돌곤 했는데 이번 소문은 퍼진 시간이 지극히 짧았다. 그것은 밤사이, 젬마가 자랑스레 떠벌여 이루어낸 업적이었다.

확인 절차고 뭐고, 이미 마을을 떠난다는 소문까지 돌아서 그린그린 사람들은 잔뜩 기대를 하고 있는 중이었다. 귀족이긴 해도 다른 귀족들처럼 거드름을 피우지도, 억지를 부리지도 않는 그레이엄과 라이라의 평판은 아주 좋아서, 모두 그녀가 왕자비가 되기를 빌었다.

"아이고, 우리 아가씨가 왕자비가 되면 난 당장 수도로 올라갈 거라고."

젬마는 당장에라도 라이라를 따라 수도로 갈 태세였지만 그레이엄을 돌볼 사람이 없다는 사실에 눌러앉은 터였다. 라이라의 탄생과 지금까지 자란 모습을 하나도 빠짐없이 봐온 젬마는 자신이 곱게 키운 아가씨가 당연히 왕자비가 될 것이라고 굳게 믿었다. 옆에서 엄마를 돕는다며 감자를 깎던 테리가 불퉁거렸다.

"어머니, 그러지 좀 말아요. 그러다 아가씨가 왕자비 안 되면 어떡하시려고요? 제발 소문 좀 내고 다니지 마시라고요."

퍽!

테리의 말이 끝나기가 무섭게 젬마의 손에 들린 식칼이 춤을 추었다.

"이노무 자슥, 네가 감히 아가씨의 앞길을 논해? 아가씨는 반드시 이 나라 왕자비가 되실 게다! 아암, 그렇고말고!"

칼등으로 등을 호되게 맞은 테리의 얼굴은 여전히 뿌루퉁했다.

"에이, 어머니도 차암!"

괜히 화를 내며 벌떡 일어나 밖으로 나가는 아들의 뒷모습을 바라보며 젬마는 걱정스런 표정을 얼굴에 띠웠다.

"저 녀석, 그러게 귀족 아가씨를 마음에 두지 말라고 그렇게 말했건만……."

혀를 차며 젬마가 도리질했다. 아들이 언제부턴가 라이라를 마음에 두고 있다는 사실을 알고 있었다. 하지만 오르지 못할 나무는 처음부터 쳐다보면 안 되는 법. 젬마는 라이라가 떠나면 바로 아들의 연분을 찾아주리라 마음먹었다.

어머니 말에 발끈하여 밖으로 나오긴 했지만 테리는 여전히 우울하기만 했다. 물론 라이라와 자신이 엮일 수 없다는 건, 본능적으로 알고 있었다. 그래도 죽는 순간까지 라이라의 곁을 지킬 수 있을 것이라 생각해 왔는데 느닷없이 수도행이라니, 그것도 왕자의 신붓감 후보로.

두 살 어린 라이라가 동생처럼 귀여웠다. 검을 가르쳐 달라고 찾아왔을 때는 그저 철없는 귀족 아가씨의 호기심이라 생각했다. 하지만 검을 대하는 진지함과 가르쳐 주면 금세 배우는 영특함에 마음이 넘어가 버리고 만 것이었다.

"제길!"

그의 걸음은 어느새 라이라가 좋아하는 파르란 언덕으로 향했다. 언덕 위의 커다란 느티나무 아래의 그늘을 가장 좋아하는 라이라. 테리는 황금빛 머리칼과 새파란 눈을 떠올리며 느티나무의 밑동을 발로 걷어찼다.

'이제 그 분홍빛으로 물든 뺨을 볼 수 없다니, 이제 그 부드럽게 일렁이는 금빛 머리카락도, 빛나는 파란 눈동자도 볼 수 없다니, 은은하게 풍기는 장미꽃 향조차 느낄 수 없다니!'

테리는 괜스레 화가 나 나무 밑동이고 나뭇가지고 할 것 없이 쳐대며 심통을 부렸다.

"뭐 해?"

"헉!"

갑자기 들려오는 부드러운 목소리에 주먹으로 나무를 쳐대던 테리가 깜짝 놀라 뒤를 돌아봤다. 여느 때와 다름없이 남자 옷을 입고 검을 든 채, 라이라가 서 있었다.

"아, 아가씨, 여긴 무슨 일로……."

"무슨 일이긴, 검술 시간이잖아."

당연하다는 듯 말하는 라이라를 테리가 얼빠진 표정으로 바라봤다.

턱.

라이라가 들고 온 두 자루의 검 중 하나를 테리의 발밑으로 던졌다.

"뭐해? 어서 시작하자고."

어느새 라이라는 땅을 고르고 있었다.

"아가씨, 내일 떠나시지 않습니까?"

"그게 뭐?"

검을 집어 든 테리가 어이없는 표정으로 자세를 취하는 라이라를 바라봤다.

"그래, 테리 말대로 나 내일 떠나. 그러니까 지금 마지막 수업을 하는 거라고. 학생을 실망시키진 않겠지, 테리 선생님?"

챠캉.

검집에서 검을 빼내는 소리가 맑게 울렸다. 날씬한 몸매가 완벽한 자세를 취하고 있었다. 테리는 검을 다룰 마음이 전혀 없었다.

그럼에도 자신이 모시는 아가씨의 명령이라 그는 어쩔 수 없이 그녀 앞에 섰다.

"타핫!"

서로 인사를 나눈 뒤 대련에 들어간 두 사람은 금세 땀으로 흠뻑 젖었다. 한낮의 뜨거운 태양 아래, 라이라와 테리의 마지막 수업이 진행되었다. 지금까지 배운 기술들을 구사하며 라이라가 점점 테리를 몰아붙이기 시작했다.

"야잇!"

이번에도 라이라의 승리였다.

"계속 봐주네?"

"아닙니다, 아가씨."

숨을 헐떡이며 테리가 부인했다. 물론 라이라와의 마지막 수업인 만큼 화려하게 장식하고 싶었다. 하지만 마음이 무거웠던 게 사실이었다.

"정말 솜씨가 많이 느셨습니다."

테리의 입가에 잔잔한 미소가 걸렸다.

'이제 이 멋진 머리칼도, 미소도 두 번 다시 못 보게 되는 걸까.'

심장 부근이 아팠지만 어쩔 수 없는 일. 테리는 라이라의 모습을 마음 깊이 새기기로 했다.

"그동안 고마웠어, 테리."

라이라가 테리에게 손을 내밀었다. 기다란 손가락에 깔끔히 정리된 손톱. 테리가 보드라운 손을 맞잡았다.

'이젠 이 손을 잡을 일도 없겠군.'

테리는 활짝 웃었다.

조용히 떠나려던 라이라의 계획은 젬마의 입방정으로 틀어지고 말았다. 아침나절부터 마을 사람들을 동원해 마을 입구까지 꽃길을 만들고 조셉과 마틴네 집 아이들을 모아 꽃단장 시켜 라이라가 타고 갈 마차 앞으로 걸으며 꽃가루를 날리게 만들었다. 덕분에 라이라는 부녀의 서글픈 이별 장면을 연출할 시간도 없이 서둘러 마차에 올라야 했다.

"아가씨! 반드시 왕자비가 되셔야 합니다!"

눈까지 빛내며 주먹을 불끈 쥐고 흔드는 젬마에게 라이라는 그저 웃어 보일 수밖에 없었다. 마차가 천천히 움직이기 시작했다. 머릿속 깊이 새기려는 듯 라이라는 눈 하나 깜빡하지 않고 서서히 멀어지는 아버지의 얼굴을 바라보고 또 바라봤다.

어느새 십칠 년간 자라온 저택이 조그만 점으로 작아지고 마을 입구까지 나와 있던 사람들의 얼굴이 점점 보이지 않게 되자 툭, 보석 한 방울이 그녀의 손등 위로 떨어졌다.

'아버지, 반드시 왕자비가 되어서 다시 돌아올게요. 우리 가문을 드높이고 우리 마을이 좀 더 살기 좋은 마을이 될 수 있도록.'

1장
신붓감 후보

흔들리는 마차에 몸을 맡긴 라이라의 낯빛이 점점 더 어두워졌다. 왕자비 자리도 좋지만 홀로 성(城)까지 가고, 또 아무런 면식 없는 상태에서 왕족들을 대한다 생각하니 두려움이 밀려온 탓이었다.

아무리 그녀가 씩씩하다고는 하나 아직 열일곱 살. 부모의 손길이 필요하고 유모의 도움이 필요한 나이였다. 하지만 그녀는 일부러 내색하지 않았다. 맞은편에 앉아 자신을 주시하는 발름에게 책을 잡히면 안 된다고 생각했다.

하지만 그것은 그녀의 마음일 뿐, 지켜보는 사람은 그녀가 불안해한다는 사실을 알 수 있었다. 그래서 발름은 천천히 입을 열었다.

"두려워하지 않으셔도 됩니다."

"……네?"

발름이 측은한 눈빛으로 라이라를 바라봤다. 그리고 부드럽게 말을 이었다.

"제게도 딸이 있습니다. 제가 책임지고 웸블던 영애를 안전하게 모시겠습니다."

그의 다정한 말에 왈칵 눈물이 쏟아질 것 같았다. 더 이상 말을 잇지 못하는 그녀를 바라보던 발름이 뒤로 손을 뻗어 미리 준비해 두었던 초상화를 그녀에게 내밀었다.

"……이게 뭐죠?"

"혹시 궁금해하실 것 같아 왕자님의 초상화를 준비했습니다."

초상화의 겉포장이 벗겨질수록 그녀의 두려움도 차츰 벗겨져 내렸다. 드러난 초상화에 라이라의 눈이 커졌다. 그림 속 남자는 지금껏 그녀가 봐왔던 남자들과는 상당히 달라 보였다. 부드러워 보이는 밤색 머리에 갸름한 얼굴형, 짙은 갈색의 눈, 꽉 다문 입술에는 의지가 담겨 있었고 전체적으로 선해 보이는 인상이었다.

라이라는 단박에 그가 마음에 들었다. 그녀가 지금껏 봐온 남자라곤 유모인 젬마의 아들 테리, 그리고 동네의 순박한 청년들이 다여서 세련된 왕자의 모습은 이제 막 사춘기에 들어선 소녀의 마음을 사기에 충분했다. 라이라는 이제 앞으로 만나게 될 왕자에 대한 생각으로 가득했다.

"왕자님은 뭘 좋아하시는 분이죠?"

"왕자님은 음악과 독서를 좋아하십니다."

"왕자님은 말을 잘 타시나요? 칼도 잘 쓰시겠죠?"

"그럼요, 로이드 왕자님은 말도 아주 잘 타시고 기사장과도 견줄 만한 칼 솜씨를 가지고 계십니다."

라이라의 눈이 반짝 빛났다.

"아아, 그러시구나!"

열일곱 소녀의 얼굴은 꿈꾸는 표정으로 바뀌어갔다.

"왕자님은 무슨 음식을 좋아하세요?"

"왕자님은 음식을 가리시지는 않는데 특히 식후에 나오는 차게 식힌 푸딩을 좋아하십니다."

"어머, 저도 좋아하는데!"

짝, 손뼉까지 치며 라이라는 반가워했다.

"그렇습니까? 다행이네요. 통하는 것이 있어서."

"네, 그러네요."

생글생글 웃는 폼이, 이제 라이라는 즐거워 보였다.

"혹시 왕자님도 산책을 좋아하시나요?"

"물론입니다. 왕자님은 산책하시며 사색에 잠기는 걸 무척 좋아하십니다."

우울했던 모습은 저 멀리 날려 버린 채 또래의 소녀다운 호기심을 보이며 이것저것 물어오는 라이라에게 친절히 대답하는 발름의 얼굴에는 잔잔한 미소가 걸려 있었다. 자신에게 호의를 보이는 것이 분명한 그에게 라이라는 고마운 감정을 느꼈다. 그렇게 대화를 나누는 사이 마차는 수도를 향해 달려가고 있었다.

작은 섬나라인 루슬란 왕국은 도로가 제대로 정비되지 못한 곳이 많아서 시골에서 수도로 가는 길은 험하기만 했다. 꼬박 하루 반을 달려야 도착하는 수도. 어느새 날이 저문 탓에 라이라는 하룻밤을 난생처음 여관이라는 곳에서 묵어야 했다.

"죄송하군요, 웸블던 영애. 그린그린에서 수도로 향하는 길에 위치한 여관은 이곳밖에 없네요. 누추하지만 괜찮으시겠습니까?"

"아, 그럼요, 괜찮아요."

미안한 어조로 말하는 발름에게 라이라는 환한 미소를 지어 보였지만 사실은 괜찮지 않았다. 그녀의 눈에 비친 여관은 좋아 보이지 않았다. 어딘지 허술했고 바람이 횡, 하고 세차게 불자 으드드득 하는 소리가 지붕 바로 밑에서 들려왔다.

여관 안으로 들어서려던 라이라가 잠시 걸음을 멈추고 지붕을 올려다봤다. 다 낡은 나무판자가 파르락, 위태롭게 떨고 있는 모습이 보였다. 지붕에서 시선을 거둔 라이라는 여관으로 들어섰다.

"어서 오십시오."

영업을 막 시작한 듯 검은 머리의 어린 사환이 분주하게 탁자를 걸레질로 닦고 있었고 푸짐한 몸집의 여성이 앞치마에 손의 물기를 닦으며 라이라와 일행을 맞이했다.

"방 있습니까?"

발름의 질문에 여성은 무슨 그런 질문을 하느냐는 듯 환하게 웃으며 커다랗게 고개를 끄덕였다.

"그럼요, 있고말고요. 자, 이쪽으로 드시죠."

과장된 몸짓으로 발름과 라이라를 맞이한 여주인이 여전히 걸레질을 하고 있는 사환을 돌아보고는 소리쳤다.

"짐! 이제 그만 닦고 손님 방 안내해 드려라!"

짐이라 불린 소년은 걸레를 단단히 움켜쥐고는 발름과 라이라 앞에 섰다.

"일 층은 구석방이 하나 있고 이 층은 전부 다 객실인데 어느 방에 묵으실 건가요?"

"난 일 층, 아가씨는 이 층."

"예에, 따라오시죠."

우선 발름이 묵을 방을 안내한 소년은 라이라를 힐끔 바라보고는 따라오라는 듯 고개를 끄덕였다. 짐을 따라 이 층 계단으로 오르던 라이라는 발밑에서 들려오는 삐거덕거리는 소리에 이유 모를 불안감을 느꼈다.

"이 방을 쓰세요."

짐이 안내한 방은 이 층 가장 안쪽에 자리한 방이었다.

"고마워."

"뭐 필요한 것 있으시면 부르세요. 저기 침대 머리맡에 줄이 있죠? 그걸 당기시면 됩니다."

"응."

짐이 방을 나선 뒤, 여장을 푼 라이라는 자신이 머물 작은 방을 둘러봤다. 자신의 방보다 훨씬 더 작은 방에는 침대와 여행자를 위한 작은 탁자만이 놓여 있었다. 어쩐지 쓸쓸한 기분이 들었다. 라이라는 애써 그런 기분을 떨쳐내기 위해 일부러 어깨를 으쓱였다. 사환이 건네준 촛불을 한번 돌아본 그녀는 작은 가방을 열어 편한 옷으로 갈아입었다.

휘이잉, 쾅!

한줄기 세찬 바람이 창문을 거세게 쳐대고는 달아나 버렸다. 그 소리에 깜짝 놀란 그녀가 겁에 질린 표정으로 다시 방 안을 둘러봤다. 흔들리는 촛불 아래 길게 드리워진 방 안 그림자에 라이라는 손을 마주 잡았다.

여름인데도 이렇게 금세 어두워지는 것이 이상했다. 혼자 있다고 생각하니 더욱 무서움이 밀려왔다. 아무래도 밑에 내려가서 사람들과 어울리는 게 나을 것 같았다. 라이라는 촛불을 들고 조심스럽게 손잡이를 돌렸다.

끼익.

낡은 문이 내는 소리도 심상치 않게 들렸다. 흔들리는 촛불을 의지해서 복도를 비춰보던 라이라는 용기를 내어 한 걸음 내디뎠다. 복도는 조용했다. 천천히 복도를 거닐던 그녀가 계단을 통해 아래층으로 내려갔다. 조금씩 환해지는 불빛에 차츰 안정이 되었다.

"아, 윔블던 영애!"

탁자에 앉아 마부와 이야기를 나누던 발름이 그녀를 보고 난색을 표했다.

"그렇지 않아도 식사를 가지고 올라갈 참이었습니다."

"네. 내려왔으니 여기서 먹죠."

"아니, 그게 저⋯⋯."

발름은 난처한 표정을 지으며 의자에 앉는 라이라를 바라봤다. 그런 그에게 살짝 웃어 보이며 라이라는 의자에 앉아 긴장했던 몸을 이완시켰다.

"아이고, 우리 집 음식은 좀 거친데 곱게 자란 귀한 아가씨 입에 맞을라나 모르겠네요."

덩치 좋은 아주머니가 커다란 나무 그릇을 식탁에 내려놓았다. 그릇에는 뜨거운 김이 모락모락 오르고 있는 감자가 푸짐하게 담겨 있었다.

곧이어 조금 전, 라이라를 방으로 안내했던 사환이 검은 빵 바구니를 가져왔고 뒤이어 채소로 만든 스튜가 차곡차곡 식탁을 채워 나갔다. 손님은 라이라 일행뿐이어서 여관 식구들과 같이 식사하기로 했다.

"아이구, 귀한 손님들이 오실 줄 알았으면 뭐라도 준비해 둘 걸 그랬어요. 마침 식료품이 딱 떨어져 내일 마을로 시장을 보러 갈 참이었어요."

여관의 여주인이 연신 손을 내저으며 미안하다는 말을 건네왔다. 라이라는 검은 빵 하나를 바구니에서 꺼내 반으로 쪼개며 대답했다.

"괜찮아요. 저도 항상 이런 식의 식사를 해왔어요."

귀족이긴 해도 부유하지 못한 탓에 라이라에게 있어서 지금의 식사는 무난한 것이었다. 빵을 작게 조각내어 입속으로 집어넣은 그녀가 방긋 웃어 보였다.

"빵이 아주 잘 구워졌네요."

"어머나, 고마워라."

여주인은 서글서글한 어린 아가씨가 마음에 들었다. 의자를 그녀 쪽으로 바싹 끌어당겨 앉은 여주인은 싱글거리며 궁금했던 것을 물어보기 시작했다.

"그래, 지금 어디 가는 길이에요? 여긴 길이 험해서 아가씨처럼 어린 여자가 여행하기 어려운 곳인데."

"아, 수도로 가는 길이에요."

"수도?"

눈을 동그랗게 뜬 여주인이 다시 입을 벌리려는 찰라, 발름이 재빨리 둘의 대화에 끼어들었다.

"웸블던 영애, 위에서 식사를 하는 게 좋을 것 같군요."

"네? 전 여기도 괜찮은데……."

그녀의 말미는 날카롭게 빛나는 발름의 눈빛에 의해 잦아들었다.

"아가씨 식사는 따로 부탁해도 되겠소?"

"아니, 뭐…… 그러죠."

영문을 모르겠다는 듯 주춤거리던 여주인은 발름이 내미는 은 닢 두 개를 받아 들고는 서둘러 부엌으로 향했다.

"웸블던 영애, 위로 올라가실까요?"

"……네."

발름의 말에 라이라는 어쩔 수 없이 이 층으로 향했다. 두 사람이 올라가고 난 후 여주인이 라이라가 먹을 음식들을 챙겨 들고 계단을 밟았다.

"아니, 이런 낡은 여관에 귀하게 자란 아가씨를 왜 데리고 왔담? 조금만 더 가면 좋은 여관들도 많은데……. 쯧."

투덜거리면서도 손안의 은닢 두 개에 흐뭇해진 여주인의 얼굴 엔 다시 미소가 번졌다.

"나야, 돈 벌어서 좋지 뭐."

똑똑.

"네."

문을 열고 방에 들어선 여주인은 라이라와 함께 있는 발름의 모습에 커다란 덩치를 움찔거렸다. 그녀가 작은 탁자에 들고 온 쟁반을 내려놓고는 조심스럽게 물었다.

"식사를 더 가져올까요?"

"아니, 난 이따 먹겠소."

아까와는 달리 냉기가 뚝뚝 묻어나는 그의 말투에 여주인은 목을 움츠리며 방을 빠져나왔다. 여주인이 나가고 난 뒤의 방 안 분위기는 무겁기만 했다.

굳이 방에서 먹을 이유가 뭐냐 묻는 라이라의 질문에 발름이 대답하기 전에 여관 주인이 들어온 터라 분위기는 좀처럼 나아지지 않았다. 감자가 천천히 식어갈 즈음 발름이 입을 열었다.

"웸블던 영애."

라이라의 눈이 그를 향했다. 그가 자신을 바라보고 있음을 확인한 라이라는 조용히 대답했다.

"네."

"설마 왕자님의 신붓감 후보가 웸블던 영애 한 명이라고 생각하십니까?"

"……네?"

발름의 눈이 깊어졌다.

"전국의 귀족 영애들 중 혼기 적령기의 아가씨들이 몇 명인지 아십니까?"

"……아니요."

라이라가 도리질했다. 사실 그녀는 왕자비 후보가 자신밖에 없을 것이라 생각한 터였다.

"한 나라의 왕자비를 뽑는 겁니다. 많은 아가씨들이 라이벌인 셈이지요. 그 위세가 크고 작은 가문들이 자신의 여식들을 왕자비로 세우려 눈에 불을 켜고 있습니다. 이런 와중에 웸블던 양이 자신을 노출한다면 표적이 될지도 모릅니다."

"……네? 표적이요?"

눈을 커다랗게 뜨며 되묻는 라이라를 바라보던 발름이 고개를 저었다.

"웸블던 영애는 아직 세상을 잘 모르나 본데, 왕족의 생활이란 게 암투로 점철되어 있습니다. 저 말고도 다른 귀족들이 왕자비 후보들을 데리고 성으로 가고 있어요. 그중에는 자신들의 가문을 위해 다른 가문의 아가씨들을 공격하는 못된 귀족도 있지요. 제 임무는 웸블던 영애를 성까지 무사히 데려가는 것입니다. 여관 주인도 믿을 수 없어요. 길에서 만나는 그 어떤 사람도 믿을 수 없지요. 웸블던 영애, 사람을 믿지 마세요."

자못 진지하게 말을 마친 발름은 신중한 눈으로 라이라의 얼굴을 살폈다. 그녀의 얼굴빛은 시시각각으로 변해갔고 종국에는 의연함으로 물들어갔다.

"그럼 쉬십시오."

자신의 말에 고개를 끄덕인 라이라를 남겨두고 발름은 방을 나섰다.

입안이 깔깔했다. 식어버린 감자는 퍽퍽했고 딱딱하게 굳은 빵은 더 이상 입이 받아들이지 않았다. 물 한 모금으로 입을 헹군 라이라는 한참을 그대로 앉아 있다가 그릇을 가지러 온 사환에게 쟁반을 돌려주었다. 초가 점점 짧아지는 것이 눈에 보였다. 그녀는 오랜만의 여행이라 피곤함을 느끼며 침상에 누웠다.

"그래, 왕자비가 되는 일이 쉽지는 않을 거야."

발름의 말이 옳았다. 루슬란 왕국이 작다고는 하나 수많은 귀족이 자신의 가문을 위해 호시탐탐 기회를 노리고 있다는 것쯤은 잘 알고 있었다. 그녀 역시 집안을 위해 왕자비의 길로 가고 있지 않는가. 라이라는 자신이 경솔했음을 깊이 반성했다.

'조심해야겠어.'

어둠이 차곡차곡 쌓이기 시작했다. 마지막 발악하듯 반짝, 스스로의 몸을 불사르던 촛불이 한껏 방 안을 밝히다 급작스럽게 사라져 갔다. 낯선 곳에서의 잠자리는 좀처럼 잠을 불러오지 못했다. 이리저리 뒤척이다 새벽녘이 되어서야 라이라는 잠을 청할 수 있었다.

화려한 성이 눈앞에 펼쳐졌다. 양쪽으로 쭈욱 늘어선 사람들 사이로 젊은 남자가 환한 미소를 지으며 라이라를 향해 다가오고 있었다. 아, 그는 바로 초상화 속의 왕자. 라이라는 매력적인 모습을 보이려 애를 썼다.

이윽고 다가온 왕자가 그녀 앞에서 한쪽 무릎을 꿇고 그녀의 손등에 입을 맞췄다. 화르륵, 뽀얀 라이라의 얼굴이 붉게 달아올랐다.

왕자는 정말 잘생긴 사내였다. 초상화에서 막 튀어나온 것처럼 그림을 쏙 빼닮은 모습이었고 행동 하나하나가 점잖았으며 그에게서 향긋한 꽃향기가 났다. 라이라는 자신을 세상에서 가장 아름다운 아가씨라 속삭이는 그의 음성에 매료되었다.

어느새 주변이 변해 있었다. 오로지 두 사람만이 존재했다. 단단한 남자의 손이 그녀의 가느다란 허리를 감싸 안았다. 남성적인 매력을 물씬 풍기는 왕자의 행동에 라이라는 눈앞이 아찔해졌다.

어느새 웨딩드레스로 갈아입은 라이라 옆에 왕자가 부드러운 미소를 지으며 그녀에게 커다란 다이아몬드 반지를 끼워주었다. 숨이 막힐 만큼 향기로운 꽃잎들이 두 사람 주변에 흩날렸다. 늘 어섰던 사람들이 어느 틈에 나타나 만세를 외쳤다.

"……나세요."

"……일어나세요, 아가씨."

누군가가 몸을 흔드는 느낌에 라이라는 반짝, 눈을 떴다. 어느새가 열어놓은 창문 사이로 따사로운 햇살과 싱그러운 바람이 라이라가 묵고 있는 방 안으로 난입하고 있었다.

"꿈이었나?"

중얼거리며 라이라가 몸을 일으켰다. 끝까지 꾸지 못한 게 조금 섭섭했다.

"같이 오신 분께서 기다리고 계세요, 서두르시랍니다."

잠시 멍해 있던 라이라는 여주인의 말에 서둘러 움직이기 시작했다. 발름의 말대로라면 오늘, 성에 입궁할 것이다. 마음이 들뜨기 시작했다.

여주인이 준비해 온 물로 세안을 하고 곱게 머리를 빗은 라이라는 자신이 가지고 있는 옷 중 세 번째로 잘 어울리는 옷을 선택했다. 부드러운 크림색의 드레스는 그녀를 근사한 여성으로 보이게 만들었다.

"오늘도 여전히 아름다우시군요."

발름의 칭찬에 살포시 미소를 지어 보인 라이라는 먹는 둥 마는 둥 식사를 마치고 마차에 올랐다. 앞으로 벌어질 일이 걱정되어 입맛이 없었다. 꿈에서처럼 왕자가 자신을 좋아할지 의문이었다. 왕자가 자신의 손을 잡아 성으로 들어가는 꿈이 현실이 되었으면, 하고 중얼거린 순간 마차가 움직이기 시작했다.

마주 앉은 발름은 조금 피곤해 보였다. 어제와는 달리 한 마디도 말을 건네오지 않았다. 의아했지만 오랜 여행의 피로 때문이라 여기며 라이라는 창밖으로 시선을 돌렸다. 그때, 휘장이 갑작스레 닫혔다.

"햇빛은 피부에 좋지 않습니다. 왕자님은 웸블던 영애처럼 하얀 피부를 좋아하시지요. 조금이라도 왕자님의 마음에 들기 위해 노력하셔야 합니다."

"아아, 네에."

왕자님은 하얀 피부를 좋아하는구나, 라이라는 중얼거리다가 문득 자신의 손을 바라봤다. 유모의 성화 때문에 검술 연습을 할 때마다 긴팔 옷을 입기를 잘했다는 생각이 들었다. 하얀 팔이었지만 검술을 꾸준히 한 덕에 그녀의 팔뚝은 단단했다. 힘을 주면 알통이 튀어나올 정도였다.

'이럴 줄 알았으면 검술 연습을 하지 않는 건데. 어쩌면 왕자님은 여성스러운 여자를 좋아하는지도 몰라.'

라이라는 최대한 얌전한 모습을 보이기로 결심했다. 여기까지 온 이상 왕자비 자리를 차지하고 말리라는 의지가 피어올랐다.

대충 마차 안에서 점심을 때운 일행은 이동을 멈추지 않았다. 그런 덕인지 어둠이 내려오기 바로 직전, 그들은 목적지에 도착할 수 있었다.

"다 왔군요."

말을 건네며 발름이 먼저 마차에서 내렸다. 라이라는 부푼 기대를 안고 그가 내민 손을 잡으며 마차에서 내려왔다. 하지만 그녀의 눈에 들어온 것은 화려한 성도, 그녀를 반겨주는 사람들도 아닌 고즈넉해 보이는 낡은 저택이었다.

라이라는 주변을 둘러봤다. 그녀가 상상했던 수도가 아니었다. 사람들이 많이 다니는 번화가도 아니었다. 숲속의 저택, 그것이 라이라의 뇌리에 떠오른 단어였다.

"여, 여기가 수도인가요?"

눈을 깜빡이며 발름에게 묻는 라이라의 목소리에는 의심이 잔뜩 묻어나 있었다.

"수도 가까운 곳의 저택입니다."

"……왜 여기에 온 거죠?"

들어가자는 눈짓을 하는 발름을 외면하며 다시 묻는 라이라의 목소리는 날카로웠다. 그런 그녀를 찬찬히 바라보던 발름이 서서히 고개를 저었다.

"이런, 웸블던 영애. 내가 여관에서 한 말을 잊었나 보군요. 웸블던 영애는 적들의 표적이 되었을 수도 있습니다. 바로 성으로 데려가면 영애의 신분이 노출되지요. 영애는 왕자비가 목적이 아니었습니까? 왕자비가 되기 위해선 신중함을 갖추어야 하지요. 일단 이곳에서 왕자님을 알현하게 될 겁니다. 물론 웸블던 영애 말고도 다른 귀족가의 영양들이 다른 저택에서 왕자님을 만나게 되겠지요. 아시겠습니까? 이제 영애는 이 저택에서 왕자님의 선택을 받도록 노력해야 하는 겁니다. 왕자비가 되기 위해서 말이죠."

고압적인 말투는 어린 소녀를 질리게 만들었다. 잠시 할 말을 잃은 라이라가 간신히 고개를 끄덕였다.

"알겠습니다."

"자, 들어가시죠."

발름이 슬쩍, 라이라의 등을 밀었고 열일곱 소녀는 그렇게 떠밀리듯 음산한 기운이 도는 저택 안으로 들어섰다. 그 뒤를 마부가 라이라의 짐 가방을 들고 따랐다. 허름한 외관과는 달리 저택 안은 화려했다. 높은 천장에 매달린 샹들리에는 눈부신 빛을 뿜내며 눈을 현혹시켰고 곳곳에 놓인 박제들은 어쩐지 괴기스런 분위기를 만들어내고 있었다.

"어서 오십시오."

새까만 정장을 입고 발름과 라이라를 맞이하는 늙수그레한 집사의 얼굴에는 아무런 표정이 떠올라 있지 않았다.

"어서 오십시오!"

집사 뒤에 서 있던 두 명의 소녀가 동시에 입을 열어 인사를 하자, 마치 한 목소리처럼 들려왔다. 밀랍인형처럼 창백한 소녀들에게 살짝 고개를 끄덕임으로 인사를 대신한 라이라는 그들이 안내하는 방으로 향했다.

"이 방을 쓰시면 됩니다."

온통 분홍빛으로 꾸며진 방은 마치 공주가 쓰는 방처럼 아기자기하고 귀엽게 치장되어 있었다.

"쉬십시오. 조금 이따가 모시러 오겠습니다."

소녀들이 사라지고 난 뒤 홀로 남겨진 라이라는 마차 안에서 발름이 신신당부했던 말을 곰곰이 떠올렸다.

"로이드 왕자님은 얌전한 아가씨를 좋아한다고 했습니다. 최대한 얌전히 행동하세요. 그리고 많이 웃으세요. 그래야 왕자님 마음에 들 것 아닙니까."

라이라는 천천히 고개를 끄덕였다. 그의 말이 옳았다. 여기까지 온 이상 그녀는 반드시 왕자비가 되어야 했다. 라이라는 작은 주먹을 꼭 쥐었다. 그런 후 서둘러 방 안쪽에 딸린 욕실로 들어가 씻기 시작했다.

아직 초여름이라 그런지 물이 꽤 찼다. 하지만 그녀는 수건에 물을 적셔 꼭꼭 짠 다음 몸의 이곳저곳을 닦기 시작했다. 답답한 마차 안에서 흘렸던 땀 냄새를 모두 지워야 했다. 그렇게 왕자의 마음에 들기 위한 노력이 시작됐다.

물에 적신 수건으로 몸을 닦아낸 라이라는 준비해 온 옷 중에서 가장 아름다운 옷을 고르기 시작했다. 하늘거리는 분홍색 드레스는 그녀를 얌전한 여성으로 보이게 만들기에 충분했다.

또 한 벌은 이브닝 드레스로 어깨를 살짝 가리고 등을 약간 드러낸 조금 과감한 것이었다. 라이라는 살짝 눈살을 찡그리며 고민하기 시작했다. 발름 경은 얌전하게 보이라고 했지만 이브닝 드레스에 마음이 쏠렸다.

똑똑.

"네."

문이 열리고 아까 현관에서 라이라를 맞이했던 두 소녀 중 한 명이 방 안으로 들어섰다.

"몸치장하는 것을 도와드리러 왔습니다, 아가씨."

드레스를 입을 때면 유모가 항상 도와줬기 때문에 라이라는 고개를 끄덕이며 그녀에게 눈웃음을 지어 보였다.

"어느 드레스를 입으실 거예요?"

소녀가 침대 위에 펼쳐진 두 벌의 드레스를 번갈아 보며 물었다. 잠시 망설이던 라이라는 솔직하기로 했다.

"어떤 것을 입어야 할지 모르겠어. 발름 경은 얌전한 것을 입으라고 했지만 난 이쪽이 마음에 들거든."

소녀의 눈이 반짝 빛났다. 자그마한 소녀의 손이 이브닝 드레스로 향했다.

"감촉이 좋네요. 사실 왕자님은 여성미가 느껴지는 옷차림을 좋아하세요."

촤라락, 검은색과 빨간색의 조화가 펼쳐졌다. 라이라는 기쁘게 고개를 끄덕이며 소녀가 옷을 수월히 입힐 수 있도록 요리조리 몸을 움직였다.

소녀의 도움으로 라이라의 치장 속도가 빨라졌다. 소녀는 조심스럽고 세세한 손길로 기다란 황금빛 머리칼을 빗질하며 재빠르게 돌돌 말아 올렸고, 가볍게 손을 놀려 라이라의 얼굴에 화장을 했다.

"솜씨가 무척 좋네."

절로 감탄의 말이 튀어나왔다. 하지만 소녀가 그녀의 칭찬을 묵묵부답으로 넘겼기에 라이라는 머쓱해졌다. 조용히 모든 일을 끝낸 소녀가 입술을 달싹이며 자신의 뒤를 따라오라 말했다.

라이라가 치맛자락을 살짝 들어 올리고는 그녀의 뒤를 따랐다. 기다란 복도, 벽에 걸린 횃불들이 일렁이며 스산한 분위기를 만들어냈지만 들뜬 라이라의 시선을 잡아끌지는 못했다. 소녀에게 안내된 라이라는 자신을 기다리고 있는 발름을 만날 수 있었다.

"아름답군요, 웸블던 영애."

손등에 입맞춤하는 그의 입술이 여전히 어색했지만 라이라는 애써 미소를 얼굴에 띠웠다.

"감사합니다."

"왕자님께서 기다리십니다."

그녀의 손을 살짝 잡아끌며 발름이 방문에 손을 댔다.

끼이익.

묵직하게 열리는 문틈 사이로 빛이 쏟아져 나왔다. 눈을 깜빡이던 라이라는 발름의 손에 이끌려 어느덧 방 안 중간까지 들어와 버렸다.

빛에 익숙해진 눈에 키가 훤칠한 남자가 그녀를 바라보고 있는 모습이 들어왔다. 마차 안에서 봤던 초상화와 똑같이 생긴 남자가 그녀에게 미소를 짓고 있었다. 화들짝 놀란 라이라는 서둘러 예를 갖췄다.

"아, 라이라 제랄딘 웸블던이 왕자님을 뵈옵니다."

우아한 손동작, 부드러운 곡선을 그려내는 황금빛 머리칼, 살짝 떨리는 목소리. 라이라는 최대한 얌전한 동작으로 인사를 마쳤다.

"반가워요, 라이라 양. 로이드 데라블 켄즈입니다. 인상이 참 좋군요."

그것은 라이라가 하고 싶은 말이었다. 초상화를 봤다고는 해도 이렇게 친근하게 보이는 왕자가 신기하게 느껴지기까지 했다. 거기다 상냥하게 이름까지 불러주다니, 그림에서 튀어나온 것 같은 왕자의 입가에는 사람 좋은 미소가 걸려 있었다.

"오느라 수고 많았어요. 그래, 힘들지는 않던가요?"

발름과 마찬가지로 그녀의 손등에 입을 맞추며 로이드가 물었다. 여전히 어색함을 이기지 못한 라이라는 손에서 느껴지는 이상한 감촉에 눈앞의 왕자가 눈치채지 못하도록 살며시 몸을 떨었다.

"네에, 데렉 후작님이 잘 돌봐주셨어요."

"그래요?"

로이드가 싱긋 웃으며 발름을 바라봤다. 왕자의 눈짓에 발름이 머리를 조아렸다.

"자, 그럼 식사하러 가실까요?"

환하게 미소 지으며 로이드는 라이라의 등에 손을 살짝 갔다 댔다. 훤히 드러난 그녀의 맨살에 왕자의 뜨거운 온기가 느껴졌다. 그의 손을 떨쳐내고 싶었지만 라이라는 그럴 수 없었다.

부드럽게 척추를 훑어 내리는 그의 손길에 깜짝 놀라 잠시 잠깐 걸음을 멈췄지만 라이라는 손을 잡아당기는 힘에 그대로 걸어야 했다.

이윽고 다다른 식당은 넓고 넓었다. 기다란 식탁 한가득 차려진 모습에 라이라의 눈이 휘둥그레졌다. 그녀 역시도 귀족 집안이었지만 이렇게 화려하게 차려진 식탁은 처음 보는 것이었다. 집안이 그리 풍족하지 않은 탓도 있었지만 아버지인 그레이엄의 겸손한 성격이 화려한 것을 멀리한 탓도 있었다.

하얀 식탁 위에 빽빽이 들어차 있는 음식들을 보니 딱딱한 검은 빵과 삶은 감자, 채소 스튜로 식사를 하는 아버지가 떠올랐다.

헤어진 지 불과 이틀밖에 되지 않았음에도 아버지에 대한 그리움이 피어올랐다. 라이라는 눈가까지 치밀어 오르는 눈물을 꾹 눌러 내리기 위해 눈동자를 위로 치켜들었다.

"자, 앉으세요."

식탁에 다다르자 로이드가 그녀의 손을 놓아주었다. 얌전히 자리에 앉은 라이라의 코끝에 맛있는 냄새가 다가왔다. 두 명의 소녀가 시중을 드는 것으로 식사가 시작됐다. 맞은편에 앉은 왕자의 고상한 손놀림, 차분한 몸동작이 보기 좋았다. 고기 한 조각을 씹고 냅킨으로 입가를 문지른 로이드가 천천히 입을 열었다.

"음식이 입에 맞는지 모르겠네요, 라이라 양."

"아, 아니에요, 아주 훌륭합니다."

음식은 훌륭했다. 하지만 좀처럼 목구멍으로 넘어가지 않았다. 열심히 씹어도 자꾸 목이 메었다. 그럼에도 라이라는 내색하지 않은 채 즐거운 표정을 지어야만 했다. 로이드의 마음에 들어 이 좋은 음식들을 아버지에게, 유모에게, 테리, 그리고 마을 사람들에게도 먹이고 싶었다. 왕자비가 되면 반드시 그렇게 하고 싶었다.

"수도로 모시고 싶었지만 라이라 양의 안전을 위해 도리 없이 이곳으로 모셔야 했습니다. 양해해 주세요."

"아, 네, 데렉 후작님께 말씀 들었습니다."

로이드는 굉장히 예의 바른 사람이었다. 그가 풍기는 분위기가 마음에 들었다. 작지도, 크지도 않은 목소리는 신기하게도 라이라의 귀에까지 정확히 닿았다. 부드러운 왕자의 음색이 그녀의 불안한 마음을 달래주는 것 같았다.

"사실 라이라 양에게 미안한 것이 있어요."

뜬금없는 로이드의 말에 라이라가 그의 얼굴을 정면으로 바라봤다. 굵게 말아 올라간 앞머리가 갸름한 얼굴에 선을 그어 조금은 단단한 느낌을 주었고 불빛에 반짝이는 갈색의 눈도 어쩐지 깊숙해 보였다.

"아시다시피 루슬란 왕국은 작은 나라입니다. 그래서 주변의 강국 눈치를 보느라 변두리의 귀족들에게 신경을 못 쓰고 있었어요. 그 점 진심으로 사과드립니다."

로이드가 무슨 말을 하는지 알 것 같았다. 사실 웹블던 가(家)는 루슬란 왕국의 귀족 중에서도 가장 약체인 집안이었다.

라이라의 조부가 젊은 혈기로 수도로 올라가 가문의 입지를 굳히고자 노력했지만 오히려 전(前) 왕의 분노를 사서 지금의 그린 그린 지방으로 쫓겨나 숨도 제대로 못 쉬고 살아온 가문이었다. 그래서 그레이엄이 딸을 통하여 수도를 향한 자그마한 발판을 마련하고 싶었던 것인지도 몰랐다.

"아아."

라이라가 한숨과 함께 가벼운 탄식을 내뱉었다. 왕자의 옆에서 눈을 빛내며 그녀를 바라보는 발름에게 잠시 시선을 준 라이라는 다시 로이드의 눈을 똑바로 바라봤다.

"아닙니다, 왕자님. 오히려 미천한 저희 가문을 떠올려 주셔서 감사할 따름이지요."

진심이었다. 라이라는 수도에서 자신의 존재를 알고 있었다는 사실에 놀랐었다. 더군다나 다른 가문에서 자신을 노리고 있다는 발름의 말에 또 한 번 놀란 것이 사실이었다.

하지만 수도에 있는 귀족 영애들이 몇 안 되는 데다가 왕자보다 나이 많은 영애들이 대부분이어서 자신에게까지 눈길이 닿았다는 발름의 설명에 머리를 주억거렸다. 만에 하나, 자신이 왕자의 마음에 들어 왕자비가 된다면 웸블던 가문은 물론이요, 그린그린 마을에까지 미치는 영향력은 어마어마할 것이라는 결론은 당연한 것인지도 몰랐다.

라이라는 최대한 예의를 갖추고 최대한 얌전한 말투를 사용하며 왕자를 응대했다. 지금 당장 라이라가 할 수 있는 것은 그것뿐이었다. 왕자비가 되지 못하더라도 최선을 다해야 했고, 그러고 싶었다.

"일단은 제가 라이라 양 마음에 들어야 할 텐데 말입니다."

씨익 웃으며 말하는 로이드의 얼굴은 선해 보였다. 순간 쿵, 라이라의 심장이 격한 떨림을 동반한 채 바닥으로 곤두박질해 버렸다. 로이드의 커다란 눈이 반쯤 감긴 듯 눈웃음을 그려내고 있었다. 심장의 떨림은 천천히 라이라의 온몸을 돌며 여운을 남기기 시작했다.

"벼, 별말씀을요."

어린 소녀의 티를 막 벗어난 라이라의 통통한 볼에 말간 홍조가 드리워졌다. 지금껏 라이라가 본 남자들이라곤 그린그린 마을의 남자들뿐. 제일 외모가 출중했던 테리보다 훨씬 더 근사한 왕자가 자신을 바라보며 미소를 짓는 모습은 여린 가슴을 흔들기에 충분했다. 이로써 라이라에게 왕자비가 되어야 할 이유가 하나 더 생겨 버렸다.

처음 음식들을 봤을 때 느꼈던 불편함은 조금씩 해소되어 갔다. 크림수프 한 스푼에 마음이 녹아들고, 달콤한 케이크에 마음이 흐늘거렸다.

'음?'

문득 느껴지는 시선에 라이라가 주변을 둘러봤다. 식당 안에 있는 사람들이라곤 여전히 근사한 모습을 유지하고 있는 왕자와 무뚝뚝한 발름, 분주히 빈 접시들을 치우고 있는 두 명의 소녀들 뿐이었다. 하지만 라이라는 어쩐지 자신을 향한 불쾌한 시선이 느껴져 이내 자리가 불편해졌다.

"왜요, 무슨 일이지요?"

먹던 것을 멈추고 불안한 기색으로 주변을 살피는 라이라에게 로이드가 부드럽게 물어왔다.

"아, 누군가가 바라보고 있는 기분이 들어서요."

라이라는 솔직했다. 그 솔직함에 흠칫 놀라는 로이드가 수상쩍었지만, 발름의 얼굴도 살짝 일그러진 것도, 분주한 손놀림을 잠깐 멈춘 소녀들도 이상했지만 그것은 말 그대로 찰나였다.

"사실, 오래된 저택이라 조금 으스스한 면이 있지요."

"아아."

납득되지는 않았지만 납득한 척해야 했다. 라이라는 자신이 지을 수 있는 최대한 매력적인 미소를 입가에 매달고는 고개를 끄덕였다.

"그렇군요. 사실 저희 그린그린에서도 오래된 고성(古城)이 있는데 가끔 유령이 출몰한다고 하더라고요. 믿지는 않지만 말이죠. 이 저택도 그런 소문이 있나 보죠?"

달그락거리는 소리가 라이라의 손끝에서 시작되자 분위기는 급물살을 탄 듯 순식간에 조금 전 상황으로 돌아갔다. 로이드는 여전히 사람 좋은 미소를 흘리며 라이라에게 이런저런 질문들을 건네왔고 발름은 쩝쩝 소리를 내며 게걸스럽게 음식들을 먹어치웠으며 소녀들은 여전히 밀랍같이 창백한 얼굴로 접시들을 치우고 있었다.

불편한 식사를 끝내고 맑은 국화차 향기에 마음을 추스르며 어느덧 그녀는 본연의 자세로 돌아가 있었다. 얌전히 행동하라는 발름의 말도 잊은 채 라이라는 명랑하게 로이드와의 담소를 즐겼다.

"어머, 정말이에요?"

눈을 반짝이며 호기심 가득한 목소리로 되묻는 라이라에게 로이드가 살짝 고개를 끄덕였다.

"정말 멋지군요! 저택 뒤쪽에 거대한 숲이 있다니!"

"웸블던 양, 혹시 말을 탈 줄 알아요?"

"그럼요!"

어디 말뿐이랴. 그린그린 마을에서 열리는 소 타기 대회에서 일등을 여러 번 한 경력의 소유자, 라이라는 혹시 그가 말을 타자는 제안을 하지 않을까 하는 기대로 왕자의 입술을 바라봤다.

"그럼 내일 오전에 저와 같이 승마를 즐길까요?"

"진짜요?"

뛸 듯이 기뻤다. 사실 라이라는 왕자 앞에서 얌전을 빼야 한다는 발름의 말에 고개를 끄덕이긴 했지만 자신이 과연 그럴 수 있을까 하는 의구심을 가졌다. 그런데 말을 같이 타자니, 그건 마냥 얌전만 빼지 않아도 된다는 일종의 허락 같았다.

"자, 내일 움직이려면 일찍 잠자리에 들어야겠군요."

로이드의 말에 라이라가 서둘러 자리를 털고 일어났다. 그의 말대로 푹 자둬야 신나는 모험을 할 수 있을 것 같았다.

"방까지 모셔다 드려야 하는데 아쉽게도 데렉 후작과 할 말이 있어서."

로이드는 라이라에게 방까지 데려다주지 못하는 것에 대한 양해를 구해왔다. 라이라는 알겠다는 듯 상냥한 미소를 얼굴에 드리웠다.

"그럼, 내일 뵙겠습니다."

"그래요. 잘 자요, 라이라 양."

라이라가 소녀들과 함께 방을 빠져나가자 로이드의 얼굴이 변했다. 부드러운 바람이 일 듯 살랑이던 미소가 갑자기 사라져 버렸고 보기 좋던 눈썹이 한없이 일그러졌다.

"체이셔!"

분노가 가득한 낮은 목소리가 방 안을 울렸다. 그 목소리가 완전히 흩어지기 전, 한쪽 벽이 흔들리며 난데없이 드륵 하는 소리와 함께 보이지 않았던 문이 열리고 한 남자가 방 안으로 들어섰다.

"나오지 말라고 했을 텐데?"

저벅거리는 발소리와 함께 로이드가 있는 쪽으로 다가선 남자의 그림자가 길게 드리워졌다. 이내 빛 속으로 들어선 남자의 얼굴은, 로이드였다.

"형."

로이드와 같은 얼굴, 같은 목소리. 다른 것이 있었다면 벽에서 나온 남자가 로이드보다 약간 살이 더 붙었다는 것뿐이었다.

"왜 말을 듣지 않는 거냐."

"나, 그 여자 마음에 들어."

로이드의 말 따윈 아무 상관없다는 듯 체이셔는 탐욕의 빛을 얼굴에 흘리며 형에게 말을 계속 건넸다.

"웸블던 따위야 사라져도 그 누구도 모를 거야. 그 여자, 아주 좋은 몸을 가졌던데? 얼굴도 귀엽고."

로이드와 또 다른 점. 체이셔의 목소리는 음흉함으로 가득 차 있었다.

"좀 천천히 하라고."

"그럴 필요 뭐가 있어? 어차피 내 것이 될 건데."

"체이셔!"

낮게 꾸짖는 형의 안색은 체이셔의 눈에 들어오지 않았다. 라이라가 나간 문을 노려보며 체이셔는 실실 웃음을 흘렸다.

"내일 승마를 하겠다고? 그거, 내가 하지."

2 장

나락

아침 햇살이 따사로운 느낌으로 다가왔다. 집에서처럼 햇살의 키스를 받으며 눈을 뜬 라이라는 한동안 자신이 누워 있는 공간이 낯설어 멍하니 천장만 바라봤다. 유모를 부를까 말까 잠시 고민하던 라이라가 퍼뜩 머리를 쳐들었다.

"아!"

자신이 어디에 와 있는지 깨달은 라이라는 정신을 차리고 몸을 일으켰다. 그와 동시에 문 두드리는 소리가 들려왔다.

똑똑.

"네."

잠긴 목소리가 낯설게 느껴졌다. 라이라는 문을 열고 들어선 사람을 바라봤다.

"일어나실 시간입니다."

종종걸음으로 창가로 다가간 소녀가 좌락 소리를 내며 커튼을 젖히고는 창문을 활짝 열었다. 따뜻한 바람이 밀려들어와 한차례 방 안을 훑고 지나갔다.

"입으실 옷을 준비했습니다."

입술을 달싹이는데도 작은 소녀의 목소리는 라이라의 귓속으로 또렷이 파고들었다. 그제야 완전히 정신을 차린 라이라는 주섬주섬 침대에서 일어나 그녀가 이끄는 대로 걸음을 옮겼다. 차가운 물에 세수를 하고 나니 정신이 맑아지는 기분이었다.

"오늘 승마를 하신다고 하셔서 준비해 뒀습니다."

어느새 침대 위에는 여성용 승마복이 펼쳐져 있었다. 그것을 본 순간, 라이라는 어쩐지 기분이 묘해졌다.

"저기."

"네?"

"내가 승마할 줄은 어떻게 알고 준비한 거지? 지난밤 사이에 준비한 건가?"

"혹시나 해서 미리 준비해 둔 겁니다. 새 옷이에요."

별말을 다 한다는 듯 퉁명스럽게 얘기하며 소녀는 얼른 옷을 입으라는 듯 재촉의 손짓을 보냈다. 하릴없이 옷을 갈아입은 라이라는 또다시 소녀가 이끄는 대로 식당으로 향했다.

"어서 와요, 라이라 양."

자신을 반기는 로이드의 모습을 보는 라이라의 입가에 미소가 맺혔다.

"좋은 아침입니다, 왕자님."

아침 메뉴는 어제저녁보다 단출했다. 라이라는 로이드가 권한 자리에 앉아 식사를 시작했다.

"잠은 편히 잘 잤어요?"

"네. 왕자님은요?"

싱긋, 웃으며 라이라가 자신에게 관심을 보이는 로이드를 바라봤다. 여전히 그는 잘생기고 예의 바른 청년이었다. 그녀의 속도에 맞춰 음식을 씹는 것도 그렇고 그녀가 잘 먹는 음식을 챙겨주는 것도 그렇고, 모든 행동이 마음에 쏙 들었다.

"자, 가실까요?"

어느덧 식사가 끝이 나고 왕자의 에스코트로 라이라는 마구간으로 향했다. 저택 밖을 나선 라이라가 강렬한 햇빛에 눈을 찡그렸다. 손바닥으로 눈 위를 가리고 나서야 주변 사물이 시야에 들어왔다.

어제저녁에는 몰랐는데 바로 저택 뒤에 울창한 숲이 우거져 있는 모습을 보니 넋이 나갈 지경이었다. 한눈에 보기에도 수백 년은 되어 보이는 아름드리나무들이 이곳저곳에 뿌리를 내리며 서 있었고 멀리 보이는 수풀은 시꺼멓게 보일 정도로 빽빽했다.

"저쪽에 정말 길이 있어요?"

문득, 알 수 없는 두려움이 인 라이라가 하인에게 말을 데려오라 시키는 로이드에게 물었다.

"그럼요."

로이드의 눈매가 둥그스름해졌다.

"여기서 보면 울창해 보여도 길이 아주 잘 나 있답니다. 걱정하지 말아요, 레이디."

부드럽게 속삭이며 은은한 눈길로 자신을 바라보는 로이드의 모습에 라이라는 그저 얼굴을 새빨갛게 물들인 채 고개를 푹 숙이고 말았다.

열일곱 라이라는 아직 사춘기 소녀였다. 잘생긴 남자가 애정이 담뿍 담긴 눈으로 자신을 내려다보는 것은 난생처음이었다. 테리가 잘생겼다고는 하나, 테리는 결코 그녀에게 남자가 될 수 없었다.

푸르륵, 하인이 두 마리의 말을 끌고 다가왔다. 따각거리는 말 발굽 소리를 내며 시야로 들어선 말 중 한 마리는 눈부신 백마였다. 살랑거리는 바람에 부드럽게 일렁이는 말갈기에 햇빛이 부딪치며 반짝였다. 푸르륵거리는 하얀 말의 눈빛이 너무도 선해 라이라는 저도 모르게 손을 뻗어 말의 콧등을 쓰다듬었다.

"얌전하네요?"

그녀의 손길에 잠시 주춤거리던 하얀 말이 얌전하게 있자 라이라는 기쁨에 겨워 로이드를 바라봤다. 그러다 다정한 눈으로 자신을 바라보는 그와 눈이 마주치자 라이라는 다시 한 번 얼굴을 붉혀야 했다.

"말 이름이 뭐예요?"

떨리는 목소리를 애써 외면하며 라이라는 말에게 시선을 돌렸다. 여전히 선한 눈으로 자신을 바라보는 말이 귀엽게만 느껴졌다.

"신디."

"아, 신디."

자신의 이름을 알아들었는지 신디가 머리를 흔들었다.

"자, 이제 출발해 볼까요?"

로이드의 말에 라이라가 고개를 끄덕였고 그것으로 두 사람의 승마가 시작됐다. 하인과 로이드의 도움으로 신디의 등에 올라탄 라이라는 고삐를 힘껏 움켜쥐었다. 고향에 있었을 때 탔던 말에 비하면 신디는 굉장히 순한 말이었다. 하인이 박차를 손보는 것으로 준비는 끝났다. 로이드가 다른 갈색 말에 올라탄 뒤, 그녀를 돌아봤다.

"괜찮은 거죠, 레이디?"

"그럼요. 저 말 잘 타요."

너무 얌전한 신디 때문인지 자신감이 피어올랐다. 환하게 웃으며 라이라가 살짝 신디의 배를 차자 그와 동시에 신디가 움직였다. 하얀 말과 갈색 말이 머리를 나란히 하며 걸음을 옮기자 어쩐지 기분이 좋아졌다.

아래쪽에서부터 들려오는 규칙적인 말발굽 소리, 말의 입에서 새어 나오는 숨소리는 천천히 펼쳐지는 숲의 정경과 어우러져 마치 그녀가 자연의 일부분이라도 된 것 같았다.

"좀 달려볼까요?"

그녀가 뭐라 말하기도 전에 로이드는 이랴, 하는 소리와 함께 박차를 가하며 앞서 달려 나갔다. 당황한 라이라도 서둘러 그의 뒤를 따르기 위해 신디의 배를 걷어찼다. 하지만 어쩐 일인지 어느새 로이드의 모습이 보이지 않았다.

"왕자님!"

소리쳐 봤지만 달리는 말의 진동에 의해 목소리는 제대로 퍼지지 않았다. 숲에 들어서기 전 느꼈던 불안감이 스멀거리며 피어올랐다. 듣기 좋게 느껴졌던 말발굽 소리는 빨라질수록 두려움의 대상이 되어버렸다. 말을 타는 것은 두렵지 않았다. 하지만 낯선 곳에 혼자 남겨지는 것이 두려웠다.

숨이 턱턱 막혔다. 신디의 발은 무척 빨랐다. 왕자를 놓칠지도 모른다는 두려움과 빠른 속도로 달려 나가는 신디, 그리고 가면 갈수록 험해지는 숲속의 길이 무서웠다.

덜덜, 몸이 떨려왔다. 울창한 숲속은 단 한 줄기의 빛도 허용치 않았다. 어렴풋이 사물의 형상만 보일 뿐 자세히 보이지 않았다. 라이라는 이렇게 낯선 곳에 떨어진 적이 태어나서 단 한 번도 없었다. 언제나 아버지와 함께였고 조금 자라서는 테리와 함께였다. 그와 모험도 많이 하곤 했지만 그나마도 마을 밖을 벗어난 적이 없었다. 그런데 지금, 그녀는 혼자였다. 오롯이 혼자였다.

"로, 로이드……."

목소리가 잦아들었다. 좀처럼 목소리가 나오지 않았다. 숲은, 두려움으로 가득한 공간이 되어버렸다. 갑자기 숲 안의 모든 것들이 살아 움직이는 것 같았다.

찰싹.

마른 나뭇가지가 라이라의 뺨을 쳤다. 붉은 선혈 한 줄기가 허공을 갈랐다. 아픔은 잠시였다. 아니, 엄습한 놀라움 때문에 아픈 것은 느껴지지 않았다. 자잘한 나뭇가지들이 그녀의 몸을 쳐대기 시작했다. 신디가 달리면 달릴수록 나뭇가지들의 공격이 시작됐다. 그제야 라이라는 말의 속도를 줄이기 위해 고삐를 잡아당겼다.

"워, 워, 신디, 멈춰!"

있는 힘껏 잡아당겨 봤지만 신디는 꿈쩍도 하지 않았다. 마치 뭐에 홀리기라도 한 듯 그저 앞으로 내달리기만 할 뿐이었다. 왈칵, 공포가 밀려왔다. 고삐를 잡은 손이 덜덜 떨렸다.

"머, 멈춰!"

공포의 끝은 경악으로 물들었다. 점점 좁아지는 숲길. 앞을 알 수 없는 두려움이 뾰족한 비명 소리로 표출되고야 말았다. 앞에 뭔가가 있는지도 모를 상황. 라이라는 질끈 감은 눈을 좀처럼 뜰 수 없었다. 어지럽게 날아드는 나뭇가지들 때문이기도 했지만 폐부 깊숙한 곳에서부터 밀려 올라온 무서움이 눈을 뜨지 못하게 한 탓이었다.

"라이라 양!"

자신을 부르는 목소리에 라이라는 꼭 감았던 눈을 간신히 뜨고 주위를 둘러봤다. 귓가를 점령하고 있던 말발굽 소리가 배로 느껴졌다.

"정신 차려요!"

가까운 곳에서 반가운 목소리가 들려왔다. 덜덜 떨며 소리 나는 곳을 돌아보니 얼핏 로이드의 모습이 눈에 들어왔다.

"왕자님!"

절로 반가움이 튀어나왔다.

"가만히 있어요!"

신디 곁으로 바싹 말을 몬 그가 재빨리 신디의 등으로 올라탔다. 동시에 갈색 말은 속도를 줄였고 그녀의 몸을 바싹 끌어당긴 그는 그녀의 손에서 고삐를 낚아채고는 그대로 내달렸다.

"워, 워!"

신디를 진정시키려 큰소리를 지르는 강한 목소리에 라이라의 몸에 전율이 흘렀다. 등 바로 가까이 딱 붙은 남자의 가슴에서 울림이 전달되자 저도 모르게 안심이 되었다. 등을 통해 전해져

오는 따뜻한 온기에 천천히 라이라는 안정을 취할 수 있게 됐다. 말의 속도가 느려지는 것이 느껴졌다.

"하아."

다시 생각해도 아찔했다. 로이드가 도와주지 않았다면, 하고 생각하자 모골이 송연해지는 기분이었다. 천천히, 신디가 숨을 가다듬었다. 그 소리를 들으며 라이라는 다시 한 번 안심할 수 있었다.

"얌전한 녀석인데 왜 그리 달린 건지 이해할 수가 없군요."

머리 위에 굵직한 목소리가 내려앉았다.

"그러게요."

손을 올려 가슴을 쓸어내리던 라이라는 문득 이상한 기분이 들었다. 뒤의 왕자가 너무 바싹 붙어 앉아 있었던 것이다. 살짝 몸을 비틀어 조금 떨어지려 했지만 단단한 남자의 손이 그녀의 허리를 옭아매듯 붙잡았다.

"조심해요. 신디의 흥분이 아직 덜 가라앉은 것 같으니."

남자의 가슴이 더욱 가까이 느껴졌다. 동시에 왕자의 손이 슬쩍 그녀의 가슴 아래를 더듬었지만 라이라는 혹시나 신디가 또 날뛸까 싶어 경계하느라 눈치채지 못했다.

'흐흐, 정말 죽이는군.'

체이셔가 연신 군침을 삼켰다. 애를 써도 그의 숨결은 점점 거칠어졌다. 어제 잠깐 봤지만 라이라는 그의 마음에 쏙 들었다. 앳된 얼굴과는 달리 볼륨 있는 몸매. 아직은 작은 가슴이지만 조만간 매력적으로 변할 게 틀림없었다.

어젯밤, 로이드에게 오늘 승마는 자신이 할 거라 큰소리쳤던 체이셔는 로이드가 탄 말과 비슷하게 생긴 말을 타고 숲속에서 그녀를 기다렸다. 이윽고 로이드가 자신을 스치고 지나간 뒤 시간을 두고 로이드인 척하며 라이라 앞에 나타났던 것이다.

체이셔의 숨결이 거칠어졌다. 흔들리는 말 위에서 고스란히 느껴지는 여체는 그를 흥분으로 몰아갔다. 가슴과 팔 안에 가둬진 라이라의 드러난 목덜미가 눈부셨다. 그 새하얀 목덜미에 진한 자국을 내주고 싶었다. 하지만 일단은 참아야 했다.

위험한 승마가 끝나고 난 후 라이라는 잠시 쉬기로 했다. 어찌나 놀랐던지 여전히 그녀의 심장은 벌렁거렸다.

"이쪽으로."

라이라의 시중을 들어줬던 소녀가 그녀를 욕실로 안내했다. 욕조에는 어느새 따뜻한 물이 가득했고 장미 꽃잎이 점점이 흩뿌려져 있었다. 장미향이 김과 함께 피어올랐다. 라이라는 옷을 벗고 욕조에 들어가 목까지 물이 차오르도록 몸을 담갔다. 따뜻한 물은 그녀의 긴장을 완화시켜 주었다.

"씻겨 드리겠습니다."

소녀가 다가와 부드럽게 그녀의 몸을 씻기기 시작했다. 붉은 꽃잎이 살랑거리며 그녀의 주위를 맴돌다 잔잔하게 흩어져 나갔다. 욕실 안은 진한 장미향으로 가득했다. 소녀의 부드러운 손놀림이 기분 좋았다. 라이라는 저도 모르게 스르르 눈을 감았다.

"이 옷으로 갈아입으세요."

소녀가 권한 드레스로 갈아입은 라이라는 또다시 그녀에게 몸을 맡겼다. 곱게 머리를 빗고 얼굴에 분칠도 하고 단장을 마친 그녀는 소녀의 뒤를 따라 기나긴 복도를 걸었다.

"저기."

"네?"

그녀의 부름에 소녀가 뒤돌았다.

"이름이 뭔지 궁금해서."

라이라는 어젯밤에 도착해서 지금껏 자신을 돌봐준 소녀의 이름을 이제야 묻다니 한없이 미안했다. 소녀가 고개를 끄덕였다.

"코니입니다."

"고마워, 코니."

하지만 코니는 라이라의 인사를 듣는 둥 마는 둥 하며 걸음을 빨리했다. 코니의 안내로 다다른 널따란 방은 처음 왕자를 만났던 방이었다.

"좀 진정이 되었나요, 라이라 양?"

다정한 인사에 라이라의 볼에 노을이 드리워졌다. 몸도 마음도 진정이 되니 말 등에서 그의 몸과 바싹 붙었던 기억이 떠올랐다.

"네, 걱정을 끼쳐서 죄송합니다."

"아니, 오히려 제가 죄송합니다. 신디가 그럴 줄 몰랐어요."

부드러운 사과에 라이라는 두근거렸다. 슬쩍, 올려다본 그의 잘생긴 얼굴에 다시 뺨이 발갛게 물들어갔다.

"자, 이리로."

자신에게 내밀어진 단단한 손. 라이라가 그 손에 살포시 자신의 손을 얹었다. 로이드가 그녀를 이끄는 바람에 라이라는 한층 더 가깝게 왕자에게 다가갔다. 자신을 내려다보는 갈색 눈동자가 감미로웠다. 그의 얼굴에서 눈을 뗄 수가 없었다.

로이드의 손안에 단단히 갇힌 라이라의 손이 떨렸다. 그가 내뿜는 향이 콧속으로 밀려들어 오자 심장은 더욱 떨렸다. 처음 느껴보는 감정이었다. 왕자가 이끄는 대로 걸음을 옮기던 라이라는 어느새 푹신한 의자에 몸을 실은 자신을 볼 수 있었다. 탁자 위에 놓인 것은 과일과 쿠키, 차였다.

"그냥 라이라 양과 이야기가 하고 싶어서요."

활짝 열린 창문으로 시원한 바람이 들어와 방 안을 휘적휘적 맴돌았다. 왕자와 단둘이 있게 되니 긴장이 되었다. 자신 말고도 다른 귀족 여식들도 그의 마음에 들기 위해 안간힘을 쓸 터. 라이라는 마른침을 삼켰다. 자신을 조금 더 각인시킬 필요성이 느껴졌다.

"따뜻한 홍차예요, 들어요."

"네."

달그락거리는 소리가 방 안을 울렸다. 홍차 한 모금에 어쩐지 마음이 진정되는 것을 느끼며 라이라는 조금 편하게 자세를 고쳐 앉았다.

"집 떠나서, 힘들지 않아요?"

"……조금요."

이제 열일곱 살의 어린 소녀는 다정한 질문에 목이 메었다. 며칠 떠나지 않았는데도 집이 그리웠다. 젬마의 따뜻한 파이도, 테리의 장난스런 웃음도, 아버지의 근엄한 표정도 모두 모두 그리웠다.

"저런."

어느새 로이드가 그녀의 옆자리로 다가와 비단 손수건으로 그녀의 눈가를 부드럽게 닦아주었다. 시원한 향이 그의 몸에서 풍겨 나왔다.

"괜찮아요."

가만히 자신을 안아주는 로이드의 행동에 온몸을 딱딱하게 굳힌 라이라가 흡, 하는 소리와 함께 숨을 내쉬더니 무너지듯 그의 품 안으로 쓰러졌다. 그리운 그린그린. 이제 다시 못 돌아갈지도 모른다는 알 수 없는 불안감에 라이라는 울음을 터뜨렸다.

왕자에게 위로를 받은 라이라는 자신의 그런 행동에 후회를 하고 반성도 했다. 왕자비 후보로서 좋지 않은 점을 보였다는 생각에 걱정도 일었지만 그 뒤로는 아무 일도 일어나지 않았다. 식사 시간도 화기애애했고 티타임 역시 기분 좋게 즐길 수 있었다.

간혹 보이는 로이드 왕자의 애처로운 눈빛이 의아했지만 자신이 울었기 때문이라고 생각했다. 하루 일과를 마친 라이라는 코니의 도움을 받아 옷을 갈아입고 푹신한 침대에 온몸을 내맡겼다. 오랜만에 승마를 한 탓인지 무척 피곤했다. 그녀는 금세 곯아떨어졌다. 깊은 잠은, 그녀를 나락의 세계로 안내했다.

얼마나 잤을까. 깊고 깊은 밤, 목 아래에서 느껴지는 답답함에 문득 눈을 뜬 라이라는 숨이 턱 막히는 경험을 해야 했다. 옴짝달싹할 수가 없었다. 온통 캄캄한 밤, 라이라는 무슨 일이 일어나고 있는지 알아내기 위해 한껏 눈을 크게 떴다.

"안녕, 예쁜이?"

크게 떠진 망막 안에 비릿한 미소를 짓고 있는 왕자가 새겨지고 있었다.

온몸이 불편했다. 팔을 휘둘러 봤지만 움직이지 않았다. 비몽사몽간이라 라이라는 자신이 처한 상황을 제대로 인식하지 못하고 있었다. 그저 답답하기만 했다. 숨이 막혔다. 달빛에 익숙해진 시야가 천천히 밝아지자 낯선 이의 모습이 눈에 들어왔다. 바로 코앞에서 징그러운 미소를 짓고 있는 왕자. 그제야 그녀의 입에서 뾰족한 비명이 튀어나왔다.

"아악!"

하지만 이내 두툼한 손에 의해 라이라의 입은 봉해지고 말았다. 왈칵, 두려움이 밀려왔다. 저도 모르게 온몸이 떨렸다. 으읍, 소리를 치려 했지만 그것은 입안에서만 맴돌 뿐이었다.

"쉬이, 예쁜이, 조용."

불처럼 뜨거운 손바닥이 그녀의 보드라운 볼을 스쳐 지나갔다. 그것을 느낀 순간, 온몸에 소름이 돋고 말았다.

"읍읍!"

누군가를 불러 이 상황에서 벗어나야 한다, 라이라는 온 힘을 다해 발버둥 쳤다. 그러나 그것은 부질없는 행동. 묵직한 사내의 무게가 공포로 다가왔다. 거친 숨소리는 그녀의 것인지 왕자의 것인지 알 수 없었다. 뜨거운 숨결이 느껴졌다. 얼굴을 바싹 갖다 댄 왕자가 라이라의 귓가에 속삭였다.

"있지, 아무도 오지 않아."

"읍, 읍!"

도움을 요청해야 했다. 목청껏 소리쳐야 했지만 단단히 막힌 입에서는 그저 꽉 막힌 소리만 흘러나올 뿐이었다.

"쉬이."

쉰 목소리를 내는 왕자는 낯설었다. 낮에 본 친절한 사람은 도대체 어디로 사라진 걸까, 공포는 조금씩 조금씩 라이라의 몸속 깊숙이 젖어들었다.

"하아."

축축한 입김이 라이라의 얼굴에 닿았다. 몸서리쳐질 만큼 라이라는 죽고 싶은 기분이 들었다.

"피부가, 고와."

비릿한 미소와 함께 왕자가 중얼거렸다. 왕자, 체이셔는 온몸이 떨릴 정도로 흥분해 있었다. 말 위에서 느꼈던 여체의 여운이 가실 사이도 없이 몸이 주는 쾌락의 유혹을 이기지 못한 체이셔가 라이라의 방을 찾은 것이었다.

"흐흐."

음흉한 미소를 드리우며 체이셔는 손을 부지런히 놀렸다. 얇은 잠옷이라 라이라의 살결이 고스란히 느껴졌다. 거친 숨소리는 더욱 커져 갔다. 체이셔는 혀를 내밀고 보드라운 뺨을 스윽, 핥았다.

"으읍!"

라이라가 있는 힘껏 도리질했다. 끈적이는 혀의 느낌이 싫었다. 스멀거리는 혀가 입과 목 주변을 더듬는 것이 싫었다. 옷 위로 느껴지는 남자의 거친 손길이 싫었다. 온몸에 소름이 돋는 순간, 공포는 사라지고 수치심만이 그녀를 덮쳤다.

꿈임이 틀림없었다. 꿈이라, 믿고 싶었다. 그러나 남자의 뜨거운 입김이 현실임을 여실히 알려주었다. 라이라는 다시 한 번 크게 몸을 움직여 위험한 상황에서 벗어나려 했지만 어림없었다. 체이셔는 그녀를 안은 팔에 더욱 힘을 줬다.

"가만히 있어. 기분 좋게 해줄게."

욕망으로 번들거리는 목소리는 흥분을 참치 못하고 심하게 떨리고 있었다.

찌이익.

기어이 거친 손길이 얇은 천을 찢어내고 말았다. 라이라의 눈앞이 캄캄해졌다. 남자의 뜨거운 손이 보드라운 여체를 더듬기 시작했다.

"크흐, 정말 죽이는군."

잔인한 목소리.

온몸이 벌거벗겨진 라이라는 지독한 수치심으로 인해 움직일 의지마저 생기질 않았다. 그저, 아침이 되면 이 모든 것이 꿈으로 기억되리라, 빌고 또 빌 뿐이었다. 왕자의 손은 이제 라이라의 입에서 떨어졌지만 모든 의지를 상실한 여자는 그저 숨죽여 눈물을 흘리기만 했다.

"흡!"

체이셔가 숨을 들이마셨다. 희미한 달빛에 드러난 앙증맞은 가슴이 수줍게 그를 유혹했다. 그 어떤 손길도 닿지 않았을 것이 분명한 여린 유두는 달콤한 향을 내뿜는 듯했다. 체이셔의 온 신경이 가슴에 쏠린 순간, 기회를 엿보던 라이라가 그를 떨쳐 내기 위해 있는 힘껏 몸부림쳤다.

"이게!"

자신의 즐거움을 방해한 라이라에게 체이셔는 욕설을 내뱉으며 손을 치켜올렸다.

짜악!

두툼한 사내의 손이 뺨 위로 내리꽂혔고 그 충격으로 그녀는 힘없이 침대 위로 몸을 늘어뜨렸다.

"가만히 있으랬잖아!"

축 늘어진 라이라를 노려보며 체이셔는 서둘러 옷을 벗기 시작했다. 완전히 알몸이 된 그가 찢겨져 너덜거리는 그녀의 잠옷을 걷어버리고 경이로운 시선으로 여체를 훑었다. 이윽고 뜨거운 손길이 아름다운 여인의 몸 위로 내려앉았다. 복부에서 시작된 험한 손이 천천히 올라가더니 가슴을 움켜쥐었다. 말로 표현할 수 없는 부드러움에 그의 얼굴에 황홀감이 떠올랐다.

"꿀꺽."

군침 삼키는 소리가 커다랗게 울렸다. 체이셔의 눈이 점점 더 커졌다. 쉴 새 없이 거친 숨결이 뿜어져 나왔다. 망막 가득 담겨진 여체와 손끝으로 느껴지는 감촉에 그의 남성이 서서히 고개를 들기 시작했다.

몸 안 깊숙한 곳에서부터 피어오르는 열기에 체이셔는 더 이상 참을 수 없다는 듯 라이라의 몸 위로 달려들었다. 여전히 정신을 차리지 못한 라이라의 하얀 몸 위로 검은 사내의 몸이 겹쳐졌다.

적당한 크기의 아름다운 가슴이 시커먼 손에 유린당하기 시작했다. 하얀 가슴이 이지러지고 뭉개졌다. 여체를 향한 본능적인 욕구가 남자의 눈동자에 짙게 드리워졌다. 원초적 욕망은 남자의 육체를 잠식해 나갔다. 정신없이 달려드는 체이셔의 얼굴은 짐승의 형상에 가까웠다.

혀와 양손을 이용해 거침없이 여체를 탐하던 체이셔가 몸을 일으키고는 라이라의 다리 사이로 들어갔다. 살짝 벌어진 깊은 계곡의 모습에 체이셔는 음, 하는 낮은 신음을 토해냈다. 몸을 숙이고 여인의 신비를 가만히 노려보는 체이셔의 얼굴은 욕망으로 번들거렸다. 남자의 호흡이 점점 더 거칠어갔다.

"아……."

누구한테 흠씬 맞은 것처럼 온몸이 아파왔다. 잘 떠지지 않는 눈을 뜨려 애를 쓰던 라이라가 기어이 눈을 떴다. 하지만 눈을 뜬 건지 감은 건지 모를 정도로 온통 어둡기만 했다.

"여기가 어디지?"

암흑 속에서 라이라는 미간을 좁혔다. 선뜩한 기운이 느껴지는 것이 자신이 머물던 방이 아닌 것 같았다. 당황스러움과 함께 어젯밤에 일어났던 기억이 라이라에게 달려들었다. 엄습해 오는 고통과 허벅지 안쪽에서 퍼지는 낯선 느낌에 그녀의 눈이 크게 떠졌다. 다급함에 몸을 일으키려 침대 바닥에 손을 대려고 했다.

찰캉.

손목에서 느껴지는 단단한 느낌. 뜻대로 움직여지지 않는 팔. 그리고 덮쳐 오는 서늘함. 라이라는 눈을 깜빡였다. 그리고 다시 팔을 움직여 봤다.

덜컹.

쇳소리의 묵직함만큼이나 그녀의 마음도 묵직해졌다. 어둠이 눈에 익자 서서히 주변 사물들이 선명해지기 시작했다.

"뭐야, 이거……."

서늘함의 원인이 무엇인지 알게 된 라이라는 저도 모르게 옆에 펼쳐진 이불을 황급히 옮겨다 몸을 감쌌다. 어찌된 영문인지 천 쪼가리 하나 걸치고 있지 않고 있었던 것이다. 왈칵, 두려움이 밀려왔다.

"도대체……."

무슨 일이지, 중얼거리던 라이라는 놀란 가슴을 쓸고는 정신을 차리고 주변을 살피기 시작했다. 처음으로 그녀의 눈길이 닿은 곳은 역시 팔목이었다.

"이게 뭐지?"

팔목에는 쇠고랑이 채워져 있었고 쇠고랑은 가느다란 사슬이 연결되어 뒤쪽으로 이어져 있었다. 라이라의 상반신이 뒤쪽을 향했다.

"아······!"

침대 머리에 딱 붙은 거대한 벽 중앙에는 두 개의 횃대가 마련되어 있었다. 고개를 옆으로 돌리니 양옆으로 빈 횃대가 줄지어 늘어서 있는 모습이 보였다. 침대 뒤쪽의 커다란 벽과 이어진 쇠사슬은 분명 자신의 팔목과 연결된 것이었다. 당황한 라이라가 힘껏 사슬을 당겨보았지만 역부족이었다. 몇 번을 당겨도 팔은 자유롭지 않았다.

꿈을 꾸는 것이라 믿고 싶었다. 벌거벗겨진 몸과 묶인 양손. 도저히 현실에서 있을 수 없는 일이었다. 하지만 손바닥으로 느껴지는 이불의 감촉은 꿈이 아니라 말하고 있었다. 라이라는 혼란스러웠다.

덜컹, 끼이이.

무거운 쇠문이 열리는 소리와 함께 송진 타는 냄새가 느껴졌다. 타닥, 발소리와 함께 불덩어리가 라이라의 눈 속으로 파고들었다. 그녀는 빛을 노려봤다. 흔들리는 횃불이 점점 다가오고 있었다.

어둠을 뚫고 다가서는 불빛은 라이라에게 희망이 되어주지 못했다. 누군가의 등장은 안도감보다 두려움을 불러일으켰다. 그녀의 얼굴에는 긴장감이 서렸고 파란 눈동자는 불안하게 흔들렸다.

"누, 누구예요?"

공포로 인해 그녀의 목구멍에서 쉿소리가 새어 나왔다.

저벅, 저벅.

아무런 말 없이 다가오는 발소리에 모든 감각이 집중되었다. 일정한 보폭으로 다가오던 횃불이 라이라의 코앞에서 멈췄다.

"일어나셨어요?"

들려온 감정 없는 목소리는 코니의 것이었다. 라이라는 반갑게 그녀를 바라봤다.

"코니!"

그녀는 코니가 자신을 묶은 사슬을 풀어주리라 기대했다.

"식사 가져왔어요."

딸깍.

침대 옆, 손을 뻗으면 닿을 거리에 있는 작은 탁자 위에 접시를 내려놓은 코니는 가만히 라이라를 바라봤다. 순간, 라이라는 코니의 담담함이 이해가 되지 않았다.

"어둡죠?"

코니가 속삭이듯 묻고는 몸을 돌려 들고 온 횃불을 기울여 횃대에 불을 밝혔다. 순식간에 방 안은 빛으로 가득 차올랐다.

"지하실 계단은 무척 어두워서 양초로는 어림없어요."

'지하실 계단?'

라이라는 코니가 무슨 말을 하는지 감이 잡히질 않았다. 코니가 사근사근한 성격이 아니라는 것쯤은 알고 있었다. 하지만 이 기막힌 상황을 보고도 담담할 수 있다니, 어안이 벙벙해졌다.

"내, 내가 왜 여기 있는 거지?"

의구심 가득한 물음에도 코니는 그저 라이라를 바라보기만 했다. 어제와는 너무나도 다른 눈빛.

"일단 나 좀 풀어줘."

일단 자유로워지는 것이 급선무였다. 하지만 코니는 라이라의 애원을 가볍게 무시했다.

"당신이 여덟 번째예요."

밑도 끝도 없는 말에 라이라는 눈을 깜빡였다.

"제발 나 좀 풀어줘!"

이해할 수 없는 상황과 너무나도 다른 사람처럼 변해 버린 코니로 인해 라이라는 신경이 곤두서 있었다.

"당신."

코니의 무덤덤한 얼굴에 변화가 생겼다. 그것의 정체는 분노였다.

"기억해요. 내가 첫 번째야."

라이라는 그녀가 무슨 말을 하는지 알 수 없었다.

"나 좀 풀어달라고!"

철컹철컹.

몸부림치는 바람에 라이라의 손을 옭아맨 사슬이 요란하게 춤을 추기 시작했다.

"이런, 이런."

들려오는 굵은 목소리. 순간, 라이라의 온몸에 소름이 돋았다. 목소리가 들려온 곳을 바라보니 왕자가 만면에 미소를 띤 채 다가오는 모습이 보였다. 본능적으로 라이라는 몸을 가리고 있던 이불을 꼭꼭 여몄다. 지난밤, 떠올리기조차 힘든 일이 생각나자 그녀는 그만 눈을 감고 말았다.

"이제야 일어났군."

목소리는 가까이 다가오고 있었다. 그럴수록 라이라의 몸은 점점 떨리기 시작했다. 그녀의 기억은 끊어졌지만 몸이 기억하고 있었다. 두려움과 공포가 내려앉았다. 체이셔는 들고 온 횃불을 빈 횃대에 꽂았다.

"잘 잤나?"

입김이 느껴졌다. 어느새 바싹 다가온 왕자의 눈이 라이라의 몸을 훑고 있었다. 그의 눈에는 지난밤 환락의 여운이 채 가시지 않은 것처럼 빛나고 있었다.

"왕자님."

탐욕스런 시선으로 그녀를 바라보는 왕자의 모습에 코니가 볼멘소리를 냈다. 온몸이 덜덜 떨리는 와중에도 코니의 그런 목소리에 라이라는 속으로 놀라고 있었다.

"나를 잊지 말라고요."

쓰러지듯 코니가 왕자의 품으로 파고들었다. 그것은 사랑에 빠진 연인의 모습과 다름없었다.

"잊을 리가 있나."

코니의 가느다란 허리를 끌어안으며 체이셔는 시선을 라이라에게 고정시켰다.

"기다리라고, 코니. 이따 방으로 갈게."

속삭이는 목소리는 탐욕으로 가득 차 있었다. 코니는 기쁘게 고개를 끄덕이고는 왕자의 뺨에 쪽, 입을 맞추고는 방을 나섰다.

지금 자신이 본 상황이 무엇인지, 라이라는 여전히 오리무중이었다. 하지만 발가벗기듯 바라보는 왕자의 시선에 정신을 놓고 있을 수만은 없었다.

"여기가 어디죠?"

라이라는 담담한 목소리를 내려고 노력했다. 지난밤 자신이 당한 일이 대략 어떤 것인지 감이 잡혔다. 그렇다고 마냥 슬퍼할 수만은 없는 일. 일단 지금 처한 상황에서 벗어나야 했다.

"글쎄."

비릿한 미소를 머금은 왕자가 침대에 몸을 실었다. 가까이 다가온 숨결에 라이라는 입술을 지그시 깨물었다.

"내가 왜 이런 모습으로 있는 거죠?"

그녀가 왕자를 쏘아봤다.

"그러게, 왜 그럴까?"

느글거리는 왕자의 면상을 날리고픈 충동을 애써 누르며 라이라는 다시 물었다.

"나한테 무슨 짓을 한 거죠, 로이드?"

자신에게 그가 무슨 짓을 한 건지 알고 있었다. 그 이유가 궁금할 뿐이었다. 라이라 마음 깊숙한 곳에는 혹시 왕자가 왕자비로 자신을 책정한 것이 아닐까, 하는 아주 작은 희망이 살아 있었다. 그녀가 재차 물었다.

"로이드?"

히죽, 왕자가 웃었다.

"아가씨, 그래도 자신의 첫 남자 이름은 제대로 알아야지. 난 로이드가 아니라 체이셔야."

일순, 라이라는 멍해졌다. 분명 눈앞의 남자는 로이드가 맞았다. 그런데 그는 로이드가 아니라고 말하고 있었다.

"지금 뭐라고⋯⋯."

갑자기 몰려드는 한기에 라이라는 이불 끝자락을 꼭꼭 여몄다.

"다시 소개하지."

마치 사랑스런 연인을 바라보듯 체이셔는 라이라에게 몸을 기울였다. 그의 뜨거운 손끝이 라이라의 뺨에 닿았다. 이에 그녀가 흠칫 몸을 떨었다.

"내 이름은 체이셔 데라블 켄즈. 로이드의 쌍둥이 동생이지."

라이라로선 처음 듣는 이야기였다.

"아, 비화 속 왕자라고 해야겠군."

체이셔가 유쾌하게 말했다.

"뭐, 알고 있는지 모르겠지만 왕실에서 쌍둥이란, 비극이거든. 그래서 내 존재는 알려지지 않았어."

그가 어깨를 으쓱였다.

"사정이 생겨서 내가 다시 돌아온 거거든."

체이셔가 뭐라 말하는지 라이라는 여전히 이해가 되지 않았다.

"뭐, 자세한 것까지는 알 필요 없고."

왕자가 비릿한 웃음을 입가에 매달았다. 그와 동시에 잽싸게 손을 움직였다.

"아얏!"

어느 새 이불자락이 라이라의 몸에서 떨어져 나갔다. 라이라는 서둘러 양팔로 자신의 몸을 가리려 했지만 마음대로 되지 않았다. 체이셔에 의해 양 팔목을 잡히는 바람에 그녀는 고스란히 자신의 몸을 내보여야 했다. 그가 잠시 감상하듯 눈부신 나신을 바라봤다. 라이라는 남자의 눈길에 심한 수치심을 느껴야 했다. 죽고 싶었다. 그녀는 또다시 명예롭지 못한 일을 당할 것이 분명했다. 가문의 이름을 더럽히느니 차라리 죽음으로 명예를 지키는 편이 나았다.

'그래, 죽자.'

라이라는 마음을 굳게 먹었다.

"이게!"

갑자기 눈빛이 변한 라이라의 모습에 그가 재빨리 몸을 움직였다. 혀를 깨물려는 라이라의 턱을 단단히 말아 쥐고 힘을 주자 라이라는 어쩔 수 없이 입을 벌릴 수밖에 없었다.

"으으."

분노에 찬 라이라의 눈빛에 체이셔가 비웃었다.

"이봐, 아가씨, 죽으려고?"

단단히 부여잡은 손에 힘을 주자 라이라의 얼굴이 고통으로 일그러졌다.

"그렇겐 안 되지."

체이셔는 다른 손으로 라이라의 뺨을 어루만지며 부드럽게 말했다.

"죽으면 안 되지. 자살 따윈 생각도 하지 말라고. 네가 죽으면 네 아버지도, 네 마을 사람들도 무사하지 못할 테니까."

부드러운 말 속에 담긴 의미에 라이라는 몸을 떨었다.

"내겐 네가 필요해. 네가 죽으면 안 되거든. 만에 하나 그렇게 된다면, 정말 끔찍한 일이 벌어질 거야. 내가 못 할 것 같아?"

차분한 목소리는 악마의 것이었다.

"네가 혀를 깨문다면 네 마을 사람들의 혀를 뽑아버릴 거야. 네가 자해한다면 네 마을 사람들 역시 난도질을 당하겠지. 네가 먹기를 거부한다면, 네 마을 사람들 모두 굶어죽게 될 거야."

얼굴색 하나, 표정 하나 변하지 않고 잔인한 말을 내뱉는 체이셔는, 진심이었다. 라이라는 그것을 알 수 있었다. 무기력이 엄습했다. 한동안 체이셔를 노려보던 라이라가 기어이 체념하듯 눈을 감고 말았다.

"호오, 그렇다고 벌써 포기하면 재미없는데?"

가만히, 라이라의 목을 쥐고 있던 체이셔의 손이 풀렸다. 그 손은 둥근 가슴을 부드럽게 애무하기 시작했다. 그녀의 감은 속눈썹이 애달프게 떨렸다. 마음대로 죽을 수도 없는 억울함과 원치 않는 손길을 고스란히 받아야 하는 수치심에 라이라는 여자로서 나락에 떨어진 듯한 기분이 되었다. 이윽고 그는 자신의 모든 걸 다 쏟아내고 나서야 움직임을 멈췄다.

털썩.

라이라의 옆에 몸을 누인 왕자는 숨을 헐떡이다가 잠에 빠져들었다. 움직일 기력조차 없는 그녀를 그대로 내버려 둔 채.

'죽고 싶다.'

온통 머릿속엔 그 생각뿐이었다.

'죽고 싶다.'

하지만 죽을 수 없었다. 어둠 속에서 라이라의 가냘픈 숨소리가 간헐적으로 들려왔다.

⚜

시간이 어떻게 흐르는지 라이라는 알 길이 없었다. 때가 되면 코니가 식사를 가져오고 체이셔가 그녀를 취하는 나날의 연속. 라이라는 그저 무기력해져만 갔다.

"자, 오늘도 즐겨보자고."

체이셔는 지치지도 않는지 계속 라이라를 찾았다. 라이라는 그가 하는 대로 그저 몸을 맡길 뿐, 그 어떤 생각도 하지 않았다. 아니, 할 수가 없었다. 해봤자 아무 소용이 없으므로. 그렇게 한 여자의 인생이 꺼져 가고 있었다.

"흐응."

체이셔는 여전히 자신의 성욕을 채우기에 급급해 라이라의 여성이 받아들일 채비도 하기 전에 물건을 세웠다. 그녀는 체념한 듯 눈을 감고 그저 시간이 빨리 지나가길 바랐다.

바로 그때.

"안 됩니다, 왕자님."

음산한 목소리가 어둠을 뚫고 나직이 들려왔다. 그 목소리에 라이라가 흠칫 몸을 떨었다. 재빨리 이불을 찾았지만 체이셔는 그녀의 손을 자유롭게 놓아주지 않았다.

"왜 귀족의 여식을 타깃으로 한 것인지 잊으셨습니까? 왕자님은, 여자를 즐겁게 해야 할 의무가 있습니다."

어둠 속에서, 발름이 모습을 드러냈다. 라이라는 체이셔에게서 벗어나려 애썼지만 아무 소용없는 몸부림일 뿐이었다. 발름의 뱀 같은 눈이 그녀의 몸을 훑었다. 그 시선에 라이라는 치를 떨었다.

"언제 오셨소?"

발름은 왕자의 물음에 답을 하지 않았다.

"왕자님만 즐거우면 안 됩니다. 달시 황녀는, 무수한 남자의 애무를 받아왔다고 합니다. 왕자님은 그들을 뛰어넘으셔야 합니다. 그래서 웸블던의 여식을 데려온 것이 아닙니까? 아무것도 모르는 이 아가씨에게 성의 쾌락을 알려줘야 합니다. 그것이 왕자님이 해야 할 일입니다."

"열심히 하고 있지 않소?"

체이셔가 불퉁거렸다. 자신은 최선을 다해 열심히 라이라에게 쾌락을 선사하고 있는데 아직도 부족하다니, 괜히 심통이 났다. 다시 말해, 남자로서의 자긍심에 금이 갔달까.

"그 정도로는 안 됩니다."

발름이 엄숙한 목소리로 말을 이었다.

"아가씨의 성기를 애무하십시오."

"뭐, 뭐요?"

체이셔가 펄쩍 뛰었다.

"나더러 성기를 만지라고?"

그가 어이없다는 듯 소리쳤다.

"난 고귀한 핏줄이오! 어찌 내가 여자의 성기를 만질 수 있단 말이오!"

그의 이런 사고방식은 당연한 것인지도 몰랐다. 당시, 남자가 여자의 애무를 받는 문화가 팽배했던지라 남자가, 그것도 왕족이 여자의 성기를 애무한다는 것은 듣도 보도 못한 일이었다.

"왕자님."

발름은 정색했다.

"왜 이 일이 시작되었는지 잊으셨습니까?"

날카로운 질문에 체이셔는 얼굴을 찡그리기만 할 뿐, 어떤 대꾸도 하지 못했다.

"왕자님이 여자를 기쁘게 할 수 있는 능력을 만들기 위해 지금 이 자리가 마련된 겁니다."

체이셔는 여전히 인상만 구긴 채 한 마디도 하지 않았다.

"여자의 성감대는 무궁무진합니다. 왕자님은 그걸 찾으셔야 합니다."

발름은 여전히 메마른 목소리로 체이셔를 재촉했다.

"자, 이제 아가씨의 성기를 애무하는 겁니다."

높낮이가 없는 발름의 목소리에 홀린 듯, 체이셔는 라이라의 소중한 곳을 들여다봤다. 그리고 손으로 부드럽게 쓰다듬기 시작했다.

"아주, 천천히, 아기 다루듯이 살살 다루셔야 합니다."

고분고분, 말 잘 듣는 학생처럼 체이셔는 발름의 말을 따랐다. 끔찍한 시간 속에서 라이라는 그렇게 자신을 잃어갔다.

3 장

절망

남쪽 창을 통해 들어온 햇살이 왕자의 머리 위로 내려앉았다. 루슬란 왕국의 정통 후계자, 로이드 데라블 켄즈는 향긋한 홍차를 음미하며 한가로운 오전을 보내고 있었다. 겉모습은 평화로웠다. 하지만 그의 머릿속은 복잡하기만 했다.

지금 현재, 저택의 지하실에서 엄청난 일이 자행되고 있다는 사실을 로이드는 잘 알고 있었다. 그것이 머리가 복잡하고 마음이 무거운 이유였다.

라이라가 선택된 이유는 단순했다. 그녀의 집안이 웸블던이기 때문이었다. 웸블던은 이미 귀족들의 뇌리에서 사라진 가문. 완전히 멸문이 된다 하더라도 그 누구도 관심을 주지 않을 것이다.

"후."

로이드는 손을 들어 이마를 짚었다. 앞으로 왕이 되어 루슬란 왕국을 다스릴 자로서, 양심을 저버리고 내린 결론이지만 여전히 마음은 좋지 않았다.

"루슬란 왕국의 미래가 걸린 일입니다."

발름의 말이 옳았다. 라이라, 개인에게는 안 된 일이지만 크게 보면 왕국의 미래를 위해서 어쩔 수 없는 선택이었다. 홍차를 마시는 로이드의 얼굴은 어두웠다.

똑똑.

"왕자님, 접니다."

들려오는 발름의 목소리에 로이드는 입을 열었다.

"들라."

문이 열리고 발름이 들어섰다.

"왕궁에서 서신이 왔습니다."

왕자가 앉아 있는 책상 앞으로 다가선 발름이 공손하게 편지를 내밀었다.

"왕궁에서?"

가볍게 물으며 로이드가 편지를 받아 들고 읽기 시작했다. 왕자가 편지를 다 읽는 동안 발름은 말없이 지켜보고 있었다.

"흠."

"무슨 일이십니까?"

"내가 너무 오래 궁을 비운 모양이오."

편지의 내용은 어서 궁으로 돌아오라는 재촉이었다.

"이제 슬슬 체이셔의 존재를 알려야겠지."

"네, 지금부터 소문을 내야 합니다. 그래야 제국의 사신이 왔을 때 의심을 하지 않을 겁니다."

"제국에도 알려야 하오."

"네, 왕자님. 그리고 이제부터 왕자님께서 체이셔 왕자님 행세를 하셔야 합니다."

"알고 있소. 하지만 내가 벌인 일은 마무리해야 하지 않겠소."

"지당하신 말씀이오나, 한시라도 빨리 체이셔 왕자님과 역할을 바꾸셔야 합니다."

"알고 있소. 그나저나 체이셔는 아직 아래에 있나?"

"네."

왕자는 침묵했다. 쌍둥이 동생 체이셔는 자신과 달리 여색을 밝혔다. 한날 한시에 태어났는데도 두 형제는 완전히 달랐다.

태어날 때부터 두 형제의 운명은 극명히 달라졌다. 먼저 태어난 로이드는 왕자라는 명예를 달고 환한 세상에서 살게 되었고 나중에 태어난 체이셔는 존재마저 부정당한 채 세상의 눈으로부터 숨겨져야 했다.

쌍둥이가 태어나면 둘 중 하나는 존재를 인정받지 못한 채 어둠 속에서 살아가야 하는 것이 숙명이었다. 그렇게 두 형제는 빛과 어둠을 나눠 자라게 된 것이었다.

그러던 어느 날, 메르첼 대제국에서 찾아온 전령이 남기고 간 한 통의 서신 속 내용 때문에 왕궁이 발칵 뒤집히는 사건이 생긴 것이었다.

『달시 쿨라제 흔나리온 텐셔너 황녀의 옆자리에 루슬란 왕국의 로이드 데라블 켄즈 왕자가 함께하기를 바랍니다.』

정중한 문구였지만 그것은 명백한 청혼이었다. 메르첼 대제국의 청혼은 절대 거부할 수 없는 협박과도 같은 것이었다.

그러나 제국의 황녀가 자국의 귀족이 아닌 약소국의 왕자에게 청혼을 한다는 건 있을 수 없는 일이었다. 다시 말하자면 제국의 황녀, 달시 클라제 흔나리온 텐셔너에게 문제가 있다는 것.

달시 클라제 흔나리온 텐셔너는 허수아비 황태자를 조종하는 제국의 실세였다. 그런 만큼 대도 세고, 성격도 괴팍하다는 소문이 파다했다. 거기다 달시 황녀는 이제 겨우 이십대 초반인데도 남자를 밝히는 것으로도 유명했다.

왕궁은 근심에 휩싸였다. 달시 황녀의 성격으로 보건대 마음에 들지 않으면 루슬란 왕국을 쑥대밭으로 만들 수도 있었다. 그런 황녀의 성격을 과연 로이드 왕자가 견딜 수 있을지도 의문이었지만 더 큰 문제는 적자인 왕자가 나라를 떠나게 되면 누가 왕국을 다스리느냐는 거였다.

"체이셔 왕자를 불러들이지요."

답안을 내놓은 사람은 발름이었다. 그 말에 반색한 대신들은 즉시 시골 촌구석에서 노닥거리고 있는 숨겨진 왕자, 체이셔를 왕궁으로 불러들였고 체이셔는 비화 속 왕자에서 현실로 튀어나올 수 있게 되었다.

발름의 생각은 이랬다. 로이드를 체이셔로 만들고 로이드를 체이셔로 만든다는 것. 다시 말해 로이드는 체이셔가 되어 왕궁에 남아 루슬란 왕국을 다스리고, 체이셔는 로이드가 되어 제국의 사위가 된다는 계획이었다.

로이드가 제국으로 갈 수도 있었지만 로이드는 여자에 있어서 완전 문외한이었다. 한량 기질이 다분한 체이셔가 그나마 황녀를 다룰 수 있다고 여긴 발름의 제안으로 두 왕자는 서로 신분을 바꾸기로 결의하였다.

그날부터 체이셔는 로이드가 되기 위한 훈련에 돌입했다. 시골에서 시골 처녀들과 혹은 닳고 닳은 유곽의 여인들과 시간을 보냈던 체이셔는 로이드가 평생 동안 배웠던 궁중 예절과 높은 교육을 받아야 했다. 체이셔는 죽을 만큼 싫었지만 왕국을 위하는 마음만은 있었던지라 울며 겨자 먹기로 공부에 박차를 가했다.

하지만 문제는 또 있었다. 황녀의 소문은 시일이 지날수록 더해져 하루라도 남자가 없으면 안 된다는 말까지 나돌았다. 그런 탓에 체이셔는 여자를 흥분시키는 연습까지 해야 했다.

원래 여자를 좋아하여 많은 밤 기술을 보유하고 있었지만 황녀를 만족시키기에 부족하다 여긴 발름의 생각으로 체이셔는 남자를 접해본 적 없는 여자를 상대로 새로운 기술을 배우고 있는 중이었다.

처녀를 흥분시켜야 한다는 발름의 말에 체이셔는 처음에는 반발했었다. 하지만 닳고 닳은 여자는 손만 대도 달아오르니 남자를 모르는 여자를 흥분시키는 것이야말로 제대로 된 기술이라 한 그의 설명에 넘어갔다.

왕자를 설득한 발름은 곧바로 조건에 맞는 여자를 찾아 나섰다. 그렇게 몇 명의 여자를 거쳐, 지금 라이라에까지 이른 것이다.

탁.

로이드가 편지를 책상 위로 내려놓았다.

"이제 체이셔가 나 대신 제국으로 가게 되겠군."

"이제 왕자님이 체이셔 왕자님이 되셔야 합니다."

로이드는 가만히 발름을 올려다봤다. 만일 발름이 왕자 자리를 바꾸자는 제안을 하지 않았더라면, 그랬더라면 그 라이라라는 아가씨는 그저 자신의 삶에 충실하게 살아갔을 것이 분명했다. 그렇게 생각하면 자꾸 미안해졌다. 하지만 그는 일국의 왕자. 왕국을 위해 개인적인 감상 따윈 접어야 했다.

"그런데, 어쩔 셈이지?"

"무엇을 말씀이십니까, 왕자님?"

"라이라라는 아가씨 말이오."

어떻게 할지는 이미 답이 나와 있는 상태였다. 발름이 가볍게 눈살을 찡그렸다.

'한 나라의 왕자가 저렇게 약해 빠져서야.'

하지만 발름은 자신의 감정을 내비치지 않았다.

"알고 계시지 않습니까."

로이드가 입을 다물었다. 알고는 있지만 역시 내키지 않았다.

"왕자님."

발름이 묵직하게 입을 열었다.

"마음을 굳게 잡수십시오. 이게 다 왕국을 위한 일입니다. 아시지 않습니까?"

왕국을 위한 일, 로이드는 이마 사이를 좁히며 묵묵히 발름의 이야기에 귀를 기울였다.

"국민의 아픔을 이해하시는 왕자님의 마음, 알고도 남습니다. 하지만 한 명의 국민보다 왕국 전체를 생각해 주십시오. 체이셔 왕자님이 하시는 일은 모두, 왕국을 위한 일입니다."

"……알고 있소."

여전히 로이드의 마음은 무거웠다. 햇살이 천천히 그를 지나 그늘 속으로 숨어버렸다.

똑똑.

노크 소리가 들리자마자 벌컥 문이 열리고 피곤한 표정의 체이셔가 들어섰다.

"아, 형."

이미 로이드가 있다는 것을 알고 있으면서도 체이셔는 느물거리며 자신의 형을 불렀다.

"아우, 피곤해 죽겠네."

털썩, 책상 앞에 놓인 기다란 소파에 몸을 내려놓으며 체이셔는 엄살을 떨었다.

"잘 되가십니까, 왕자님."

발름의 질문에 담긴 뜻을 이해한 체이셔가 음흉한 미소를 피워 올렸다.

"후작이 알려준 대로 해보니 완전 죽더구만. 아주 사족을 못 쓰던데?"

"그렇습니까."

감탄하는 체이셔에게 머리를 숙여 보이는 발름을 본 로이드는 시선을 창문 밖으로 던졌다.

"흐흐, 웸블던 계집, 아주 죽더구만. 신음 소리도 얼마나 듣기 좋던지."

라이라의 몸을 떠올리며 체이셔는 자신의 입술을 혀로 핥았다.

"아주 속살도 죽여."

저속한 말을 내뱉는 체이셔는 슬쩍, 자신을 외면하고 있는 형을 바라봤다.

"어때? 형도 한번 안아보지 그래? 새로운 경험이 될 거야."

벌떡.

로이드가 자리를 박차고 일어났다. 도무지 듣고 있을 수가 없었다.

"잠시 산책하고 오겠소."

말을 마친 로이드는 그대로 문을 열고 나가 버렸다. 뒤에 남겨진 발름은 왜 그랬냐는 듯 체이셔에게 눈짓했고 체이셔는 큰소리로 웃었다.

"와하하하! 하여간 로이드 형은 숙맥이라니까. 저래서야 어디 첫날밤 신부 옷이나 벗길 수 있겠나!"

"그러지 마십시오, 왕자님."

"뭐, 장난이오, 장난. 어차피 난 이제 제국으로 떠나니까 이런 식으로라도 형제애를 기억하고 싶단 말이오."

발름은 머리를 조아렸다. 누가 뭐래도 지금 이 순간만큼은 체이셔가 나라를 구하는 영웅이라고 생각했다.

"그나저나 후작."

체이셔의 목소리가 은근해졌다.

"네, 왕자님."

"전에 내가 말한 것, 구했소?"

기대에 가득한 체이셔의 말에 발름이 고개를 끄덕였다.

"네, 인편을 보내놨습니다. 지금 오고 있는 중일 겁니다."

"그래요?"

크게 기뻐하며 체이셔는 자리에서 일어나 후작의 어깨를 두드렸다.

"데렉 후작은 정말로 우리 루슬란 왕국에 없어서는 안 될 사람이오."

"과찬의 말씀이십니다."

"아, 난 이제 자러 가봐야겠소. 너무 힘을 썼더니 피곤해서."

"편안히 쉬십시오."

끄윽, 기지개를 한껏 켜고는 문을 나서는 체이셔의 뒷모습을 바라보며 발름이 들리지 않게 쯧쯧, 혀를 찼다.

저택 밖으로 나온 로이드는 천천히 걸음을 옮겼다. 어두운 마음만큼이나 그의 걸음 또한 무거웠다. 초여름 햇살이 그를 토닥여 주었지만 마음 가득한 한기는 좀처럼 사라지지 않고 있었다.

"후우."

루슬란 왕국의 정통 왕세자, 로이드 데라블 켄즈는 어렸을 적부터 총명하고 넓은 마음을 가진 촉망받는 왕자였다. 백성의 고통을 이해하고 백성의 마음을 어루만져 주기에 부족함이 없는 성군이 될 자질을 갖춘 남자였다. 그런 자신이, 백성의 고통을 묵살하고 있다고 생각하니 마음이 좋지 않았다.

"그래, 이건 왕국의 존폐가 달린 문제야."

합리화를 위한 중얼거림은 깊었다.

"비록 한 명의 백성이 수렁에 빠지더라도 난 수백만의 백성을 위해 외면해야 해."

그것보다 한없이 약한 왕국의 왕자가 된 운명이 더 서러웠다. 발름의 제안대로 할 수밖에 없는 현실이, 슬프고 또 슬펐다.

'만일 우리 루슬란 왕국이 강대국과 맞설 정도의 나라였다면.'

저벅, 왕자의 발걸음이 거칠어졌다.

'강한 나라였다면. 이런 결정은 하지 않았을 텐데.'

로이드는 괴로웠다. 그러나 다른 방법이 없었다. 주변국을 쥐고 흔드는 대제국 메르첼의 눈 밖에 나지 않으려면 어쩔 수 없는 선택이었다. 분명 그랬다.

"후우."

다시 길고 긴 한숨이 흘러나왔다. 이건 불가항력이야, 중얼거리며 로이드는 문득 걸음을 멈췄다.

'정말 그럴까?'

만일 다른 방편이 있다 해도 이미 엎질러진 물이었다. 이미 메르첼에 왕자를 보내기로 약속한 상태였다. 거기다 지하에 있는 라이라는 어쩌란 말인가. 만에 하나 로이드가 결정을 번복한다 해도 왕자들의 횡포에 휘둘린 열일곱 소녀에게 무슨 말로, 어떻게 해명한단 말인가. 로이드는 눈에 힘을 줬다.

"그래, 이건 모두 왕국을 위한 일이야."

자신은 한 나라를 다스려야 하는 지배자가 될 사람이었다. 연민에 흔들려서 나라에 누가 되는 일은 하면 안 되는 지배자. 그는 마음을 굳게 먹기로 했다. 이미 운명의 주사위는 던져졌다. 되돌릴 수 없는 일이었다. 생각에 집중하던 로이드는 자신이 어느새 지하실로 향하는 계단 앞에 서 있음을 깨달았다.

"음……."

침음성이 흘렀다. 이성과 감성의 싸움에서, 몸은 감성을 택한 것이었다. 로이드가 칠흑같이 어두운 지하 세상을 노려봤다. 그 속에, 신음하고 있는 한 백성이 있다. 그는 망설였다. 저 밑에 있는 라이라를 떠올리니 다시 가슴이 답답해졌다. 곱게 자란 것이 분명한 그녀는, 얼마나 무섭고 두려울까. 아무리 나라를 위한 일이라지만 아무것도 모르고 당하는 그녀가 가엾게 느껴졌다.

로이드는 저도 모르게 아래로 향하는 계단에 발을 들여놓았다. 하지만 새까만 어둠 앞에서 잠시 멈춰 섰다. 계단 옆에, 엷은 연기를 피워내는 홰가 보였다. 아마도 체이셔가 놓아둔 것이리라. 그 옆의 부싯돌을 찾아낸 로이드는 홰에 불을 당겼다.

화륵.

흔들리는 횃불 아래에서 지하의 모습이 조금씩 시야에 들어왔다.

텅. 텅.

발소리가 마치 지옥으로 향하는 울림 같았다. 계단을 밝히는 횃불이 불똥을 튀겨내는 모습이 불로 만들어진 눈물 같았다. 침중한 표정으로 로이드는 한 계단 한 계단 걸어 내려갔다.

기운이 하나도 없었다. 며칠 동안 체이셔에게 시달린 라이라는 지난 시간을 떠올리는 것 자체가 끔찍했다. 그녀는 눈을 뜨지 않았다. 아무것도 보기 싫었다.

처음엔 꿈이라 여겼다. 자신이 당한 일이 믿을 수 없었지만, 라이라는 이제 체념 상태가 되어버렸다. 이제는 더 이상 예전으로 돌아갈 수 없음을 그녀는 뼈저리게 느끼고 있었다.

왕자의 손길이 싫었다. 거칠게 파고드는 것이 싫었고 난폭한 것이 싫었다. 거기다 마음과는 달리 신음을 토해내는 자신이, 싫었다. 지금 처한 상황이 죽을 만큼 싫었다.

처음에 든 생각은 의문이었다. 내가 왜 이런 일을 당하고 있는 걸까, 라는 생각에 라이라는 머리를 굴렸고 다시 왜 왕자는 자신을 다른 사람이라 소개하는 걸까, 하는 의구심에 사로잡혔다.

아무리 기억을 더듬어도 왕자가 둘이라는 소문은 들은 적이 없었다. 분명 왕자가 자신을 놀리고 있는 것이 틀림없다는 생각이 들었다. 하지만 그 이유는 너무도 불투명했다. 왜 하필 자신인지, 알 길이 없었다.

덜컹.

문이 열리는 소리가 들렸지만 라이라는 눈을 뜨지 않았다. 며칠간 이곳에 내려온 사람은 체이셔와 코니, 그리고 자신을 짐승 다루듯 하는 발름이 전부였다. 누가 와도 반갑지 않았다.

터벅. 터벅.

누군가가 다가왔다. 하지만 라이라는 눈 뜨는 게 귀찮아졌다. 체이셔는 쉬어야겠다며 조금 전에 나갔으니 그는 아닐 테고, 코니라면 식사 쟁반을 두고 나갈 것이다. 발름이야 체이셔와 함께 오곤 했으니 코니가 분명하리라.

화륵.

들려오는 소리로 보아 들어온 사람이 동굴 안의 홰에 불을 옮긴 것 같았다.

횃불을 횃대에 꽂았는지 불빛이 일렁이는 모습이 검은 눈꺼풀 위로 흐릿하게 비쳐졌다. 귀 기울여 봤지만 아무 소리도 들려오지 않았다. 아니, 거친 호흡이 서서히 들려왔다. 어쩐지 신경이 쓰여 라이라는 천천히 눈을 떴다. 왕자의 모습이 눈에 들어왔다. 라이라는 눈을 떴던 것만큼이나 천천히 이불을 꼭꼭 여몄다. 부질없는 짓인 줄은 알지만 그것은 본능과도 같은 것이었다.

'이번엔 또 무슨 짓을 하려는 걸까.'

라이라는 왕자를 노려봤다. 조금 전에 나간 사람의 옷차림이 완전히 달라진 것을 보니 외출하려는 것 같았다.

'왜 왔지?'

그녀가 눈을 굴리며 왕자를 쏘아봤다. 그 적대감 가득한 시선에 로이드는 입을 열 수가 없었다. 아니, 지하실로 들어서자마자 보인 라이라의 모습에 충격을 받은 것이 제일 큰 이유였다. 며칠 새에 그녀는 완전히 다른 사람처럼 보였다. 생기발랄하던 얼굴은 온데간데없이 처절함만이 드리워져 있었고 반쯤 벗겨진 몸은 이 곳저곳 멍이 들어 있었다.

'체이셔, 이 자식이.'

로이드는 눈을 부릅떴다. 라이라가 어떤 꼴을 당할지 짐작은 했지만 얼룩덜룩한 여자의 몸을 보니 분노가 치밀었다.

가만히 자신을 바라보는 왕자의 얼굴에서 눈을 떼지 못하며 라이라는 이불을 여미고 또 여몄다. 왕자의 눈빛이 심상치 않아 보였다. 이윽고 왕자의 입이 천천히 열렸다.

"미, 미안해요."

뜻밖의 말에 라이라는 어리둥절해졌다.

'무슨 말을 하는 거지?'

라이라는 경계를 하며 눈앞의 왕자를 노려봤다. 눈에 가득 담긴 적개심에 로이드는 꾸욱, 눈을 감았다. 죄책감이 물밀 듯 밀려왔다. 그가 다시 눈을 떴다. 그런 그의 눈에 괴로움이 그득했다.

"라이라 양, 미안해요."

순간, 라이라는 눈썹 사이를 좁혔다. '라이라 양'이라 불린 건 이 칠흑같이 어두운 곳에 오기 전뿐이었다. 본인을 체이셔라 소개한 왕자는 그 호칭을 사용한 적이 없었다. 찬찬히 살펴보니 어딘지 달라 보였다. 자신을 괴롭히던 왕자는 눈앞의 왕자보다 살집이 더 있다는 사실을 깨달은 그녀의 눈이 더욱 깊어졌다.

"당신, 로이드?"

설마 했다. 왕자가 자신들은 쌍둥이라고 하긴 했었지만 라이라는 왕자가 쌍둥이라는 말은 들어본 적도 없어 그 말을 믿을 수가 없었다. 어떤 이유인지는 모르지만 꾸며낸 이야기라고까지 생각했다.

"정말 미안해요, 라이라 양."

로이드가 천천히 무릎을 구부렸다. 헉, 라이라는 저도 모르게 숨을 들이켰다. 한 나라의 왕자가 무릎을 꿇었다. 사죄라도 하듯 머리까지 조아리며 그녀에게 몸을 낮췄다.

"뭐, 뭐 하는 거죠?"

날카로운 목소리가 흘러나왔다.

"나 로이드 데라블 켄즈는 라이라 제랄딘 웸블던에게 사과하는 바이오."

진지한 목소리가 로이드의 입에서 흘러나왔다. 뜻밖의 말에 라이라는 주춤거렸다.

"나라를 위해 그대, 라이라 제랄딘 웸블던의 희생이 필요했소."

여전히 알아들을 수 없는 말을 늘어놓는 로이드를 보며, 기분 나쁜 위화감에 그녀가 더듬더듬 물었다.

"무, 무슨 말이죠?"

로이드는 다시 입을 닫고는 가만히 라이라를 올려다봤다. 사죄하고 싶었다. 무슨 일을 당하는지 혼란스러울 것이 분명한 귀족 아가씨에게 사실을 알리고 양해를 구하고 싶었다. 귀족의 딸이라면 국가를 위해 희생하는 것이 가문의 영광이라 배웠을 터. 로이드는 입술을 혀로 축였다.

"실은, 이 년 전에 메르첼 제국에서 황녀와 결혼하라는 통보를 보내왔습니다. 하지만 왕궁은 그것을 받아들일 수 없었어요. 그것은 제국의 인질이나 다름없는 것이기 때문입니다. 정통 후계자인 제가 나라를 떠나게 되면 이 루슬란 왕국을 다스릴 자가 사라지게 되는 것이지요."

라이라는 점점 기분이 이상해졌다. 본인의 혼인 문제를 왜 이야기한단 말인가. 하지만 그녀는 숨까지 죽이며 그의 말을 경청했다.

"제겐 쌍둥이 동생이 하나 있습니다."

로이드의 말이 떨어지기가 무섭게 라이라의 눈이 꼭 감겼다. 그녀의 얼굴에 떠오른 표정은 너무나 애잔했다. 그것을 본 로이드 역시 침중한 얼굴이 되었다.

"당신을 힘들게 한 건 압니다. 하지만 모두 루슬란 왕국을 위한 일이었어요."

그녀의 눈가가 촉촉해졌다.

"제국의 황녀는. 음, 보통 여성과는 많이 다르다고 합니다. 당신의 희생이 필요한 이유는 그거였어요."

라이라의 가슴이 들썩였다.

'나라 때문에 날 보고 희생하라고? 날 그렇게 짓밟고도 나라를 위한 일이니 양해해 달라는 건가?'

그녀는 피가 날 정도로 힘껏 입술을 깨물었다.

"데렉 후작의 제안대로 체이셔는 제가 되어 제국으로, 저는 체이셔가 되어 이 루슬란 왕국을 다스릴 겁니다."

로이드는 그저 자기 연민에 빠진 상태였다. 이야기를 늘어놓으면 놓을수록 라이라의 분노가 더 커진다는 사실을, 그는 알지 못했다. 그녀는 왕자의 말을 차마 더 들을 수가 없었다. 자신이 처한 상황에 대해 변명으로 일관하는 그의 모습에 분노가 끓어올랐다.

"왕국은 당신, 라이라 제랄딘 웸블던에게 커다란 빚을 졌습니다."

사죄의 마음을 가득 담아 로이드가 말했다. 하지만 라이라는 사과를 받아들일 마음이 전혀 없었다.

"왜, 왜 나죠?"

라이라가 간신히 입을 열었다.

"왜, 왜 하필 내가 여기에 있는 거죠?"

로이드는 뜻밖의 물음에 잠시 주춤거렸다. 이제까지 이실직고했는데 못 할 말이 무엇이랴 싶은 그가 천천히 입을 뗐다.

"그건, 당신이 웸블던이기 때문입니다."

"……뭐요?"

"그게, 제국의 황녀 마음에 들기 위해서……. 평민을 상대하기보다는 아무래도 귀족의 여식이 더 깨끗하고 또……."

남자를 처음 상대하는 여자를 만족시키는 연습을 하면 황녀도 만족시킬 수 있을 테니까, 하지만 로이드는 말을 끝맺을 수가 없었다.

"그만!"

분노는 극에 달하고 말았다. 저도 모르게 소리를 지른 라이라가 천천히 눈을 떴다.

"지금, 그걸 변명이라고 하는 건가요?"

눈을 뜬 라이라의 눈동자가 새파랗게 빛났다.

"여자의 희생으로 나라를 구한다고?"

그녀가 소리쳤다.

"왜! 왜 그래야 하는 건데!"

라이라는 자신의 상태도 잊은 채, 로이드에게 달려들었다.

덜컹.

그러나 그녀의 시도는 팔목을 꽁꽁 묶은 쇠사슬에 의해 저지당하고 말았다.

"큭!"

손목에서 전해지는 극심한 통증에 신음이 새어 나왔다.

"이 나라를 다스려야 할 사람이, 고작 여자의 희생이나 바란다고?"

눈에 보이는 것이 없었다. 눈앞의 사람은 왕자이기 이전에 그녀의 인생을 완벽히 망쳐 놓은 악당에 불과했다.

"그게, 그게 왕자가 할 짓이야?"

라이라가 울부짖으면 울부짖을수록, 몸부림치면 몸부림칠수록 로이드는 점점 더 머리를 들 수가 없었다.

"말해봐! 그게 나라를 다스린다는 권력자가 할 소리인가? 나라를 위한 희생이니 이해해 달라고?"

아드득, 이가 갈렸다.

"국민 하나 보호 못 하면서 아니, 나라를 위해 국민을 희생시키는 게, 왕인가?"

눈에서 불꽃이 튀었다.

"말해보라고!"

라이라는 목이 터져라 외쳤다. 주체할 수 없는 눈물이 방울방울 얼굴선을 따라 침대 위로 뚝뚝 흘렀다. 기가 막혔다. 지금 그걸 변명이라고 하는 건지, 어이가 없었다.

예상치 못한 라이라의 반응에 로이드는 당황했다. 그저, 사과하고 싶은 마음뿐이었다. 그녀의 고통을 조금은 덜어주고 싶은 것뿐이었다. 귀족이란, 나라를 위해 희생하는 것을 명예로 아는 사람들이기에 로이드는 위로를 하고 싶었을 뿐이었다.

"……웸블던 가의 영광이 될 것이오."

잠시 대꾸할 말을 찾던 로이드가 떨리는 목소리로 말했다.

"뭐? 영광?"

덜컹. 덜컹.

손목의 쇠사슬이 다시 흔들렸다. 로이드의 말에 흥분한 라이라는 손목의 아픔도 잊은 채, 거의 벌거벗은 자신의 몸도 잊은 채 허공을 향해 주먹을 휘두르고 할퀴었다.

"왜 하필 난데!"

그녀의 거친 행동에 적잖이 놀란 로이드는 몸을 일으켜 세웠다. 아무래도 라이라는 자신의 사과를 받아들일 생각이 없어 보였다.

"다시 한 번 사과하오, 라이라 양."

로이드는 등을 돌렸다. 그리고 횃대에 걸린 두 개의 횃불 중 하나를 집어 들었다.

"왜, 왜 나냐구!"

처절한 라이라의 외침이 로이드의 뒷덜미를 잡았지만 그는 돌아서지 않았다.

"거기 서!"

끼이익. 덜컹.

육중한 문이 닫히고 라이라는 혼자가 되었다.

"이게 국민을 위해 살아야 하는 왕이 할 행동이냐고!"

그녀의 외침은 메아리가 되어 고스란히 돌아왔다.

"왜, 왜!"

퍽!

주먹으로 침대를 내려쳤지만 분이 풀리지 않았다.

눈물은 끊이질 않았다. 하염없이 눈물이 흘렀다. 라이라는 모든 것이 원망스러웠다. 차라리 말을 하지나 말지, 달리 생각하면 국가에게 버림받은 것이나 다름없지 않은가.

"왜……."

그녀의 목소리가 잦아들었다.

"아버지……."

체이서에게 괴롭힘을 당하면서도 참을 수밖에 없었던 이유.

"나, 이제 어떡해⋯⋯."

화륵.

횃불이 마지막 발악을 하듯 찬란한 빛을 뿜어내더니 한 줄기 연기를 피워 올리며 꺼져 버렸다. 한꺼번에 어둠이 몰려왔다. 어깨를 들썩이며 눈물을 쏟아내던 라이라는 더 이상 버틸 기력이 사라졌는지 그대로 축 늘어지고 말았다.

"유모⋯⋯."

그리운 사람들.

"테리⋯⋯."

부름에 대한 답은 끝끝내 들려오지 않았다.

"이제, 난 어떻게 되는 거지?"

말을 듣지 않으면 아버지를 비롯한 마을에 큰 해를 끼치겠다는 협박을 하던 체이셔와 미안하다며 사죄를 청하는 로이드. 라이라는 가만히 눈을 감았다. 그 바람에 눈물이 다시 침대를 적셨다.

사실, 결론은 하나였다. 라이라도 어렴풋이 느끼고 있었던 것, 죽음.

귀족의 여식을 왕자의 신붓감 후보로 데려왔으니 늘어놓을 변명은 많을 터였다. 여행 중에 죽었다는 이야기도 믿어줄 것이고, 왕자비가 되기 위해 노력하다 기습을 당했다는 이야기도 먹힐 것이었다. 그저, 가문의 영광을 위해 당신의 딸이 희생하였소, 하면 아버지는 큰 슬픔에 빠지겠지만 자랑스러워 할지도 모를 일이었다.

"아니, 그건 아니야⋯⋯ ."

힘없는 목소리가 새어 나왔다. 아버지, 그레이엄 하워드 웸블던은 가문보다 딸인 자신을 끔찍이 아낀다는 사실이 떠올랐다.

"슬퍼하시겠지……."

딸을 수도로 보낸 당신 자신을 원망하며 일생을 후회와 고통 속에서 살아가시겠지, 마음이 아파왔다.

'아버지…….'

보고 싶었다. 근엄한 표정 뒤에 감춰진 따스함이 사무치도록 그리웠다.

"흐흑……."

울음이 터져 나왔다. 이제 그녀 나이 열일곱. 자신에게 벌어진 엄청난 일을 온전히 감당할 수 없는 나이였다. 라이라는 그렇게 두려움에 떨다 지쳐 잠이 들었다.

덜컹.

문이 열리는 소리에 라이라는 눈을 뜨지 않은 채 이불로 자신의 몸을 꽁꽁 감쌌다.

"식사하세요."

들려오는 코니의 목소리에도 라이라는 대답하지 않았다.

"이것 봐봐, 제시. 이게 여덟 번째야."

"응."

두 명의 목소리가 들리자 그녀가 퍼뜩 눈을 떴다. 그리고 소리 나는 쪽으로 시선을 돌렸다. 그곳에는 시중을 들어주던 코니와 제시가 쟁반을 들고 서 있었다.

"제, 제시……."

순간적으로 그녀가 도와주지 않을까 했지만 이내 라이라는 희망을 불꽃을 꺼뜨리고 말았다. 제시 역시 왕자와 한통속일 것이 뻔했다.

"식사하세요."

코니가 다시 식사하기를 권했지만 라이라는 도리질했다.

"먹기 싫음 말든가."

사나운 목소리가 코니의 입에서 튀어나왔다. 하지만 그녀는 그것이 이상하다는 생각이 들지 않았다.

탁.

쟁반을 옆 탁자에 놓는 소리가 들려왔다.

작은 발자국 소리도 가까이 들려왔다.

"흥, 역시 귀족이라 그런지 피부가 꽤 매끄럽다, 그렇지?"

"……응."

마치 동물을 구경하듯 라이라를 바라보며 두 명의 소녀는 이야기를 주고받았다.

"식사도 제대로 하지 않았는데도 어쩜 머릿결이 저러니? 체이셔 왕자님이 매일 씻겨주라고 해서 하고는 있지만 만질 때마다 짜증 난다니까."

"……그래?"

코니는 화가 잔뜩 나 있는 상태였다. 라이라를 안은 날로부터 체이셔가 그녀의 방을 찾은 것은 단 한 차례였다. 체이셔의 첫 번째 여자로서 자존심이 상했다.

"악."

코니의 우악스런 손길에 머리카락을 잡힌 라이라는 깜짝 놀라 소리를 지르고 말았다.

"뭐 하는 거야?"

"가만히 있어!"

더 이상 코니는 존대를 하지 않았다. 생각지도 못한 상황에 라이라는 당황스럽기만 했다.

"놓으라고!"

"이게!"

짜악.

매서운 손길이 라이라의 뺨 위로 날아들었다.

"내가 말했잖아! 내가 첫 번째라고!"

코니는 라이라가 알아듣지도 못하는 말을 내뱉으며 옆의 제시를 끌어당겼다.

"그리고 얘가 다섯 번째야, 알아?"

"무, 무슨……."

라이라는 그녀들이 무슨 말을 하는지 알아듣지 못해 당혹스럽기만 했다.

"왕자님은 곧 우리에게로 돌아오실 거야."

자신을 바라보는 코니의 눈빛이 심상치 않음에 그녀는 여전히 당혹스러웠다.

'우리?'

라이라가 코니와 제시를 번갈아 바라봤다. 의혹으로 가득한 그녀의 시선에 코니가 코끝을 쳐들었다.

"그래! 나랑 제시, 우리가 체이서 왕자님의 여자들이라고!"

눈을 번뜩이는 코니의 얼굴은 사납게 일그러져 있었다.

"너 따위한테 우리 왕자님을 빼앗길 줄 알고?"

마치 라이라가 자신에게서 체이셔를 빼앗은 것처럼 코니는 원수 보듯 라이라를 노려봤다.

라이라는 어이가 없었다. 지금 자신의 모습을 보고도 그런 생각밖에 하지 못하는 코니가 다른 세상 사람처럼 느껴졌다. 그녀는 그저, 멍하니 코니와 제시를 바라볼 수밖에 없었다.

끼이익.

적막을 깨고 무거운 철문이 열리는 소리가 들려왔다.

"뭐 하는 거지?"

나직한 목소리에 코니와 제시가 동시에 뒤돌아섰다.

"와, 왕자님!"

당황한 코니의 목소리가 지하실 안을 울렸다. 흔들리는 횃불 아래, 체이셔의 얼굴에 그늘이 드리워졌다.

"뭐 하는 거냐고 물었다."

그의 말투는 딱딱하고 차가웠다. 가만히 몸을 떨던 코니가 그에게 바짝 다가가 그의 가슴팍에 자신의 손을 올렸다.

"질투 나서 그랬어요."

"질투?"

체이셔가 짙은 밤색 눈을 빛내며 물었다.

"왕자님은 항상 저 애 하고만 시간을 보내시잖아요!"

체이셔는 코니의 앙탈이 꽤 귀엽게 느껴졌다.

"그래서 질투가 났다?"

"예에!"

그를 올려다보는 코니의 눈 속으로 욕망이 넘실거렸다. 체이셔가 슬쩍 제시에 ██ 시선을 돌렸다. 제시 역시 뭔가를 갈망하는 표정으로 체이셔를 보고 있었다.

"호오."

퍼뜩, 체이셔의 머리에 생각 하나가 떠올랐다.

"그럼, 같이 시간을 보내볼까?"

애교를 떨어 자신의 방으로 체이셔를 데려갈 생각이었던 코니는 그의 말에 놀라 되물었다.

"네?"

"여기서 말이야."

체이셔는 코니를 몸에서 떼어내고는 음흉한 눈으로 그녀의 몸을 훑었다.

"넷이서 같이 즐겨보는 건 어때?"

세 여자의 눈이 휘둥그레졌다. 라이라는 열심히 머리를 도리질했지만 코니와 제시의 얼굴에 욕망의 그림자가 드리워지는 것을 보곤 그만 낙담할 수밖에 없었다.

"자, 이리와."

상의를 벗어던진 체이셔가 침대 끝에 앉아 라이라에게 손을 내밀었다. 라이라는 그러기 싫었다. 하지만 체이셔는 그런 그녀의 생각 따윈 안중에도 없었다.

어느새 알몸이 된 코니와 제시는 체이셔의 옷을 벗기고 온몸을 이용해 그를 애무했다. 두 여자의 애무를 받으며 체이셔는 라이라의 몸을 훑었다. 코니의 입속으로 체이셔의 남성이 들어가고, 제시는 그 옆에서 허벅지를 혀로 애무하기 시작했다.

"흐으."

몽롱해지는 시선으로 체이셔는 라이라의 여성을 바라봤다. 그러고는 라이라를 단단히 옭아매고 그녀의 동굴을 애무하기 시작했다. 지하실은 짐승과도 같은 신음 소리로 가득해졌다.

"흐흐."

저벅.

깊은 밤, 지하로 향하는 계단을 밟는 발소리가 울렸다.

"그러니까, 이게 그거란 말이지?"

주머니에서 뭔가를 꺼내든 체이셔가 일렁이는 불빛 아래 비릿한 웃음을 흘리며 중얼거렸다. 횃불을 든 손에 힘을 주며 체이셔는 기분 좋게 계단을 내려가고 있었다.

'얼마 안 있으면 영원한 이별이니, 좋은 추억 하나쯤 새겨주는 것도 나쁘진 않지.'

히죽, 체이셔의 눈이 가늘어졌다.

"죽어서도 잊지 못할 강렬한 추억을 말이야."

쓰읍, 붉은 혀가 날름거리며 제 입술을 핥아냈다. 생각만으로도 흥분으로 몸이 떨렸다. 손에 든 것을 쳐다보며 그가 웃음을 터뜨렸다.

"좋아, 오늘 밤, 아주 기대되는걸!"

두터운 철문 앞에 다다른 그는 기대에 가득 찬 눈으로 문 너머에 있을 라이라를 떠올렸다.

'할 수만 있다면 내가 데리고 가면 좋을 텐데.'

라이라가 무척이나 마음에 든 체이셔는 헛된 소망을 품었다.

'아깝단 말이야.'

그는 횃불을 벽에 건 후, 문을 열었다.

끼이익.

덜컹.

육중한 소리를 내며 문이 열렸다. 칠흑 같은 어둠이 체이셔를 반겼다.

"뭐야, 불이 꺼졌군."

체이셔는 횃불을 들고 안으로 들어섰다. 그가 몰고 온 불빛이 어둠을 물러나게 만들었다.

"흐음."

체이셔의 눈에 라이라가 들어왔다. 깊은 잠에 빠졌는지 그녀는 미동도 하지 않았다.

"홋, 체력을 비축해 주면 더 좋지."

그는 천천히 라이라가 누워 있는 침대 쪽으로 다가갔다. 지친 여체가 불빛 아래 반짝였다.

"일어나."

체이셔는 잠이 든 라이라를 깨웠다. 몇 번 흔들자 그녀가 눈을 떴다.

"여어."

눈앞의 체이셔를 확인한 라이라는 저도 모르게 몸을 흠칫 떨었다. 그런 반응이 익숙한 듯 그가 비웃었다.

"이제 그만 그런 행동, 안 해도 되지 않아?"

라이라는 입을 열지 않았다. 체이셔는 침대에 걸터앉아 그녀의 긴 머리카락을 쓰다듬었다.

"자, 아가씨, 오늘 밤, 아주 멋진 경험을 하게 될 거야."

말을 마친 체이셔는 잽싸게 약통 뚜껑을 열고 흰색의 알약을 두 알 꺼냈다. 그리고 라이라의 턱을 단단히 쥐고는 그녀의 입안으로 약을 밀어 넣었다.

"읍!"

갑작스런 일에 당황한 것도 잠시, 라이라는 분명 자신에게 좋지 않은 일이라는 것을 눈치채고는 입안에 들어온 약을 뱉으려 했다. 하지만 그녀보다 그가 더 빨랐다.

"안 되지, 이거 구하느라 얼마나 힘이 들었는데."

어느 틈에 침대 옆 탁자 위에 놓인 물병을 집어든 체이셔가 라이라의 입에 물을 부었다.

"컥, 컥."

반항했지만 역부족이었다. 라이라는 막힌 숨을 어쩌지 못해 그만 물과 함께 약을 삼키고 말았다.

"쿨럭."

"좋아."

만족스러운 듯 체이셔는 괴로운 듯 캑캑거리는 라이라를 놓아주었다.

"자, 조금 있으면 기분이 좋아질 거야."

눈을 빛내며 체이셔는 팔짱을 끼고 라이라를 살피듯 바라봤다. 그녀가 죽일 듯한 시선으로 그를 쏘아봤다.

"아직도 반항기가 남아 있군. 그래서 더 귀엽지."

체이셔의 입가에는 여전히 비웃음이 달려 있었다.

"그것도 지금뿐이라고, 아가씨. 조금 있으면 안아달라고 애원하게 될 거야."

라이라의 시선은 더욱 강해졌다. 하지만 체이셔는 그저 팔짱을
낀 채, 뭔가를 기다리는 듯 그녀를 바라보기만 할 뿐이었다.

서서히 기분이 이상해졌다. 라이라의 눈썹이 꿈틀거렸다. 어쩐
지 몸이 뜨거워졌다. 호흡도 가빠왔다. 피부가 간질거렸다. 그녀
는 저도 모르게 거친 호흡을 토해냈다.

"하아."

그것을 신호로 체이셔가 움직였다.

"오, 이제 시작이로군."

욕망 가득한 얼굴은 먹잇감을 바라보는 매서운 빛으로 변했다.

"하아, 나 좀……."

체이셔가 원하는 상황이 되어버렸다. 라이라는 자신의 몸을 더
듬으며 그에게 한쪽 팔을 내밀었다.

"나 좀……."

체이셔가 무릎걸음으로 라이라에게 다가갔다.

"뭐, 어떻게 해줄까?"

쉰 목소리가 흘러나왔다.

"나, 나 좀……."

그녀의 눈이 꼭 감겼다. 자꾸 몸이 떨리고 다리 사이가 뜨거워
졌다.

"나, 나 좀……. 나 좀 어떻게 좀……."

기어이 그녀가 두 팔을 들어 체이셔의 허리를 끌어안았다.

"그래, 그래, 좋아, 좋아."

흡족한 표정이 된 그가 입가를 실룩였다.

"과연 효능 한번 좋군."

그가 라이라에게 먹인 약은 최음제였다. 소문으로만 돌던 약을 발름에게 부탁하여 기어이 얻은 체이셔는 곧바로 그녀에게 약을 먹인 것이었다.

"하아."

전에 없이 라이라는 먼저 몸을 움직였다. 가느다랗고 긴 팔을 뻗어 체이셔의 옷을 벗기기 시작했고 그 와중에도 그녀는 한 손으로 자신의 가슴을 주무르고 있었다. 그 모습을 날카롭게 지켜보던 그가 중얼거렸다.

"약은, 반드시 제국으로 가져가야겠군."

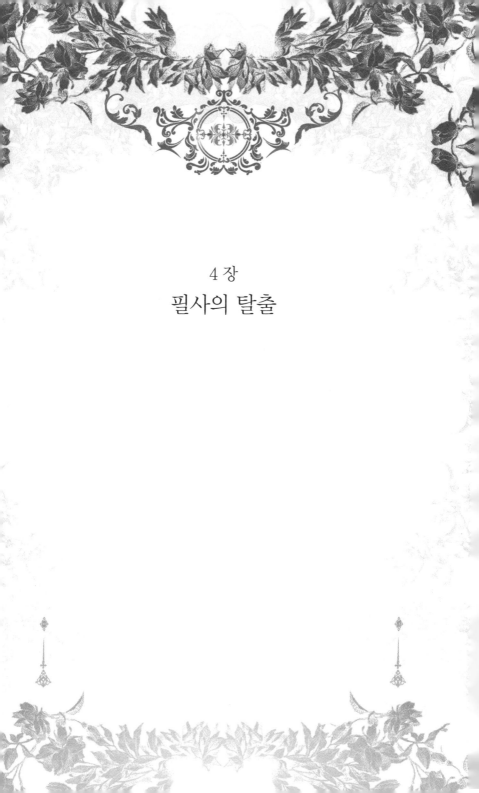

4 장

필사의 탈출

몽롱했다. 그것은 불쾌한 감각이었다. 눈을 뜨고 싶었지만 몸이 말을 듣지 않았다. 손가락 하나조차 움직이지 않았다. 그저 겨우 숨만 몰아쉴 뿐이었다.

덜컹.

온몸의 모든 기능이 멈춘 것 같은데 소리는 들려왔다. 라이라는 그저 가늘게 숨을 쉬며 들려오는 소리를 듣고만 있었다.

"여기 계셨군요, 왕자님."

"음, 발름 경이오?"

라이라의 눈썹이 미미하게 꿈틀거렸다. 기분 나쁜 음색.

"경이 구해준 약, 아주 효과 만점이던걸?"

꽉 잠긴 목소리에는 욕망의 그림자가 아직 남아 있었다.

"그렇습니까."

다가온 발름이 눈으로 침대 위를 훑었다.

"로이드 왕자님께서 수도로 올라가신답니다."

"지금?"

체이셔는 가볍게 얼굴을 찡그렸다. 체이셔는 부끄럽지도 않은지 발름의 앞에서도 옷을 걸칠 생각을 하지 않았다.

"준비하시랍니다."

"나도?"

"네."

발름의 눈이 라이라의 나체에 닿기 전에 체이셔의 손이 이불로 그녀의 몸을 덮었다. 이미 몇 번 그녀의 몸을 봤건만 왜 그러는지 발름은 가만히 눈 사이를 좁혔다.

"다음 주에 올라간다고 하지 않았소?"

느릿느릿, 체이셔의 목소리는 나른했다. 그 나른함의 의미를 발름은 알고 있었다.

"이곳을 정리하려면 미리 준비하는 게 나을 겁니다."

"흠."

체이셔는 못내 아쉬운지 선뜻 대답하지 않았다. 발름이 조심스럽게 입을 열었다.

"어떻게 해야 하는지는, 알고 계시죠?"

"……알고 있소."

왕자의 머뭇거림을 눈치챈 발름이 목을 가다듬고 꾸짖듯 말을 이었다.

"왕자님, 정신 차리셔야 합니다. 우리 루슬란 왕국을 위해 흔들려서는 아니 됩니다."

"알고 있다지 않소!"

발름은 순간 왕족 앞에서 인상을 찡그리는 만행을 행하고야
말았다.

"왕자님!"

저도 모르게 목소리를 높인 발름은 스스로의 목소리에 놀라
움찔거렸다. 그러고는 혹시 라이라가 듣고 있지나 않은지 살폈다.

"괜찮소. 아직 약에서 안 깼으니까."

툭, 체이셔가 말을 던지듯 내뱉었다. 그 말에 발름이 다소 안심
한 듯 말을 이어 나갔다.

"체이셔 왕자님, 머뭇거릴 필요 없습니다. 이미 알고 계시지 않
습니까? 아가씨를 살려두면 훗날 불씨가 될 수도 있습니다. 미약
한 세력이긴 하나 웹블던도 귀족가입니다. 왕권에 대항할 빌미를
만들어서는 안 됩니다."

"……알고 있다지 않은가."

말은 그렇게 했지만 체이셔의 말투에는 아쉬움이 역력했다. 발
름이 한숨을 쉬었다.

"어쩌시려고요."

이 망나니 왕자는 무슨 말을 해도 듣지 않을 것이다. 발름은
거의 체념한 듯 한숨을 내쉬었다. 그런 발름의 반응에 체이셔는
생기를 되찾았다.

"당분간 난 여기에 있겠소."

"당분간요?"

발름이 이젠 아예 대놓고 낯빛을 흐렸다.

"좀 더 즐기다가 마무리하지."

체이셔의 손이 슬쩍, 이불 덮인 라이라의 허리를 쓰다듬었다.

"다음 주 초에 올라가겠소."

왕자의 호언장담에 발름은 믿지 못하겠다는 표정을 지었다.

"다음 주 초요?"

"음."

"왕자님 혼자서 처리하신다고요?"

"왜, 믿지 못하겠소?"

"아, 아니, 그런 건 아닙니다만……."

"흥, 이 계집과 좀 더 즐긴 후, 죽여 버리면 그만이지 않나."

발름의 시선이 다시 라이라에게로 옮겨졌다. 매서운 눈으로 살폈지만 그녀는 미동도 없었다. 안심을 한 후작이 다시 입을 열었다.

"완전히 증거를 없애야 합니다. 우리가 이곳에 머물렀다는 사실조차, 없애야 합니다."

비장함까지 보이는 발름의 말에 체이셔가 주춤거렸다.

"뭐, 뭘 어쩌라는 건가, 후작?"

저도 모르게 체이셔는 침까지 꿀꺽 삼켰다. 발름이 잠시 한 박자 늦게 입을 열었다.

"제가 병사들을 데려오겠습니다."

"뭐, 뭐? 우리가 있었다는 사실도 없애야 한다면서?"

"믿을 만한 병사 몇 명만 데려올 겁니다."

"……그런 다음에?"

"웸블던 영애의 시체와 함께 이 집도 태워 버려야지요."

정적이 흘렀다. 거기까지 생각이 미치지 못했는지 체이셔는 눈을 굴리며 생각에 잠겼다.

"하긴, 그렇게 해야 완벽하겠군."

한참 만에야 체이셔가 고개를 끄덕였다.

"어차피 집기들도 옮긴 후 태워야 하니, 병사는 있어야 합니다."

"음, 그렇군."

체이셔가 다시 고개를 끄덕였다.

"웸블턴 가에는 무슨 말로 둘러대려나? 하나밖에 없는 영양이 감쪽같이 사라졌다는 말을 믿을까?"

'아니, 얘는 머리가 나쁜 거야, 건망증이 심한 거야?'

그토록 말했는데도 또 잊어버린 체이셔를 바라보며 발름은 속으로 한숨을 쉬었다.

"그레이엄 하워드 웸블턴에게 역적 누명을 씌워 멸문시킬 겁니다."

"아."

"그럼, 왕자님, 저는 오늘 로이드 왕자님과 먼저 수도로 가고 다음 주 초, 저녁 즈음에 병사들을 이끌고 다시 돌아오겠습니다."

"음, 그럼 코니와 제시는 그날 아침에 수도로 보내겠소."

아무래도 다음 주까지 머물려면 시중을 드는 사람이 필요할 터였다.

"그렇게 하십시오."

"같이 나가지. 형에게 할 말도 있고."

"네, 기다리겠습니다."

발름이 나간 사이, 체이셔는 광란의 시간 동안 벗어두었던 옷을 챙겨 입고는 라이라를 살폈다. 여전히 그녀는 축 늘어진 상태였다.

"하긴, 얘기를 들어봤자 어쩌겠어."

지난밤, 라이라의 손에 묶인 사슬이 불편해 풀어놓은 것을 다시 묶으며 체이셔가 중얼거렸다.

"정말 마음에 드는 아가씨인데 말이지."

체이셔는 가만히 라이라의 뺨을 쓰다듬다가 옷을 추스르고는 지하실 밖으로 나가 버렸다.

지하실 안에 적막과 침묵이 쌓여갔다.

스슥.

침묵을 깨고, 라이라가 움직였다.

"하아."

가느다란 숨을 토해낸 라이라의 눈이 힘겹게 떠졌다. 그녀의 눈에서 독기가 뿜어져 나왔다. 듣지 않으려 해도 듣지 않을 수 없었다. 체이셔와 발름의 대화를 고스란히 들은 라이라는 몸이 움직이지 않는다는 사실에 감사했다. 만일 조금이라도 움직였다면 그 엄청난 이야기들을 들을 수 없었을 터.

라이라는 두 남자의 대화 속에서 자신이 이상한 약을 먹었다는 사실을 알아차릴 수 있었다. 조각조각, 기억이 단편적으로 생각 났다. 아주 망측한 장면들이 라이라의 뇌리에 명확히 그려지고 있었다.

한기에 라이라는 이불을 잔뜩 끌어당겨 자신의 몸을 덮었다. 약 기운이 풀린 탓인지 온몸이 덜덜 떨렸다. 그녀는 목구멍까지 차오르는 무언가를 힘들게 내리눌렀다.

'그래, 그렇군.'

라이라는 자신이 당하고 있는 상황의 끝이 죽음이 아닐까, 어렴풋이 짐작은 하고 있었다. 딱히 살고 싶은 생각도 없었다. 이런 몸으로 어떻게 살아간단 말인가. 하지만 그들은, 아버지까지 노리고 있지 않은가.

그렇게 하도록 내버려 두지 않아, 라이라의 눈에서 불꽃이 튀었다. 그것은 삶의 의지였다.

'살자, 살아서 나가자.'

라이라는 마음을 굳게 먹었다.

역적이 된 귀족은 무조건 사형. 그것이 이 루슬란 왕국의 법이었다. 그들은 지금 라이라뿐만이 아니라 그녀의 아버지까지 죽이려 하고 있었다. 이제 더 이상, 라이라는 울지 않았다. 아니, 울고 있을 수 없었다. 방법을 모색해야 했다.

기간은 대략 닷새. 그 기간 동안 어떻게 해서든 이곳에서 빠져나가야 한다. 그리고 아버지에게 가야 한다. 라이라는 열심히 생각하고 또 생각했다.

라이라는 팔을 뻗어 더듬거리며 탁자 위에 놓인 딱딱한 빵을 움켜쥐었다. 이윽고 천천히, 빵을 꼭꼭 씹어 먹기 시작했다. 그동안 라이라는 억지로 아주 조금의 음식만 먹어왔다. 하지만 이제부터는 잘 먹고 기운을 차려야 했다. 어둠 속에서 라이라는 살기 위해, 빵을 단단히 움켜쥐었다.

로이드와 발름이 떠나고 시중을 들 코니, 제시와 함께 저택에 남은 체이셔가 가벼운 발걸음으로 지하실로 향했다. 며칠 남지 않았으니 실컷 라이라의 몸을 탐하려고 마음먹은 상태였다.

덜컹.

육중한 문소리를 뒤로한 채 라이라에게 향하던 체이셔는 어쩐지 뭔가 이상한 느낌을 받았다. 그가 들고 있던 횃불을 높이 치켜들었다.

"엇."

그의 입에서 가벼운 탄성이 흘러나왔다. 흔들리는 횃불이 비추는 것은 바로 라이라였다. 그녀는 지금까지와는 달리 겁에 질린 표정이 아니었다.

"뭐야, 왜 그러고 있어?"

또한 그녀는 지금까지 그랬던 것처럼 이불로 몸을 가리는 시늉도 하지 않은 채 고요한 표정으로 체이셔를 올려다보고 있었다.

"나……."

더듬더듬, 라이라가 입을 열었다.

"나, 약 줘요."

또렷이 들려오는 라이라의 목소리에 체이셔는 순간 당황했다.

"뭐?"

그녀가 뭔가를 요구한 적이 있었나? 기억을 더듬어봤지만 처음이 지하실에서 깨어난 후 나가게 해달라는 부탁 말고는 그 어떤 요구도 없었던 사실이 떠올랐다.

"그 약, 어제…… 날 기분 좋게 해줬던 그 약……."

체이셔는 라이라가 한 말의 의미를 깨닫고는 비릿하게 웃었다.

"아하, 그 약?"

체이셔의 눈빛이 음흉하게 변했다.

"한 번 맛보면 여자들이 환장한다더니 사실이었군."

음탕한 말을 중얼거리며 그가 라이라에게 다가갔다.

"어제, 좋았나 보지?"

라이라는 간신히 고개를 끄덕였다. 가만히 눈을 치켜뜨고 자신을 바라보는 그녀의 시선이 마음에 든 체이셔가 잇몸을 드러내며 웃었다.

"그래? 좋았다고? 나도 좋았지."

그가 동의하며 히죽 웃었다.

'아주 황홀했지. 사나운 여자를 길들이는 것도 좋지만 나긋한 여자를 맛보는 건 더 좋지.'

체이셔는 주머니에서 약통을 꺼내 들었다. 그리고 약 한 알을 라이라에게 건넸다. 가만히 약을 받아 든 그녀가 약을 입에 넣고 침대 옆 탁자로 시선을 줬다. 그것을 본 체이셔가 탁자 위에 있는 물을 잔에 따랐다.

"자."

그의 손에서 물 잔을 받아 든 라이라는 그대로 물을 마셨다.

꿀꺽, 꿀꺽.

목울대가 울리는 것을 보며 체이셔는 뭔가 기대를 하는 눈빛으로 옷을 벗기 시작했다. 완전히 벌거벗은 체이셔가 침대 위로 올라왔다. 라이라는 그저 가만히 있었다. 그의 손이 라이라의 등을 어루만지기 시작했다.

"하아."

라이라가 숨을 토해냈다. 그러고는 가만히 체이셔의 팔을 매만졌다.

"호오……."

먼저 몸을 만져 오는 라이라에게서 체이셔는 시선을 떼지 못했다.

"하아……."

가볍게 탄식하던 그녀의 손이 불뚝 솟아오른 남성을 세차게 움켜쥐었다.

"헉!"

강렬한 자극에 체이셔는 신음을 뱉어냈다. 그의 눈은 기대감과 흥분으로 떨리고 있었다. 라이라의 손이 천천히, 그리고 부드럽게 남성을 애무하기 시작했다. 소중한 것이라도 되는 양, 아주 조심스런 손길이었다. 그의 손이 그녀의 가슴을 찾았다.

"입에, 입에 넣어."

체이셔가 라이라의 가슴 정점을 애무하며 요구해 왔다. 잠시 멈칫거리던 그녀가 그의 말대로 몸을 움직였다.

"으으, 좋아……."

여자의 입안에서 남성이 춤추기 시작했다. 체이셔의 손이 그녀의 머리를 움켜잡았다. 라이라는 정신을 단단히 차리고 그의 요구대로 몸을 움직였다.

라이라는 약을 먹지 않았다. 자신이 어제 약을 먹고 이상행동을 했다는 것을 안 그녀는 그것을 이용하기로 한 것이었다. 약을 먹는 척하며 교묘하게 침대 밑으로 버리고 마치 약에 취한 것처럼 연기를 했다. 구역질이 나고 죽을 것 같았지만 그녀는 참았다. 체이셔의 몸을 만지는 것도, 몸에 닿는 것도 치가 떨리도록 싫었지만 그녀는 참아야 했다. 살아서 나가기 위해 참았다. 거친 숨소리가 지하실을 메우기 시작했다.

"흐으."

라이라는 열심히 혀를 움직이고 몸을 움직였다. 약에 취한 연기를 하는 이상, 체이셔의 마음에 들어야 했다.

턱. 턱.

살과 살이 부딪치는 소리가 울렸다. 온몸이 부서질 것 같았지만 라이라는 황홀한 표정을 지어 보였다. 갖은 애교를 부리며 교태를 부렸다. 기회를 엿보기 위해 그녀는, 자신을 버렸다. 열락의 폭풍이 지나간 뒤, 체이셔는 라이라의 긴 금발을 부드럽게 쓰다듬으며 만족의 미소를 지었다.

"잘하는데? 어제보단 훨씬 낫군."

체이셔가 사랑스럽다는 듯 라이라의 허리를 끌어안았다. 라이라는 얌전히 그의 품속에서 눈을 감았다. 쪽, 소리를 내며 체이셔가 그녀의 이마에 입을 맞췄다. 순간, 그를 침대 밖으로 밀어버리고 싶은 충동이 일었지만 라이라는 훗날을 기약하며 참았다.

체이셔는 라이라를 품고 나면 기력이 빠지는지 항상 깊은 잠에 들곤 했다. 그럴 때마다 그를 죽이고 싶었지만 도구가 없어 실행하지 못했다. 이제 라이라는, 그것을 이용하려 했다.

라이라에게 주어진 시간은 닷새.

그동안 라이라는 혼신의 힘을 다해 체이셔의 마음에 들도록 노력했다. 그녀의 그런 모습이 마음에 든 체이셔는 라이라를 품에 안을 때면 팔목을 자유롭게 풀어주곤 했다. 그래야 확실히 즐길 수 있으므로. 물론 지하실을 나갈 때 다시 수갑을 채우긴 했지만 그것만으로도 라이라는 대단한 성과라 생각했다.

"오늘이구나."

코니가 식사를 가져왔을 때, 슬쩍 날짜를 물어 오늘이 바로 체이셔가 자신을 죽이기로 한 날임을 알아낸 라이라는 비장한 표정을 지으며 주먹을 말아 쥐었다. 오늘, 탈출해야 했다.

덜컹.

오후 늦게, 체이셔가 라이라를 찾았다. 라이라는 뛰는 심장을 간신히 진정시키며 그를 맞이했다.

"자, 오늘 마음껏 즐겨보자고."

'이 금발 머리 아가씨와는 이제 마지막이군.'

체이셔는 못내 아쉬웠다. 하지만 왕국을 위해 어쩔 수 없는 일. 그가 약통에서 약을 꺼내 라이라에게 주었다. 기다렸다는 듯 라이라는 약을 입에 넣고는 체이셔가 물을 주기 위해 돌아섰을 때, 잽싸게 약을 뱉어 침대 밑으로 던졌다.

또다시 정사가 시작되었다. 라이라는 체이셔가 더욱 기력을 다 하도록 애를 썼다. 그녀에게 행운의 여신이 미소를 보냈는지 그는 오늘이 마지막이라는 생각 때문에 평소보다 더욱 많이 기력을 소진했다. 곯아떨어진 체이셔의 품에서 빠져나온 라이라는 떨리는 손으로 자신의 손을 묶었던 수갑을 들어 올렸다. 그러고 나서 조심조심, 그의 손에 수갑을 채웠다.

라이라가 침대 벽의 횃대에서 횃불을 집어 들었다. 그런 후, 숨소리도 내지 않고 체이셔의 몸에 덮인 이불을 끌어당겼다. 조심조심, 체이셔가 깨지 않도록 주의했지만 생각대로 이불이 벗겨지지 않았다. 자세히 보니 이불자락이 그의 다리에 깔려 있었다. 이불을 포기할까도 생각해 봤지만 벌거벗은 채로 밖을 나갈 수는 없었다.

오늘 코니와 제시가 수도로 간다고 했으니 운이 좋으면 그녀들의 옷을 구할 수 있을지도 모른다고 생각했지만 저택까지 벌거벗은 채로 걸어갈 자신이 없었다. 한쪽에 체이셔가 벗어놓은 옷가지가 있었지만 그녀는 거들떠보지도 않았다.

라이라는 체이셔의 다리를 들어 올릴까 했지만 그가 깰까 봐 차마 그러지 못했다. 대신 횃불을 왼손으로 단단히 움켜쥐고, 오른손으로 아주 천천히 이불을 잡아당기기 시작했다.

"후아."

힘이 들었다. 하지만 이불도 거의 다 빠져서 그녀는 마지막으로 힘을 내기로 했다. 한 번만 더 당기면 될 것 같았다. 라이라는 숨을 가다듬고 한 번에 이불을 잡아당겼다. 그와 동시에 체이셔가 몸을 뒤척이느라 다리를 움직였다.

"아앗!"

우당탕탕.

체이셔가 잠결에 다리를 들어 올리는 바람에 힘껏 이불을 잡아당겼던 라이라는 뒷걸음질을 치다가 탁자를 쓰러뜨리고 말았다. 엄청난 굉음에 그가 눈을 떴다.

"……뭐야?"

라이라는 서둘러 이불로 자신의 몸을 가렸다. 그러고는 뒷걸음치기 시작했다.

"뭐 하냐."

이상한 낌새를 느낀 체이셔가 그녀에게 팔을 뻗었다.

덜컹.

짙은 갈색 눈에 서서히 이채가 떠올랐다. 자신의 팔목에 수갑이 채워진 것을 발견한 체이셔가 버럭 소리쳤다.

"너, 너!"

덜컹. 덜컹.

있는 힘껏 팔을 휘둘렀지만 벽에 박힌 쇠사슬은 단단했다.

"이게 무슨 짓이야?"

사나운 눈으로 자신을 노려보는 체이셔의 모습에 라이라는 걸음을 멈췄다.

"이거 풀지 못해!"

으르렁대는 그의 모습은 전혀 무섭지 않았다. 단단히 붙잡힌 그는 더 이상 라이라에게 두려움을 안겨줄 수 없었다. 체이셔가 움직일 수 있는 동선을 확인한 라이라는 최대한 다가갈 수 있는 거리로 몸을 움직였다.

"이거 풀어."

죽일 듯이 노려보던 체이셔가 다가오는 라이라를 보며 목소리를 누그러뜨렸다. 그녀는 입을 꾹 닫은 채 안전거리를 넘어섰다.

"그래, 어서 풀어."

체이셔는 라이라가 수갑을 풀어주기 위해 다가오는 것이라 생각했다. 그래서 더 이상 화를 내지 않고 가만히 기다렸다. 하지만 그의 예상은 보기 좋게 빗나가고 말았다.

짜악!

눈앞에 번쩍, 별이 보이고 머리가 오른쪽으로 휙 돌아갔다. 자신에게 무슨 일이 생긴 건지, 체이셔는 어안이 벙벙해졌다. 하지만 이내 자신의 뺨 위로 라이라의 매서운 손이 날아들었다는 사실을 인지할 수 있었다.

"이, 이……. 감히 왕족에게 손을 대다니!"

그가 눈에 불을 켜고 라이라를 노려봤다. 그러나 눈에 불을 켠 건 체이셔뿐만이 아니었다. 일렁이는 불빛 아래, 라이라가 눈에 새파란 불꽃을 일으키며 입술을 꼭 깨문 채 체이셔를 노려보고 있었다.

"이게 뭐 하는 짓이냐!"

왕족의 위엄은 라이라의 눈엔 보이지 않았다. 그녀를 잡기 위해 체이셔가 양팔을 휘저었지만 이미 그녀는 아슬아슬하게 안전거리로 돌아가 있었다.

"날 짓밟은 대가."

천천히, 글자 하나하나를 라이라는 씹어내듯 토해냈다.

"……뭐?"

체이셔가 눈썹을 들어 올렸다.

"왕족이 왕족답지 않게 행동한 대가."

말을 마침과 동시에 라이라가 한 발짝 나서서 다시 손을 날렸다.

짜악.

"억."

다시 체이셔의 머리가 돌아갔다. 검술과 승마로 단련된 라이라의 팔 힘은 여느 남자 못지않았다. 그만큼 얼굴에 가해지는 충격은 컸다.

"이, 이게……."

자신을 노려보는 체이셔를 비웃듯 그녀가 다시 손을 들어 올렸다.

"크윽."

입안에 핏물이 고였다. 체이셔가 손으로 입가를 닦아냈다. 그 모습을 보며 라이라는 천천히 말을 곱씹었다.

"백성을 기만한 대가."

때려죽여도 시원치 않았다. 하지만 라이라에겐 시간이 없었다. 발름이 저녁에 병사들을 이끌고 온다지 않았던가. 라이라는 이불 자락을 펄럭이며 뒤돌아섰다.

"백성을 위하지 않는 왕족은 살아 있을 필요가 없는 법."

지하실 안을 울리는 라이라의 서늘한 목소리에 뺨을 세 대나 맞아 정신이 없던 와중에도 체이셔는 등골이 오싹해지는 느낌을 받았다.

"무, 무슨 소리냐."

라이라가 힐끗 뒤돌아 체이셔를 바라봤다. 그런 그녀의 눈빛은 고요하기만 했다.

"날, 죽이려 했다지?"

낮게 들려오는 목소리에 체이셔는 라이라가 자신과 발름의 대화를 들었음을 짐작할 수 있었다.

"너……!"

체이셔가 크게 놀라 고함을 질렀다. 하지만 라이라는 동요하지 않았다. 오히려 더욱 차분해 보였다. 이제 체이셔는 그녀에게 어떤 위협도 되지 않았다.

"뼈째 타버린다면, 누가 누군지 모르겠지?"

나직하게 중얼거리는 말투는 오싹할 정도로 서늘했다. 그 낌새를 눈치챈 체이셔는 그만 입을 다물고 말았다. 그의 갈색 눈동자가 이리저리 구르기 시작했다. 라이라의 얼굴과 그녀가 들고 있는 횃불 사이에서, 체이셔의 눈은 분주했다.

"너, 너, 뭐 하려고……."

"왜?"

라이라가 비웃었다. 벌거벗은 채 양팔을 벌려 무릎 꿇고 있는 왕자의 모습은 이제 우스워 보였다.

"내가, 내가 어떻게 할 것 같아?"

"너, 너……."

체이셔는 쉽게 입을 열 수 없었다. 온몸으로 라이라의 비장함이 느껴진 탓이었다. 덜덜, 저도 모르게 몸이 떨렸다. 그의 얼굴이 급격히 일그러졌다.

"뭐 하는 거냐, 난 이 나라의 왕자다!"

체이셔가 악다구니를 썼다.

"왕자?"

라이라가 다시 체이셔를 쏘아봤다.

"왕자면, 백성을 함부로 죽여도 되나?"

체이셔의 말문이 막혔다.

"왕자면, 함부로 누명을 씌워도 되나?"

라이라의 호흡이 거칠어졌다.

"우리 아버지를 어쩌겠다고?"

체이셔를 노려보는 라이라의 모습이 심상치 않았다. 불길한 예감이 물 밀듯 밀려오자 그는 더럭 겁이 났다. 하지만 체이셔는 그것을 숨긴 채 호기를 부렸다.

"가, 감히 왕족을 능멸하려는 게냐!"

"······능멸?"

라이라가 차갑게 웃었다.

"능멸이란 말을, 입에 올릴 자격이 있나?"

입술만 달싹이는데도 라이라의 말은 또렷이 지하실 안을 울렸다.

"능멸?"

아드득, 이가 갈렸다. 그와 동시에 라이라의 눈이 새파랗게 빛났다.

"네가, 네가 감히 능멸이라 말해? 여자로서 입에도 담을 수 없는 수모를 당한 내 앞에서?"

라이라는 크게 숨을 들이마셨다. 더 이상 말을 더 했다가는 울 것 같았다. 그녀는 죽일 듯 체이셔를 쏘아보다가 그대로 등을 돌렸다.

"어, 어디 가는 거냐! 당장 이걸 풀라니까!"

뒤에서 체이셔가 발악하는 소리가 들려왔다. 그러나 라이라는 아랑곳하지 않고 앞을 향해 터벅터벅 걸음을 옮겼다. 이윽고 다다른 철문 앞에서 걸음을 멈췄다. 여전히 뒤에서는 체이셔가 발악하고 있었다.

"이 계집이! 게 서지 못하느냐! 네가 감히!"

끼이익.

철문이 열렸다. 바깥도 지하실 안처럼 어두웠다. 라이라가 가만히 뒤를 돌았다. 체이셔의 시선이 느껴졌다. 그녀가 들고 있던 횃불을 있는 힘껏 침대 쪽으로 던졌다.

"아악!"

침대 끝에 떨어진 횃불이 장렬히 자신을 희생하며 번져 나가기 시작했다.

"이, 이게!"

서서히 번지는 불꽃을 보며 체이셔는 어쩔 줄 몰라 했다. 라이라는 흉하기 그지없는 체이셔의 모양새를 쏘아보곤 지하실 밖으로 나섰다. 돌아선 그녀의 표정은 그저 담담하기만 했다.

끼이익.

덜컹.

"사람 살려!"

닫히는 문 사이로 체이셔의 비명이 들려왔다.

"넌 용서가 되지 않아."

차갑게 말을 내뱉은 라이라는 어둠 속을 더듬으며 천천히 걸음을 옮겼다. 서두르다간 아무것도 입지 않은 몸이 다칠지도 몰랐다. 마음은 급했지만 일단 나가는 통로를 찾아야 했다.

이윽고 라이라의 눈에 조그만 빛이 보였다. 위로 올라가는 계단을 발견한 그녀는 손으로 계단 벽을 짚으며 한 걸음 한 걸음 떼어냈다.

눈이 아팠다. 긴 시간 동안 지하에 있었던 라이라의 눈은 강렬한 태양 빛을 감당해 내기 어려웠는지 자꾸 시큰거렸다. 어느 정도 안정이 되자, 그녀는 주변을 살폈다. 인기척은 느껴지지 않았다. 라이라는 조심스럽게 저택 안으로 들어섰다.

저택 안은 고요했다. 이미 아무도 없다는 사실을 알고 있었지만 그녀의 몸짓은 조심스러웠다. 그녀는 며칠 동안 생각했던 대로 행동하고 있었다. 라이라는 얼핏 봤던 코니의 방을 찾았다.

'옷이 남아 있으면 좋겠는데.'

간절한 바람이었다. 알몸에 이불 하나 걸친 상태로 고향으로 가기엔 분명 무리가 있었다. 그렇다고 자신의 옷을 찾아 입자니 그건 너무 눈에 띄는 옷차림이라는 생각이 들었다. 방을 둘러보던 라이라의 눈에 빨래 더미가 들어왔다. 재빨리 그쪽으로 다가간 라이라는 자신이 입을 만한 옷을 골라냈다.

어물거릴 시간이 없었다. 그나마 대충 깨끗해 보이는 옷을 골라 입은 라이라가 방의 이곳저곳을 뒤지기 시작했다. 고향으로 가는 길이 얼마나 되는지 알지 못했기에 금품이나 먹을 것이 필요했다. 낡은 가죽 가방 하나를 발견한 그녀는 가방을 움켜쥐고 식당으로 향했다.

"이거면 돼."

주방 도구들은 고스란히 남아 있었다. 병사들을 데리고 와서 옮긴다더니 코니와 제시는 자신들의 짐만 싸들고 간 모양이었다. 덕분에 라이라는 주방에 있던 은숟가락, 방 이곳저곳에서 찾아낸 약간의 금붙이 그리고 몇 끼를 해결할 정도의 식량을 챙길 수 있었다.

'이제 가자, 서둘러야 해.'

배가 고팠지만 편히 앉아 먹을 여유란 없었다. 시간은 자꾸 흘러갔고 지하실에 불을 냈으니 누군가가 근처로 왔다가 발견할지도 모를 일이었다. 그녀는 몸을 재게 움직였다. 저택을 나온 라이라는 마구간으로 달려갔다. 체이셔가 움직인다고 했으니 말 한 필 정도는 남아 있을 터. 그녀의 생각은 옳았다.

히히히힝.

"아!"

눈부시도록 하얀 백마 한 마리가 덩그러니 마구간에 매어져 있었다. 신디였다.

"신디."

말에게 다가간 라이라가 다정하게 신디의 이름을 불렀다.

히힝.

그녀를 알아보기라도 한 듯 신디가 머리를 숙였다. 라이라는 신디를 마구간에서 끌어냈다. 혹시나 난폭하게 굴면 어쩌나 싶었지만 다행히도 말은 얌전했다.

"신디, 부탁한다. 날 고향으로, 그린그린으로 데려다줘."

마음을 담아 신디의 귓가에 속삭인 라이라는 신디의 등에 올랐다. 그리고 말을 몰았다.

"가자, 신디!"

말이 내달리기 시작했다. 라이라는 힘차게 앞으로 달렸다. 제발, 고향으로 가는 길이 맞기를 바라면서.

얼마나 달렸는지 라이라는 알지 못했다. 다만 어스름이 깔리는 것으로 보아 꽤 많은 시간이 지났음을 알 수 있었다. 혹시라도 발름과 마주치게 될까 봐 조마조마했는데 하늘이 도왔는지 라이라의 앞을 가로막는 것은 없었다. 다만 한 가지, 달리고 있는 길이 과연 그린그린으로 향한 길인가 하는 것이 마음에 걸릴 뿐이었다.

시간이 촉박하다는 건 알고 있었지만 그녀는 작은 마을이라도 보이면 들러야겠다고 생각했다. 다른 게 아니라, 지도를 구입하면 고향으로 가는 길이 수월할 것이라는 생각에서였다.

가까스로 작은 마을에 들어선 라이라는 경계를 늦추지 않으며 주변을 살폈다. 어둠이 깔리기 시작한 마을은 다행히 인적이 드물었다. 그녀를 눈여겨보는 사람도 없었다. 라이라는 일단 가게를 찾았다.

"신디, 잠깐만 기다려."

잡화점 앞의 말을 묶어두는 곳에 신디를 묶어둔 라이라가 가게 안으로 들어섰다.

"어서오세…… 요."

손님을 맞은 주인의 안색이 묘하게 변했다. 먼지를 뽀얗게 뒤집어쓴 라이라의 몰골이 형편없었기 때문이었다.

"옷을 좀 구하려고요."

"아, 예."

낯선 이의 방문은 그리 흔치 않은 일이었다. 잡화점 주인은 신중한 표정으로 라이라를 살폈다. 외부인이 마을에 들어오면 일단 의심하는 것이 당연한 건지도 몰랐다. 하지만 라이라가 골라내는 물건을 본 주인은 의심을 거두었다.

그녀가 고른 것은 실용적인 여성 옷 두 벌과 소년이 입을 수 있는 옷 한 벌, 여자 구두 두 켤레와 소년의 장화, 모자와 끈 그리고 단도와 지도였다. 가격이 꽤 나갈 품목들이었다.

"저, 실례지만."

라이라는 되도록 얼굴이 드러나지 않도록 긴 머리칼을 이용해 얼굴을 감추며 입을 열었다.

"돈 말고 물건으로는 안 받으시나요?"

"……예?"

머리가 반쯤 벗겨진 가게 주인의 의심이 다시 깊어졌다. 라이라는 시간을 질질 끌 수 없었다. 다급한 손길로 가방 안에서 은숟가락 다섯 벌과 몇 개의 금붙이를 꺼내어 주인 앞에 내려놓았다.

"호오."

구미가 당긴다는 반응이 돌아왔다. 수상쩍은 아가씨라는 생각보다 돈이 되겠군, 하는 생각이 주인의 머리를 스쳤다. 라이라는 초조한 눈으로 금붙이를 살피는 주인을 바라봤다.

"이 정도면, 내 이 물건들 다 드리지."

은숟가락 세 벌 값도 안 되는 옷을 엄청난 가격에 팔면서도 주인은 싸게 준다는 듯 생색을 냈다. 그것을 알면서도 라이라는 따질 수 없었다.

"감사합니다."

얼른 물건들을 챙겨 든 그녀가 신디를 끌고 마을 한쪽, 어두운 골목길 안으로 들어섰다. 여자 옷은 필요 없었다. 혹시라도 따라올 추격자들을 생각하면 여자 옷으로 갈아입는 건 날 잡아 가쇼, 하는 것과 같았다. 추격자들이 잡화점 주인의 얘기에 여자 옷의 도망자를 찾기를 바라며 라이라는 서둘러 소년의 옷으로 갈아입었다.

끈을 잘라 질끈 머리를 묶어 올리고 모자를 푹 눌러쓴 다음, 벗은 옷과 여성용 옷은 둘둘 말아 끈으로 칭칭 감았다. 어차피 버릴 옷이지만 이 마을에 버릴 순 없었다.

옷 뭉치를 신디의 등에 얹고 단단히 묶은 후, 라이라는 밝은 곳으로 나와 지도를 펼쳤다. 입구에서 본 마을 이름을 찾아 지도를 훑었다. 다행히도 그린그린으로 향하는 방향이 맞았다. 그녀는 안도의 한숨을 내쉬었다.

"일단, 신디가 먹을 것을 사야겠지."

라이라는 다시 채소 가게를 찾아 신디에게 먹일 사과와 당근을 구입했다. 그리고 물도 구입했다.

"자, 가자, 신디."

쉴 틈도 없었다. 자신을 뒤따라올지도 모를 후작의 일행을 떠올리며 라이라는 말을 재촉했다. 피곤해 죽을 것 같았지만 쉴 생각조차 하지 않았다. 불에 타 죽은 시신이 완전히 재가 되었다 해도, 체이셔가 나타나지 않는 이상 발름이 이상히 여길 것이 분명했다. 늙은 여우의 머리보다 더 빨리 움직여야 했다.

라이라는 생각했다. 하루라도 빨리 고향으로 가서 아버지를 만나 자초지종을 이야기한 다음, 아버지와 함께 이 나라를 떠날 생각이었다. 그것이, 그녀가 며칠간 고심 끝에 내린 결론이었다.

조국을 떠난다는 사실에 아버지, 그레이엄 하워드 웸블던은 절망하겠지만 딸의 목숨을 더 소중히 여길 것이다. 라이라는 입술을 깨물었다. 그리고 말에 박차를 가했다.

푸르륵.

신디가 더욱 세차게 달리기 시작했다. 울퉁불퉁한 길을 내달리는 덕분에 라이라의 몸은 더욱더 피곤한 상태가 되어갔다. 온몸이 아파왔다. 하지만 그녀는 말을 멈출 생각을 하지 않았다. 한시라도, 한시라도 빨리 고향에 닿아야 했다.

하지만 신디가 지치는 것은 어쩔 도리가 없었다. 힘겨워하는 신디를 위해 라이라는 쉴 만한 곳을 찾았다. 일부러 인적이 드문 곳을 골라 달렸기에 여관이고 뭐고 없었다. 그녀는 신디의 등에서 내린 다음, 그늘이 우거진 나무라도 찾기를 바라며 주변을 살폈다.

"신디, 이리로 와."

마침 커다란 나무가 보였다. 라이라는 신디의 고삐를 단단히 묶은 뒤 낡은 가방을 뒤져 사과와 당근을 말에게 먹였다. 다행히 나무 주변에는 풀들이 많아 신디는 만찬을 즐길 수 있었다.

사과와 당근을 다 먹어치우고 한가로이 풀을 뜯는 신디를 보며 라이라도 식사를 시작했다. 가방을 뒤져 고기 말린 것과 딱딱한 빵을 찾아낸 그녀는 털썩 바닥에 주저앉고 말았다.

온몸의 기운이 다 빠져 버린 것 같았다. 하루도 채 안 되는 시간에 너무 많은 일이 일어나 얼떨떨하기까지 했다. 하아, 라이라는 한숨을 쉬며 말린 고기를 씹었다. 나무에 등을 기대고 앉아 고기를 씹고 있자니 엄청난 피로가 몰려왔다.

라이라는 자꾸만 감기는 눈을 억지로 떴다. 하지만 그럴수록 눈꺼풀은 더욱 무겁기만 했다. 괴로웠다. 서둘러 가야 하는데 몸이 말을 듣지 않았다. 하지만 꾸벅꾸벅 조는 신디를 보니 신디도 피곤할 것이라는 생각이 들었다.

'그래, 조금만 눈 붙이자.'

조금이면 될 거야, 라이라는 중얼거렸다. 그녀는 신디의 등에서 옷 뭉치를 내렸다. 그리고 나무 바닥에 내려놓고 그 위로 머리를 댔다. 누우니 온몸이 노곤노곤해졌다. 그러나 어쩐 일인지 쉽사리 잠이 오지 않았다.

"하아."

걱정이 담긴 한숨이 새어 나왔다. 앞으로의 일을 생각하자니 막막하기만 했다. 일단 나라를 떠나기로 마음을 먹긴 했지만 과연 어디로 가야 할지, 길이 보이지 않았다.

'우리가 떠나면, 젬마랑 테리는 어떻게 되는 걸까? 그리고 마을 사람들은? ……설마 로이드가 나쁜 짓은 하지 않겠지. 그는 체이셔와는 조금은 달라 보였어.'

라이라는 그렇게 믿고 싶었다. 한참을 이것저것 생각하던 그녀의 눈이 어느새 감겼다.

❀

발름이 저택에 당도한 시각은 어스름이 깔리기 바로 직전이었다. 병사 여섯 명과 함께 온 그는 곧바로 저택 안, 체이셔의 방으로 갔지만 아무도 없었다.

"아직 일을 마치지 못하신 건가."

중얼거리는 발름의 표정은 가히 좋지 않았다. 집 안에 없으니 십중팔구 지하실에 있을 터. 이 나라의 영웅이라 생각했지만 하는 짓은 영 영웅답지 않은 왕자에 발름은 한숨을 쉬었다.

"일단 물건들을 집 밖으로 내어놓게."

병사들에게 지시를 내린 후 발름은 지하실로 걸음을 옮겼다.

'이 철딱서니 없는 왕자를 구슬려 모든 증거를 없애 버린 후, 수도로 가야 해.'

그는 생각했다.

지하로 내려가는 계단은 고요했다. 아니, 그런 것 같았다. 하지만 지하실이 가까워질수록 이상한 소리가 들려왔다. 발름이 횃불을 높이 쳐들었다.

"뭐지?"

그가 나직이 중얼거렸다. 아직 웸블던 가의 여식이 살아 있던가. 발름이 눈살을 찡그렸다.

'내 이럴 줄 알았어. 체이셔 왕자를 믿는 게 아니었는데.'

발름은 차고 있는 칼을 만지작거렸다. 아무래도 자신이 마무리해야 할 것 같았다.

"사람 살려!"

희미하게 들려오는 목소리에 그가 문에 손을 갖다 댔다.

덜컹.

"후작!"

문을 열자마자 다급한 목소리가 들렸다. 그리고 훅, 끼치는 탄내에 그는 미간을 찌푸렸다.

"아, 아니!"

불빛에 드러난 지하실 안의 풍경은 생각지도 못한 것이었다. 벌거벗은 왕자가 양팔이 사슬에 묶인 채 침대 위에 앉아 있었고 침대의 가장자리는 그을려 있었다.

"이게 무슨 일입니까!"

발름이 얼른 왕자에게로 다가갔다.

"이거, 이것 좀 풀어주시오, 발름 경!"

가까이 다가가서 본 체이셔의 모습은 처참했다. 온몸은 시커멓게 얼룩져 있었고 군데군데 화상 자국까지 보였다. 앞머리도 타서 우스꽝스러운 모양이었다.

"이, 이게 대체……."

놀란 나머지 발름은 라이라가 없다는 사실조차 까맣게 잊어버렸다.

"얼른, 얼른 열쇠를!"

체이셔의 재촉에 발름이 횃불을 들어 열쇠를 찾았다. 저 멀리 놓인 왕자의 옷에서 무언가가 불빛에 반짝였다. 그가 서둘러 열쇠를 잡아챘다.

"어떻게 된 겁니까?"

체이셔의 팔목의 수갑을 풀며 발름이 물었다.

"웸블던, 그 계집이!"

체이셔의 얼굴이 분노로 일그러졌다. 그제야 발름은 라이라의 모습이 안 보인다는 사실을 인지했다.

"도망갔습니까? 아니, 어쩌다가요?"

놀라 묻는 발름의 질문에 체이셔는 답하지 않았다.

"쫓아가야겠소, 발름 경."

비틀거리며 일어서던 체이셔가 억, 하는 소리와 함께 한쪽 무릎을 꿇었다.

"어디 다치셨습니까?"

체이셔를 부축하며 발름이 꼼꼼한 눈으로 살폈다. 가까이서 보니 체이셔의 몸 상태는 말이 아니었다. 왼쪽 발은 화상으로 심하게 다친 상태였고 양팔도 벌겋게 익어 있었다.

"일단 치료부터 해야겠습니다."

발름의 부축을 받으며 일어선 체이셔는 잇새로 말을 내뱉었다.

"발름 경, 그린그린으로 가야겠소. 내 그년을 반드시 잡아 죽일 것이오!"

"그 몸으론 안 되십니다!"

발름에게 있어서 체이셔는 이 나라를 위한 소중한 존재. 다쳐서는 안 되었다.

"어서 말을 준비하시오!"

하지만 체이셔는 발름의 말을 들을 생각이 없었다. 겨우겨우 옷을 꿰입은 체이셔가 성급한 걸음을 떼어냈다.

"왕자님!"

"내, 내 이것을!"

난생처음 뺨을 맞은 충격은 화상의 아픔보다 더 컸다. 체이셔는 눈앞에 라이라가 있는 것처럼 분통을 터뜨렸다.

"아무튼 그 계집을 잡아야 하오!"

그 의견에는 발름도 동의했다. 그러나 왕족의 잔인함을 드러내서는 안 되는 법이었다.

"알겠습니다, 왕자님. 왕자님은 이곳에 계시면서 치료를 받으십시오. 웸블던의 여식은 제가 잡겠습니다!"

순간 체이셔가 발름의 양쪽 어깨를 꽉 내리눌렀다.

"못 들었소, 후작? 내가 가야 한다지 않소!"

분노로 이글거리는 왕자의 눈에 발름이 고개를 끄덕였다.

"……알겠습니다, 왕자님."

"서둘러야 하오, 그 계집보다 먼저 그린그린에 도착해야 하니."

"……지름길을 알고 있습니다."

얼마 뒤, 커다란 저택은 불타올랐고 왕자 일행은 말을 달려 그린그린으로 향했다.

긴장으로 자다 깨다를 반복한 탓에 라이라의 피곤은 극에 달해 있었다. 하지만 그녀는 쉴 수 없었다. 한 장의 지도를 의지해 고향으로 달리는 라이라의 심정은 절박했다.

"후작이 쫓아올지도 몰라."

벌써 열세 번째 중얼거림이었다. 타버린 시체를 자신이라 착각한다 해도 왕자의 존재가 없으니 분명 의심하리라, 그것이 라이라의 생각이었다. 또한 웸블던 가를 멸문한다 했으니 어차피 발름의 목적지는 그린그린일 터. 라이라는 달리고 또 달렸다.

이윽고 도착한 마을, 어스름이 내려앉았지만 익숙한 풍경이 눈에 들어오자 라이라는 안심이 되었다.

"신디, 수고 많았어."

모두 신디의 덕분이었다. 피곤할 텐데도 성질부리지 않고 달려주어서 생각보다 일찍 도착한 것이었다.

푸르륵.

라이라의 마음이 전해졌는지 신디가 부드럽게 고개를 저었다.

마을 입구에 들어선 라이라는 어쩐지 이상한 기분이 들었다. 이제 어스름이 깔릴 즈음, 한창 식사 시간일 텐데 어쩐 일인지 연기가 올라오는 집이 없었다.

'이상하네.'

괜히 가슴이 서늘해졌다. 신디를 재촉해 집으로 향하려 했지만 불길한 마음에 라이라는 말 위에서 내려왔다.

"신디, 넌 여기 있어."

마을의 입구에 있는 커다란 느티나무에 신디의 고삐를 묶은 후 라이라는 조심스럽게 몸을 움직였다. 아주 천천히 주위를 살피며 걸었지만 어찌된 영문인지 사람들 모습이 보이지 않았다.

'설마, 데렉 후작이 벌써 온 건가?'

덜컥, 심장이 내려앉았다. 라이라는 집으로 향하는 걸음을 재촉했다. 차츰 어둠이 하늘에서 내려왔다. 그녀는 으슥한 곳을 이용하여 점차 집 쪽으로 다가갔다.

"읍!"

돌연, 그녀의 뒤에서 누군가의 손이 느껴졌다. 당황한 라이라가 몸을 크게 움직였다.

"쉿. 아가씨, 접니다, 테리."

그리운 음성에 순간적으로 라이라는 온몸의 긴장이 풀리는 것을 느낄 수 있었다. 그녀는 알았다는 듯 고개를 끄덕였다. 그러자 입을 막았던 손이 사라졌다.

"테리."

반가운 마음에 라이라가 소리치자 당황한 기색을 역력히 드러내며 테리가 손을 저었다.

"쉿, 아가씨, 쉿!"

테리의 행동이 이상하다 느낀 라이라는 눈을 깜빡였다. 긴장감이 다시 엄습했다.

"왜, 왜?"

"아가씨, 이쪽으로."

낮게 속삭이며 테리가 라이라를 이끌었다. 그녀는 조용히 그의 뒤를 따랐다. 자꾸만 불안함이 그녀의 마음 깊숙한 곳에서부터 피어올랐다. 이윽고 다다른 곳은 테리의 집이었다. 조심스럽게 집 안으로 들어선 그가 흔들리는 눈빛으로 라이라를 바라봤다.

"무슨 일이야, 테리?"

라이라가 억지로 불안감을 내리누르며 물었다.

"아가씨······."

어두운 낯빛의 테리에게서 라이라는 심상치 않은 기운을 느낄 수 있었다.

"무슨 일인데?"

"성주님께서, 역적으로 몰리셨습니다."

"······뭐?"

눈앞이 캄캄해졌다.

'역시 발름 경이 먼저 이 마을에 당도한 것인가.'

라이라는 숨을 몰아쉬었다.

"아침에 왕자와 후작이 와서 성주님을······."

"······왕자?"

라이라가 되물었다.

'체이셔는 불에 타 죽었을 테니 로이드가 온 건가?'

테리는 고개를 끄덕이며 계속 말을 이었다.

"아가씨를 내놓으라며 소리치고 난리도 아니었습니다."

"······날?"

이상했다.

'로이드라면 날 찾을 일이 없을 텐데?'

의아함이 일었지만 그보다 아버지의 안위가 걱정이었다.

"그보다 아버지는? 우리 아버지는?"

테리가 불안한 눈으로 라이라를 내려다봤다. 순간, 그녀는 뭔가 좋지 않은 일이 일어났음을 직감할 수 있었다.

"테리."

라이라가 눈을 꾹 감았다 떴다.

"젬마는?"

유모가 집에 없다는 사실을 깨달은 그녀가 재차 물었다.

"젬마는 어디 있어?"

"아가씨……"

테리의 말미가 살짝 떨렸다. 순간 라이라는 불안해졌다.

"테리, 말 좀 해!"

테리의 눈빛이 흔들렸다. 굳게 다문 입술이 파르르 떨렸다.

"어머니는……"

라이라가 숨을 멈췄다.

"어머니는 돌아가셨어요, 아가씨."

귀가 먹먹해졌다. 아무 소리도 들리지 않았다. 유모는, 테리의 어머니인 젬마는 라이라의 엄마나 다름없었다. 느닷없는 유모의 죽음 소식에 그녀는 어안이 벙벙했다. 세상이, 빙글빙글 돌았다.

"아가씨……"

비틀거리는 그녀를 테리가 재빨리 부축했다.

"……테리."

라이라가 입술을 달싹였다.

"네."

테리의 얼굴은 슬픔으로 가득했다. 라이라는, 미안했다.

"미안해, 테리."

"……뭐가요."

테리는 알 수 없는 말을 하는 라이라가 이상했다. 온몸이 불덩이라 걱정도 되었다. 그러고 보니 굉장히 초췌하고 피곤해 보였다.

"아가씨, 일단 쉬세요."

테리는 자신의 슬픔을 꾹꾹 눌러 담았다.

"테리, 아가씨를 지켜야 한다."

그것은 어머니의 마지막 소원이었다. 테리는 어머니의 말을 마음 깊이 되새겼다.

"미안해, 테리."

라이라는 그저 미안하다는 말만 중얼거렸다. 온몸이 뜨거웠다. 그녀는 덮쳐 오는 졸음을 쫓아내기 위해 안간힘을 썼다.

"나 때문에."

라이라가 간신히 말을 내뱉었다.

'유모가 나 때문에……'

그녀는 슬펐다. 만일 자신이 죽었다면 어쩌면 유모는 살았을지도 모르는 일이었다. 후회가 밀려왔다.

테리는 라이라가 하는 말을 알아들을 수가 없었다. 다만, 그녀가 깊이 슬퍼한다는 것이 느껴졌다. 테리는 입술을 깨물었다.

"아가씨, 쉬세요."

앞으로 일어날 일을 대비하기 위해서라도 테리는 라이라를 재워야 했다.

"테리."

"네."

"미안해."

"아가씨……."

라이라는 테리의 팔을 꽉 움켜쥐었다. 온몸이 납덩이처럼 무거
웠다. 하지만 그녀는 일어나야 했다. 간신히 일어나 몸을 세운 그
녀는 커다랗게 숨을 들이마셨다.

"아가씨……."

테리가 라이라의 눈물을 지켜보았다. 라이라는 끊임없이 눈물
을 쏟아내고 있었다. 하지만 그녀 스스로는 그것을 깨닫지 못하
고 있었다.

"미안해."

중얼거리는 말에는 힘이 없었다. 테리가 자신의 옷소매로 라이
라의 눈물을 닦아냈다. 더 큰 고통이 밀려오는 것이 두려웠다. 그
녀가 테리의 손을 꼭 잡았다.

"테리."

"네."

"우리, 우리 아버지는?"

찢어지는 슬픔 속에서도 라이라는 아버지가 걱정되었다. 그 사
실이 테리한테 미안했다. 자신 때문에 그의 어머니가 죽임을 당
한 것 같아 미안했고 아버지가 살아 있기를 바라는 자신의 마음
이 미안했다.

"아가씨."

좀처럼 입이 떨어지지 않았다. 테리가 여전히 눈물을 흘리고

있는 라이라를 바라봤다.

"말해."

듣지 않아도 알 수 있었다. 어렴풋이 짐작이 갔다. 하지만 라이라는 들어야 했다. 자신을 똑바로 올려다보는 푸른 눈에 테리는 가만히 숨을 토해냈다.

"아침에 왕자 일행이 몰려와서, 성주님을 역적으로 몰았습니다. 성 안의 사람들 모두 성주님을 감쌌지요. 우리 성주님이 어디 그럴 분이십니까. 그러자 왕자가 검을 들고 날뛰었고 그 와중에 어머니가……."

테리가 잠시 말을 멈추었다. 숨을 고른 그가 다시 입을 열었다.

"성주님은 붙잡히셨습니다."

라이라의 눈이 감겼다. 테리의 말대로라면 역적으로 몰렸으니 아버지의 처형은 정해진 수순. 구해야 한다. 그녀는 눈을 떴다.

"그리고?"

테리는 가만히 라이라를 바라봤다. 연민이 담긴 눈빛에 그녀는 그만 울고 싶어졌다. 이제 열일곱, 소녀티를 갓 벗은 라이라는 감정을 절제하는 법을 아직 몰랐다.

"그리고?"

목소리가 심하게 떨려 나왔다. 테리가 라이라의 손을 잡았다. 덜덜 떨고 있었다. 불덩이처럼 뜨거운 몸이 마구 떨리고 있었다.

"왕자 일행이 오고 곧바로 병사들을 소집했습니다. 이웃 마을 병사들까지요. 그리고 마을 사람들을 모두 성으로 불러들였습니다. 아가씨를 도와주면 안 된다는 이유로요."

테리가 잠시 말을 멈췄다.

"아가씨, 괜찮으세요?"

라이라의 낯빛은 핼쑥했다. 하지만 그녀는 손사래를 쳤다.

"응, 괜찮아. 계속 얘기해 줘."

여전히 그녀의 목소리는 떨려 나왔다. 테리가 다시 라이라를
애잔하게 바라봤다.

"내일 아침, 처형식이 있답니다."

5 장

안녕 , 루슬란 왕국

여명이 밝아왔다. 몸은 피곤했지만 라이라는 잠을 이룰 수 없었다. 아니, 몸을 누일 수도 없었다. 마음 같아서는 당장 성으로 가서 아버지를 구하고 싶었지만 그럴 수 없음에 억장이 무너졌다. 아침이 되어 기어이 라이라는 집을 나서기로 했다. 테리가 앞을 막아섰지만 그녀의 고집을 꺾을 수는 없었다.

"테리."

물기 가득한 목소리로 그녀가 말했다.

"나가봐야겠어."

"아가씨……."

테리가 말끝을 흐렸다.

"어쩌시려고요."

그의 질문에 라이라는 답을 하지 못했다. 그녀가 할 수 있는 일이란 없었다. 그녀 역시 그 사실을 잘 알고 있었다. 하지만 이렇게 집 안에만 있을 수는 없었다. 라이라는 자신을 향해 엄습해 오는 공포와 치열하게 싸우고 있었다. 어떤 결과가 정해진 상황에서 그것을 지켜보는 일이란, 쉽지 않았다. 더군다나 그 일이 비극이라는 사실을 알고 있는 경우에는.

하지만 라이라는 정면으로 부딪치고 싶었다. 아버지의 죽음은, 그녀의 힘으로 어쩔 수 없는 것이었다. 수많은 병사들에게 대항한다는 건 확실히 불을 짊어지고 덤불 속으로 뛰어드는 것과 같았다.

"테리."

라이라가 신중한 눈으로 테리를 올려다봤다.

"가야겠어, 반드시."

그녀가 비장하게 말했다.

'아버지를 구할 수는 없어. 하지만 같이 죽을 수는 있지.'

라이라는 떨리는 마음을 애써 내리누르며 걸음을 내디뎠다.

"보내줘."

테리의 눈빛이 흔들렸다. 아가씨가 완고한 고집쟁이라는 사실은 십칠 년간 보아온 경험으로 익히 알고 있었다. 말려봐야 아무 소용없다, 테리는 생각했다. 그는 가만히 라이라를 바라봤다. 굳은 표정에 걸린 결연함이 마음에 걸렸다. 분명 뭔가를 결심한 얼굴이었다. 테리는 그녀의 곁에 바싹 붙어 있기로 마음먹었다.

"그럼, 옷을 갈아입으십시오."

"뭐?"

"그 차림으론 위험합니다."

라이라는 자신의 옷을 내려다봤다. 마을에 들어오기 전에 갈아입은 남자 옷은 라이라에게 헐렁해서 남의 옷을 입은 태가 확연히 났다.

"아가씨를 찾으려고 눈에 불을 켜고 있습니다. 제 옷으로 갈아입으시는 게 나을 것 같아요."

그제야 라이라가 고개를 끄덕였다. 확실히 위험했다. 그린그린에서 그녀를 모르는 사람은 단 한 명도 없을 뿐더러, 이웃 병사들도 그녀를 알아볼 것이었다. 설령 수도에서 온 병사들은 그녀를 모른다 해도 어울리지 않은 옷을 입은 사람을 의심할 것이 뻔했다.

"응, 그렇게."

차분한 그녀의 목소리에 테리는 자꾸만 불안해졌다. 하지만 그는 내색하지 않았다. 테리는 자신이 어릴 때 입던 옷을 찾아 라이라에게 내어주었다.

"이 옷으로 갈아입으세요."

그것은 어머니인 젬마가 테리에게 직접 만들어준 옷으로 지금은 테리가 훌쩍 자라서 입지 못하지만 소중히 간직해 오던 것이었다.

"응."

라이라가 옷 갈아입기 편하도록 테리는 방을 나섰다. 그의 걸음이 주방으로 향했다. 그녀에게 무언가를 먹여야 했다. 빵과 찬우유를 찾아낸 테리가 쟁반에 먹을 것과 칼을 챙겨 들었다.

똑똑.

"응, 들어와."

테리에게는 작은 옷이었지만 라이라에게는 잘 맞았다.

"아가씨, 음식 좀 드세요."

"아니."

라이라가 도리질했다. 며칠 내 제대로 된 음식을 먹은 적이 없었지만 지금 그녀는 상당히 긴장한 상태였다. 음식이 들어갈 리 만무했다.

"생각 없어."

하지만 테리는 묵묵히 빵을 뜯어 우유에 적셨다.

"드셔야 합니다."

자신의 입에 촉촉해진 빵을 갖다 대는 테리의 단호한 눈빛에 라이라는 입을 벌렸다.

"꼭꼭 씹으세요."

라이라는 얌전히 그의 말을 들었다. 겨우 빵 하나를 삼킨 그녀는 더 먹으라는 테리에게 도리질해 보였다.

"이제 됐어."

"그럼 아가씨."

"응?"

"머리, 자릅시다."

라이라의 탐스러운 긴 금발을 눈으로 훑으며 테리가 감정 없이 말했다. 푸른 눈과 금발이 자랑인 라이라에게 머리를 자르라는 말은, 죽음의 선고와도 같은 것임을 알기에 테리는 일부러 담담하게 말했다.

"……뭐?"

라이라의 푸른 눈에 당혹감이 스쳐 갔다.

"병사들이 아가씨를 찾고 있습니다. 남자 옷을 입었다고 속지는 않겠지요. 물론 머리를 자른다고 속을 리 만무하지만 그래도 자르는 편이 나을 것 같습니다."

테리의 말을 들으면서 라이라는 저도 모르게 자신의 머리카락을 쓰다듬었다. 전 같지는 않지만 그래도 부드러운 감촉이 손끝을 휘감았다.

"그래."

너무도 쉽게 허락의 말을 하는 라이라에게 테리가 눈을 크게 떠 보였다.

"테리 말이 옳아. 잘라."

망설임이 없는 라이라의 얼굴은 평온했다. 그 덕에 테리의 불안은 더해지고 말았다. 그녀는 쟁반에서 칼을 잡아 테리에게 건넸다.

"자."

칼을 받아 든 테리가 고개를 끄덕이고는 의자를 가져와 라이라를 앉혔다. 그는 조심스런 손길로 그녀의 머리를 매만졌다. 흠칫, 라이라가 몸을 떨었다. 평소 머리를 만져 주는 것을 좋아하던 그녀의 이상 반응이 테리는 이상하게 느껴졌지만 머리가 잘리니 긴장한 것이라 생각했다.

"괜찮으십니까, 아가씨?"

"……응, 괜찮아. 미안해, 테리."

어딘지 억눌린 음색에 테리는 더욱 조심스럽게 손을 움직였다.

사락.

라이라의 긴 머리카락이 바닥으로 떨어져 내렸다. 어쩐지 집 안 분위기는 평온했다. 마치 아무 일도 일어나지 않을 것처럼, 폭풍전의 고요와도 같았다. 어느새 그녀의 머리는 짧게 잘려 나갔다.

"다 됐습니다."

"응."

어린 소녀의 모습은 사라지고 앳된 소년이 자리하고 있었다. 테리는 잘린 머리카락을 깨끗이 치우고 세숫대야에 물을 가득 담아 가져왔다.

"잘 잘랐네."

대야에 비친 자신의 모습을 본 라이라가 한마디했다.

"아가씨."

"음?"

"이거, 목에 두르십시오."

테리가 머플러를 하나 내밀었다.

"목에? 왜?"

"이거."

테리는 자신의 목젖을 가리켰다.

"목울대가 안 보이니 확실히 여자 같으니까요. 머플러로 가리면 의심을 덜 하겠죠."

라이라가 고개를 끄덕이며 머플러를 받아 들었다. 그러고는 잠시 생각에 잠겼다.

"테리."

"예."

"혹시 검은 잉크나 재 가루가 있을까?"

"그건 왜요?"

"응, 좀 필요해서."

"잠시만 기다리십시오."

테리가 잉크를 찾아다 라이라에게 갖다 줬다.

"테리, 칼 좀."

갑작스런 라이라의 요구에 테리는 의아했지만 칼을 라이라에게 건넸다. 칼을 받아 든 그녀는 잠시 망설이더니 입술을 꼭 깨물며 자신의 목을 그었다.

"아가씨!"

놀란 테리가 다급한 목소리로 라이라를 저지했지만 그녀는 한 번 그은 상처에 다시 칼을 갖다 댔다. 그런 후 잉크를 듬뿍 상처 부위에 묻혔다.

"뭐 하시는 겁니까!"

기어이 테리의 손이 사납게 라이라의 손을 잡아챘다.

떨그렁.

그 통에 칼이 바닥으로 떨어졌다. 테리는 황급히 라이라의 상처를 씻어냈다. 다행히 치명적인 상처는 아니었지만 그녀의 하얀 목에 길고 검은 선이 대각선으로 새겨져 버렸다.

"아가씨!"

"아프지 않아."

칼이 지나간 자리가 쓰라렸다. 하지만 라이라는 참을 수 있었다.

"왜 이러시는 겁니까!"

테리는 화가 났다. 당혹스러웠다. 상처에 잉크를 묻히면 잘못될지도 모른다는 생각에 마음이 다급해졌다.

"괜찮아, 테리."

여전히 라이라는 차분했다. 이상할 정도다, 테리는 어쩐지 자꾸 불길했다.

"이렇게 하면 머플러로 목을 감싸도 상처 때문이라고 생각할 거야."

그녀가 머플러를 목에 둘렀다. 대각선으로 길게 난 상처는 머플러로 다 가려지지 않아 정말 상처 때문에 머플러를 한 것처럼 보였다. 하지만 라이라는 다시 생각에 잠기더니 입을 열었다.

"테리, 모자 좀 빌릴 수 있을까?"

"예, 아가씨."

테리에게서 모자를 받아 든 라이라가 모자를 푹 눌러썼다. 영락없는 소년의 모습이었다.

"이제, 가자."

루슬란 왕국에서 두 번째로 작은 마을 그린그린의 아침이 밝아 왔다. 파르란 언덕을 배경으로 부채꼴 모양의 마을은 여느 때와는 달리 고요했다. 아침이면 양이 우는 소리와 밥 짓는 소리, 활기찬 아이들의 소리로 가득했던 마을은 무덤처럼 조용했다. 그것은 묵직한 적막이었다. 이윽고 한쪽에서 웅성거리는 소리가 들려왔다.

"성주님……."

"안 돼요, 성주님……."

흐느낌이 울려 퍼졌다. 마을 사람들이 한 덩이가 되어 움직이고 있었다. 그린그린의 주민들은 크나큰 충격에 휩싸인 상태였다. 다른 귀족들과는 달리 친근한 웸블던 성주가 반역을 꾀했다니, 말도 안 되는 소리였다. 하지만 수도에서 왔다던 후작과 왕자가 그렇게 우기고 있었다.

모두들 그럴 리 없다며 성주를 옹호하고 그들을 막으려 했지만 병사를 앞세워 무력으로 저지하니 힘없는 주민들은 어쩔 도리가 없었다. 그저 눈물과 한숨으로 밤을 지새울 수밖에.

웸블던 성주의 온화함은 다른 마을 사람들도 잘 아는 것이었다. 그래서인지 이웃 마을의 병사들도 성주를 깍듯하게 모셨다. 하지만 수도의 병사들은 그렇지 않았다. 정말 죄인 대하듯, 웸블던 성주를 힘으로 끌어내고 잡아당겼다. 그 모습을 지켜보는 그린그린 주민들은 분노했다.

"성주님께 그러지 마라!"

하지만 외침은 무력에 의해 잠식되었다. 성주는 마을에서 제일 넓은 장소인 공터로 끌려갔다. 황망한 중에도 그레이엄은 오로지 라이라 걱정뿐이었다. 왕자비 후보가 되어 왕자의 신부가 될 줄 알았는데 갑자기 자신에게 반역의 죄가 있다고 하니 하늘이 무너지는 기분이었다. 하지만 무엇보다 라이라가 걱정이었다.

"네 딸년이 내 목숨을 해하려 했다! 이는 네가 반역의 뜻을 품고 네 딸년에게 모종의 음모를 지시한 것이리라!"

이것이 잠을 청하던 그레이엄에게 들이닥친 왕자의 포효였다. 어리둥절한 그레이엄을 침대에서 끌어내고 방에 가둔 왕자는 분에 가득 찬 목소리로 외쳤다.

"네 딸년은 어디 있느냐!"

그 말에 그레이엄은 라이라가 어딘가에 살아 있다는 사실을 알 수 있었다. 그는 빌었다. 제발 딸이 마을로 돌아오지 않기를, 제발 무사하기를. 도대체 라이라에게 어떤 일이 생겼기에 한 번도 본 적 없는 왕자가 득달같이 찾아왔는지 궁금했다. 그러나 딸아이의 안위가 우선이었다. 어차피 반역의 죄를 왕가에서 묻는다면 자신의 죽음은 당연지사. 그레이엄은 딸 라이라에 대한 걱정으로 잠을 이루지 못했다.

뜨거운 태양이 하늘 중앙을 향해 달려가고 있었다. 하늘을 올려보던 체이셔는 눈살을 찌푸렸다. 분명 라이라가 고향으로 올 것이라 예상하고 지름길로 그린그린에 온 것인데 어찌된 영문인지 코빼기조차 볼 수 없어 불쾌했다.

"발름 경."

"예, 왕자님."

"집행하시오."

"……예."

기다리다 지친 것이 분명한 그의 목소리에는 음산함으로 가득했다. 어차피 라이라가 올 곳은 그린그린뿐.

'찢어 죽여도 시원찮을 웸블던 계집이 괴로워하는 꼴을 반드시 보고 말 테다.'

체이셔가 이를 바득 갈았다.

단두대가 세워졌다. 발름이 날카로운 눈으로 웅성거리며 모여 있는 마을 사람들을 살폈다. 아무리 생각해도 라이라가 와 있을 것만 같았다. 한 덩어리로 뭉쳐 있는 사람들을 일일이 수색하고 싶은 마음이 굴뚝같았다. 하지만 한시라도 빨리 웸블던 성주의 목이 떨어지기를 기다리는 왕자를 생각하면 얼른 일을 마치고 그를 수도로 보내 치료 받게 하고 싶었다.

물론 그린그린에도 의사는 있었다. 라이라를 수도로 데려간다며 속이기 전, 발름이 조사한 바에 의하면 그린그린 마을 사람들은 하나같이 웸블던 성주를 존경하고 사랑했다. 그런 웸블던을 반역죄로 처형에 처한다고 하니 마을 사람들의 분노는 하늘을 찌르고 있었다.

이런 상황에서 만에 하나, 마을 의사에게 왕자를 맡겼다간 어쩌면 그 의사가 체이셔를 독살이라도 할지 모를 일이었다. 체이셔가 죽는다면, 루슬란 왕국은 끝이었다.

'체이셔가 사라지면 로이드 왕자님이 제국으로 가야 한다. 그러면 안 된다.'

뼛속까지 루슬란 왕국의 충신인 발름은 어서 일을 마무리하고 체이셔를 제국으로 보내야 한다는 생각으로 가득했다. 라이라야, 까짓 꼬마 계집이야 나중에라도 잡으면 그만이었다.

"형을 준비하라!"

발름의 명령이 떨어지기가 무섭게 두 병사가 그레이엄의 양팔을 단단히 붙잡고 단두대 앞으로 다가갔다. 여느 죄인들처럼 그레이엄을 포박하지 않은 건, 그래도 귀족이기에 대우를 해준 것이었다.

"성주님!"

"성주님…… 흐흑."

여기저기서 울음이 터져 나왔다. 발름은 마을 사람들의 수가 공수한 병사들보다 적은 것이 다행이라고 생각했다. 미리 병사들을 모아 데려오지 않았다면 마을 사람들은 폭도로 변해 왕가에

저항했을지도 모를 일이었다.

그레이엄이 단두대로 오르는 계단을 밟았다. 그레이엄은 단두대 위에서 마을 사람들을 바라봤다.

"성주님……."

아침마다 오줌을 싸서 언제나 엄마한테 혼나던 꼬마 빌리가 흐느꼈다. 슥슥, 소매로 눈가를 훔치는 모습에 그레이엄은 울지 마, 라고 속삭였다. 성질이 깐깐하기로 유명한 조안나도 머리를 푹 숙인 채 눈물을 흘리는 모습이 보였다. 넉살 좋은 빵 가게 주인 존도 어깨를 들썩이며 울고 있었다. 마을은 온통 울음바다로 변해 버렸다.

모프는 난생처음으로 자신의 직업이 원망스러웠다. 그 역시 그레이엄의 명성을 알고 마음 깊이 존경해 왔는데 자신의 손으로 존경하는 웸블던 성주의 목을 쳐야 하다니, 도망치고 싶었다.

모프가 그레이엄을 바라봤다. 죽음을 눈앞에 둔 상황인데도 성주는 조금도 흔들림이 없어 보였다. 그는 확신했다.

'성주님은 반역자가 아니다!'

하지만 그는 사형수의 목을 치는 집행자였다. 모프는 도끼를 저 멀리 내던지고 싶었다. 주책없이 자꾸 눈물이 새어 나왔다.

그레이엄의 눈에도 촉촉한 물기가 배어 나왔다. 마을 사람들을 한 명 한 명 바라보며 마음속으로 작별을 고하던 그의 눈이 확 커졌다가 원래대로 돌아왔다.

'테리!'

그레이엄은 속으로 외쳤다. 마을 사람들 속에서 테리가 큰 키가 드러나지 않도록 한껏 몸을 웅크린 채로 서 있는 모습이 눈에 들어왔던 것이다. 자신 때문에 죽음을 맞이한 테리의 어머니, 젬마가 떠오른 그레이엄은 그에게 한없이 미안해졌다. 하지만 이내 테리가 보내오는 눈짓에 그가 테리 옆으로 시선을 보냈다.

'라이라!'

그레이엄은 숨을 멈췄다. 모자를 푹 눌러쓰고 남자 옷을 입었지만 푸른 눈과 도자기같이 하얀 피부는 분명 딸의 것이었다. 그는 혹여 자신의 작은 변화 때문에 딸의 위치가 발각될까 두려워 눈을 감았다.

'아버지!'

라이라가 저도 모르게 한 발짝 앞으로 나섰다. 그런 그녀를 테리가 다급하게 제지하며 속삭였다.

"아가씨."

라이라가 테리의 팔을 뿌리쳤다. 어차피 결심한 것이었다. 아버지를 살리지 못하면 같이 죽기로. 반역죄라는 누명을 쓴 불명예스러운 죽음이겠지만 아버지가 죽은 후 혼자 살아남아 뭐할 것인가. 그녀는 테리 몰래 품에 숨겨놓은 칼을 꺼내 들었다. 어차피 왕자의 손에 죽느니 아버지와 함께 스스로 목숨을 끊는 것이 낫다는 결론을 내린 상태였다.

"아가씨!"

라이라의 손에 들린 칼에 테리는 죽을 듯이 놀랐다. 온통 병사들로 가득한 곳에서 무기를 꺼낸다는 것은 죽음을 자초한 일이었다. 테리는 정신없이 라이라를 끌어당겨 칼을 뺏으려 했다. 하지만 남들 눈에 띄지 않고 그녀를 저지하기란 쉽지 않았다.

문득 라이라의 동작이 멈췄다. 그녀의 깊고 푸른 눈 속으로 아버지 그레이엄의 얼굴이 또렷이 박혔다.

살아라, 라이라.

그레이엄이 그렇게 말하고 있었다. 소리 없이, 입 모양으로 말하는 소리였지만 라이라는 똑똑히 알아들을 수 있었다.

살아라, 라이라.

"집행하라!"

날카로운 목소리가 마을 사람들 머리 위로 날아들었다. 동시에 사람들의 흐느낌도 높아졌다. 모프는 도끼를 쥔 손에 힘을 줬다. 마음 한구석에는 저기 위쪽에 있는 왕자를 없애고 성주를 살리라고 말하고 있었지만 그는 두 아이의 아버지였다. 가족을 생각하면 그럴 수 없었다.

"뭐 하는 거야?"

체이셔는 집행명령이 떨어졌음에도 진행이 되지 않자 화가 치밀었다.

"제가 가보겠습니다."

화기로 인해 왕자의 상처가 덧날까 봐 발름이 서둘러 단두대로 다가갔다.

"뭐 하는 건가!"

나직하게 모프를 타박했지만 그는 그저 입만 꾹 닫은 채 움직일 생각을 하지 않았다. 답답한 마음에 발름이 단두대로 올라갔다. 그리고 곧바로 모프에게서 도끼를 빼앗아 들었다. 발름은 무덤덤한 성주의 얼굴을 보고 잠시 망설였다. 일찌감치 루슬란 왕국을 위해 웹블던 가문을 희생시키려고 했지만 막상 죄 없는 성주의 목을 직접 베려니 양심이 찔렸다.

"미안하네."

발름은 저도 모르게 중얼거린 뒤 힘으로 그레이엄을 꿇어 앉혔다. 그리고는 아무 망설임 없이 그대로 그레이엄의 목을 향해 도끼를 내려쳤다.

"성주님!"

"아아, 안 돼!"

"아버지!"

마을 사람들의 비명이 한꺼번에 터져 나왔다. 발름은 아버지, 라는 높고 가느다란 목소리에 군중을 향해 매서운 눈빛을 쏘아보냈다.

테리의 손에 잡혀 앞에 나서지 못한 라이라는 발름이 치켜든 도끼가 내려지자마자 아버지를 부르곤 그대로 까무러치고 말았다. 테리가 잽싸게 그녀를 부축하고는 사람들이 웅성거리는 틈 사이로 몸을 감췄다.

라이라 주변에 있던 사람들은 그녀가 소리치고 난 뒤 쓰러지자 일부러 그녀를 감춰주기 위해 흐느끼며 몸을 움직였다. 난데없이 들이닥친 왕자가 라이라를 찾고 있다는 것은 마을 사람들도 잘 알고 있던 터라, 소년 복장을 한 라이라를 알아본 마을 사람들은 그녀를 감춰주기 위해 애를 썼다.

"각하!"

마을 사람들을 노려보던 발름이 자신을 부르는 목소리에 시선을 돌렸다.

"무슨 일이냐?"

수염이 덥수룩하게 돋은 병사 한 명이 말 한 마리를 끌고 오는 모습이 발름의 눈에 들어왔다.

"아, 아니!"

"이 말이 마을 입구에 있는 나무에 묶여 있었습니다."

한눈에 알아볼 수 있었다. 덕지덕지 흙이 묻긴 했어도 병사의 손에 의해 끌려오는 말은 분명 왕자의 말, 신디가 분명했다.

"웹블던의 여식이 이 마을에 있는 것이 분명하다. 찾아라!"

벼락같은 명령이 떨어지자 병사들이 일사분란하게 움직였다. 뒤이어 발름이 사나운 눈빛으로 마을 사람들을 바라봤다. 분명 라이라가 그 안에 있는 것 같은 느낌이 들었다.

"너, 너! 이쪽으로!"

흩어지는 병사들 중 두 명을 지목한 발름은 그들과 함께 마을 사람들 무리로 향했다. 서로에게 눈짓을 나누던 마을 사람들 몇몇이 덩어리를 지어 우, 하는 소리를 내며 뒤쪽으로 뭉쳐 달아나기 시작했다.

"저들을 쫓아라!"

직감적으로 무리지어 달아나는 사람들 속에 라이라가 있다고 생각한 발름이 병사들과 함께 달아나는 사람들 뒤를 쫓았다.

"테리, 이 틈이야!"

수잔이 눈을 동그랗게 뜬 자신의 아들, 빌리의 입을 꼭 틀어막고 테리에게 속삭였다. 꼬마 빌리의 눈이 쓰러진 라이라에게 향해 있었다. 자신의 엄마가 입을 틀어막고 있는 이유를 어렴풋이 눈치챈 빌리는 알았다는 듯 수잔의 치마를 꽉 움켜쥐었다.

"자, 우리는 이쪽으로 움직일 테니 어서 마을 떠날 준비를 하게. 이제 이곳은 아가씨에게 안전하지 않아. 일단 집에서 기다려.

내가 찾아갈 때까지."

마을 청년들 중 테리와 친분이 가장 두터웠던 알렉이 테리에게 마을을 떠날 것을 권유했다. 진지한 그의 말에 테리는 고개를 끄덕였다.

알렉이 대여섯 명의 사람을 이끌고 아까 달려 나간 사람들과 다른 방향으로 내달렸다. 멀리서 병사들이 그들을 뒤쫓기 위해 달려왔다. 그사이 웅성거리는 마을 사람들의 도움으로 간신히 라이라를 안전하게 집으로 옮긴 테리는 이제 마을을 떠나야겠다고 생각했다. 그녀를 위해, 어머니와의 약속을 지키기 위해 테리는 떠날 채비를 시작했다. 정신을 잃은 라이라를 침대에 누인 테리는 부엌으로 가 말린 고기와 같은 비상식량을 챙겼다.

"으윽."

가냘픈 소리를 내며 라이라는 천천히 의식을 되찾았다. 그녀는 잠시 멍한 상태로 누워 있었다. 이윽고 무슨 일이 벌어졌는지 서서히 기억들이 하나둘 되돌아왔다.

"아버지!"

새된 비명을 지르며 라이라가 벌떡 몸을 일으켰다. 그와 동시에 벌컥 문이 열리고 테리가 방으로 들어섰다. 한눈에도 묵직해 보이는 자루를 들고 허리춤에 칼까지 찬 그의 얼굴에는 긴장감이 가득했다.

"아가씨."

"테리, 아버지가!"

말라 버린 눈물자국 위로 새로운 물줄기가 흐르기 시작했다. 그녀를 위로하고 싶었지만 시간이 없었다. 테리는 마음을 굳게 먹고 라이라에게 다가섰다.

"아가씨, 마을을 떠나야 합니다."

눈물을 흘리는 와중에도 그녀는 테리의 말이 옳다고 생각했다. 살아라, 라이라. 아버지의 말은 라이라의 심장 깊숙한 곳에 새겨져 버렸다. 그녀는, 살아야 했다.

"응."

짧은 대답과 함께 라이라는 눈물을 훔쳐내고 신속한 동작으로 침대에서 내려섰다. 감상에 젖어 있을 시간이 없었다.

"일단 밤까지 기다렸다가 마을을 떠나야 할 것 같습니다."

테리의 말이 옳았다. 이렇게 환한 대낮에 돌아다니는 것은 날 잡아가시오, 라고 하는 것과 마찬가지였다.

"밤까지 여기 있어야 할까?"

"알렉이 올 때까지 집 안에 숨어 있으면 될 것 같아요. 이쪽으로 오십시오."

테리는 알렉이 올 때까지 기다리기로 했다. 마을의 이런저런 궂은일을 도맡아 해오던 알렉이라면 뭔가 좋은 생각을 내놓을 것 같았다. 그를 따라가던 라이라가 문득 걸음을 멈췄다.

"테리……."

목소리가 바뀐 라이라의 부름에 테리가 뒤를 돌아봤다.

"무슨 일이십니까, 아가씨?"

뒤돌아본 라이라의 얼굴이 창백해진 것을 본 테리가 놀라 바싹 다가왔다. 그녀의 시선은 막 테리가 들어서려던 지하 계단에 꽂혀 있었다.

"테리……."

처음 보는 라이라의 겁에 질린 얼굴에 테리는 저도 모르게 그녀의 등에 손을 갖다 댔다.

"무슨 일……."

"하지 마!"

탁.

날카로운 외침과 함께 라이라가 그의 손을 있는 힘껏 쳐내고 말았다. 생각지 못한 그녀의 행동에 테리는 놀란 표정을 지어 보였다.

"아가씨?"

라이라의 시선은 여전히 지하 계단으로 향해 있었고 이제는 온몸을 덜덜 떨기 시작했다.

"아가씨, 왜 이러십니까?"

테리는 어리둥절해졌다.

'왜 계단을 보고 저러시는 거지?'

테리의 부엌 옆에 자리한 지하 계단은 창고와 연결되어 있는 곳으로 어렸을 적에 라이라와 함께 숨바꼭질하던 장소이기도 했다.

"저, 저길, 들어가야 해?"

라이라의 목소리는 잔뜩 쉬어 있었다. 겁에 질린 것이 분명한 그녀의 모습이 이상하기만 했다.

"아가씨?"

눈에 힘을 주며 테리가 라이라를 찬찬히 바라봤다. 여전히 몸을 떨고 있는 게 심상치가 않았다.

"있지."

아직도 라이라는 지하로 내려가는 계단을 노려보고 있었다.

"다른 데 숨어 있으면 안 될까?"

지하 계단이 두려웠다. 며칠 전까지만 하더라도 어두운 곳에 갇혀 있었기에 그것을 기억한 몸이 두려워하는 것 같았다. 그녀는 잠시 숨을 멈췄다.

"부탁이야."

테리에게 말할 수 없는 비밀. 그 누구에게도 말할 수 없는 비밀. 애써 잊어야 하는 비밀. 아버지의 말대로, 유언대로 살아가기 위해선 기억하지 말아야 할 비밀.

짧은 부탁이었지만 테리는 거부해야 했다. 라이라의 몸에서 뿜어져 나오는 절박함이 느껴졌지만 지금은 몸을 숨겨야 했다. 살기 위해서.

"아가씨, 지금 우리는 위험한 상황에 처해 있습니다."

테리가 차분하게 말했다. 라이라도 이 상황을 잘 인지하고 있었다. 하지만 몸이 거부하고 있었다. 지하로 향한 계단을 온몸으로 거부하고 있었다. 덜덜, 저절로 몸이 떨렸다.

"아가씨."

점점 더 이상해지는 라이라의 행동에 테리는 당황했다. 하지만 마냥 이러고 있을 수는 없었다. 그가 굳은 얼굴로 입을 열었다.

"이러고 있을 시간이 없습니다."

라이라는 덜덜 떨리는 손을 애써 맞잡았다. 이성과 감정 사이에서 라이라는 갈등했다. 테리의 말대로 시간이 없었다. 어서 숨어야 한다고 이성은 소리쳤지만 몸이 움직이지 않았다.

덜컹.

문이 열리는 소리가 들리자 두 사람의 몸이 딱딱하게 굳어졌다. 숨을 들이마신 테리가 라이라에게 눈짓을 보냈다. 그녀는 용기를 내야 했다. 말을 듣지 않는 몸을 억지로 움직여 지하 계단으로 몸을 숨기는 라이라의 몸 뒤로 테리가 바싹 붙었다. 순간적으로 그녀의 몸이 경직되었다.

"아가씨?"

아무리 생각해도 라이라의 상태가 이상했다. 테리는 숨을 거칠게 몰아쉬는 라이라를 내려다보며 의아함을 떨쳐내지 못했다.

"테리."

속삭이듯 들려오는 목소리는 낯익은 것이었다. 집 안에 들어선 사람은 병사들을 따돌리고 돌아온 알렉이었다. 가슴을 쓸어내리며 테리가 밖으로 나섰다. 하지만 라이라는 선뜻 나서질 못했다.

"아가씨는?"

알렉의 물음에 테리가 뒤로 돌아 라이라를 바라봤다. 어두운 지하 계단에서 그녀가 오도카니 서 있는 모습이 보였다.

"아가씨, 나오십시오."

테리가 손을 내밀었다. 그 모습에 라이라가 흠칫 몸을 떨었다. 잠시 뒤, 테리의 손을 무시한 채 라이라가 그늘에서 나왔다. 의아함은 테리에게서 떠나질 않았다. 그러나 지금은 바깥의 동향을 아는 것이 더 시급했다. 그가 알렉에게 바싹 다가섰다.

"바깥은 어때?"

테리의 물음이 떨어지기가 무섭게 알렉이 손가락 하나를 자신의 입으로 갖다 댔다. 목소리를 낮추라는 뜻이었다.

"병사들이 깔렸어."

알렉의 말에 테리와 라이라의 낯빛이 어두워졌다.

"왕자는 조금 이따가 수도로 간다고 했어. 그래서 근방의 병사들을 다 소집해서 그린그린을 포위한 상태야."

알렉은 무겁게 말을 이었다.

"듣자 하니 라이라 아가씨를 잡는 귀족에게 이 그린그린의 영주권을 넘긴다더군. 그래서 근처 귀족들이 혈안이 되어 있어."

그레이엄이 농민들에게 잘해주는 만큼 그는 주변 귀족들에게 반감을 사고 있었다. 그린그린은 작은 마을이었지만 땅이 비옥하여 작물 재배가 잘 되는 이점이 있어서 주변 귀족들이 눈독을 들이고 있었는데 그런 와중에 왕자의 명령이 떨어졌으니 소매를 걷고 나서는 것은 당연지사였다.

"그리고……"

알렉은 잠시 말을 멈췄다. 그의 눈동자가 닿은 곳에 라이라가 있었다. 그녀는 알렉의 측은한 눈길이 마음에 걸렸다.

"라이라 아가씨가, 반역자로 몰렸어."

여전히 알렉의 목소리는 무거웠다.

"아가씨의 초상화를 뿌릴 거라더군. 어쩌면, 아가씨는 이 나라를 떠나야 할지도 몰라."

결론은 이미 나온 것이었다. 이제 루슬란 왕국에는 라이라가 있을 만한 곳이 단 한 군데도 없었다. 눈앞이 캄캄해진 그녀는 가쁜 숨을 몰아쉬기만 했다. 막막했다. 하나밖에 없는 혈육마저 잃은 상황에서 갈 곳조차 없어, 그저 막막하기만 했다.

세 사람은 말이 없었다. 알렉이 전하는 이야기의 무게가 생각보다 무거운 탓이었다. 테리가 숙였던 머리를 들어 올렸다. 상황을 정리할 필요가 있었다.

"아가씨."

라이라가 테리의 부름에 그를 바라봤다. 푸른 눈은 생기가 사라진 상태였다. 테리는 그 눈을 바라보는 것이 괴로웠다.

"이 나라를 떠납시다."

단호한 목소리가 집 안을 울렸다. 그녀는 눈을 깜빡이며 침을 삼켰다. 그의 말이 옳았다. 이 나라에서는 라이라가 있을 곳이 없었다. 그의 말을 따르는 것이 옳게 느껴졌다.

"왕자가 언제 수도로 간다고 했지?"

라이라의 침묵을 긍정으로 받아들인 테리가 알렉에게 물었다. 상황을 좀 더 살피고 판단한 후 행동하는 것이 좋을 것 같았다.

"화상 치료가 급하다고 곧 떠난다고 했어."

"화상?"

알렉의 대답에 라이라가 눈을 빛내며 중얼거렸다. 라이라의 눈이 깊어졌다.

'체이셔가 아직도 살아 있었어.'

분노가 들끓었다. 황망 중이라 깨닫지 못했지만 그러고 보니 아버지의 목을 내리친 자가 발름, 그자였다.

"제국으로, 메르첼로 가야겠어, 테리."

라이라의 입에서 굳은 의지가 담긴 말이 쏟아지자 테리가 놀라 그녀를 바라봤다. 바라본 그녀의 얼굴은 무언가 커다란 결심을 내린 표정이었다.

"아가씨?"

"제국으로 가겠어."

'살아야 할 이유, 찾았어.'

라이라는 마음을 굳게 먹었다. 분명, 로이드를 대신해 체이셔가 제국의 황녀와 결혼한다고 했으니 체이셔를 만나려면 제국으로 가는 것이 맞았다.

"어두워지면 출발하자."

라이라가 분연히 말했다. 그녀의 마음속에는 분노의 불씨가 내재되어 있었다. 그녀는 지금, 그것을 억지로 내리누르고 있을 뿐이었다.

"미리 눈 좀 붙여두는 것이 좋겠어. 테리, 우리는 지하실에서 몸을 숨기고 있자. 알렉, 고마워. 그리고 우리가 안전할 수 있게 도와주겠어?"

테리와 알렉의 얼굴을 하나씩 뜯어보며 라이라는 오랜만에 귀족 아가씨의 면모를 되찾았다.

"물론이죠, 아가씨."

알렉이 고개를 끄덕였다.

"이웃 마을 병사들의 시선이 이 집에 닿지 않게 하겠습니다."

알렉은 팡팡, 가슴을 치며 호언장담했다. 목숨에 위협이 가해지더라도 그는 반드시 자신이 한 말을 지키리라 결심했다.

알렉은 자신의 결심을 행동으로 옮겼다. 라이라에게 머리를 숙여 보인 후 집 밖을 나선 그는 이웃 마을의 병사들이 테리의 집 근처에 올 것을 대비해 마을 병사 두 명에게 라이라의 존재를 알리고 그들과 함께 테리의 집 주변을 배회했다.

낯선 병사가 보일 때마다 알렉은 자신들이 테리의 집을 수색할 거라는 제스처를 취해 보였고 그 모습에 병사들은 다른 집으로 몰려갔다.

라이라는 이제 떨지 않았다. 체이셔를 찾아가기로 마음먹은 후로 더 이상 떨지 않았다. 오히려 눈빛이 또렷해지고 걸음이 당당해졌다. 성큼성큼 지하 계단을 내려가는 라이라의 뒤를 쫓는 테리의 얼굴은 복잡한 감정으로 가득했다.

쓰지 않는 물건들로 가득한 지하실은 어두웠다. 테리가 비춰주는 불빛에 의지해 자리를 잡고 앉은 라이라는 말이 없었다. 그녀의 머릿속은 복잡했다. 일단 제국으로 가야겠다는 생각이 머리를 떠나지 않았다. 로이드의 입을 통해 들은 이야기를 떠올리며 라이라는 생각에 몰두했다.

'죽었을 거라 생각했는데 살아 있었다니.'

라이라의 눈이 빛났다.

'내, 반드시 너를 죽이고 말리라.'

테리는 시시각각 변하는 라이라의 표정에 숨을 죽였다. 마을을 떠나기 전의 모습과 사뭇 달라진 그녀의 모습이 낯설게만 느껴졌다. 또한 자신의 손을 거부하던 모습까지 생각나자 테리는 신중해졌다.

"아가씨."

"응?"

어둠 속에서 두 사람은 조용히 대화를 시작했다.

"정말 제국으로 가실 생각입니까?"

테리가 조심스럽게 물었다.

"응. 가야 해, 테리."

그녀의 결심은 확고했다. 제국까지 가는 도중 무슨 일이 일어날지, 어쩌면 지금보다 더한 일을 겪게 될지도 모르지만 무조건 제국으로 가야겠다는 생각이었다.

제국으로 가더라도 체이셔를 만날 확률은 제로에 가까웠다. 하지만 그저 넋 놓고 있을 수는 없는 일. 체이셔가 살아 있다는 사실을 안 순간 라이라는 생기를 되찾았다. 아버지의 죽음을 목도한 그녀에게 이제 생존이란 의미가 없었다. 단 하나의 혈육마저 사라진 하늘 아래서 좌절한 그녀를 잡아준 것은 아이러니하게도 체이셔였던 것이다.

라이라는 머뭇거렸다. 이제 혼자 모든 것을 해나가야 하는데 솔직히 겁이 났다. 그렇다고 테리에게 같이 가자고 할 수도 없었다. 아버지도 죽임을 당하고 라이라 자신도 반역의 누명을 쓰고 있는 이상, 이제 그녀는 귀족의 신분이 아니었기에 테리 역시 그녀를 보필할 의무가 없었다.

라이라가 무슨 생각을 하는지 테리는 알 수 없었다. 그저 그녀가 전과는 다르다는 점과 제국으로 어떻게 가야 하느냐에 대한 생각으로 머리가 아플 뿐이었다.

"제국으로 가려면 로베르토 항구로 가는 편이 빠르겠죠?"

"테리."

"예."

라이라가 후읍, 숨을 들이마셨다.

"그동안 고마웠어."

희미한 불빛 속에서도 테리의 낯빛이 변하는 것이 확연히 보였다.

"무슨, 말씀이십니까?"

"말 그대로야. 그동안 고마웠어. 이제부터는 나 혼자 할게."

라이라는 애써 담담한 척 말했다. 테리가 자신을 노려보는 것이 느껴졌지만 그녀는 말을 계속 이어 나갔다.

"앞으로 더 위험해질 거야. 난 테리가 위험해지는 것을 원치 않아."

그 말에 테리의 얼굴은 점점 더 굳어져 갔다.

"로베르토로 가려면 말을 타고 이동하는 것이 빠릅니다. 한데 이 마을에서 말을 구하는 건……."

그는 라이라의 말을 듣지 못한 것처럼 다른 말을 해왔다.

"테리."

라이라는 안타깝게 테리의 이름을 불렀다. 이제 그녀는 테리와의 이별을 생각하고 있었다.

"알렉에게 물어보고 올까요?"

"테리, 제발……."

더 이상 테리에게 피해를 줄 수 없었다. 자신 때문에 젬마 역시 세상을 뜨지 않았던가. 테리마저 잃을 순 없었다.

"아가씨."

테리가 정색하며 말했다.

"전 어머니 말도 안 듣는 아들이었습니다. 아시죠?"

그렇지 않았다. 라이라가 아는 한 테리는 어머니의 말을 잘 듣는 아주 든든한 아들이었다. 라이라가 도리질했다. 하지만 테리는 그것을 못 본 척했다.

"그래서 어머니의 마지막 유언은 반드시 지키려고요."

그는 잠시 뜸을 들였다.

"어머니께서 아가씨를 잘 돌보라고 하셨습니다."

라이라가 울 것 같은 표정을 지어 보였다.

"받으십시오."

푸르스름한 달은 구름 뒤로 제 모습을 감추는 것으로 그린그린에서 일어나는 비밀에 동참했다. 희미한 달빛 아래, 라이라는 자신에게 손을 내미는 알렉에게 물었다.

"뭔데?"

"마을 사람들이 모은 겁니다."

라이라는 자신의 손 위에 놓인 묵직한 주머니의 정체를 알아챌 수 있었다.

"아냐, 그럴 수 없어. 알렉."

그녀가 도리질했다.

'사랑하는 그린그린 사람들에게 폐를 끼칠 수 없어.'

그것은 아버지의 신념에 어긋나는 것이었다. 귀족이라 해도 사람들에게 폐를 끼치면 안 된다고 배운 탓이었다.

알렉이 라이라를 가만히 내려다봤다. 이 조그마한 아가씨에게 닥친 일이 남 일 같지 않아 마음이 아파왔다. 비단 알렉뿐만이 아니었다. 그린그린의 주민들은 모두 그녀를 걱정하며 마음 졸이고 있었다.

"아가씨, 저희가 해드릴 수 있는 최소한입니다."

라이라는 더욱더 소년 같은 모습이 되어 있었다. 마치 막내 남동생 같아 알렉은 찡한 마음이 들었다. 이 마을을 떠나면, 이 귀여운 아가씨와는 영영 이별이겠구나 생각하니 마음이 무거웠다.

"아가씨."

여전히 주머니를 받지 않으려는 라이라의 손을 주머니째 꼭 쥐며 알렉이 말을 이었다.

"그린그린 사람들의 마음이에요. 어디 가시든 우리를 잊지 말아주세요."

울컥, 무언가 묵직한 것이 목구멍을 꽉 메우는 기분이었다. 라이라는 자신의 그런 기분을 드러내지 않기 위해 머리를 푹 숙였다. 알렉이 무슨 말을 하는지 잘 알고 있었다.

"아가씨, 건강하셔야 해요."

그것은 그린그린 주민들의 바람. 알렉은 진심을 담아 라이라의 손을 꼭 잡아주었다.

사면이 바다로 둘러싸인 루슬란 왕국에서 두 번째로 작은 그린그린 마을은 남북부에 위치한 항구와 매우 가까웠다. 알렉의 도움으로 말을 구한 라이라와 테리는 밤을 달려 루슬란 왕국에서 제일 큰 항구인 로베르토에 가까스로 도착했지만 함부로 움직일 수 없었다.

푸르스름한 달이 모습을 드러내기를 기다린 그들은 조심스럽게 몸을 움직였다. 루슬란 왕국의 제일 큰 항구답게 어둠이 깔렸어도 로베르토는 여전히 사람들로 붐볐다. 다행스럽게도 오늘은 로베르토의 축제날이었다. 쫓길 때에는 사람들 틈에 묻히는 것도 좋은 방법이었다.

"제 뒤에 바짝 붙어서 오십시오."

테리가 긴장감을 늦추지 않은 채 라이라에게 속삭였다. 그녀는 고개를 끄덕이고는 말 그대로 테리에게 찰싹 달라붙어 걷기 시작했다. 그의 고집을 꺾지 못했지만 사실 라이라는 테리가 자신과 함께해 주어서 커다란 안심이 되었다.

어렸을 때부터 테리의 엄마인 젬마와 테리의 보살핌을 받으며 자란 라이라였다. 세상에 혼자 남겨진다는 것만으로 큰 공포였는데 든든한 테리가 옆에 있어준다니 그저 고맙기만 했다.

테리는 날카로운 눈으로 주변을 훑으며 항구 쪽으로 다가갔다. 알렉의 친구를 만나기로 한 장소에 다다르자 그의 눈이 더욱 매섭게 빛났다.

라이라처럼 하나밖에 없는 혈육을 잃고 고향마저 등지게 된 테리는 마냥 슬퍼하고 있을 수 없었다. 그에게는 라이라를 지켜달라는 어머니의 유언이, 막중한 임무가 드리워진 까닭이었다.

하지만 어머니의 유언이 아니더라도 그는 라이라를 홀로 둘 생각이 전혀 없었다. 어렸을 적부터 그녀를 바라보며 자라온 테리에게 라이라는 전부나 마찬가지였다. 그녀를 외롭게 할 생각 따위, 전혀 없었다.

"테리."

알렉의 친구이자 같은 마을 출신인 에디가 모습을 드러냈다. 그는 몇 년 전 그린그린을 떠나 로베르토의 병사로 일하고 있는 중이었다. 로베르토는 커다란 항구 도시인 까닭에 많은 병사들을 보유한 도시였다. 근방의 젊은이들이 로베르토의 병사라 해도 이상하지 않을 정도였고 다행히도 그린그린 출신도 꽤 되었다. 그것은 라이라에게 행운이나 다름없었다.

"이쪽으로."

에디는 눈짓으로 라이라에게 인사를 건넨 후 두 사람을 사람들이 붐비는 곳으로 인도했다. 라이라는 두 남자의 뒤를 따르다가 병사들이 자신의 초상화를 들고 사람들을 유심히 바라보고 있는 모습을 발견했다.

"여어, 에디."

병사들이 동료인 에디를 알아보고 그에게 다가섰다. 순간, 라이라와 테리는 긴장으로 온몸을 딱딱하게 굳혔다.

"음, 고생하네?"

에디는 천연덕스럽게 자신의 동료들과 이야기를 나누었다.

"그러게. 그린그린 쪽에서 일이 터졌다던데."

두 명의 병사가 그를 바라봤다. 그들도 에디가 그린그린 출신이라는 사실을 알고 있었다.

"그러게나 말일세. 그린그린 성주님이 글쎄, 반역 모의를 했다더군."

에디의 대답에 두 명의 병사, 반과 그레이의 얼굴에 수심이 드리워졌다.

"정말, 말도 안 되는 소리야."

반과 그레이는 그린그린 마을에 살지는 않았지만 웸블던 성주의 품성이 고고하다는 사실을 알고 그에게 호의를 가지고 있던 차였다.

"필시 무슨 사연이 있는 거겠지."

"힘없는 귀족의 설움이지, 뭐."

두 병사의 탄식을 들으며 라이라는 자꾸 눈물이 흐르려는 것을 애써 참아냈다.

살아라, 라이라.

아버지의 음성이 들리는 듯했다.

"그나저나 자네는 오늘 비번이지? 놀러 나왔나?"

마침 로베르토의 축제일이라 두 병사도 상당히 들뜬 상태였다. 갑자기 사람을 찾으라는 명령만 없었다면 신나게 축제를 즐길 터였다.

"음, 사촌들과 놀러 나왔네."

힐끔, 두 남자의 시선이 라이라와 테리에게 닿았다.

"좋겠구만."

"그래, 즐겁게 보내게. 그럼 우리는 이쪽으로 가볼까?"

반과 그레이는 한 치의 의심도 하지 않은 채 사람들이 몰려 있는 쪽으로 물러섰다. 에디가 동료인 탓도 있었지만 라이라와 테리가 워낙 침착한 표정이라 별 의심이 들지 않았다.

"알렉에게 연락을 받고 미리 표를 사두었어."

속삭이며 에디가 표를 테리에게 건넸다. 대제국 메르첼로 향하는 배 표였다. 테리가 신중하게 표를 갈무리했다.

"조금 있으면 출항하니 서두르자고."

왁자하게 떠드는 사람들 속에서 세 사람은 느리지도, 빠르지도 않게 항구로 향했다. 걸음을 옮기는 도중에 라이라의 초상화를 들고 다니는 병사들을 만나면 에디가 알아서 방향을 틀어준 덕에 안전하게 두 사람은 항구에 도착할 수 있었다.

"저 배에 오르시면 됩니다."

에디가 가리킨 배는 그리 크지 않은 배였다.

"제국으로 향하는 배는 저 배뿐입니다."

사실 초호화 여객선이 한 대 더 있었지만 귀족들이 타는 것이라 병사들이 득시글거릴 것이 뻔했다. 나름 판단을 내려 고른 배였다.

　"조심해, 테리."

　에디가 테리와 굳은 악수를 나누었다. 그리고 테리의 뒤에 딱 붙어 있는 라이라에게 시선을 돌렸다.

　"아가씨, 조심하십시오."

　라이라가 가만히 고개를 끄덕여 보였다. 이제, 루슬란 왕국을 떠나야 할 시각이 바로 코앞이었다.

　길게 늘어선 사람들과 함께 승선하기를 기다리는 라이라와 테리의 얼굴에는 긴장감이 가득했다. 다행스럽게도 병사들은 보이지 않았다. 이대로라면 안전하게 배에 오를 수 있을 것 같았다.

　"아!"

　하지만 운명의 장난이랄까, 조금 있으면 테리가 표를 건네줄 차례였는데 병사들이 오는 것이 보였다.

　"아가씨, 머리를 숙이십시오."

　테리가 황급히 라이라에게 속삭였다.

　"무슨 일입니까?"

　표 받는 사내가 정중히 병사들에게 물었다.

　"현상범을 검거 중입니다."

　병사 한 명이 나서서 승객들을 향해 소리쳤다.

　"범법자를 쫓고 있으니 양해 부탁드립니다!"

　불편한 표정으로 사내가 고개를 끄덕이자 병사들이 사내의 옆에 붙어 표를 건네는 승객들을 들고 있던 초상화와 하나하나 대조하기 시작했다. 그들이 세심히 살피는 사람은 주로 여자들이었다. 라이라가 남장을 하고 있다지만 두 사람은 긴장을 늦출 수 없었다.

심장이 터질 것 같았다. 서서히 병사들과의 거리가 좁혀졌다. 라이라는 이마에 흐르는 땀을 소매 끝으로 닦아냈다.

'제발, 무사히 지나칠 수 있기를.'

드디어 라이라와 테리 차례가 되었다.

"여기요."

애써 담담한 척하며 테리가 표 받는 사내에게 표를 건넸다. 그 옆에서 병사들이 테리의 얼굴을 힐끗 쳐다봤다. 라이라의 초상화를 든 병사는 다른 병사들과는 달리 꼼꼼한 인상이었다.

"통과."

테리의 순서가 지나자 라이라는 침을 한 번 삼킨 뒤 조심스럽게 걸어 나가며 표를 내밀었다.

"여기요."

목소리가 떨려 나오자 그녀는 당황한 기색을 지우지 못했다. 저도 모르게 라이라는 슬쩍 자신의 초상화를 들고 있는 병사를 바라봤다. 순간, 눈이 딱 마주치고 말았다.

"음."

침음성을 내며 라이라를 유심히 바라보며 병사는 가슴을 쓸어내렸다. 그 역시 그린그린 출신이었다. 원래 다른 병사가 올 자리였는데 그 병사가 탈이 나서 그 자리를 대신 오게 된 것이었다.

병사, 루니는 라이라를 알아봤다. 겁에 잔뜩 질려 움직일 생각조차 하지 않는 그녀를 보며 루니는 입술을 굳게 닫았다. 인사를 건네고 위로를 건네고 싶었지만 그럴 수 없었다. 자신의 얼굴을 똑바로 바라보는 루니의 얼굴에서 라이라는 들켰다는 생각을 했다. 스르륵, 힘이 빠져나가는 기분이었다. 이제 곧, 저 병사들이 자신에게로 달려들리라.

"……통과."

참담한 기분을 감추지 못한 라이라는 머리 위로 들려오는 뜻밖의 말에 놀라 루니를 바라봤다. 하지만 그는 이미 라이라에게서 시선을 거둔 상태였다. 테리가 잽싸게 그녀의 팔을 잡아끌었다. 얼떨결에 줄을 빠져나온 라이라는 여전히 뛰는 심장을 주체하지 못했다.

털썩.

배에 올라서자마자 라이라는 그만 다리에 힘이 풀려 주저앉고 말았다.

"괜찮으세요, 아가……."

테리는 차마 말을 끝까지 잇지 못했다. 아직은 안전하다고 말할 수 없었다. 남자 복장을 한 라이라를 아가씨란 호칭으로 부르면 주변에서 이상하게 볼 것이 분명했다.

"어, 괜찮아."

숨을 몰아쉬며 라이라가 고개를 끄덕였다. 가까스로 추격의 손길에서 벗어났다 생각하니 안도감이 밀려왔다. 하지만 어쩐지 불안한 안도감이었다.

"이제 조금 있으면 배가 출발할 겁니다."

라이라의 불안을 느낀 것일까. 테리가 좋은 말로 위로했다. 그 말에 그녀는 고개를 끄덕여 보였다.

'이제, 떠난다.'

부우우.

미동도 하지 않은 채 그대로 있던 두 사람의 귓가에 출발한다는 뱃고동 소리가 들렸다. 그제야 라이라와 테리는 서로의 얼굴을 바라보며 안도의 한숨을 내쉬었다.

6 장

웃는 해적 , 고든

짠내를 잔뜩 머금은 바람이 기분 좋게 라이라의 온몸을 감싸 안았다. 제국으로 향하는 길은 그리 쉽지 않았다. 배를 타고 꼬박 열흘을 가야 하는 여정. 배를 탄 지 사흘이 지났지만 라이라 는 배 멀미와 사투를 벌이다 이제야 제정신을 차릴 수 있었다.

"정말 괜찮으신 거죠?"

테리가 걱정스럽게 물어오자 라이라는 커다랗게 고개를 끄덕 여 보였다.

"응, 정말 괜찮아, 테리."

사흘 내내 멀미하는 그녀 옆에서 꼬박 수발을 들어준 테리에게 라이라는 미안했다. 언제나 도움만 받는 자신의 처지가 한심스럽 게 느껴지기까지 했다.

"수프 좀 드셔 보십시오."

어느새 준비를 했는지 테리의 손에는 제법 많은 양의 수프가 나무 그릇에 담겨 있었다.

"아니, 테리가 먼저 먹어."

여전히 속이 거북했지만 그녀는 내색하지 않았다. 왕국을 떠나오기 전, 테리에게 폐 끼치면 안 된다고 다짐하고 또 다짐했는데 여전히 폐를 끼치는 자신이 싫었다.

"드세요."

테리가 호칭에 주의하며 라이라에게 억지로 숟가락을 들렸다. 하는 수 없이 수프 한 숟가락을 뜬 그녀는 망설이다 수프를 입으로 밀어 넣었다.

"맛있어."

삼 일 내내 뱃속의 것을 게워 낸 탓인지 수프가 들어가자마자 위가 엄청난 소리를 냈다. 문득 자신의 배에서 들려오는 소리가 민망해진 그녀가 배시시 웃어 보였다.

"많이 드십시오, 도련님."

"도련님?"

난생처음 들어보는 호칭에 라이라가 눈을 동그랗게 떠보였다.

"이제부터 아가씨를 도련님으로 부를 겁니다."

테리의 말을 그녀는 완벽히 이해했다. 연거푸 수프를 먹으며 라이라는 머리를 주억거렸다. 테리는 그녀가 편히 수프를 먹을 수 있도록 입을 닫았다. 덕분에 라이라는 수프를 다 비워내는 기특한 모습을 보였다.

"치우고 오겠습니다."

빈 그릇과 숟가락을 들고 테리가 라이라의 곁을 떠났다. 그를 기다리는 동안 라이라는 생각에 잠겼다. 이제, 제국에 도착하면 무엇을 해야 할까, 하는 아주 현실적인 문제가 그녀의 앞에 산재한 것이다.

제국으로 가기로 마음먹은 것은 역시 체이셔 때문이었다. 그는 라이라의 원수. 절대로 가만둘 수 없었다. 물론 라이라가 할 수 있는 일은 단 하나도 없었다. 그를 찾아가야겠다고 결심했지만 뜻대로 되지 않을 확률은 백 프로에 가까웠다. 그럼에도 제국으로 향할 수밖에 없는 이유는, 더 이상 루슬란 왕국에 있을 수 없는 까닭이 매우 컸다.

"휴우."

깊은 한숨이 새어 나왔다. 사실, 막막했다. 그 커다란 제국에서 체이셔를 찾아가겠다니, 아무리 생각해도 무모했다. 하지만 희망은 있었다. 황녀의 배우자가 될 테니 궁으로 가면 분명 체이셔를 만날 수 있으리라는 희망. 하지만 그것은 불완전한 희망이었다. 라이라가 어떻게 제국의 궁으로 들어갈 수 있을 것인가.

그녀는 자신의 괜한 생각 때문에 테리까지 위험에 빠뜨리는 건 아닌지 걱정이 되었다. 바로 그때.

쾅! 어마어마한 굉음과 함께 배가 커다랗게 흔들렸다. 혼자만의 생각에 잠겨 있던 라이라는 몸이 휘청거리자 당황하여 주변을 살폈다.

"꺄아악!"

사람들의 비명 소리가 배 안에 가득했다. 배는 한쪽으로 기울고 있었다. 몸의 균형을 잡으며 그녀는 열심히 테리를 찾았다.

"테리. 테리!"

순식간에 배 안은 아비규환이 되었다. 좌우로 흔들리는 배의 진동에 사람들도 이리저리 쓰러지고 뒹굴었다. 여자들은 아이를 꼭 안고 소리를 질렀고 남자들은 불안한 시선으로 이리저리 둘러보기만 했다.

"도련님!"

다급한 테리의 목소리가 들려오자 라이라는 이 생소한 상황에서도 안심이 되는 자신을 느낄 수 있었다.

"무슨 일이야?"

"해적입니다. 해적이 이 배를 공격하고 있어요!"

"해적?"

해적이란 단어가 테리의 입에서 튀어나오자 사람들이 공포에 질려 비명을 질러댔다. 라이라 역시 마찬가지였다. 해적, 그 단어가 주는 공포는 어마어마했다.

루슬란 왕국과 메르첼 제국 사이의 바다에는 해적이 자주 출몰했다. 귀족이 타는 배야, 병사들로 중무장하여 표적이 되는 경우가 거의 없었지만 라이라가 타고 있는 배처럼 평민들이 탄 배는 곧잘 해적의 표적이 되었다. 루슬란 왕국과 메르첼 제국이 협심하여 해적 소탕 작전을 벌이기도 했지만 해적들은 신출귀몰하기만 했다. 몇 차례 해적 소굴을 덮쳐 보기도 했지만 해적들은 끝도 없이 바다로 나왔다.

쿵!

다시 한 번 배가 흔들렸다. 사람들 틈에 섞여 갑판 위로 올라온 라이라와 테리는 칼로 무장한 해적들의 모습을 볼 수 있었다.

"한 명도 남기지 말고 붙잡도록!"

우렁찬 목소리가 갑판 위에 울려 퍼졌다. 라이라는 소리가 들려오는 쪽으로 시선을 돌렸다. 눈부신 태양 빛에 그녀는 그만 눈을 감고 말았다. 칼이 부딪치는 소리와 웅성거리는 소리가 그녀를 에워쌌다. 간신히 눈을 뜬 라이라 앞에 한 사내가 가까이 다가왔다.

"다치게 해서는 안 된다!"

강인해 보이는 남자였다. 보통 사람보다 머리 하나는 더 큰 덩치의 그는 머리카락으로 한쪽 얼굴을 가리고 있었다. 묵직한 목소리가 라이라의 가슴을 진탕시켰다.

눈 깜짝할 사이에 배 안의 사람들을 갑판 위로 끌어 모은 해적들이 칼을 휘두르며 그들을 위협했다. 몇몇 남자들이 용감하게 칼을 뽑아 들고 해적들과 대치하려 하는 모습이 라이라의 시야에 들어왔다.

테리와 눈이 마주친 그녀는 그의 심중을 읽어낼 수 있었다. 라이라는 잽싸게 옆에 떨어진 칼을 집어 들고 해적들과 마주 섰다. 여기서 해적들의 인질이 되거나 죽음을 당할 수 없었다. 무조건, 살아야 했다.

살기 위해, 라이라는 칼을 집어 들었다. 테리와 수도 없이 대련을 했었지만 지금은 실전이었다. 그 사실을 인지한 그녀의 칼끝이 떨렸다.

"호오."

자신을 향해 칼을 겨누고 있는 라이라를 보며 고든이 눈을 빛냈다. 참으로 오랜만에 보는 절박한 표정이 그 얼굴에 서린 까닭이었다.

당돌한 눈빛이었다. 이제 겨우 열대여섯 정도 되어 보이는 소년이 겁에 질린 표정을 지우지 못한 채 덜덜 떨면서도 자신을 노려보는 모습을 보니 코웃음도 나고 가소롭기까지 했다.

"좀 더 들어야지."

고든이 느릿느릿 입을 열었다. 이미 상선의 사람들을 포위해 놓은 상태라 얼마든지 여유가 있었다.

"더 올리라고."

고든이 턱을 까딱이며 라이라에게 칼을 더 들으라고 주문했다. 그것이 그녀를 화나게 만들었다. 분명 날이 바싹 선 칼임에도 남자는 두려워하는 기색조차 없었다. 아니, 오히려 재미있다는 시선을 자신에게 던지고 있지 않은가.

라이라의 시선은 오로지 눈앞의 남자에게 고정되어 있었다. 남자의 입에서 명령이 쏟아졌으니 그가 해적의 두목이 분명했다. 날카로운 검은 눈과 푸른 눈이 맞닿았다. 악에 받친 푸른 눈이 형형한 빛을 내며 검은 눈을 사로잡았다. 그녀는 칼을 단단히 움켜쥐었다.

"차앗!"

상대가 검을 뽑기도 전에 공격을 하는 것은 분명히 비겁한 행동이었다. 하지만 라이라는 그런 것을 생각할 겨를이 없었다.

"이런, 느리잖아."

라이라의 칼이 몸에 닿기도 전에 허리를 틀어 피한 고든이 장난스럽게 말하며 그녀의 어깨를 탁 쳐냈다.

"이익!"

라이라는 처절하게 고함을 질렀다. 해적 따위에게 잡혀 생을 마감하고 싶지 않았다. 하지만 몸이 마음을 따라주지 않아 화가 치밀었다. 평상심을 잃어버린 그녀는 그저 막무가내로 칼을 휘두르기 시작했다.

"이런, 이런."

고든의 얼굴에 점점 더 짙은 미소가 깔렸다.

"흥분은 독이야."

웬만한 남자보다 머리 하나는 더 큰 고든의 차분한 음성이 라이라는 마음에 들지 않았다. 씩씩거리며 숨을 몰아쉬는 그녀의 얼굴에는 못마땅한 기색이 역력했다.

기사인 아버지의 실력을 이어받은 테리를 스승으로 모신 라이라의 실력 역시 수준급이었다. 적어도 그녀는 그린그린 마을의 경비병들보다 실력이 나았다. 솔직히 해적보다는 나은 수준이라 생각했는데 좀처럼 제 실력이 나오지 않았다.

라이라는 가벼운 몸 덕분에 발놀림이 재빠른 편이었는데 지금은 자랑이던 빠른 발은커녕 온몸이 무겁기만 했다. 어쩌면 악에 받쳐 판단력이 흐려져 상황을 제대로 보지 않고 있는 탓인지도 몰랐다.

해적들이 승객들을 가운데로 몰아넣었다. 덤비는 남자들을 순식간에 제압한 해적 몇 명이 고든을 도우려 했지만 그는 가볍게 저지했다. 해적들은 승객에게 칼을 겨누며 남자들을 포박했다.

"좀 더 빨리 움직여야지."

충고인지 놀림인지 분간이 되지 않았지만 그 말은 그녀의 흥분에 불을 지피기에 충분했다. 라이라는 가만히 숨을 고르고는 다시 고든에게 덤빌 태세를 갖추었다.

"도련님!"

어느 틈에 자신을 가로막은 해적 두어 명을 해치운 테리가 그녀에게 바싹 다가왔다. 테리는 한눈에 라이라가 대적하고 있는 자가 만만치 않은 상대라는 것을 알아차렸다.

"도련님?"

고든의 눈이 빛났다. 재빠르게 라이라의 옷차림을 훑은 그가 살짝 머리를 갸웃거렸다. 도련님이라는 호칭과 달리 소년의 옷차림은 별로 비싸 보이지 않았다. 더군다나 지금 점령하고 있는 배는 귀족이 탈 만한 것이 아니었다.

"귀족 도련님께서 이런 배를 타고 계신다?"

고든이 라이라를 똑바로 바라보며 중얼거렸다. 이 배는 왕국에서 제국으로 향하는 상선으로 향신료나 생필품 등을 운반하는 화물선이었다. 승객들도 대부분이 평민들로 절대 귀족이 탈 배는 아니었다. 잠시 멈칫하던 그가 미소 지었다.

'돈벌이가 되겠군.'

귀족 도련님을 잡아 흥정을 하면 꽤 짭짤하게 받아낼 수 있을 터. 고든은 마음을 굳힌 듯 자신을 노려보는 테리와 라이라에게서 시선을 떼지 않았다.

"호오."

라이라를 보호하고 선 테리를 바라보는 고든의 눈이 빛났다. 완벽한 자세였다. 틈조차 보이지 않는 것이 분명 괜찮은 실력자로 보였다. 간만에 호승심이 일었다.

"그럼 잠깐 놀아보실까?"

스릉.

허리춤에서 칼을 뽑아 든 고든의 분위기가 순식간에 변했다. 장난스럽던 모습은 오간 데 없이 무시무시한 기운을 뿜어내자 라이라는 오금이 저리고 말았다.

"헉."

저도 모르게 숨을 들이마시며 라이라는 긴장하기 시작했다. 방금 전까지 저를 상대하던 이라고 생각할 수 없는 카리스마에 생명의 위협까지 느껴져 그녀는 칼을 꽉 움켜잡았다. 그러나 겁만 먹고 있을 순 없었다. 그녀는 칼을 쳐들고 고든의 허점을 찾기 위해 분주히 눈을 굴렸다.

"조심하십시오, 도련님."

테리 역시 긴장하기는 마찬가지였다. 지금까지 싸워온 상대와 차원이 다른 위압감에 그는 눈에 힘을 주었다. 상대의 빈틈을 찾으려 했지만 쉽지 않았다. 고든은 그저 칼을 들고 서 있을 뿐인데도 감히 덤벼들 수가 없었다.

"하앗!"

순간, 틈을 노려 앞을 막고 선 테리를 스쳐 지나 정확히 고든의 심장을 노리는 정공법을 택한 라이라는 용감했다. 그러나 그것은 너무나 정직했다. 자신의 가슴팍으로 뛰어든 그녀를 가볍게 밀어낸 고든은 뒤이어 자신에게 덤비는 테리와 맞붙었다.

챙!

칼 부딪치는 소리가 날카롭게 선상을 울렸다. 이미 제압된 사람들과 해적들의 시선이 맞붙은 고든과 테리에게로 쏠렸다. 훤칠한 두 남자의 부딪침은 그림과도 같았다.

"우오!"

고든이 공격을 할 때마다 해적들의 입에서 탄성이 흘러나왔다. 그러나 테리 역시 만만하지는 않았다. 박빙의 승부가 계속될 수록 고든의 얼굴에 미소가 짙게 깔렸다.

"야잇!"

라이라는 다시 한 번 팔을 뻗었다. 적의 수장을 없애야 적들을 제압할 수 있다, 오로지 그 생각뿐이었다. 그녀는 재량껏 테리를 도우려 칼을 뻗었지만 번번이 고든의 칼에 의해 밀려나고 말았다. 그는, 여유로웠다.

"이제 끝내야겠군."

챙!

있는 힘껏 칼을 받아낸 테리에게 속삭인 그가 가볍게 테리의 칼을 뿌리쳤다.

"끝."

매서운 칼날이 테리의 목 아래에 닿았다. 전광석화와도 같은 솜씨에 해적은 물론 승객들마저 넋을 잃고 말았다. 그중 제일 빨리 정신을 차린 것은 라이라였다. 그녀는 위험에 처한 테리를 위해 몸을 날렸다.

"하얏!"

그가 테리의 목을 겨눈 틈을 타 공격하려 했던 라이라는 그의 반격으로 칼까지 놓친 채 밀려나고 말았다.

"잡아."

나직한 명령에 해적들이 일사분란하게 움직였다.

라이라는 해적들에게 포박당하면서 거친 숨을 몰아쉬었다. 혹시라도 여자인 것을 들키지는 않을까 겁이 났지만 천으로 꽉 동여맨 가슴을 해적들은 알아채지 못했다. 그녀 옆에 테리도 포박당한 채 억지로 앉혀졌다.

"꽤 하더군, 애송이."

다가온 고든이 말을 걸었다. 라이라에게 한 것인지 테리에게 한 것인지 알 수 없었지만 라이라는 그저 분했다.

'이렇게 해적에게 잡히다니, 아버지의 복수를 해야 하는데.'

하늘이 원망스럽고 분통이 터졌다.

"흐음."

고든이 눈을 내리깐 채 중얼거렸다.

"애송이, 귀족인가?"

고든의 말에 라이라는 입술을 꼭 깨물고 그를 노려봤다.

"몸값이 좀 나가려나?"

쏘아보는 시선을 천연덕스럽게 받아내며 고든이 입술 끝을 올렸다. 순간 바람이 휘몰아쳤다. 한쪽 눈을 완전히 덮었던 검은 머리칼이 바람에 휘날리며 그의 얼굴이 드러났다. 구릿빛 피부와 짙은 검은색 눈동자, 높게 솟은 콧대가 라이라의 눈길을 사로잡았다. 분한 마음에도 그녀는 고든의 얼굴에서 눈을 떼지 못했다.

"나, 난 귀족이 아니다!"

라이라가 외쳤다. 사실이었다. 이제 아버지도 돌아가시고 역적으로 몰렸으니 웸블던 가는 멸문한 것과 마찬가지였다.

"그건 알아보면 알게 되겠지."

씨익, 고든이 이를 드러내며 웃었다. 라이라에게서 시선을 뗀 그는 무표정한 얼굴로 상선을 둘러봤다.

"제이슨, 포로가 몇 명이지?"

제이슨이라 불린 대머리 남자가 머리를 까딱이며 답했다.

"남자가 열넷, 여자가 일곱입니다."

"다친 사람은?"

"없습니다."

"괜찮은 물건은 있나?"

"향신료와 생필품들을 찾아냈습니다."

"좋아! 여자들은 선실로 옮기도록!"

"네, 두목!"

해적들의 대화가 고스란히 라이라의 귀를 통과했다. 그녀는 어떻게든 밧줄을 풀어보려고 뒤로 묶인 손을 꼼지락거렸다. 이대로 죽을 수도, 루슬란 왕국으로 돌아갈 수도 없었다. 루슬란에 제 소재가 알려지면 죽게 될 것이 틀림없었다.

"괜찮으세요?"

오른쪽에 따뜻한 기운이 닿았다.

"응, 난 괜찮아. 테리는?"

"저도 괜찮습니다."

라이라는 입술을 꼭 깨물었다.

"우리, 이제 어떻게 되는 거지?"

"글쎄요……."

말끝을 흐리는 테리의 낯빛이 어두워졌다. 말하지 않아도 그녀는 자신의 짐작이 맞음을 알 수 있었다. 라이라는 더 열심히 몸을 꼼지락거렸다. 어찌나 꽁꽁 묶었는지 손이 영 움직이질 않았다.

"출발!"

우렁찬 목소리에 배가 서서히 움직이기 시작했다. 라이라는 더럭 겁이 났다.

'설마 이대로 왕국으로 가는 건가? 아니면 해적 소굴로?'

"휴우, 다행이다."

옆의 남자의 말에 라이라는 화가 났다.

"뭐라고요?"

"저기 좀 봐."

턱으로 해적 깃발을 가리키며 남자가 말을 이었다. 그녀의 시선이 해적 깃발에 닿았다. 순간 라이라는 상황에 맞지 않게 쿡, 웃음을 뱉어냈다.

"'웃는 해적, 고든'이야. 우리로선 정말 다행이지."

"웃는 해적, 고든요?"

어디서 들어본 것 같은 이름에 라이라는 눈을 크게 떴다.

"저 깃발을 봐. 웃는 해적 깃발의 해골 눈은 웃는 모양이지."

그제야 라이라는 자신이 느낀 위화감의 정체를 알 수 있었다. 일반적으로 해적들의 깃발에는 눈이 뚫린 해골이 그려져 있는데 이 배에 오른 해적의 깃발에는 웃는 눈의 해골이 그려져 있었다.

"다른 해적들과 달리 고든은 사람을 해치지 않아. 부득이한 경우 외에는 그 누구도 죽이지 않지. 다친 사람은 치료해 주고 여자들을 겁탈하지 않아. 우리로선 그나마 다행인 거지."

겁탈, 그 단어에 라이라는 저도 모르게 몸을 떨었다. 그러고 보니 아까 사람들을 다치게 하지 말라던 고든의 말이 떠올랐다. 그녀는 자신이 덤빈 남자를 바라봤다.

아까와는 사뭇 다른 분위기였다. 빙글거리며 장난쳤던 것이 마치 없었던 일 같았다. 감정이 드러나지 않는 무표정한 얼굴은 어딘지 모르게 우수에 젖어 보였다.

"두목! 루슬란 왕국 해군입니다!"

망루에서 바다를 지켜보던 해적의 목소리가 울려 퍼지자 이곳 저곳을 살피던 해적들이 삽시간에 갑판으로 몰려들었다.

"어디쯤인가!"

"약 삼 마일 정도 거리입니다!"

"전투 준비하라!"

훈련을 잘 받은 군대처럼 해적들은 신속하게 전투태세를 갖추었다. 그 모습을 보던 라이라는 자신의 상황을 잊고 감탄해 버리고 말았다. 아무래도 해적 두목은 전술을 아는 자 같았다.

"인질들은 모두 선실에 가두어라!"

라이라가 자신의 몸에 닿은 투박한 손길을 거부했다. 이미 대부분의 남자들은 해적들에 의해 선실로 들어간 상황에서 그녀는 절박하게 외쳤다.

"나도, 나도 싸우겠습니다!"

갑판 위에 흩어지는 그녀의 목소리에 해적들의 시선이 쏠렸다.

"루슬란 왕국에, 난 돌아갈 수 없습니다!"

이대로 왕국으로 돌아가면 분명 들킬 것이다. 라이라는 생각했다. 살아갈 목적을 찾은 이에게, 죽음을 따를 이유란 없었다.

"무슨 소리를 하는 거냐."

고든이 코웃음 치며 물었다.

"난 루슬란 왕국에 돌아갈 수 없습니다!"

처절한 목소리는 강한 설득력을 발휘했다. 묵묵히 라이라를 바라보던 고든은 테리에게 시선을 돌렸다.

"너도 같은 생각이냐."

테리는 라이라와 운명을 같이할 생각이었다.

"그렇다."

고든은 다시 입을 다물었다.

"이 마일 앞으로 다가왔습니다!"

망루에서 들려오는 소리에 해적들은 다시 전투태세를 갖추고 세 사람을 힐끔거렸다. 고든은 가만히 라이라를 바라봤다. 여자처럼 예쁘장한 외모에서 어떻게 저런 용기가 나올 수 있는지 희한했다. 문득, 그의 입꼬리에 웃음이 묻어났다. 하지만 그것은 재빨리 사라져 버렸다.

"그러니까, 루슬란 왕국에 돌아갈 마음이 없으니 루슬란 왕국 해군과 싸우겠다?"

라이라가 비장한 표정으로 고개를 끄덕였다.

"제이슨."

"네, 두목!"

"이 두 사람, 풀어줘라."

"예? 하지만……."

"풀어."

근육으로 똘똘 뭉친 제이슨이 샐쭉한 표정을 지어 보였지만 고든은 끄떡도 하지 않았다. 이윽고 제이슨의 손이 라이라의 몸을 묶은 밧줄에 닿았다.

"잠깐."

고든이 담담한 목소리로 제이슨을 저지했다.

"내 부하가 되면 풀어주겠다."

"뭐……?"

라이라와 고든의 눈이 마주쳤다.

"루슬란 왕국에 돌아갈 마음이 없다며."

라이라의 눈썹 사이가 좁아졌다. 해적이 될 생각은 없었다. 빨리 메르첼 제국으로 가서 복수를 하고 싶은 마음뿐이었다. 여기에서 죽으면 다 소용없는 일이었다. 라이라가 테리를 바라봤다.

"루슬란 왕국 해군과의 싸움에서 이겨도, 져도 넌 루슬란 왕국으로 돌아가게 되어 있어."

고든의 말은 사실이었다. 해군과의 싸움에서 이긴다면 라이라는 인질이 되어 몸값을 위해 왕국으로 보내질 것이고 진다면 해군들이 승객들을 왕국으로 데려갈 것이니 그녀는 선택의 여지가 없었다.

"좋아. 당신 말대로 하지."

라이라가 비장한 표정으로 답했다. 그러자 고든의 입가에 미소가 돌았다.

"두목."

라이라의 눈썹 사이가 좁아졌다. 고든이 다시 입을 열었다.

"두목이라고 해야지."

다시 두 개의 시선이 엉켰다. 라이라는 내키지 않는다는 얼굴로 입을 열었다.

"……두목."

고든이 제이슨에게 눈짓을 하자 날카로운 단도가 라이라와 테리의 손을 묶었던 밧줄을 갈랐다. 얼마나 꽁꽁 묶어놨는지 팔이 저려 왔다.

"자."

고든이 라이라와 테리에게 칼을 건네주었다. 엉겁결에 칼을 받아 든 그녀의 얼굴에 복잡한 심정이 고스란히 드러났다.

'이 남자는 도대체 뭘 믿고 날 부하로 삼겠다고 한 걸까.'

고든은 그런 라이라의 얼굴을 못 본 척하며 물었다.

"이름은?"

머리 위로 들려오는 물음에 라이라가 번쩍 고개를 들었다.

"예?"

"이름이 뭐냐."

라이라는 잠시 망설이다가 대답했다.

"······라일, 라일입니다."

망설임은 찰나였지만 고든은 그녀가 거짓을 말한다는 사실을 눈치챘다. 하지만 그는 내색하지 않았다.

"좋아, 라일. 잘 부탁한다."

쿵.

후미 쪽에서 들려오는 굉음과 함께 엄청난 진동이 배를 엄습했다. 순간, 균형을 잃고 쓰러지려는 라이라의 팔을 고든이 단단히 잡아 일으켜 세웠다.

"조심해!"

자신을 잡아주는 강인한 팔에 라이라의 신경이 쏠렸다.

"자!"

하지만 그것도 잠시. 고든이 어느새 배 위로 올라온 루슬란 왕국 해군들 앞으로 라이라를 밀었다. 자신을 향해 칼을 휘두르는 해군들을 본 순간, 그녀는 눈을 동그랗게 떴다.

"뭐, 뭐 하는 거에욧!"

당황한 라이라는 자기도 모르게 소리를 빽 지르고 말았다.

"싸워야지."

담담한 목소리와 함께 스윽, 고든이 라이라를 스쳐 지났다. 담담한 목소리와는 달리 그의 동작은 상당히 위협적이었다. 달려드는 해군을 긴 팔로 밀어 던지고 긴 다리로 차 버리며 칼을 휘두르는 모습은 가히 폭풍과도 같았다.

"억!"

"윽!"

"크헉!"

다양한 비명 소리를 내지르며 낙엽처럼 쓰러지는 해군들 속에서 고든은 늠름했다. 마치 아이들 속에서 어른이 장난치는 것처럼 보였다. 그 모습이 어이도 없고 어쩐지 억지스러워 보이기까지 했다.

"어."

라이라가 눈을 깜빡였다. 분명 고든은 칼을 휘두르는데도 적들에게선 피 한 방울 흐르지 않았다. 자세히 살펴보니 그는 칼을 휘두르고는 있지만 그것은 그저 위협용일 뿐 베거나 찌르지는 않았다. 그저 적들을 주먹으로 내려치거나 칼등으로 쳐내고 있을 뿐이었다.

"죽어랏!"

고든의 모습에 한눈팔린 라이라를 향해 날카로운 창이 날아들었다.

"위험합니다!"

얼어버린 그녀를 밀치며 테리가 검으로 창을 떨쳐냈다.

"조심하십시오!"

힐끗, 자신을 책망하는 듯한 테리의 눈빛에 그녀는 침을 삼켰다. 이건 실전이다, 마음먹은 순간 라이라는 그만 온몸이 굳어버리고 말았다.

무기가 난무하고 칼과 칼이 맞부딪치는 소리가 요란했다. 분명 검술은 자신 있었다. 하지만 눈앞에서 비명을 지르며 쓰러지는 해군들과 해적들의 모습을 보니 꿈을 꾸는 듯 낯설기만 했다.

왈칵, 두려움이 밀려왔다. 살기를 띠고 서로를 노려보며 칼부림하는 남자들은 실제로 처음 보았다. 말 그대로 살벌했다. 거친 욕설을 쏟아내는 남자들에게 가까이 다가가기조차 두려웠다.

"뭐 하나!"

버럭, 커다란 호통이 라이라의 귓가에 내려앉았다. 어느 틈에 고든이 바싹 다가와서는 그녀의 허리를 잡아 왼쪽으로 돌렸다. 동시에 한 해군이 그의 주먹에 쓰러졌다.

넋을 놓은 그녀의 뒤를 누군가가 공격하려 한 것이었다. 하지만 라이라는 그것을 알아차릴 겨를이 없었다. 자신의 허리를 감싸 쥔 고든의 팔에 잔뜩 신경이 쏠려 몸이 떨려왔다.

"정신 안 차리나!"

라이라의 허리를 감쌌던 팔을 풀며 그가 으르렁댔다. 머리카락 사이로 분노한 눈동자가 보였다. 그것은 단순한 다그침이 아니었다.

"개죽음 당하고 싶지 않으면 싸워!"

그 말에 라이라는 정신이 번쩍 들었다. 여기서 죽을 수는 없었다. 마음먹은 복수를 행하려면 결코 여기서 죽을 수 없었다. 그녀는 힘껏 검을 움켜쥐었다. 눈앞의 해군들은, 이제 그녀에게 같은 나라 사람이 아닌 적일 뿐이었다. 죽이지 않으면 제가 죽임을 당할 수밖에 없는 상황. 라이라는 크게 심호흡했다.

"흐읍!"

"죽이지는 마라!"

다시 들려오는 고든의 외침에 라이라가 다시 멈칫거렸다.

'죽이지 말라고? 내가 죽는다면서?'

혼란스러웠다. 어찌해야 할지 몰라 갈팡질팡하던 그녀는 무작정 칼을 휘두르며 자신에게 아무도 오지 않기를 바라기만 했다. 그런 와중에 그녀의 눈은 고든을 향했다.

그는 여전히 주먹과 발길질로 적들을 물리치고 있었다. 그 모습에 라이라는 용기를 냈다. 그녀는 살아야 할 확고한 이유가 있었다. 그녀의 육체를 지배했던 두려움이 어느 순간 사라져 갔다. 라이라는 자신을 향해 달려오는 해군 앞으로 한 발자국 내디뎠다. 해군은 자신보다 훨씬 작은 그녀를 비웃으며 창을 꼬나들었다.

"어린 녀석이!"

단숨에 라이라를 창으로 찌르려던 해군의 계획은 그녀의 잽싼 몸놀림에 물거품이 되고 말았다. 달려드는 창끝을 노려보며 허리를 틀어 공격을 피한 라이라는 칼자루로 그의 목덜미를 가격했다.

"윽."

짧은 외마디 소리와 함께 이름 모를 해군은 그대로 바닥에 구르고 말았다.

"이렇게 하면 되는 건가?"

테리의 가르침으로 인간의 급소를 대략 알고 있던 라이라는 사람을 찌르지 않고 기절만 시키는 거라면 해볼 만하다는 생각이 들었다. 그녀는 더 이상 망설이지 않고 난전 속으로 뛰어들었다. 가벼운 몸 덕에 그녀의 몸놀림은 재빨랐다. 칼, 도끼, 창 등이 난무했지만 해적들의 싸움은 육탄전에 가까웠다. 들고 있는 무기는 그야말로 겁을 주기 위한 액세서리에 불과했다.

하지만 루슬란 왕국 해군들은 그렇지 않았다. 그들은 해적들을 소탕하기 위해 칼을 휘두르고 베고 찔러댔다. 상처를 입는 쪽은 해적들이었다. 그래도 해적들은 무기보다는 신체를 이용한 공격에 치중했다. 무기는 상황이 여의치 않을 때만 사용하는 듯했다.

라이라는 '웃는 해적, 고든'의 명성이 왜 그렇게 높았었는지 그 이유를 어쩐지 알 것 같았다.

"멍청이!"

또다시 고든의 목소리가 내려앉았다. 칼을 쥐고 잠시 숨을 고르는 사이, 그녀는 두 명의 해군 사이에 껴서 공격을 받는 신세가 되고 말았다. 앞에서 날아오는 칼은 가까스로 피했지만 뒤에서 오는 공격은 고스란히 받아야 할 상황이었다. 그때 고든이 도움의 손을 내민 것이었다.

길고 검은 머리카락이 허공에 흩날리는 모습이 라이라의 동공에 가득 찼다. 그와 동시에 진한 땀 냄새가 훅 끼쳤다. 정신을 차리고 보니 어느새 그녀는 고든의 단단한 품에 갇힌 상태였다.

"컥!"

등 뒤에서 숨넘어가는 비명이 들려오고 고든의 움직임이 격해졌다. 강인한 팔이 그녀의 몸을 조여왔다. 라이라는 그의 가슴팍에 완전히 달라붙은 모양새가 되고 말았다. 그 사실을 깨달은 순간, 온몸에 소름이 돋는 기분이었다. 라이라는 잊었다고 생각했지만 여전히 몸이 그 공포를 기억하고 있었다.

"이, 이거……."

와들와들, 목소리가 떨려 나왔다. 이거 놔요, 라는 말을 하기 위해 가까스로 시선을 돌린 순간, 라이라는 숨을 멈추고 말았다. 고든의 검은 머리칼이 완전히 젖혀져 구릿빛 얼굴이 고스란히 드러나 있었다. 이마에 맺힌 땀방울이 눈부셨다. 오똑한 콧날과 굳게 다문 입술은 그의 성정이 더욱 군건히 보이도록 만들었다.

라이라의 심장이 거세게 뛰기 시작했다. 온몸에 달라붙은 남자의 존재로 인한 공포 때문인지 두 눈 가득 담긴 그의 모습 때문인지 그 이유는 알 수 없었다.

라이라는 그의 품에서 빠져나오기 위해 발버둥을 쳤다. 가까스로 바닥에 발이 닿은 순간, 라이라는 고든의 등을 노린 한 해군의 험악한 눈을 보고 말았다. 생각할 겨를은 없었다. 몸이 멋대로 움직였다. 칼을 움켜쥔 손이 앞으로 향했다.

푹.

"헉."

짧은 비명을 토해내는 적의 눈은 푸른빛이었다. 서서히 꺼져 가는 생명의 빛을 느낀 순간, 해군은 그대로 바닥으로 고꾸라지고 말았다. 그 서슬에 라이라의 칼이 병사의 몸에서 쑤욱, 하고 빠져나왔다.

기분이 이상했다. 병사의 몸을 관통한 칼에서 느껴진 낯선 감촉이 라이라의 손끝에서부터 온몸으로 퍼져 나갔다. 수련을 하며 나무토막을 칼로 베고 찌르던 것과는 완전히 다른 느낌이었다. 살아 숨 쉬는 생명을 갈랐다는 죄책감이 그녀를 엄습했다. 그것은 지금까지 느꼈던 공포와는 또 다른 것이었다.

자신에게는 적이었지만 누군가에게는 귀한 아들이고 누군가에게는 사랑하는 사람이고 누군가에게는 소중한 아버지일지 모르는 사람을 죽였다는 생각이 들자 조금 전과는 다른 떨림이 라이라를 덮쳤다.

"잘했다."

고든의 목소리와 함께 머리에 온기가 느껴졌다. 그와 동시에 그녀의 몸이 축 늘어지고 말았다.

"이, 이봐!"

고든은 당황했다. 자신의 등을 노리고 달려든 적군을 보기 좋게 처치한 라이라에게 칭찬해 주려 머리를 쓰다듬었는데 느닷없이 기절해 버리니 그는 어쩔 줄 몰라 했다.

철썩.

파도가 해안가로 밀려오는 소리가 커다랗게 들려왔다. 루슬란 왕국의 해군을 물리친 해적의 본거지는 그다지 크지 않은 섬이었다. 하지만 주변에도 크고 작은 섬들이 널려 있어서 천의 요새와 다름없었다.

"이제 괜찮나?"

"네."

쑥스러워진 라이라가 머리를 기울인 채 대답했다.

"그래."

무뚝뚝한 여운을 남긴 채 고든이 그녀에게서 등을 돌렸다.

"짐을 옮겨라!"

해적들에게 명령을 내린 고든도 짐 쪽으로 걸어갔다. 그의 등만 묵묵히 바라보던 그녀는 석양에 눈이 부셔 그만 눈을 내리깔고 말았다.

"괜찮으십니까?"

다가온 테리의 물음에 라이라는 가만히 고개를 끄덕였다. 사실 괜찮지 않았다. 아직도 손이 떨렸다. 사람을 죽였다는 생각은 여전히 머릿속에서 떠나지 않았다.

"아가씨."

테리가 조용한 목소리로 입을 열었다. 그러고는 조심스럽게 라이라의 손을 잡았다.

"기운 내십시오."

따뜻한 위로가 고마웠다.

"응."

테리는 라이라가 괴로워하는 이유를 알고 있었다. 귀족으로 고이 자란 아가씨가, 아무리 왈가닥이라고는 하나 개미 새끼 하나 죽여본 적 없는 아가씨가 사람을 죽였으니 얼마나 혼란스러울지 짐작이 가고도 남았다. 하지만 이겨내야 하는 문제였다. 풀이 죽은 라이라가 측은했지만, 그것은 그녀가 이겨내야 할 고통 중 하나였다.

"어이, 신참들, 뭐 하나!"

앞서 가던 대머리 제이슨이 한 팔을 번쩍 들고 라이라와 테리를 향해 소리쳤다.

"어서 와서 짐 좀 들어라!"

"네!"

커다랗게 응수한 뒤 테리가 라이라의 손을 잡아끌었다.

"도련님, 가시죠."

라이라는 입술을 깨물었다. 이제 다시 남자로 돌아가야 할 때였다. 아니, 이제부터 여자라는 사실을 스스로도 잊은 채 살아야 한다, 그녀는 결심하고 또 결심했다.

'이제 난, 해적이다.'

걸음에 힘이 들어갔다.

'인질이 되어 루슬란 왕국으로 돌아가느니 차라리 해적이 되는 것이 나을 거야.'

라이라는 생각했다. 고국에서 죽임을 당하느니 해적이 되어 바다를 떠돌다가 기회가 되면 제국으로 향할 요량이었다. 얼마나 오래 걸릴지 모르지만, 해적 생활 또한 잘해낼지 걱정이 되긴 했지만 지금으로서 이것이 최선의 선택이었다.

"거기 두 사람."

묵직한 짐을 어깨에 멘 테리와는 달리 라이라는 부피는 크지만 무게는 가벼운 짐을 들고 제이슨의 뒤를 종종걸음으로 따르고 있다가 자신을 부르는 소리에 걸음을 멈추었다.

"네?"

'이런, 가벼운 짐을 들킨 건가.'

라이라가 긴장한 표정을 지우지 못한 채 고든을 바라봤다.

"테리라고 했던가?"

하지만 고든은 라이라에게는 눈길을 주지 않고 테리에게 시선을 꽂았다. 이상하게도, 라이라의 기분이 묘해졌다.

"네."

"앞으로 네 상전을 부를 때, 이름으로 부르도록."

"······무슨 말씀이신지?"

"네 상전이 귀족이라는 사실이 알려지면 우리 녀석들, 눈이 뒤집힐 거다."

테리는 고든의 말에 입을 다물었다.

"네 상전을 돈으로 볼 수 있으니 신분을 들키지 말라는 거다."

무슨 뜻인지 이해를 한 테리가 알겠다는 듯 고개를 끄덕였다.

"기분이 나쁘더라도 다 널 위한 거니까 이해해라. 네가 귀족이라는 사실을 알고 있는 녀석들은, 내가 입막음해 놨으니 조심만 하면 된다."

이번 말은 라이라를 향한 것이었다. 고든의 시선을 받은 그녀는 자기도 모르게 얼른 눈을 내리깔고 말았다. 그의 말이 옳았다. 만일 그녀가 다른 이들에게 하대를 한다면 신분이 들통날지도 모를 일이었다. 라이라는 모든 사람들에게 존대를 해야겠다고 마음먹었다.

"······알겠습니다."

"좋아."

커다란 자루를 둘러맨 고든이 성큼성큼 걸어갔다. 뒤에 남겨진 두 사람도 짐을 고쳐 들고는 서둘러 그의 뒤를 따랐다.

해적들이 머무르는 곳은 커다란 바위산이 만들어낸 크고 작은 동굴 안이었다.

"자."

흐르는 땀을 닦고 있자니 옆에서 찰랑거리는 물소리가 들려왔다. 고든이 가죽 주머니를 내밀고 있었다.

"마셔라."

가죽 주머니에 담긴 물은 그럭저럭 시원했다. 라이라는 그제야 살 것 같다는 생각이 들었다. 고맙다는 말을 하기 위해 머리를 들었을 때는, 이미 그의 모습은 사라지고 난 뒤였다.

"모이도록!"

커다란 목소리가 들리는 쪽으로 시선을 돌리니 높은 바위 위에서 고든이 늠름한 모습으로 서 있었다. 웅성거리는 소리에 라이라는 그를 향했던 시선을 거두고 주변을 둘러보았다. 크고 작은 동굴에서 남자들이 삼삼오오 모습을 드러내고 있었다.

"오늘 수확은 아주 좋다! 그리고 신참 두 명이 왔으니 오랜만에 파티를 열도록!"

우워오!

우렁찬 고함에 고막이 찢어질 것 같았다. 서둘러 손으로 귀를 틀어막은 라이라의 눈이 휘둥그레졌다. 해적들의 수가 생각보다 많았기 때문이었다. 대략 눈으로 훑어도 족히 백여 명은 되어 보였다.

겨우겨우 고함이 수그러졌고 그제야 라이라는 귀에서 손을 떼어냈다. 해적들이 신이 나서 불을 피우고 물을 끓이고 물건들을 이리저리 들고 옮기는 모습을 보니 긴장이 풀렸다.

그린그린에서도 흔히 보던 풍경이었다. 해적이라고 해서 우락부락하고 험상궂을 줄만 알았는데 웬걸, 모두 평범한 사람들이었다. 웃고 떠드는 모습은 그린그린 마을 사람들의 모습과 다름없었다.

"어머나."

굵은 남자들의 흥얼거림 속에서 조금 톤이 높은 맑은 목소리가 라이라에게 다가왔다. 그녀는 목소리가 들리는 쪽으로 시선을 돌렸다.

"신참?"

라이라가 눈을 깜빡였다. 그리고 아름답다고 생각했다. 눈앞에 선 사람은 매혹적인 표정만큼이나 아름다웠다.

"예에……."

저도 모르게 대답을 한 라이라는 눈앞의 사람에게서 눈을 떼지 못했다. 해적의 소굴에 여자라니, 의외였다.

"그쪽도?"

"네."

의외로 테리는 담담한 모습을 보였다.

"난, 바투. 넌?"

바투의 시선이 그녀에게 닿았다.

"라이…… 라일이라고 합니다."

"라일? 예쁜 이름이네?"

성큼 다가선 바투에게서 향긋한 냄새가 났다. 바투의 키는 라이라보다 약간 컸고 어깨까지 내려온 다갈색 머리카락은 부드러워 보였다. 해적 소굴에 있으니 바투 역시 해적이겠지만 하얀 피부 때문인지 그들과 달라 보였다. 길고 가느다란 손가락은 반짝이는 보석과 어우러져 마치 귀부인의 것을 보는 것 같았다.

"몇 살이야?"

바투의 목소리는 달콤했다. 그러나 라이라는 어쩐지 답답해졌다.

"열일곱……."

"어머."

어느새 라이라의 곁에 바싹 다가온 바투가 서늘한 손끝으로 그녀의 뺨을 쓰다듬었다. 순간, 온몸에 소름이 돋아 라이라는 눈을 부릅떴다.

"동생이네?"

바투가 라이라의 금발에 손을 갖다 댔다. 그녀의 몸은 이제 덜덜 떨리기 시작했다.

"긴장했나 보네? 귀여워라."

풋, 바투가 웃어 보였다.

"앞으로 형이라고 불러."

혼자 지내는 동굴은 언제나 아늑했다. 흔들리는 횃불 아래, 고든은 심각한 표정을 짓고 있었다.

"후우."

짧은 한숨에는 복잡한 심경이 잔뜩 묻어나왔다. 고든은 옷을 갈아입기 위해 옷을 벗었다. 웃통을 벗은 그의 몸은 온통 상처투성이였다. 그것은 그동안 그가 어떤 삶을 살아왔는지 여실히 보여주는 증거이기도 했다.

"두목."

입구를 막은 거적을 들추며 인기척이 났다.

"음."

동굴 안에 들어서는 바투의 눈이 반짝 빛났다. 강인한 남성의 등은 그의 눈길을 끌기에 충분한 것이었다. 바투는 고든에게 바싹 다가섰다.

꿀꺽.

바투의 목구멍에서 침 넘어가는 소리가 크게 들렸다. 정신없이 고든의 등을 바라보던 바투는 저도 모르게 손을 뻗었다. 하지만 고든이 더 빨랐다. 그의 손이 닿기 전, 상의를 걸친 고든이 몸을 돌렸다.

"바투."

스산한 목소리에 바투는 찔끔 놀란 표정을 지어 보였다. 슬쩍 눈을 드니 굳은 표정으로 자신을 노려보는 고든이 보였다. 지금까지 그는 그 누구에게도 자신의 벗은 몸을 보이지 않았다. 가끔 이렇게 옷 갈아입을 때 훔쳐본 등의 상처로 보건대, 필시 가슴 쪽에 어마어마한 상처가 있으리라는 추측만 할 뿐이었다. 또한 바투는 자신이 방금 하려한 행동을 고든이 좋아하지 않는다는 사실쯤은, 이미 알고 있었다. 실망스러웠지만 그는 아무렇지도 않은 얼굴로 고든을 올려다봤다.

"저 꼬맹이, 뭐야?"

칭얼대는 목소리는 바투의 트레이드마크였다.

"뭐냐니?"

고든이 무뚝뚝한 어조로 대꾸했다.

"라일이라는 꼬마, 왜 데려왔어?"

고든은 투정을 부리는 듯한 바투를 가만히 내려다봤다.

"왜 그런 질문을 하지?"

바투가 눈살을 찌푸렸다.

"그냥, 계집애 같아서."

고든이 슬쩍 눈살을 찌푸렸다.

"그 애송이, 꽤 용감해."

흥, 바투가 코끝으로 비웃었다.

"바투."

진지한 그의 부름에 바투 역시 정색해 보였다.

"이곳에 있는 사람들 중 사연 없는 사람이 있나?"

"하지만!"

바투가 볼멘소리를 뱉어냈다.

"듣자 하니 두목 혼자 결정한 거라던데? 이런 적 없었잖아? 어떤 일이든 우리와 상의하고 의논한 후 결정 내렸잖아?"

다다다 불만을 쏟아내는 바투는 마치 여자와 같았다.

"그런데 왜 쟤는 두목 멋대로 데려온 건데?"

고든이 묵묵히 대충 걸친 상의를 정리했다.

"왜 대답 못 하는 건데?"

바투는 바짝 달아 있었다. 사모하는 두목이 다른 사람에게 관심을 가진다는 건 그에게 있을 수 없는 일이기 때문이었다. 라일 앞에서는 좋은 사람인 척 친절한 표정을 지어 보였지만 예쁘장한 외모에 신경이 쓰인 게 사실이었다. 혹시 그 꼬마가 고든의 마음에 든 건 아닐까, 하는 불안이 생겨 버린 것이었다.

"내가 두목이니까."

열이 오른 바투에게 고든이 찬물을 끼얹었다.

"……뭐?"

"두목이니까."

바투는 입을 다물고 고든을 노려봤다. 바투는 어이없었지만 그의 얼굴은 말 그대로 평온하기만 했다.

타악. 바투가 발을 굴렀다.

"알았어!"

투덜거리는 꼬마 숙녀처럼 그가 팩 돌아섰다. 얼굴엔 여전히 불만이 가득한 채였다. 바투가 동굴을 나가고 난 뒤 머리를 흔들며 고든은 그대로 침대 위로 누웠다. 짚을 덩어리로 뭉쳐 단단히 묶은 후 천으로 덮은 침대는 그가 제일 편하게 느끼는 장소였다.

이리저리 몸을 움직이면 지푸라기가 스치는 소리가 났다. 그런데 유일하게 마음을 놓을 수 있는 그 장소에서 어쩐 일인지 마음이 편해지지 않았다. 마음 한구석 어딘가에 어쩐지 내키지 않는 돌덩이 하나가 숨어 있는 기분이었다.

"그러게."

사실, 스스로도 궁금했다. 라일이라는 꼬마를 마주한 순간, 이상한 기분이 들었다. 그래서인지 평소보다 말도 더 하고 장난도 친 것 같았다. 그 꼬마를 부하로 두겠다는 생각 또한 즉흥적이었다.

'내가 왜 그랬을까.'

의문은 짙고 깊었다. 평상시와 전혀 다른 모습이 튀어나왔다는 생각에 고든은 가만히 숨을 토해냈다.

"아샤."

숨과 함께 튀어나온 이름에 그는 눈을 감았다.

'아샤 때문이었나.'

그러고 보니 라일이라는 꼬마가 고향에 두고 온 동생과 비슷하다는 생각이 들었다. 고든은 입매를 뒤틀어 웃었다. 생김새는 완전히 달랐지만 어딘지 라일은 아샤와 닮은 것 같았다. 남자아이답지 않게 얇은 팔다리 때문인지도 몰랐다.

'마음이 약해졌나 보군.'

다른 점이 있다면 아샤는 체력이 약해 검술 같은 건 꿈도 꾸지 못하는 것에 반해 라일은 건강체라는 점뿐이었다. 어쩌면 고든은 라일에게서 건강한 동생을 꿈꾼 건지도 몰랐다.

고든이 생각에 잠겨 있던 그때, 갑작스레 횃불이 심하게 흔들렸다. 그 순간 고든은 누군가 침입했음을 눈치챘다.

"자크라."

고든의 얼굴 위로 검은 그림자가 드리워졌다.

"다녀왔습니다."

고든의 앞에 나타난 사내는, 어둠이었다. 온통 먹칠을 한 듯, 검은 옷차림의 자크라에게 표정은 없었다.

"어떤가."

그에 익숙한 듯, 고든의 목소리는 담담하기만 했다.

"루슬란 왕국의 왕자가 황녀와 결혼하기 위해 메르첼로 향했다고 합니다."

그의 눈썹이 실룩였다.

"……그래?"

"메르첼은 지금 축제 분위기입니다."

"음."

검은 눈이 번뜩였다.

"황제는?"

"……변함없으십니다."

기대를 한 건 아니었지만 항상 같은 답에 그는 어두운 기색을 숨기지 않았다.

"알았다."

무뚝뚝한 고든의 말과 함께 자크라는 모습을 감추었다. 그와 동시에 입구의 거적이 펄럭였다.

"두목, 파티가 시작됩니다."

라이라는 혼란스러웠다. 조금 전, 분명 여자라 생각했던 사람이 저더러 형이라 부르라고 하지 않았던가.

"남자라고?"

그녀가 머리를 흔들었다.

"그 사람이 남자라고?"

라이라가 손으로 이마를 짚었다. 어쩐지 머리가 지끈거리는 것 같았다. 주변은 이제 소란스러움을 지나 떠들썩해지기 시작했다. 여기저기서 고기를 굽고 술을 나르고, 파티 준비로 한창이었다.

"괜찮으십니까?"

테리가 걱정스럽게 물어오자 그녀는 한숨을 푸욱 내쉬며 도리질했다.

"괜찮지 않아. 테리는, 그 사람이 남자라는 거 알았어?"

"예."

놀랍다는 듯 라이라의 눈이 확 커졌다.

"어떻게 알았어? 그렇게 예쁜데? 목소리도 곱고 손동작도 막, 이렇게 이렇게 나긋나긋하고."

교양 수업을 받을 때 배웠던 것처럼 손목을 우아하게 꺾어 바투를 흉내 내며 라이라는 신기해했다.

"목에 울대가 보여서요."

“……아.”

“가슴도 없잖아요.”

“……아.”

테리의 설명에 그녀는 고개를 끄덕이기만 했다. 다시 생각해 보니 테리의 말이 맞았다.

“그렇구나.”

라이라는 입술을 삐죽 내밀었다. 바투의 얼굴과 행동 때문에 남자의 특성을 놓친 것이 스스로 생각해도 한심한 탓이었다.

“어이, 신참들!”

커다란 소리에 라이라와 테리는 소리가 나는 방향으로 시선을 돌렸다.

“이쪽으로 와! 너희들이 주인공이잖아!”

바라보니 대머리 제이슨이 손을 휘저으며 두 사람에게 오라는 신호를 보내고 있었다.

“그, 그럼 가볼까?”

“예.”

라이라는 테리와 함께 제이슨이 있는 곳으로 다가갔다.

“자! 잔을 들어라!”

제이슨이 몸을 일으킨 후 술잔을 높이 들었다. 호방한 웃음소리와 함께 해적들이 머리 높이 잔을 들었다. 그때 고든이 모습을 드러냈다. 제이슨이 슬그머니 잔을 내리려 했지만 고든이 계속하라는 듯 턱짓을 해보였다. 그런 후 그는 무리들 속으로 섞여 들어갔다. 이제 파티를 즐길 시간이었다.

“오늘 새로운 동료가 들어왔다.”

제이슨이 라이라와 테리를 향해 손을 뻗었다. 순식간에 해적들의 시선이 두 사람에게 몰렸다. 쭈뼛거리며 라이라와 테리가 자리에서 일어났다. 라이라는 자신에게 쏠린 시선에 어쩔 줄 몰라 하다가 배시시 웃으며 술잔을 들어 올렸다.

"어차피 이 섬에 있는 사람은 다 한 가족과도 같으니까 모르는 얼굴이라 하지 말고 잘 지내도록!"

"우워어!"

파티가 시작되었다. 왁자지껄 떠들며 뜨거운 피를 가진 남자들의 부어라, 마셔라 하는 술판이 벌어졌다. 고깃덩어리가 공중을 날고 빈 술병이 땅바닥을 굴렀다. 활활 타는 모닥불이 주위를 밝혔고 굵은 목소리가 우렁찬 노래를 불러댔다. 라이라는 정신이 하나도 없었다. 이런 파티는 듣도 보도 못 했다. 남자들의 파티란 것이, 이렇게 시끄럽고 요란한 것일 줄은 꿈에도 몰랐다.

"자, 마셔라."

어느새 다가왔는지 제이슨이 커다란 술잔에 술을 가득 담아 라이라에게 내밀었다.

"예, 예?"

술이라곤 샴페인과 포도주밖에 마셔 보지 못한 그녀에게 술잔에서 풍겨오는 냄새는 고역이었다. 라이라는 저도 모르게 얼굴을 찡그리고 말았다.

"왜, 못 마시나?"

이미 독주를 한 잔 마신 터라 제이슨은 보통 때보다 한결 기분이 좋은 상태였다. 하지만 술잔을 거부하는 것이 확실한 그녀의 표정에 슬슬 짜증이 일려 했다.

"제가 마시겠습니다."

테리가 나섰다. 하지만 그는 테리를 한 번 노려보고는 다시 라이라의 얼굴에 시선을 꽂았다.

"사내자식이 이깟 술 한 잔이 두려운 건가?"

제이슨이 도발하기 시작했다.

"하긴, 생긴 걸 보니 계집애 같은 게, 혹시 너, 여자냐?"

그녀의 안색이 확 변했다. 자신의 몸을 게슴츠레한 눈으로 훑는 제이슨의 시선이 불쾌했다.

"마시면 되잖아요!"

오기인지 아니면 여자라는 사실이 들킬까 두려움이 인 건지 라이라는 제 앞에 내밀어진 술잔을 양손으로 움켜쥐었다.

"흐읍!"

커다랗게 심호흡한 후 라이라는 그대로 술을 단숨에 마셔 버렸다.

"쿨럭!"

하지만 마음대로 되지 않았다. 겨우 삼분의 일 정도만이 목구멍을 통과했을 뿐, 다시 입 밖으로 뿜어낸 것이 반 이상이었다.

"우하하하!"

제이슨의 입에서 화통한 웃음이 터져 나왔다.

"뭐, 그 정도면 남자로 인정하지!"

제이슨이 보기에 라이라는 이제 겨우 열대여섯 정도 되어 보이는 소년에 불과했다. 물론 루슬란 왕국 해군들과의 싸움에서 보여준 칼 솜씨가 꽤나 괜찮다는 것은 인정했다. 그럼에도 어쩐지 제이슨은 라이라를 놀리고 싶었던 것인지도 몰랐다.

"이거, 이거, 정말 계집애 같은데?"

술기운에 붉어진 라이라의 뺨을 두툼한 손끝으로 매만지며 제이슨은 눈을 가늘게 떴다.

탁.

정신이 없는 중에도 그녀는 본능적으로 제이슨의 손을 쳐냈다.

"만지지 마."

라이라는 힘껏 소리친 것이었지만 제이슨이 듣기엔 그저 옹알이 수준이었다.

"뭐? 뭐라고 중얼거리는 거냐?"

사과처럼 탐스러운 볼과 깜빡이는 긴 속눈썹에 제이슨은 그만 마음을 빼앗기고 말았다. 제이슨의 손이 그녀의 어깨를 감싸 안았다.

"만지지 마."

뜨거운 숨결이 토해져 나왔다. 입에서 풍기는 달콤하고도 씁쓸한 술 냄새에 제이슨은 머리를 라이라 쪽으로 기울였다.

"그만하십시오!"

제이슨의 행태를 지켜보던 테리가 인상을 쓰며 그의 손에서 그녀를 끌어당겼다.

"뭐야, 이 자식."

보드라운 몸이 주는 여운에 취해 있던 제이슨이 험악한 표정으로 테리를 노려봤다.

"제이슨!"

날카로운 목소리가 뒤쪽에서 들려오자 제이슨은 어깨를 으쓱거리며 뒤를 돌아봤다.

"바투."

이글이글 타오르는 눈으로 제이슨과 라이라를 번갈아 째려보던 바투가 종종걸음으로 다가왔다.

"뭐 하는 거야?"

마치 바람난 남편을 잡는 아낙 같았다. 표독스런 표정으로 라이라를 노려보던 바투가 대답하라는 듯 제이슨에게 시선을 던졌다.

"아니, 꼬맹이가 술에 취한 것 같아서."

바투는 아니꼬운 표정을 지어 보이며 쓰게 웃었다.

"그래?"

"에이, 바투, 왜 그래?"

능글거리는 미소를 보이며 제이슨이 바투에게 바싹 다가섰다. 그리고 두툼한 팔로 바투의 얇은 허리를 휘감았다.

"설마, 질투하는 거야. 바투?"

느끼한 목소리에 휘익, 휘파람 소리가 여기저기서 튀어나왔다. 제이슨과 바투가 그려내는 분위기는 마치 남녀의 그것과 같았다.

"질투는 무슨."

입술을 삐죽거리면서도 바투는 라이라에게 곱지 않은 시선을 보내는 것을 잊지 않았다.

"우리, 오붓한 시간을 가져볼까?"

낮은 목소리였지만 제이슨의 말은 라이라와 테리에게 똑똑히 들렸다.

"오붓하게?"

순식간에 바투의 분위기가 바뀌었다. 질투로 가득했던 얼굴에 요염함이 자리했다. 살짝 내리깐 눈은 고혹적이었고 얼굴에 떠오른 표정은 매혹적이었다. 그 모습에 라이라는 술이 확 깨는 듯한 느낌이 들었다. 눈앞이 갑자기 선명해졌다.

쪽.

라이라의 눈이 커다래졌다. 그녀는 자신이 본 것을 믿을 수가 없었다. 제이슨이 바투의 뺨에 뽀뽀를 한 것이다!

"히익!"

라이라는 저도 모르게 소리를 지르고 말았다. 해괴하고 또 해괴했다. 남자가 남자에게 뽀뽀라니, 소름이 돋았다.

"흥."

라이라의 반응에 바투는 낮게 코웃음 쳤다. 그러고 나서 가느다란 팔로 제이슨의 목을 두르더니 보란 듯이 제이슨의 입술에 자신의 입술을 겹쳤다.

휘이익!

날카로운 휘파람 소리와 우우, 야유 소리가 섬 전체를 울렸다. 라이라는 숨이 턱까지 차올랐다. 아무리 눈을 깜빡여 봐도 해괴 망측한 장면은 사라지지 않고 있었다.

"가, 제이슨."

입술을 달싹이며 바투가 달콤하게 속삭였다. 물론 그것 역시 라이라의 귀에 똑똑히 닿았다. 기다렸다는 듯 제이슨이 바투를 끌어안고 그녀의 시야에서 사라져 버렸다. 라이라는 그만 다리가 풀리고 말았다. 테리의 부축에 가까스로 자리에 앉긴 했지만 자꾸 속이 메슥거렸다.

"테, 테리."

라이라가 테리의 팔을 움켜잡았다.

"나, 나, 속이……."

핼쑥해진 라이라의 얼굴에서 어떤 일이 일어날지 짐작한 테리가 잽싸게 손을 내밀었다.

"우웩!"

기어이 그녀가 속의 것을 게워내고 말았다. 테리의 손에 고스란히 오물들이 떨어졌다.

"가지가지 하는구나."

묵직한 목소리가 내려앉았다. 고든이 한심하다는 듯 라이라를 내려다보고 있었다.

"사람은 말이다."

고든이 옆에 쭈그려 앉고는 툭툭 그녀의 등을 치기 시작했다.

"각자 다 사정이 있고, 각자 사는 방식이 다르다. 알아둬."

7 장
해적 생활

테리는 고든이 마음에 들지 않았다. 양손에 라이라의 오물이 잔뜩 묻었다는 이유로 그는, 고든이 정신을 잃은 라이라의 무릎 아래에 손을 넣어 안아 올리는 장면을 보고 있을 수밖에 없었다.

세상에서 가장 귀한 아가씨의 몸을 해적 따위가 안다니, 눈알이 튀어나올 만큼 화가 치밀었지만 테리는 참아야 했다.

"이 녀석, 몇 살이지? 열넷? 열다섯?"

불쑥 물어오는 고든의 물음에 테리는 잠시 걸음을 멈췄다. 그녀는 열일곱으로 여자로서는 다 자란 것이나 마찬가지였지만, 그녀를 남자로 알고 있는 이에게는 이제 갓 어린 티를 벗은 소년으로 보일 것이 분명했다.

"열일곱입니다."

"열일곱?"

놀랐는지 고든이 걸음을 멈추고 테리를 뒤돌아봤다. 이미 라이라가 바투에게 자신의 나이를 밝힌 이상 숨길 이유가 없다고 테리는 생각했다.

"완전 아이인 줄 알았는데. 더군다나 이렇게 가벼운데……."

말 그대로였다. 라이라는 열일곱의 남자아이라고 하기엔 지나치게 가벼웠다. 테리는 묵묵히 고든의 뒤를 따랐다.

"일단 손을 씻고 오는 게 좋겠군."

쏴아아.

밀려오는 파도 소리가 시원하게 들려왔다. 파티를 벌인다고 곳곳에 횃불을 켜둔 덕에 시야는 그럭저럭 밝았다. 고든의 말에 테리는 고개를 끄덕이고는 손을 씻기 위해 몸을 돌렸다.

"저기 보이는 동굴로 오면 될 거야."

고든의 주의에 테리는 신중하게 그가 가리킨 동굴 위치를 기억한 후 바다 쪽으로 향했다. 혹시라도 해적 두목이 라이라가 여자라는 사실을 알게 될까 걱정이 된 그는 신속히 몸을 움직였다. 그덕에 그는 이제 막 라이라를 짚더미에 내려놓는 고든을 볼 수 있었다.

"두 사람은 여기에 머무르면 돼."

라이라가 편히 누울 수 있도록 짚을 뭉쳐 머리를 받쳐 주며 고든이 입을 열었다.

"아무래도 다른 녀석들과 섞이면 좀 불편할 테니까."

그 말에 테리는 감사의 마음이 들었다. 라이라가 여자라는 사실을 들킨다면, 생각만 해도 끔찍했다.

"그나저나 옷을 좀 벗겨야겠군."

고든이 가볍게 눈살을 찡그렸다. 구역질을 한 탓에 라이라의 옷에 오물이 묻어 냄새가 났기 때문이었다. 그의 손이 라이라의 윗옷 단추에 닿은 순간, 테리가 저지했다.

"제가 하겠습니다."

감정 없는 단호한 목소리에 고든이 테리를 건너다 봤다. 표정 없는 얼굴이었지만 테리의 심장은 급박하게 뛰고 있었다. 단단히 가슴을 붙들어 매긴 했지만 옷을 벗긴다면 당연히 라이라가 여자라는 사실을 알게 될 터, 그는 고든을 막아야 했다.

"제 주인을 다른 사람 손에 맡기긴 싫습니다."

두 남자의 시선이 허공에서 얽혔다. 하지만 그것은 지극히 찰나의 순간. 고든의 머리가 왼쪽으로 슬쩍 기울어졌다.

"흠, 뭐, 좋을 대로."

고든이 라이라의 가슴께에서 손을 떼어냈다. 이미 술에 곯아떨어진 그녀는 방금 자신이 굉장히 위험한 순간에서 벗어났음을 알지 못했다.

"하지만 조심해라."

고든이 허리를 펴자 순식간에 두 남자의 시선 위치가 바뀌었다. 그가 여유롭게 테리를 내려다보았다.

"이 녀석이 귀족 자제라는 사실이 알려지는 순간, 밖의 녀석들이 가만 두지 않을 테니까."

테리가 고개를 끄덕였다.

'아가씨가 여자라는 사실이 알려진다면, 더 난리겠지.'

테리는 주먹을 꽉 움켜쥐었다.

"다시 한번 말하지만, 호칭에 주의하는 게 좋을 거야."

테리는 다시 고개를 끄덕였.

"그럼, 쉬도록."

완전한 명령에 테리는 잠시 반발하고 싶은 마음이 생겼다. 감히 해적 따위에게 명령을 듣다니. 거기다가 불손한 눈으로 잠든 라이라를 바라보다니. 테리는 속이 뒤틀렸지만 참았다. 참아야 했다. 현재로선, 그나마 제일 안전한 곳이 바로 이 해적 소굴이었으므로.

입구에 만들어놓은 횃대에 불을 올려놓은 뒤 고든이 동굴 밖으로 나가 버렸다. 왁자지껄 남자들의 떠드는 소리는 여전히 울려 퍼졌고 그 속에서 테리는 그제야 무거운 몸을 바닥에 내려놓았다.

"후우."

라이라만 힘든 게 아니었다. 창졸지간에 하나밖에 없는 핏줄을 잃고 본거지를 잃은 가여운 영혼이 또 하나 있었다. 아무리 라이라보다 나이가 많다고는 해도, 테리 역시 심장을 가진 사람이었다.

그는 잔뜩 버티고 있었다. 라이라가 불안해할까 봐 아무런 내색을 하지 않았지만 테리도 슬펐고 두려웠고 무서웠다. 왕자비가 되기 위해 라이라가 그린그린을 떠난 후, 테리는 한동안 울적해하는 어머니와 성주를 돌보기에 바빴다. 본인도 슬펐으면서, 그녀의 빈자리에 허탈해하면서도 그는 성주와 어머니를 위로하기에 바빴다.

그러던 중, 한밤중에 날벼락처럼 찾아든 왕자로 인해 그의 삶은 모두 망가져 버렸다. 성주가 체포되고 그 과정에서 어머니를 잃었다. 그 슬픔을 추스르기도 전에 테리는, 고향을 떠나야 했다.

"테리, 아가씨를 지켜야 한다."

피곤에 지쳐 감긴 눈이 꿈틀거렸다. 마지막 어머니의 유언. 라이라처럼 모든 것을 잃은 테리의 곁에는 이제 그녀만 남았다. 그의 눈이 천천히 뜨였다.

타닥.

송진으로 태워지는 횃불이 불꽃을 튀겨냈다. 테리는 짙은 밤색의 눈을 들어 동굴 안을 살폈다. 확실히 귀족 아가씨가 있을 만한 곳은 못 되었다. 울퉁불퉁한 바닥은 자칫 발을 잘못 디뎠다가는 넘어질 것 같았다. 침대랍시고 만들어놓은 짚더미는 딱 보기에도 거칠기 그지없었다. 푸욱, 한숨이 새어 나왔다.

일단 라이라를 따라 해적 소굴로 들어왔지만 앞날이 막막했다. 어차피 루슬란 왕국에서 라이라와 테리가 있을 곳은 없었다. 모르긴 몰라도 왕국 전체에 라이라의 초상화가 뿌려졌을지도 모를 일. 아니 어쩌면 역적으로 낙인 찍혀 주변 국가에까지 알려졌을지도 모를 일이었다.

라이라에게도 테리에게도, 왕자가 원수였다. 자세한 이야기는 하지 않았지만 그녀가 체이셔 왕자라는 자에게 복수를 해야 한다고 했다. 테리가 아는 왕자의 이름은 로이드였고, 왕자의 쌍둥이에 대해서는 들은 적도 없지만 테리는 무조건 라이라를 믿었다.

"복수할 거야, 테리."

테리는 라이라의 뜻을 꺾을 수 없었다.

"난 이 나라에 있을 수 없어, 테리."

테리의 집에서 속삭이던 라이라의 목소리가 들리는 듯했다.

"테리는 루슬란 왕국에 있어도 돼."

그녀의 말에 테리는 고개를 저었다. 마찬가지로 가족을 잃은 테리 역시 왕국에 있을 이유 따윈 없었다.

"난 어떻게든 제국으로 가겠어."

배 안에서 결심하듯 말하던 라이라의 목소리가 귓가에 맴돌았다. 고집스럽게 입을 꽉 다문 모습에서 테리는, 그녀가 무슨 생각을 하는지 알아차릴 수 있었다. 말리고 싶었지만 말릴 수 없었다. 어쩌면 라이라가 삶을 포기하지 않은 이유라는 생각이 들었다.

스멀스멀, 악취가 콧속으로 스며들었다. 그가 얼굴을 찡그렸다. 잠시 뒤, 테리는 악취의 진원지가 라이라임을 알아차렸다. 그녀가 토해낸 오물이 묻은 옷에서 냄새가 진동했다.

라이라에게 바싹 다가간 그는 갈등했다. 독주로 인해 완전히 늘어진 그녀의 옷을 벗기고 새 옷을 갈아입히느냐, 그대로 냄새 나는 옷을 내버려 두느냐, 고민이었다. 테리의 손이 라이라의 가슴께에 머물다 떨어지기를 몇 차례. 그가 푹, 한숨을 쉬고는 잠든 라이라의 얼굴을 물끄러미 바라보았다.

"안 되겠죠, 아가씨?"

흐린 미소가 테리의 입가에 머물렀다. 다 큰 아가씨의 옷을 갈아입힐 수는 없었다.

"그냥 참으세요, 아가씨. 저도 참을 테니까."

중얼거리며 테리는 라이라의 잠든 얼굴에 더욱 시선을 줬다. 술기운 탓인지 아니면 며칠간 괴로워서 잠을 제대로 못 잔 탓인지 그녀는 숨소리마저 없었다.

타닥.

횃불 타는 소리가 들려왔다. 해적들의 노랫소리가 잠잠해졌다. 흔들리는 불빛과 멀리서 들리는 가느다란 노랫소리, 그것은 동굴 안의 분위기를 묘하게 만들었다.

테리는 라이라를 지그시 바라봤다. 연민이 담긴 눈이었다. 어렸을 때부터 함께 자라온 라이라. 어머니가 일찍 돌아가셔서 유모인 젬마를 어머니처럼 따랐던 라이라. 테리에게 라이라는 동생과도 같은 존재였다. 분명 그랬다. 어느 순간 그녀가 여자로 보이기 전까지.

테리는 가만히 숨을 토해냈다. 이제 라이라는 반역자의 누명을 쓰고 도망가는 신세이니 귀족이라 할 수 없었다. 앞으로 절대 루슬란 왕국에 돌아갈 수 없으니 다시 귀족이 될 수도 없을 것이다. 그는 문득 이대로 그녀와 루슬란 왕국도, 메르첼 제국도 아닌 또 다른 나라에서 그냥 둘이 살면 안 될까, 하는 생각을 해보았다. 아가씨를 지킨다고 맹세했으니 그녀의 옆에서 평생 함께 살아도 괜찮지 않을까. 하지만 금세 훗, 쓰디쓴 웃음이 자리 잡았다.

"아가씨."

테리가 라이라를 나직이 불러보았다. 이제 그의 눈에는 연민이 담겨 있지 않았다.

"어떤 상황이 오든 전, 아가씨를 지킵니다."

의지가 가득 담긴 눈이었다. 테리의 얼굴이 천천히 라이라에게로 향했다. 며칠 고생하긴 했지만 그녀의 피부 상태는 아직 좋았다. 보드라운 볼에 테리의 입술이 닿았다.

"반드시 지킵니다, 아가씨. 제 목숨을 바쳐서라도."

테리는 하늘과 땅과 바다의 신에게 맹세했다.

"으으."

머리가 깨질 듯 아파왔다. 또한 온몸이 아파서 팔을 조금 움직이는 것도 힘들었다. 숙취의 아침을 맞이하는 라이라의 기분은 엉망이었다.

"일어나셨습니까?"

진즉에 일어나 그녀가 깨기를 기다렸던 테리가 아침 인사를 건네왔다. 라이라는 부서질 것 같은 두통에 이마를 손으로 짚었다.

"아우, 머리 아파."

"아무튼 이거 드세요, 아가씨. 아니, 라일."

여전히 테리는 라이라에게 말을 놓는 것이 어색했다.

"괜찮아, 테리. 말 편히 해. 어차피 이제 난 귀족도 아닌걸."

"아닙니다, 아가씨!"

"그렇게 소리 지르면 내가 여자라는 거 다 들통나겠어."

"아, 죄송합니다."

"테리."

"예?"

"라일이라고 불러. 말도 놓고."

"그, 그건, 나중에 사람들이 있을 때⋯⋯."

"둘이 있을 때도 그렇게 해. 익숙해져야지, 안 그래?"

라이라도 고든의 말이 옳다고 생각했다. 호칭을 바꾸지 않으면 정체가 탄로 날 확률이 높았다.

"⋯⋯예, 아니, 그래."

말을 놓고도 영 어색한지 테리는 자꾸 머리를 흔들었다.

"근데, 그건 뭐야?"

"민들레 뿌리입니다. 드세요."

"그걸 먹으라고?"

그녀의 눈썹이 미심쩍게 올라갔다. 깨끗이 씻은 풀뿌리였지만 저걸 정말 먹을 수 있는 것인지 의심이 갔다.

"숙취 해소에 그만이랍니다. 아니, 그만이래."

"누가 그래?"

"어머니가요."

잠시 두 사람은 말이 없었다. 라이라는 물끄러미 테리의 손에 들린 민들레 뿌리를 바라봤다

"쓸 거 같아."

그녀가 살짝 눈살을 찡그렸다. 젬마가 몸에 좋다며 권하던 음식은 대체로 쓰거나 고약한 맛을 내거나 맛이 없었기 때문이었다.

"무척 쓰긴 하지⋯⋯ 요."

테리는 여전히 라이라에게 말을 놓을 용기가 나지 않았다. 그녀는 생각했다.

'저걸 먹느니 그냥 머리 아픈 게 낫지. 쓴 건 죽어도 싫어.'

생각을 마친 라이라가 입을 열었다.

"그냥 머리 아픈 게 낫겠어."

"그, 그…… 래?"

다시 두 사람은 말이 없었다.

"근데, 이게 무슨 냄새야?"

잠시 후, 라이라는 콧등에 주름을 잡으며 인상을 썼다. 뭔가 불쾌한 냄새가 엄습한 까닭이었다.

"아, 아가씨, 옷 갈아입으셔야…… 아니, 라일, 옷 갈아입어."

"옷?"

그제야 그녀는 자신의 몸을 내려다봤다.

"으악, 이게 뭐야?"

음식물 찌꺼기로 얼룩진 옷 상태에 라이라는 소리를 질렀다.

"어제, 독주를 마셨거든. 라일이."

테리는 차마 '네가'라고 말할 수 없었다. 그가 챙겨온 짐에서 깨끗한 옷을 끄집어냈다.

"여기 물 떠났으니까 대충이라도 씻어. 난 나가 있을게…… 요."

라이라가 깨어나기 전, 근처를 배회하던 해적 하나를 붙들고 섬에 샘물이 있는지 여부를 물은 테리는 받아놓은 빗물은 씻거나 허드레 용으로 쓰고, 섬 안에 있는 작은 우물에서 식수를 퍼다 쓴다는 사실을 알아냈다. 물을 가져다놓은 뒤, 그는 라이라 옆에 앉아 바닥에 깔린 짚으로 거적을 하나 만들었다. 그리고 그 것을 동굴 입구에 매달았다. 혹시라도 두 사람이 마음 놓고 있을 때 누군가가 들여다본다거나 잠이 들었을 때 누군가가 들어올까 싶어서였다.

그가 동굴 밖으로 나간 후, 라이라는 구석으로 가 테리가 받아

놓은 물로 조심스럽게 씻기 시작했다. 누가 볼까 두려워 옷을 완전히 벗지는 못하고 옷자락을 들어 부분 부분 닦아냈다.

"아, 찜찜해."

귀족 출신 아가씨에게 더러움이란 절대 악이었다. 향긋한 비누가 필요했다. 더러움을 싹싹 없애줄 비누가. 하지만 비누를 바란다는 건 지금 상황에선 사치일 뿐이었다. 라이라는 연신 한숨을 내쉬며 물로 몸을 여러 번 닦아냈다. 특히 오물이 묻은 부분을 집중적으로.

'어제 뭔가 굉장한 것을 본 것 같은데……'

가물가물한 기억을 애써 떠올리려 했지만 어쩐지 기분만 나빠졌다.

"뭐야, 아직도 안 일어난 거야?"

입구 쪽이 소란스러워졌다. 라이라는 서둘러 씻는 것을 마무리하고 옷을 갈아입었다.

"무슨 일이십니까?"

경계 가득한 테리의 목소리에 덩달아 라이라도 바짝 긴장했다.

"밥 때가 됐는데도 안 일어나니까 내가 여기까지 왔잖아!"

신경질적인 높은 목소리에 그녀는 바투가 왔음을 직감했다.

"아니, 신참 주제에 동굴에 문을 만들어?"

라이라는 거적을 들추며 밖으로 나왔다.

"안녕하세요?"

"안녕은 무슨……."

바투의 얼굴은 못마땅한 빛으로 가득했다.

"해가 뜬 게 언제인데 아직도 동굴 안에서 미적대고 있어?"

바로 어제 처음으로 얼굴을 맞댄 사이인데도 바투는 마치 오래 만난 사이처럼, 혀까지 차며 라이라에게 눈을 흘겼다. 이른 아침, 반짝이는 햇살 속에서 바투는 여전히 아름다웠다. 아침부터 얼마나 공들여 치장했는지 라이라가 만나보았던 귀족 여식들보다 더 아름다워 보였다.

"꼬맹이, 숙취냐?"

한껏 인상을 찡그리는 그녀에게 바투가 말을 걸어왔다.

"그런가 봐요."

"어린 게 간이 안 좋군. 내가 네 나이 때에는 말술을 먹어도 안 취했었다고."

'어린 나이에 말술 먹은 게 자랑이다.'

라이라는 입술을 삐죽거렸다.

'그나저나 이 남자, 뭐야? 나보다 어려 보이면서.'

"아무튼 빨리 가자. 식사해야지."

바투가 바싹 다가와 라이라의 팔에 자신의 팔을 꼈다. 순간적으로 소름이 돋은 그녀는 저도 모르게 바투에게서 자신의 팔을 빼냈다.

"어디로 가는데요?"

어제는 죽일 것처럼 노려보더니 오늘은 사이좋은 친구처럼 살갑게 굴지 않나, 라이라는 혼란스러웠다.

"식사하러 가자니까? 여기는 모두 다 같이 식사하거든."

갑자기 바투는 신이 난 얼굴이 되었다. 어젯밤 그녀가 보인 행동이나, 지금 막 자신에게서 팔을 빼낸 행동으로 보아 바투는 걱정을 조금 던 기분이 들었다.

"다, 같이요?"

"응, 바닷가 해변에서 항상 식사를 해. 물론 술판도 거기에서 같이하지. 모두 다 공동운명체니까."

바투는 앞장서서 걸었다. 테리와 라이라는 서로 눈짓을 주고받고는 그의 뒤를 따랐다.

'튀면 안 된다.'

라이라는 속으로 다짐하고 또 다짐했다. 평민처럼 행세해야 조금이라도 의심을 덜 받을 것이다.

"근데, 그거 알아?"

불쑥, 앞장서서 걷던 바투가 물었다.

"뭘요?"

"우리 두목, 여자 엄청 싫어한다?"

큭, 라이라의 입에서 이상한 신음 소리가 새어 나왔다.

'뭐, 뭐야, 그럼 남자를 좋아한다는 거야?'

퍼뜩, 어젯밤에 본 기억의 잔상이 떠올랐다. 이상야릇한 자세를 취하며 사라졌던 바투와 대머리 제이슨, 서로 입술을 겹치며 은근한 표정을 짓던 얼굴들. 그녀의 얼굴이 완전히 일그러졌다.

"그래서 그런가, 여자 같은 남자, 무지 싫어해, 우리 두목."

'뭐, 뭐야, 그럼 남자다운 남자를 좋아한다는 거야?'

라이라의 표정이 더욱 이상해졌다.

"이봐, 거기 감자 좀 던져!"

"소금, 소금 가져와라!"

여러 무리로 둘러앉은 해적들의 식사는 술자리만큼이나 요란했다. 열댓 명씩 모여 앉은 사나이들은 서로 필요한 것을 달라며 소리쳤고 물건들이 허공을 휙휙 날아다녔다. 이런 광경은 난생처음인지라 라이라는 공중을 이리저리 횡단하는 감자와 소금 주머니, 빵과 옥수수 등을 넋 놓고 바라봤다.

"속은 괜찮나?"

고든이 라이라와 테리 사이를 비집고 들어앉았다.

"아, 예."

그녀가 짧게 대답했다.

"다음부터는 객기 부리지 마라. 그러다 죽는 수가 있어."

그것은 분명, 겁 없이 독주를 마신 것에 대한 타박이리라. 라이라는 말없이 고개만 끄덕였다. 사실, 속이 너무 쓰라려서 말할 기력도 없었다.

"아, 팍팍 좀 먹어!"

느닷없는 고든의 퉁에 그녀는 놀란 토끼 눈이 되었다.

"술 먹은 다음 날은 무조건 잘 먹어야 된다."

해적들의 식사야 빤한 것이었다. 평민들과 마찬가지로 딱딱한 빵과 감자, 옥수수 그리고 고기가 헤엄치는 국물. 고든은 두목이랍시고 요리 담당인 개리가 챙겨준 고깃덩이를 라이라의 그릇에 얹어주었다.

"아, 아니, 괜찮은데요."

라이라의 사양은 고든이 테리의 그릇에도 고깃덩이를 넣어주는 바람에 헛된 것이 되어버렸다.

"많이들 먹어둬."

그녀는 잠자코 고깃덩이를 숟가락으로 건져 우물우물 씹었다.

"자네 검 좀 쓰던데, 배운 건가?"

"그냥 좀 합니다."

"검 말고 활도 쏠 줄 아나?"

"아니요. 활은 쏠 줄 모릅니다."

라이라는 입안이 깔깔했다. 고든 말대로 먹고 기운을 차려야 하는데 속이 받지 않았다. 겨우겨우 고기조각을 씹어낸 라이라는 국물을 마시는 것으로 해적으로서의 첫 식사를 마쳤다.

"이 애송이도 그런가?"

고든이 턱짓으로 그녀를 가리키며 다시 테리에게 물었다.

"라일⋯⋯도 저 정도 합니다."

"흐음."

어쩐지 기분 나빠진 라이라는 슬그머니 자리에서 일어섰다.

"왜, 다 안 드⋯⋯ 먹고?"

테리가 놀라 라이라를 올려다봤다.

"아, 속이 영 안 좋아서. 그만 먹어야겠어. 테리는 마저 먹어."

"어디 가시⋯⋯ 가려고?"

"근처 좀 걸을 거야."

아무래도 찬바람을 맞아야 할 것 같았다. 그녀는 둥글게 앉은 무리에서 빠져나가 해변을 걸을 생각이었다.

"어이, 애송이."

묵직한 목소리가 라이라를 불러 세웠다.

"⋯⋯왜요?"

"억지로라도 먹어."

"아니, 난 입맛이 없어서⋯⋯."

"항상 이렇게 배부르게 먹지 못한다. 먹을 수 있을 때 먹어둬."

그녀는 고든의 말을 이해하지 못했다. 하지만 그의 말을 들어야 할 것 같은 생각이 들었다. 다시 자리에 주저앉은 라이라는 억지로 음식을 입안으로 밀어 넣었다. 그런 후 보란 듯 빈 그릇을 소리 나게 바닥에 내려놓고는 자리에서 일어섰다.

"그릇은 가져가라."

라이라가 비워낸 나무 그릇과 나무 숟가락을 고든이 다시 내밀었다. 그녀는 그에게 '이걸 왜?'라는 시선을 보냈다.

"보다시피 인원이 꽤 많아서 설거지거리가 상당하지."

'그래서?'

라이라는 눈으로 물었다.

"자기가 먹은 그릇은 자기가 씻는 거다."

그녀가 입술을 오므렸다.

'그럼, 이걸 나더러 씻으라는 건가?'

라이라는 귀족으로 자라면서 설거지라는 것을 단 한 번도 해본 적이 없었다. 라이라에게서 못마땅한 기색을 읽어낸 고든이 다시 입을 열었다.

"신참이든 고참이든 두목이든, 다 마찬가지다."

"아, 그럼 제가……."

테리가 자리에서 일어나는 것을 고든이 제지했다. 그리고 나직한 목소리로 말했다.

"그렇게 고고한 귀족 흉내를 내다가, 어떤 일이 벌어지나 두고 볼까?"

그 말에 라이라는 슬쩍 눈을 돌렸다. 자신이 끼어 앉았던 무리는 물론, 근처에 몰려 앉아 있던 해적들의 시선이 고든과 자신에게 향해 있다는 사실이 그제야 인식됐다.

"어디서 씻으면 되죠?"

그녀가 고든의 손에서 그릇을 빼앗다시피 하며 물었다.

"저쪽."

고든의 손가락은 저 멀리 바닷가를 가리켰다. 라이라는 오만상을 찡그리며 눈을 내리깔고 고든을 한 번 째려봐 준 뒤 걸음을 옮겼다. 설거지하는 장소를 찾는 것은 어렵지 않았다. 식사를 마친 해적들이 하나둘 그릇을 들고 가는 것을 본 그녀가 그 뒤를 따라갔기 때문이었다.

"어, 꼬맹이, 다 먹었어?"

'뭐야, 도대체 이 사람들. 애송이에 꼬맹이에, 그렇게 밖에 못 부르나?'

라이라는 눈에 힘을 잔뜩 준 채 뒤를 돌아봤다.

"뭐야, 꽤 심통이 난 얼굴이네? 속이 다 안 풀렸나?"

바투가 뒷짐을 진 채 상당히 가까운 거리에서 그녀를 보고 있었다.

"아, 뭐."

대충 얼버무리며 라이라는 해변에 쪼그려 앉았다. 바닷물이 하얀 포말을 일으키며 밀려왔다가 다시 돌아가기를 반복했다. 그녀는 슬쩍 다른 해적들이 하는 모양을 살폈다. 몇몇 덩치 좋은 사내들이 바닥에 쭈그리고 앉아 그릇을 닦는 모습이 참으로 이색적으로 다가왔다.

"그냥 닦으면 되는 건가?"

라이라가 나무 그릇을 바닷물에 담갔다. 순식간에 그릇에 묻은 찌꺼기들이 바다 위를 둥둥 떠다녔다. 그 모습에 그녀는 가볍게 눈살을 찌푸렸다.

"이거, 바다가 더러워지는 거 아냐?"

"아냐."

라이라의 중얼거림에 바투가 대답하며 옆에 바싹 다가와 앉았다.

"음식 찌꺼기들을 물고기가 먹는대."

"물고기가요?"

라이라의 미간이 확 좁아졌다.

'아니, 사람이 먹다 남긴 음식 찌꺼기를 물고기가 먹고 다시 그 물고기를 사람이 먹는다는 거야?'

어쩐지 물에 그릇을 담그기가 께름칙해졌다.

"자, 이거 뭉쳐서 깨끗이 닦아."

충격이 채 가시지 않은 그녀에게 바투가 무언가를 던졌다. 바라보니 지푸라기를 똘똘 뭉쳐 놓은 것이었다.

"이거로 닦으라고요?"

"응, 박박 문질러."

라이라는 순순히 바투의 말을 따랐다. 지푸라기 뭉치에 물을 적신 후 그릇을 있는 힘껏 문지른 뒤 깨끗이 닦아내는 바투의 행동을 흉내 냈다.

"오."

과연 깨끗해질까 싶었지만 생각보다 찌꺼기들은 그릇에서 많이 떨어져 나갔다.

"좀 더 문지른 다음에 헹구면 돼."

생각보다 그릇 닦는 일은 수월했다.

"꼬맹이, 설거지 처음 하는 거냐?"

바투의 질문에 라이라가 고개를 끄덕였다.

"하긴, 나도 여기 와서 처음으로 해봤으니까. 너, 집 나온 것도 처음이지?"

푸른 눈동자가 잠시 흔들렸지만 그녀는 다시 고개를 끄덕였다.

"왜 나왔냐?"

라이라는 나무 그릇의 물기를 탈탈 털어낸 후 허리를 펴고 바투의 얼굴을 정면으로 바라봤다.

"대답해야 하나요?"

말하고 싶지 않다는 뉘앙스를 팍팍 풍기는 라이라에게 바투는 어깨를 으쓱거려 보였다.

"아니, 뭐. 말하기 싫다면 안 해도 돼. 그냥 친한 척하는 거니까."

그녀가 자리에서 일어섰다.

"그릇은 어디로 가져가면 되는 거죠?"

"어, 아까 우리 밥 먹었던 곳에 가져가면 돼. 우리 밥 줬던 녀석 알지? 그 녀석한테 주면 된다고."

라이라가 고개를 끄덕이고는 몸을 돌렸다.

"꼬맹이, 같이 가."

바투는 자신의 그릇을 서둘러 헹군 뒤, 그녀의 뒤를 쫓았다.

"짜식, 까칠하기는."

그가 툴툴거리면서도 계속 따라왔다.

"너, 루슬란 왕국 사람이라며?"

"……네."

"예전에 거기에 산 적이 있어. 자연경관이 아주 아름다운 나라지."

라이라는 고개를 끄덕였다. 그리운 그린그린, 다시는 돌아갈 수 없는 나의 고향. 코끝이 시큰거렸다.

"너, 여자 사귀어봤냐?"

갑자기 질문의 판도가 바뀌었다.

"아니요."

라이라는 무뚝뚝하게 답했다. 더 이상 대화하는 것이 귀찮아졌다.

"그럼, 남자는 사귀어봤냐?"

확, 기분이 상해 버린 라이라는 도끼눈을 뜨고 바투를 노려봤다.

"전. 혀. 요."

"아아, 그래?"

바투의 얼굴에 빙글거리는 미소가 피어올랐다. 라일의 격한 반응을 본 바투는 만족스러웠다. 적어도 눈앞의 꼬마는 라이벌이 아니라는 생각이 들었다.

바투가 해적단에 들어온 것은 고든이 들어오기 훨씬 전이었다. 비록 겉모양은 여자처럼 곱상하지만, 그는 산전수전 다 겪은 고단한 인생의 소유자였다. 극강 동안이라 그렇지 바투는 고든보다도 나이가 많았다. 그만큼 온갖 경험도 많았다.

태어나자마자 부모에게 버림받고 서커스단에 들어가 온갖 기예를 배웠다. 잘 먹지 못한 탓에 덩치가 작았던 바투는 서커스단에서 아주 유용했다. 칼 던지기, 공중그네타기, 어릿광대 역할까지 바투는 모두 해야 했다.

예쁜 외모 때문에 단장의 눈에 들어 지독한 일을 당해야 했고 자라면서 성 정체성에 혼란을 겪어야 했다. 열다섯이 되던 해, 바투는 서커스단에서 탈출해 제대로 살기를 바랐지만 세상은 그리 호락호락하지 않았다. 여성스러운 면이 많았던 바투를 남자들은 유혹하고 거칠게 다뤘다.

몇 년간 그는 남창 일도 했다. 자의적인 것이 아닌 강제적인 것이었다. 그러다 제이슨의 눈에 띄어 바투는 해적단에 들어오게 되었다. 당시 해적단의 두목은 제이슨이었다. 여자를 싫어하던 제이슨의 눈에 바투는 여자 대신으로 보였던 것이다.

어차피 자신의 인생을 반쯤 포기한 바투에게 해적 생활은 새로운 삶이었다. 차츰차츰 해적들은 바투에게 손을 내밀었다. 더럽다 깔보지 않고 오히려 남자들만 사는 냄새 나는 공간에 향을 피우는 그의 존재를 그들은 좋아해 줬다. 바투는, 그렇게 해적이 되었다.

어느 날, 두 명의 괴한이 해적단을 습격했다. 천하무적 제이슨을 단박에 제압하고 해적단을 장악한 그들은 해적 깃발을 우스꽝스런 모양으로 바꾸고 해적단 이름을 '웃는 해적, 고든'이라 명명했다.

해적들의 꽃인 바투를 고든은 냉담하게 대했다. 근육 덩어리 제이슨을 완벽히 제압하고 긴 머리를 흩날리던 그를 보고서 바투는 그의 강인함에 반해 버리고 말았다. 고든은 여자를 품지 않았다. 그래서 바투는 그가 제이슨처럼 여자를 혐오하는 부류라고 생각했다.

늘 그랬던 것처럼 자신의 미모를 뽐내며 그의 마음을 사기 위해 노력했지만 고든은 요지부동이었다. 하지만 바투는 자신을 믿었다. 어떤 남자라도 굴복시킬 자신이 있었다.

제이슨을 놓지 못하면서도 바투는 고든을 꿈꿨다. 그러나 고든은 좀처럼 그에게 곁을 주지 않았다. 그러던 와중에 나타난 라일의 존재는 바투를 긴장시키기에 충분했다. 이 꼬맹이에게 두목이 웃어주지 않던가. 자신에게는 한 번도 보여주지 않았던 미소를 라일에게 보여주지 않던가.

예쁘장한 외모의 라일도 자신과 같은 부류가 아닐까 싶어진 바투는 전전긍긍했다. 그러나 지금 이 순간, 그는 걱정을 깨끗이 지워 버렸다. 남자와 사귀냐는 질문만으로도 진저리 치는 라일은 결코 자신과 같은 부류가 아니었다.

"어?"

조금 앞서 걷던 라이라가 걸음을 멈췄다. 덩달아 바투도 멈춰 섰다.

"테리."

"아아."

테리는 자신의 이름을 부르는 그녀에게 고개를 끄덕여 보였다.

"설거지하러 온 거야?"

"……응."

라이라는 바투를 돌려보내고 테리와 함께 같이 갈까 생각했다. 그러다 그녀는 테리의 손에 들린 그릇이 두 개라는 사실을 발견했다.

"왜 그릇이 두 개야?"

"아아, 이건 두목 그릇."

라이라 옆에 딱 붙어 있는 바투 때문에 테리는 존칭을 쓰지 않도록 신경 써서 말했다.

"두목 꺼?"

그녀가 인상을 팍 찡그렸다.

"뭐야, 자기가 먹은 그릇은 자기가 씻는 거라며? 왜 자기가 안 씻고?"

"그, 글쎄……."

계면쩍은 표정을 짓는 테리를 보니 화가 확 일었다. 라이라는 여전히 인상을 풀지 않은 채 그대로 내달렸다.

"아, 라, 라일!"

테리의 손은 민망하게 허공을 저을 뿐이었다.

"쟤, 꽤 다혈질이네?"

"그, 그러게요."

여전히 라이라가 사라진 방향에서 눈을 떼지 못하는 테리를 바투는 위아래로 훑었다. 고든만큼은 아니지만 테리도 꽤 잘생겼다는 생각이 들었다.

"테리라고 했던가?"

"그렇습니다만."

"아우, 자기는 좀 딱딱한 것 같아."

"……예?"

보드라운 손이 테리의 팔뚝을 휘감았다.

'오, 근육이 있는데?'

바투는 입가에 포물선을 그려냈다.

"자, 이쪽으로. 내가 설거지 도와줄게."

고든의 한쪽 입꼬리가 올라갔다. 팔짱을 낀 채 화난 표정의 라일을 올려다보는 고든은 어쩐지 즐거워 보였다.

"그래, 왜 테리에게 내 그릇까지 씻으라고 했냐고?"

"예!"

그녀의 목소리가 동굴 안에 쩌렁쩌렁 울렸다.

"그게 그렇게 궁금했나?"

"예!"

'어디 대답 한번 잘못 했단 봐라, 아주 그냥 코를 뭉개주겠어.'

아주 오랜만에 라이라는 열정에 불타올랐다.

"분명 이렇게 말씀하지 않으셨습니까! 신참이든 고참이든 두목이든 자기가 먹은 그릇은 자기가 씻는 거라고!"

'내 똑똑히 기억하지, 어디 한번 변명해 보시지?'

라이라는 눈을 빛냈다.

"흐음."

고든은 지금의 상황이 무척 재미있었다. 화가 단단히 난 얼굴로 자신의 동굴에 찾아온 라일이 귀엽게 느껴졌다. 별것도 아닌 일에 발끈하는 것이, 철부지 같기도 했다.

'아샤 하곤 또 다르군.'

라일의 얼굴 위로 동생의 얼굴이 겹쳐 보였다.

"왜 대답 못 하시는 겁니까?"

라이라가 목소리를 높였다.

'생각해 보니 잘못한 것 같지?'

곧 그가 사과를 할 거라고 생각한 라이라는 의기양양한 표정을 지었다. 시시각각 자신의 심경 변화를 얼굴에 드러내는 라일을 보며 고든은 저도 모르게 픔, 웃음을 터뜨렸다.

'웃어?'

라이라의 눈초리가 뾰족해졌다.

"내가 두목이니까."

"뭐, 뭐요?"

천천히, 고든은 기대고 있던 짚 뭉치에서 몸을 일으켰다. 웃음기가 사라진 그의 얼굴이 차갑게 느껴졌다.

"하지만 아까 두목도 자기가 먹은 그릇은 자기가 씻어야 한다고……"

완전히 몸을 일으킨 고든을 올려다보며 그녀는 말끝을 흐렸다. 엄청난 위압감이 느껴졌다.

"해적단에서 두목이란."

고든의 커다란 손이 라이라의 양팔을 꽉 잡았다. 어느 틈에 그의 얼굴이 바싹 다가왔다. 그녀는 양팔에 느껴지는 압박에 정신이 아득해졌다. 고든의 숨결이 뜨겁게 느껴졌다. 순간, 고든이 남자를 좋아한다던 바투의 말이 떠올랐다.

"절대 권력자다."

속삭이는 목소리에 그녀의 심장이 거칠게 뛰었다. 남자와 좁은 공간에서 단둘이 있는 상황. 거기에 거센 손길에 붙잡혀 움직이지 못하는 자신. 공포감이 밀려왔다.

"다시 말해······."

고든의 입김이 라이라의 귓불을 간질였다. 기억하고 싶지 않은 기억이 스멀스멀 피어오르기 시작했다. 남자의 손길, 어두운 동굴. 이제 그녀는 공포로 인해 온몸이 딱딱하게 굳어버렸다.

"내 맘이라는 거다."

고든이 라이라의 귀에 입을 바싹 갖다 대고 속삭였다. 그녀의 숨이 턱 멈췄다. 고개를 들고 물러선 고든이 라이라의 팔을 놓아주었다. 그와 동시에 그녀가 비틀거렸다.

"이봐."

막 쓰러지려는 라이라의 몸을 고든이 잽싸게 받았다.

"이런, 장난이 심했나 보군."

거칠어진 그녀의 숨소리에 고든은 미간을 찡그렸다. 기절까지는 아니었지만 무척 놀란 것 같았다.

"괜찮은 건가? 곱게 자란 귀족 자제라 그런가, 왜 이렇게 픽픽 쓰러지는 거지?"

고든은 자신이 누워 있었던 침대에 라이라를 올려놨다.

"가볍기는 왜 이렇게 가벼운 건지."

쯧, 고든은 혀를 찼다. 아무래도 많이 먹여서 살을 찌워야 할 것 같았다.

잠시 후, 라이라는 가까스로 정신을 차릴 수 있었다. 그녀는 눈을 뜨고 재빨리 상체를 일으켰다.

"넌."

라이라의 눈이 고든을 향했다.

"살 좀 쪄야겠다."

"······예?"

"사내자식이 그렇게 맥없이 쓰러지면 쓸 데가 없다. 많이 먹어라."

헛, 그녀는 어이가 없었지만 그래도 여자라는 사실을 들키지 않아 다행이라고 생각했다.

"너, 왜 거기서 나와?"

뾰로통한 표정으로 고든의 동굴 밖으로 나선 라이라는 자신을 향해 날아오는 뾰족한 목소리에 걸음을 멈췄다. 도끼눈을 뜨고 자신을 바라보는 바투가 보였다. 이글이글 타오르는 눈과 마주치자 라이라는 저도 모르게 몸을 움찔거렸다.

"예, 예?"

"왜 두목 동굴에서 나오냐고!"

테리의 팔에 매달려 희희낙락 달랑거리며 오던 바투는 테리의 팔을 놓고 라이라에게 바싹 다가섰다.

"언제부터 있었던 거야? 왜 들어간 거야? 둘이서 뭐했어?"

와다다다 말을 쏟아내는 그를 라이라는 멍한 표정으로 바라봤다.

'이 사람, 나한테 왜 이래?'

씨근덕거리는 바투의 모습이 영 낯설었다.

"뭐가 이렇게 시끄러워?"

라이라는 자신의 머리 위로 드리워진 그림자에 고개를 들어 올려다봤다. 검고 긴 장발이 그녀의 어깨에 닿았다. 머리를 뒤로 젖힌 채로 라이라는 자신을 내려다보는 고든과 눈이 마주치고 말았다.

"헉."

"……뭐 하냐?"

눈, 코, 입이 거꾸로 된 그녀의 얼굴을 내려다보며 고든이 물었
다.

"두목!"

하지만 그는 라이라에게서 답을 들을 수가 없었다. 파르르 떨
며 자신에게 달려드는 바투에게 고든은 한쪽 눈썹을 들어 올려
보였다.

"왜."

"이 녀석이랑 뭐 했어!"

바투는 끝없는 질투심에 사로잡힌 상태였다. 그저 고든이 라일
과 함께 있었다는 사실이 싫었다. 아무리 남자를 좋아하지 않는
다 해도 계집애처럼 생긴 라일이 자신이 사모해 마지않는 두목의
곁에 있었다는 사실이 마음에 들지 않았다.

"뭐 하긴. 나더러 설거지하라고 따지더라."

고든의 심드렁한 답변에 바투는 그만 맥이 탁 풀리고 말았다.

"설거지……? 따져……?"

"그래, 신입 교육 좀 단단히 시키도록. 말단인 주제에 감히 절
대 권력에 대항하다니, 용서할 수 없다."

장난기 다분한 목소리에 바투는 순식간에 의욕을 상실했고 화
를 낸 자신이 우습게 느껴졌다. 그러나 그는 여전히 못마땅한 시
선을 거두지 않았다.

"정말, 아무 일 없었던 거지?"

"바투."

진지한 고든의 부름에 바투가 그를 바라봤다.

"날, 모르냐?"

날카로운 물음에 바투는 찔끔한 표정을 지어 보였다.

"……알아."

"그런데?"

"저, 저 녀석이 너무 기집애 같아서!"

바투의 말이 끝나기가 무섭게 고든은 커다란 손을 들어 라이라의 가슴을 툭툭 쳤다.

"어딜 봐서 여자라는 거냐."

순식간에 일어난 일에 라이라는 얼어붙고 말았다. 남자의 두툼한 손이 가슴을 쳤다는 사실이 충격이었다. 물론 천으로 꽉꽉 붙들어 매서 굴곡이 드러나지 않도록 판판하게 만들긴 했지만 그래도 여자의 가슴은 급소였다. 거기다 가장 민감한 부위인지라 그녀의 얼굴이 딱딱하게 굳고 말았다.

티를 내면 안 된다, 본능이 말하고 있었다. 여자라면 얼굴을 붉히고 뭐 하는 짓이냐고 소리라도 질러야 할 테지만 지금은 그럴 상황이 아니었다. 그렇다고 해도 수치심까지 사라지지는 않았다.

"뭐 하는 겁니까, 지금."

은은한 분노가 담긴, 나직한 목소리가 라이라의 입술 새로 흘러나왔다.

"아, 미안. 바투가 자꾸 널 여자라고 의심해서 말이지."

라이라를 향해 고든이 어깨를 으쓱해 보였다. 그 모습에 바투의 눈이 번뜩였다. 뭔가 이상하다, 이상하다 생각했지만 그 이유를 알아내지 못했었는데 방금 고든의 행동으로 바투는 자신이 느껐던 위화감의 정체를 알아차렸다. 좀처럼 볼 수 없었던 모습을 그가 보이고 있었다. 라일이 등장하면서부터 어쩐지 고든의 기분이 평상시와 달리 한껏 들뜬 상태라는 사실을, 바투는 눈치챘다.

바투는 살아오면서 다양한 종류의 남자를 만나왔다. 여자라면 물불 안 가리고 달려드는 호색한들도 만나봤고 여자보다는 같은 남자에 더 관심이 많은 이들도 많이 봐왔다. 고든 같은 사람은, 극히 드문 경우. 여자에게도 남자에게도 관심 갖지 않는 고든이 라일에게만은 빈틈을 보이는 것 같아 기분이 좋지 않았다.

'이유가 뭘까?'

씨근덕거리는 라일을 약 올리는 고든을 보며 바투는 생각했다. 라일보다 자신이 훨씬 더 예뻤다. 피부도 자신이 더 투명하고 머릿결도 훨씬 좋았다. 분명 자신이 훨씬 매력적인데 고든이 빙글거리며 라이라의 머리를 마구 헝클어대는 모습이, 자신에게는 한 번도 보여준 적 없는 저 모습이 거슬렸다.

"아, 진짜! 그만 갈래요!"

라이라는 커다란 손으로 자신의 머리를 헤집는 고든의 손을 탁, 쳐내고는 당돌한 눈빛으로 그를 쏘아봤다.

"호오."

고든은 그녀의 표정이 마음에 들었다.

"가자, 테리!"

라이라가 팩하니 고든에게서 시선을 돌리고는 테리를 불렀다. 어정쩡하게 서 있던 테리가 그제야 한 걸음 나섰다.

"으, 응."

굳은 표정을 유지하던 그녀는 테리의 팔을 붙잡고 나서야 울

것 같은 표정을 지어 보였다. 고든과 바투는 라이라가 등지고 있는 바람에 그것을 알지 못했지만 정면으로 그 얼굴을 목격한 테리의 심장은 덜컥 내려앉았다.

이제 갓 열일곱의, 감성 풍부한 소녀의 마음이 고스란히 느껴졌다. 수치심 가득한 얼굴은 금세 붉게 달아올랐다. 뒤의 두 사람에게 들키지 않도록 라이라는 애써 마음을 추스르며 똑바로 걸음을 옮겼다. 그래야 했다.

멀어지는 그녀의 뒷모습을 바라보는 바투의 눈빛은 여전히 사나웠다. 그것은 분명한 질투의 감정이었다. 고든이 자신에게 별다른 마음이 없다는 것을 알면서도 그가 라일을 신경 쓰는 것이 마음에 걸렸다. 아마도 바투가 느끼는 고든에 대한 감정은, 그저 맹목적인 것인지도 몰랐다.

"아가씨……."

머무르는 동굴에 돌아온 후로 라이라는 짚더미 위에 푹, 엎어진 뒤 얼굴을 들지 않았다. 안절부절못하던 테리의 부름에도 그녀는 미동조차 하지 않았다.

라이라는 혼란스러웠다. 수치심도 수치심이지만 남자들의 행동 방식이 너무 거칠어서 두렵기까지 했다. 생각하고 싶지도 않은 두 왕자의 행동도 그러했으니 해적들이야 오죽하랴. 그녀는 지금 당장 이곳을 떠나고 싶었다.

"테리."

한동안 움직임을 보이지 않던 그녀가 빼꼼 얼굴을 들어 올리고는 테리를 바라봤다.

"예, 아가씨."

테리는 반갑게 답했다. 이제야 라이라의 기분이 풀리는가 싶었다.

"우리, 떠나면 안 돼?"

웅얼거리듯 라이라가 물었다.

"예?"

"……우리, 여기서 나가자. 여기, 해적 소굴에서 나가."

그녀는 이제 반쯤 몸을 일으킨 상태였다. 그녀의 얼굴에는 당장 이 자리에서 벗어나고 싶어·하는 감정이 고스란히 담겨 있었다. 테리는 라이라의 심정을 아주 조금은 이해할 수 있었다. 고귀한 귀족에서 평민이나 다름없는 신분으로, 거기에 난데없이 해적까지 되었으니 얼마나 힘들까 하는 마음이 들었다.

"아가씨."

테리는 라이라의 마음을 고쳐먹게 만들어야 했다.

"아직 우리는 이곳에 머물러야 합니다."

단호하게, 테리가 말했다.

"왜?"

도전적인 말투로 라이라는 되물었다. 그녀의 목소리가 동굴 안을 울렸다. 사위는 고요했다.

똑, 똑.

동굴 천장 위에서 떨어지는 물소리가 선명하게 들려왔다. 테리는 그 소리를 들으며 생각을 정리했다. 어떻게 해야 아가씨의 마음을 달랠 수 있을까.

"아가씨."

"응."

라이라는 짚더미 위에 일어나 앉아 무릎을 세우고 등을 동그랗게 말고는 테리를 바라보고 있었다.

"지금, 우리, 힘든 상황인 건 아시죠?"

"응."

라이라가 열심히 고개를 끄덕였지만 테리는 천천히 설명할 생각이었다.

"루슬란 왕국에서 아가씨는 역적입니다. 이미 아가씨의 초상화가 왕국 전역에 뿌려졌을 가능성이 큽니다. 어쩌면 왕국과 동맹 관계를 맺고 있는 나라들에게까지 뿌려졌을지도 모릅니다."

그 말에 라이라는 심각한 표정을 지어 보였다.

"현재 상태에서는 여기, 해적 소굴이 아가씨에게 가장 안전한 장소입니다. 군대가 해적 소탕 작전을 세운다 해도 '웃는 해적, 고든'의 본거지는 단 한 번도 들킨 적이 없다고 들었습니다. 또 해적 두목을 보면 어쩐지 믿음이 갑니다."

사실이었다. 고든이 마음에 들지는 않았지만 그를 믿을 수는 있을 것 같았다. 그것은 스스로 생각해도 이상했다. 그가 라이라를 대하는 모습을 보면 화가 나는데도 테리는 고든을 믿을 수 있다는 생각이 들었다. 그가 라이라에게 하는 행동들은, 라이라가 해적 생활을 순조롭게 할 수 있도록 도움을 주는 듯한 인상을 받았기 때문인지도 몰랐다.

"……믿음이 간다고? 해적 두목한테?"

믿을 수 없다는 듯이 라이라가 눈을 동그랗게 뜨며 머리까지 좌우로 저었다. 설마 그럴 리가 없어, 라는 단서를 붙인 채.

"제가 보기에는 아가씨가 적응하기 쉽도록 도와주는 것 같아 보였습니다.”

“……그래?”

그럴 리가 없을 텐데, 그녀가 중얼거렸다.

“아무튼 아가씨.”

“응?”

불만 가득한 표정으로 라이라가 테리를 돌아다봤다.

“지금으로선 이곳에 있는 것이 제일 안전합니다.”

동굴 안은 다시 조용해졌다. 간헐적으로 떨어지는 물방울 소리만이 들려올 뿐이었다. 라이라는 테리의 말이 옳다고 생각했다.

자신은 이제 루슬란에서 쫓기는 신세였다. 주변국들은 루슬란과 동맹 사이였으므로 자신이 지명수배가 되어 있을 거라는 테리의 말도 일리는 있었다. 거기다 체이셔가 제국의 황녀와 결혼하게 된다면 제국의 지배하에 있는 대다수의 국가들 역시 자신을 쫓을 수도 있다.

‘왕국의 빠른 배라면 아마 체이셔는 제국에 이미 도착했을 거야.’

제국을 비롯한 각국들은 로이드가 황녀의 남편이라 믿겠지만 그 실체를 알고 있는 사람 중의 한 명이 바로 라이라, 자신이 아니던가. 제국으로 가서 자신이 당한 것과 체이셔의 정체를 폭로하는 것이 라이라가 생각한 복수 방법이었다. 무엇보다 제국을 속인 죄는 용서받지 못할 터.

확실히 지금은 이곳에 있는 것이 안전했다. 제국에 가서 체이셔의 정체를 밝히기도 전에 붙잡힐 수는 없었다.

“휴.”

라이라는 커다랗게 숨을 내쉬었다. 지난날을 돌이켜 생각하니 방금 느꼈던 수치심은 별것 아니라는 생각이 들었다. 그보다 더한 모멸감을 겪고 혈육을 잃는, 뼈를 깎는 고통까지 겪었는데 그까짓 가슴을 맞은 것이 뭐 대수일까 싶었다.

살아라, 라이라.

아버지의 마지막 말이 떠올랐다. 라이라는 입술을 꼬옥 깨물었다.

"그래, 테리."

결심한 듯 그녀가 입을 열었다.

"테리 말이 맞아. 여기가 제일 안전해. 하지만 완벽하게 안전하지는 않아. 위험 요소가 너무 많아, 이곳은."

그 말에 테리도 동의한다는 듯 고개를 끄덕였다.

"예, 아가씨. 그저 얼마간만 신세 지면 될 겁니다."

라이라의 말도 옳았다. 아무래도 이곳은 거친 남자들로 차고 넘치는 해적 소굴이니 오래 머무르다 보면 그녀가 여자라는 사실을 들키게 될지도 모를 일이었다. 그렇게 된다면 이곳도 위험했다.

"응, 때를 봐서 이곳을 나가야겠어."

"예, 그동안은 해적들과 어울리도록 하죠, 아가씨."

"응, 노력해야지."

두 사람은 의기투합했다. 최대한 정체를 들키지 않도록 생활하다가 섬을 나갈 생각이었다.

바스락.

동굴 입구에서 작은 돌조각이 부딪치는 소리가 났다. 순간 테리의 눈꼬리가 하늘로 향했다. 방금 라이라와 자신의 대화를 누군가가 들었는가 싶어 테리는 험악하게 입구 쪽을 향해 소리쳤다.

"거기 누구냐!"

"너희 둘, 나오지 않고 뭐 하나!"

대머리 제이슨이었다.

"무슨 일입니까?"

테리의 목소리에는 의심으로 가득했다. 방금 자신이 라이라에게 아가씨라고 부른 것을 혹시 제이슨이 듣지나 않았을까 하는 의구심이 일었다.

"밥 먹었으면 일해야지!"

거적을 젖히고 들어온 제이슨의 목소리로 동굴 안이 쩌렁쩌렁 울렸다.

"일?"

무슨 말이냐는 듯 되묻는 라이라에게 제이슨은 눈을 부라렸다.

"아니, 니들은 손님이라도 되는 줄 아냐? 밥을 먹었으면 일을 해야지! 그 기본적인 것도 모르나!"

버럭버럭 소리 지르는 제이슨에게서 테리는 의심의 눈길을 거두었다. 아무래도 라이라와 자신의 대화를 들은 것 같지 않았다.

"가자, 라일."

"어? 어⋯⋯."

라이라는 군소리 없이 몸을 일으켰다. 조금 전 테리와 나눈 대화대로 해적들과 어울려야 했기 때문이었다. 근육 덩어리 대머리 제이슨의 뒤를 따라 라이라와 테리가 모습을 드러내자 곳곳에서 밭을 갈거나 그물을 정리하던 해적들이 휘파람을 불며 두 사람을 맞이했다.

"이쪽이야! 제이슨, 우리한테 넘기라고!"

"아냐, 우리 그물 정리 쪽이 손이 부족해! 이쪽으로 보내줘!"

여기저기서 라이라와 테리를 환대했다. 주변을 매서운 눈으로 둘러보던 제이슨이 턱을 까딱이며 라이라와 테리에게 말했다.

"자, 너희들, 저쪽 그물 정리하는 곳으로 가라."

제이슨의 지시대로 두 사람은 해안가 근처, 그물이 잔뜩 쌓여 있는 곳으로 다가갔다. 시원한 바닷바람이 짠내와 비린내를 안겨 다 주었다. 상쾌한 냄새는 아니었다. 저절로 얼굴이 찌푸려졌다.

"자, 이 그물을 헝클어지지 않도록 잘 풀어서 한 방향으로 놓으면 돼."

더벅머리 청년이 다가온 두 사람에게 일하는 방법을 알려주었다. 테리는 금방 숙지할 수 있었다. 그린그린 마을에서 성 안의 일을 도운 적이 있기 때문에 어떤 일이든 쉽게 배울 수 있었다. 그러나 라이라는 달랐다. 일단 그물이 너무너무 무거웠다. 헝클어진 그물을 잡고 풀려고 애썼지만 그 무게에 자꾸 몸이 휘청거렸다.

"으앗!"

꽈당.

있는 힘껏 그물을 잡아당기던 그녀의 발이 그물에 걸려 그만 넘어지고 말았다.

"괘, 괜찮아, 라일?"

"으으."

호되게 넘어져 무릎이 까지고 말았다. 고귀한 귀족 아가씨의 몸에 생긴 생채기에 테리는 얼굴이 하얗게 질렸다. 라이라에게로 다가가 상처를 봐주고 싶었지만 보는 눈이 너무 많았다.

"아야……."

바지 위로 핏기가 올라왔다. 라이라는 잔뜩 얼굴을 일그러뜨렸다.

"한심하긴."

자신을 향한 것이 분명한 목소리에 라이라는 뒤를 돌아봤다. 어느새 다가왔는지 고든이 팔짱을 끼고 그녀를 내려다보고 있었다.

"뭐가 그렇게 어설프냐."

눈물방울이 달랑거리는 모습이 영락없이 사춘기 소년이었다. 고든은 라이라에게 손을 내밀었다.

"아……."

그녀는 잠시 망설였다. 두툼한 남자의 손을 잡고 일어서야 하나, 아니면 자력으로 일어설까. 라이라는 후자를 택했다.

"됐어요. 아프지 않다고요."

괜히 심통스럽게 말이 나왔다. 일어서느라 다리를 움직이자 무릎이 찌잉 아파왔다. 하지만 그녀는 참았다.

"너, 이거 하지 마라."

주섬주섬 그물을 만지작거리는 라이라의 뒤통수에 다시 고든의 말이 날아들었다.

"예?"

고든은 누구의 동의도 구하지 않고 그녀의 손목을 덥석 잡고는 걸음을 옮겼다.

"어, 어, 이거 놔요!"

고든이 그 말을 들을 리는 만무했다.

"이 애송이는 내가 데려간다."

그 한마디를 남기고 고든은 라이라를 꽉 붙잡고 성큼성큼 걸어갔다.

"저런……."

남겨진 테리는 아쉬움과 황당함이 어린 표정을 지었다. 쫓아가고 싶지만 그럴 때가 아니었다. 그녀에 대한 걱정은 묻어두고 앞에 놓인 일을 해야 해적들과 어울릴 수 있었다.

"아, 아프다고요!"

라이라는 울부짖고 싶었다.

'이 남자, 너무 거칠어!'

무릎도 아파 죽겠는데 커다란 손에 감싸인 손목까지 저릿저릿했다.

"자, 네게 어울리는 일이다."

고든이 갑자기 손목을 놓는 바람에 그녀는 잠시 균형을 잃고 비틀거렸다. 정신을 차려보니 생선 더미가 눈앞에 떡하니 있었다.

"생선을 깨끗이 씻어서 말리는 일이다."

"뭐야, 이 꼬맹이도 여기서 일하는 거야?"

고든의 말이 끝나기가 무섭게 익숙한 목소리가 라이라의 귓속으로 파고들었다. 눈에 띄게 불편한 기색을 보이며 바투가 입술을 삐죽 내밀고 있었다.

"그물 정리하다 다쳤어. 여기서 일하는 게 좋을 것 같아."

"흥."

가벼운 콧방귀와 함께 바투가 라이라에게 바싹 다가왔다.

"생선 씻는 정도는 할 줄 알겠지. 아무리 꼬맹이라도 말이야."

'아니, 그러니까 당신은 나보다 많이 크지도 않으면서 왜 자꾸 날 꼬맹이라 하는 거냐고요.'

라이라도 바투처럼 입술을 삐죽였다.

8 장

의심

짧은 금발이 태양 아래서 눈부시게 빛났다. 푸른 눈동자 가득 짜증이 일렁였다. 화가 난 건지, 힘이 들어서인지 쉭쉭 숨을 토해내며 콧잔등에 잔뜩 주름이 잡힌 라일의 표정이 무척 귀엽게 보였다.

'귀여워?'

고든은 방금 자신이 떠올린 생각에 어처구니가 없었다. 여자도 아닌 남자가 귀여워 보이다니, 아무래도 머리가 이상해진 것 같았다. 하지만 자꾸 눈은 이성을 거부한 채, 라일만을 향해 있었다.

'아샤와, 닮아서겠지.'

고든은 이해하지 못할 자신의 마음을 그렇게 단정 지어버렸다.

"야잇, 바보야!"

날카로운 목소리가 고든을 상념의 늪에서 끌어 올렸다. 두 꼬맹이가 투닥거리는 모습이 눈에 들어왔다. 라일이 일을 제대로 못 하고 있는지 바투는 너 잘 만났다 하는 표정으로 잔소리를 늘어놓기 시작했다.

"생선 꼬리를 잡고! 자, 봐봐! 이렇게 이렇게, 머리를 물속으로 집어넣고 휘휘 저으라고!"

"그렇게 하고 있잖아요!"

"아니, 넌, 사내자식이 왜 그렇게 힘이 없냣!"

"남자라고 다 힘이 좋은 건 아니잖아욧!"

파바박. 불꽃이 튀었다. 각자 비린내 나는 생선 꼬리를 하나씩 붙들고 서로를 노려보며 씨근덕대는 모습에 고든은 그만 푸하하하 하고 커다랗게 웃어버리고 말았다.

"이봐, 이봐, 너희들."

전에 없이 웃음보를 터뜨리는 고든의 모습에 놀란 바투는 쩍 벌어진 입을 다물지 못했다.

"일할 때는 좀 진지할 수 없냐."

바투가 놀라든 말든 그의 눈은 라일에게 고정되어 있었다.

"바투가 자꾸 시비 걸잖아요!"

그녀는 억울했다. 시킨 대로 잘 하고 있는데 힘이 없다고 구박이나 하고 괜히 트집 잡는 것 같아 마음이 상했다. 해적들 속에 잘 용화(鎔和)되어 잠시 몸을 숨기려고 마음먹었는데 바투 때문에 틀어질 것 같아 불안했다.

"그래, 그래, 바투가 형이니까 동생을 잘 돌봐야지. 안 그래?"

이번엔 고든의 시선이 바투에게로 향했다. 하지만 바투는 이미 고든에게서 시선을 거둔 상태였다. 바투의 얼굴에는 놀란 빛이 맴돌고 있었다. 라일이 자신을 흘기는 모습이, 무척 자연스럽게 보인 탓이었다. 아니, 솔직히 말해서 고와 보였다.

바투는 묵묵히 생선을 씻기 시작했다. 자신에게 더 이상 관심을 주지 않는 것에 감사하며 라이라도 열심히 생선 씻기에 돌입했다. 고든 역시 일에 열중하는 두 사람을 번갈아 바라보다가 해야 할 일을 위해 걸음을 옮겼다.

어쩔 수 없는 운명 탓에 남창(男娼) 일을 했다고는 하나 바투 역시 여자를 좋아하는 남자였다. 남자와 관계를 가질 때는 여자 역할에 충실했지만 바투에게도 남성적인 면이 아예 없는 것은 아니었다.

서커스단에서 도망을 나와 남창이 되기 전까지, 바투는 부잣집 마나님들을 상대하는 일도 해왔다. 어머니뻘 되는 마나님들의 비위를 맞추고 물고 빨고, 여자들이 어떻게 하면 좋아하는지에 대해 습득했고, 가끔은 남성성을 과시하기 위해 술집 작부나 아가씨들을 만나기도 했었다.

그는 여자와의 관계에서 구원을 얻었다. 혼란스러운 자신의 성 정체성을 그곳에서 안정시켰고 확인받았다. 지금이야 해적 소굴에서 살아남기 위해 제이슨과 붙어 있으며 여성으로서의 역할에 충실했지만 바투 역시 남자였던 것이다. 그런 남자의 본능이, 서서히 깨어나고 있었다.

바투의 날카로운 눈이 라일 모르게 움직였다. 천천히 그리고 자세하게, 차근차근 그녀의 온몸을 훑는 바투의 시선은 신중했다. 남자치곤 고운 살결, 작은 골격, 얇은 팔과 다리 그리고 가느다란 목소리까지. 자신과 흡사하면서도 훨씬 더 여성스러운 분위기.

'이건 여자다.'

바투는 확신했다. 시선은 이제 더 대담해져서 그는 라일의 목을 뜯어보기 시작했다. 추운 때도 아닌데 머플러로 목을 꽁꽁 싸매고 있는 것이 거슬렸다. 마치 목울대를 가린 것처럼. 의심이 들었다.

"야."

바투가 낮게 목소리를 깔았다.

"아, 왜요!"

팩, 토라진 것이 분명해 보였지만 바투는 개의치 않았다.

"날도 더운데 웬 머플러냐."

우뚝.

막 생선 꼬리를 잡고 물에 생선을 담그려던 그녀의 동작이 멈췄다.

"그건 왜 물어요?"

바투의 눈이 가늘어졌다. 갑자기 정색하는 라일의 태도에 더욱 의심이 갔다. 하지만 그는 자신이 의심하고 있다는 사실을 숨기기로 했다.

"그냥, 이상해서."

잔뜩 경계를 하던 라일이 천천히 몸에 힘을 빼는 것이 느껴졌다. 바투는 그 순간을 놓치지 않았다.

"앗, 왜 이래요!"

그러나 라일의 반응은 예상보다 훨씬 빨랐다. 자신의 목을 노리고 덤비는 바투를 피한 라이라가 불신의 눈으로 그를 노려봤다.

"뭐 하는 거죠?"

하지만 바투는 답을 하지 않았다. 약간의 실랑이 때문에 조금 흘러내린 그녀의 머플러에 온 신경을 곤두세웠다.

"아……!"

낮은 탄성이 그의 입에서 튀어나왔다. 선명한 흉터 자국이 눈에 파고들었기 때문이었다. 라일의 목에는 사선으로 길게 그어진, 검은 흉터가 선명하게 남아 있었다. 바투의 시선을 느낀 그녀가 얼른 머플러로 목을 덮었다.

"……미안."

얼굴을 딱딱하게 굳힌 라일에게 바투는 사과했다. 자신이 살아온 삶이 범상치 않은 탓에 그는 다른 사람의 삶에 대한 이해도가 넓었다. 또한 자신의 삶을 구구절절 알리는 것을 즐기지 않는 터라 다른 이의 삶 또한 세세히 아는 것을 원치 않았다.

목에 새겨진 선명한 칼자국은 라이라가 꽤나 험한 길을 걸어왔다는 것을 말해주었다. 아마도 자신이 상상할 수도 없는 일을 겪었으리라. 머플러로 목을 감싼 이유는, 흉터를 내놓고 싶지 않아서였던 것이다.

"미안해, 정말."

입으로는 사과를 했지만 바투는 여전히 의심의 끈을 놓지 않았다. 머플러로 다시 목을 꽁꽁 가리고 당황한 빛이 역력한 얼굴을 숨기지 못하는 라일을 보니 잠시 수그러들었던 의심이 더욱 증폭되어 갔다.

대개 남자란, 몸에 새겨진 흉터를 자랑스러워하는 것이 일반적이었다. 문신이라든가, 싸움으로 얻게 된 칼자국은 남자를 더욱 남자답게 보이도록 했고 상대방으로 하여금 움츠러들게 만드는 효과도 있었다. 저렇게 위험한 흉터가 목에 있다는 것은, 라일이 용감하다는 증거로 보일 수도 있었다.

'그런데도 흉터를 감추고 있다?'

바투의 눈이 더욱 가늘어졌다.

"목은, 왜 다친 거야?"

저도 모르게 그는 자신이 정한 금기(禁忌)를 깨뜨렸다. 평상시라면 절대 관심 갖지도 않고 쓸데없는 질문도 하지 않을 터였다.

"……싸우다 생긴 거예요."

라이라는 가만히 눈을 돌리다 간신히 말을 뱉었다.

"왜 싸웠는데?"

바투는 집요했다. 반드시 알아야 한다는 투지가 불타올랐다.

"알 필요 없잖아요!"

대번에 화를 내는 그녀의 반응에 바투의 의심은 더욱 커졌다. 하지만 건드리는 것은 여기까지. 그는 더 이상 묻지 않은 채 잠자코 생선 씻는 일에 다시 열중했다. 불안한 듯 눈을 굴리며 바투를 의식하던 라이라 역시 천천히 일을 하기 시작했다.

'이상하다.'

손을 놀리면서 그는 머리를 굴렸다. 아무리 생각해도 이상했다. 무엇보다 라일을 처음 봤을 때 느꼈던 위화감의 정체가 무엇인지 알 것 같기도 했다.

'저거, 여자다.'

본능이 말하고 있었다. 바투의 직감은 매우 놀라운 것이어서 때때로 스스로도 소스라칠 정도였다. 그 직감이 눈앞의 꼬맹이를 여자로 단정 짓고 있었다.

바투는 만일 라일이 여자라는 의심이 사실로 증명될 경우에 대해 생각했다. 남자들만 우글거리는 틈에서 여자라는 사실이 밝혀진다면, 말 그대로 대혼란이 벌어지리라. 그는 오싹해졌다.

평소 여자 구경을 하지 못하는 해적들이 무슨 짓을 할지, 더 이상 깊이 생각하지 않아도 불을 보듯 훤했다. 고든이야 워낙 여자를 싫어하니까 상관없다 쳐도, 짐승 같은 놈들에게 시달릴 것이 빤했다. 여자 하나를 서로 차지하기 위해 칼부림이 날 수도 있었다.

해적 소굴에 여자를 데려올 수는 없었지만 제이슨이 두목이었을 때, 해적들은 비교적 여자에 자유로웠다. 겁탈도 했고 뭍으로 자주 가서 여자를 품었다. 그러나 고든이 해적단을 접수하고 난 후에는 그것들을 마음대로 할 수 없게 되었다. 그나마도 한 달에 한 번, 몇 명에게만 주어지는 혜택.

'저거, 치워야 한다.'

바투는 생각했다. 물론 그 생각의 이면에는 자신의 입지에 대한 불안도 함께였다. 바투가 해적들에게 꽃으로 추앙받다시피 하고 있는 상황에서 진짜 여자가 나타난다면 그는 자신을 받아주는 이 유일한 장소에서조차 괴물로 낙인찍힐지도 모를 일이었다. 그는 스스로를 지키고 싶었다.

바투의 생각을 알 리 없는 라이라는 그저 목에 감은 머플러에 신경을 쓰며 열심히 일에 몰두했다. 그 덕에 두 사람은 해가 머리 꼭대기까지 오기 전에 맡은 바 소임을 마칠 수 있었다.

"수고했어."

바투가 툭툭, 라이라의 어깨를 쳤다. 그다지 힘이 들어가 있지 않은 그저 격려의 메시지였다.

"예에."

대충 대답하며 그녀는 여전히 경계를 늦추지 않았다.

"식사 전까지 좀 쉬도록 해."

"네에."

라일을 돌려보낸 후, 바투 역시 자신의 동굴로 들어갔다. 제이슨과 함께 지내는 바투의 동굴은 음습했다.

터벅.

바투의 발소리가 크게 울렸다. 골똘히 생각에 잠긴 채 동굴로 들어온 그는 그대로 짚더미 위에 미끄러지듯 앉았다. 산전수전에 공중전까지 다 겪은 바투는 자신의 감을 믿었다. 하지만 아직 확신까지는 아니었다. 단정과 확신은 천지차이. 그는 라일의 정체를 파악하기로 결심했다.

"여자라면, 빨리 이 섬에서 나가도록 해야 해."

바투는 자신이 어떻게 해야 하나 고민했다. 수많은 해적들 중에서 제일 힘이 약한 측에 속하는 자신이 어떻게 대처를 해야 이곳에 남아 있을 수 있을지, 잘 알고 있었다.

고든이 섬을 장악하기 전, 해적단의 두목이었던 제이슨에 의해 해적단에 합류한 후 바투는 자신의 미모를 이용해 제이슨을 자신을 위한 방패로 삼았다. 제이슨이 없었다면, 아마 바투는 해적단에 적응하기도 전에 죽임을 당했을지 모를 일이었다.

남창을 했다는 이유로 경멸하고 돌을 던지던 그들이 우두머리와 가까운 관계를 맺는다는 사실 하나로 바투를 인정한 것이었다. 바투는, 그것을 놓칠 수 없었다.

제이슨이 고든에게 우두머리 자리를 내어준 뒤, 바투는 고든에게도 유혹의 손길을 뻗쳤다. 보다 더 강한 자의 그늘에 있는 것이 더 오래 살아남을 수 있는 방법이기 때문이었다. 하지만 고든은 여자에게도, 남자에게도 관심을 보이지 않았다. 할 수 없이 바투는 제이슨의 곁에 머물 수밖에 없었다.

그러나 라일이 정말로 여자라면, 상황은 바뀔 것이 분명했다. 아무래도 고든이 라일에게 관심을 보이는 것 같아 불안한데 라이라가 여자라는 사실이 밝혀지고 만에 하나 고든이 그녀를 취한다면, 해적들은 이를 빌미로 예전으로 돌아갈지도 모른다. 마음껏 겁탈하고 수시로 뭍에 나가 여자를 품었던 바로 그때로. 그렇게 된다면 아무리 바투가 제이슨 옆에 있다 해도 그를 향한 경멸의 시선이 되살아날 수도 있는 상황이었다.

"아우."

그가 머리를 감싸 쥐었다. 오싹오싹 한기가 일었다. 생각만으로도 끔찍했다. 바투는, 라일의 정체 파악에 매진하기로 했다.

"여어, 쉬냐?"

갑자기 동굴 안이 어두워졌다. 눈을 들어 바라보니 근육 덩어리 제이슨이 막 동굴 안으로 들어오고 있었다.

"제이슨!"

본능적으로 교태 섞인 콧소리가 흘러나왔다. 애교를 부리며 반기는 바투의 모습에 제이슨의 입이 헤벌쭉해졌다.

"허허, 왜 이래?"

좋아 죽겠다는 듯 제이슨은 바투의 얇은 허리를 휘감고 끌어당겼다.

"기분이 좋아 보이는데?"

콧김을 풍풍 내뿜으며 제이슨이 은근한 시선을 보냈다.

'아, 이 자식, 또.'

싫어도 내색할 수 없는 것이 바로 지금의 바투였다.

"아이, 차암."

바투가 제이슨의 목을 끌어당겨 안았다. 그와 동시에 제이슨이 그를 번쩍 안아 들었다. 그러고는 짚더미로 돌진했다.

"아유, 찬찬히 좀."

뭐가 그리 급한지 제이슨은 거친 숨을 풍풍 내쉬며 바투에게 덤벼들었다. 몸을 비비 꼬고, 진저리를 치고, 흥분된 목소리로 한동안 제이슨을 자극하며 그에게 맞추던 바투는 이윽고 모든 행위가 끝난 후에야 안도의 숨을 내뱉었다.

어쩔 수 없었다. 이것이 바투가 택한 생존 방식이었다. 아니, 어쩔 수 없이 택하게 된 삶. 스스로를 경멸하기도 했지만 어쩔 수 없었다. 살기 위해서, 괴물이 되어버린 자신이 택할 수밖에 없었던 삶이었다.

"제이슨."

바투가 조용히 입을 열었다. 그러자 기운이 다 빠진 듯 몸을 축 늘인 제이슨이 머리만 빼꼼 들었다.

"음?"

"나, 라일이 싫어."

대머리 제이슨이 눈을 끔벅였다.

"왜?"

"그냥."

여전히 제이슨은 눈만 끔벅이는 채로 바투를 바라보았다.

"이런이런, 내가 그 꼬마한테 관심 좀 가졌다고 아직도 삐친 거야?"

허허, 너털웃음을 터뜨리며 제이슨이 장난스럽게 말했다.

"글쎄."

바투는 모호하게 답했다. 뇌까지 근육으로 이루어진 제이슨을 조종하는 것은 쉬운 일이었다. 제이슨을 움직이는 데 필요한 것은 바로 질투. 자신의 질투든, 제이슨의 질투든 잘만 건드리면 제이슨은 움직였다.

"그냥 싫어, 걔가."

"아우, 이 질투쟁이!"

귀엽다는 듯 제이슨이 두툼한 입술로 바투의 볼을 쪽쪽 빨았다.

"걔, 내보낼 수 있어?"

바투의 눈이 빛났다. 뭔가 잔뜩 기대하는 눈빛에 제이슨은 잠시 주춤거렸다.

"아, 뭐, 네가 원한다면 그렇게 해야겠지. 하지만 그 녀석들, 두목이 데려왔잖아."

그 말인 즉, 할 수 없다는 얘기. 바투는 심통이 난 표정으로 자신의 머리를 받치고 있던 제이슨의 팔을 밀쳐냈다.

"뭐야, 고든이 무섭다는 거야?"

제이슨을 움직일 수 있는 또 하나의 무기는 바로 그의 자존심을 건드리는 것이었다.

"자기, 옛날에는 안 그랬는데!"

거기에 자기라는 호칭까지 쓰니 대번에 제이슨의 표정이 변했다.

"무, 무슨 소리야!"

역시 바투의 계산대로 제이슨은 발끈했다.

"내가 그렇게 해줄게! 그 테리랑 라일이라는 애송이들, 내가 해결해 줄게! 걱정하지 마!"

"아아, 역시 자기가 해줄 줄 알았어!"

바투는 바싹 제이슨의 품속으로 파고들어 열과 성을 다해 교태를 부려 제이슨의 혼을 쏙 빼놓았다.

"아암! 내가 하지! 내가 해주지!"

호기로 가득 찬 제이슨의 목소리가 쩌렁쩌렁 동굴 안에 울려 퍼졌다.

'기분이 안 좋아.'

라이라의 이마에 땀이 송글송글 맺혔다. 두 시간여 동안 같은 자세로 앉아서 일한 탓인지 허리가 무척 아팠다. 동굴로 돌아온 그녀는 그대로 짚더미 위로 몸을 뉘였다. 쉬면 낫겠거니 했지만 고통의 강도는 점점 더 심해져 갔다.

무슨 일을 하는지 테리는 아직 돌아오지 않고 있었다. 아무래도 이상했다. 허리는 점점 아파오고 이제는 배까지 살살 아팠다. 눈을 꽉 감은 채로 누워 있던 라이라는 어딘지 익숙한 통증이라는 생각이 들었다.

'혹시?'

라이라는 손으로 배를 만졌다. 잊고 있었던 사실 하나가 떠올랐다.

"하아, 미치겠네."

불안하면서도 다행이라는 생각이 들었다. 라이라는 몸을 일으켜 느린 걸음으로 입구로 다가가 테리가 만들어둔 거적을 내렸다. 입구로 들어오는 햇빛이 차단되긴 했지만 거적 틈으로 그럭저럭 빛이 들어와 완전히 어둡지는 않았다. 아무도 지나가지 않음을 확인한 그녀는 동굴 깊숙한 곳으로 들어가 자신의 몸을 살폈다.

"으으."

이상한 소리를 내며 라이라가 눈살을 찌푸렸다.

"다행이다."

힘들고 난감하긴 했지만 그래도 안심이 되었다. 그녀는 지금 여자가 한 달에 한 번, 반드시 해야 하는 일을 시작하고 있었다. 내심 원치 않는 임신이라도 하면 어쩌나 걱정했었던 라이라는 자신의 몸에 감사했다. 라이라는 얼른 테리가 챙겨온 짐 꾸러미를 샅샅이 살폈다.

"어, 없어……? 없잖아!"

찾는 물건이 없다는 것을 확인한 라이라는 그만 그 자리에 털썩 주저앉고 말았다. 혼이 다 빠져나갈 지경이었다.

"어떻게 해, 어떡하지?"

중얼중얼, 양손을 꼭 쥔 라이라는 불안한 듯 눈을 굴렸다. 지금까지 그녀는 생리를 할 때마다 유모의 도움을 받아왔다. 하루는 꼬박 침대에 누워 젬마의 시중을 받아왔는데 지금은 그럴 수 없었다. 침대에 누워서 뜨거운 물수건으로 온몸을 닦으며 생리통의 고통을 잊어왔었는데 지금은 시중은 고사하고 당장 쓸 물건조차 없었다.

'아아, 테리가 짐을 챙겨서…….'

라이라는 낭패한 표정을 지었다. 하지만 마냥 허탈해하고 있을 수만은 없었다. 그녀는 흐트러진 짐 속에서 다시 무언가를 찾았다. 이윽고 그녀는 손에 몇 장의 손수건을 쥐었다. 그것을 겹쳐서 두어 번 접으니 그럭저럭 필요한 물건과 비슷한 모양새가 만들어졌다.

'그나저나 앞으로는 어쩌지?'

아픈 허리는 둘째치고 어떻게 물품을 구해야 하나 걱정이 일었다.

이곳은 섬이었다. 여자라고는 저 말곤 한 명도 없는, 남자들만 득시글거리는 이곳에 여자들의 물건이 있을 리가 만무했다. 그간 잠깐 본 상태로 보아 깨끗한 수건 따윈 없는 것 같았기에 라이라의 절망은 깊이를 더해갔다.

'그것도 그렇고 처리는 또 어떻게 해야 하지?'

생각할수록 난감해졌다. 귀족 아가씨일 때야 하루 종일 누워 있어도 옆에서 시중 들어주는 사람이 있었고 부득이하게 외출을 할 시에는 진한 향수를 뿌리는 것도 할 수 있었지만 지금은 그럴 형편이 아니었다.

생리대로 사용하는 손수건의 빨래 또한 처치 곤란이었다. 누군가 라이라가 빨간 피가 묻은 수건을 빠는 모습을 보게 된다면 여자라는 사실이 들통나는 건 시간문제였다.

"정말, 테리는 왜 안 오는 거야?"

어려움이 닥치니 저절로 테리가 떠올랐다. 하지만 그에게 도와

달라고 말할 수 있을지는 의문이었다. 생리를 하니 거기에 쓸 수 건을 구해달라고 어찌 말할 것인가. 생각을 너무 많이 했더니 허리에 이어 이제는 머리까지 아파왔다.

"어이! 모두들 나와라!"

우렁찬 목소리가 동굴 밖에서 들려왔다. 움직이기 싫었지만 그럴 수 없었다. 라이라는 아픈 티를 내지 않기로 마음먹으며 억지로 걸음을 옮겼다. 동굴 밖으로 나와 보니 아침에 식사했던 장소에 사람들이 와글와글 모이고 있었다. 라이라는 느릿느릿 걸어 그들 사이로 끼어들었다.

"자, 모두 모였나!"

고든의 목소리가 쩌렁쩌렁 울렸다.

"예!"

라이라는 대답도 하지 않은 채 눈으로 테리를 찾았다. 하지만 테리는 어디에도 보이지 않았다.

"오늘 밤, 꽃 따러 간다!"

'꽃? 웬 꽃?'

그녀는 해적에게는 어울리지 않는 생소한 표현에 머리를 갸웃거렸다.

"우오!"

둘러선 해적들의 반응을 보니 기뻐하는 표정이 역력했다.

"자, 모두 조용!"

고든의 목소리가 널리 퍼졌다. 그러자 신기하게도 와자지껄, 웅성웅성하던 잡음들이 딱 멈췄다.

"그럼 오늘 밤 함께할 단원들을 호명하겠다!"

"우오!"

해적들의 고함 소리는 단 한 차례를 끝으로 쥐죽은 듯 조용해졌다. 쏴아아, 파도만이 정적을 깨고 있었다. 온 해적들의 눈과 귀가 고든에게 쏠렸다. 뜸 들이듯 고든은 해적들 한 명 한 명에게 시선을 주었다.

"저기요."

궁금증을 참지 못한 라이라가 바로 옆에서 긴장한 표정을 짓고 있는 해적의 옷을 잡아당겼다.

"뭐냐?"

뒤돌아본 해적은 그녀에게 오전에 그물 정리하는 방법을 알려줬던 더벅머리 청년이었다.

"꽃 따러 간다는 게 무슨 뜻이에요?"

아, 더벅머리 청년이 고개를 끄덕였다.

"신입이라 모르겠구나. 꽃 따러 간다는 건 말이지."

히죽, 더벅머리가 잇몸을 드러내며 웃었다.

"우리 두목 표현인데, 노략질을 말하는 거야."

"노략질이요?"

"해적의 꽃은 노략질이라고 하더라. 처음에 그걸 들었을 때 얼마나 웃기던지."

아아, 이번엔 라이라가 고개를 끄덕였다.

'그 뜻이었구나.'

고든의 커다란 음성이 쩌렁쩌렁 울렸다.

"헨리, 짐, 제이슨, 세인, 존, 아담, 마크, 앤디, 테리, 라일. 이렇게 열 명이다. 밥 두둑이 먹고 준비하도록!"

"어?"

라이라는 고든이 제 이름도 부르자 당황했다.

'움직이는 건 무리야. 그냥 푹 쉬어야 해.'

라이라는 고든에게 자신을 명단에서 빼달라고 부탁할 작정이었다.

"이야, 좋겠다."

무척 부러워하며 더벅머리 청년이 그녀를 바라봤다.

"뭐가요?"

"꽃 따러 간다는 건 노략질을 하러 가는 걸 말하지만 여자를 만날 수 있다는 뜻이기도 하거든."

"여자요?"

"너도 알다시피 여긴 시커먼 남자밖에 없잖냐."

"그렇죠."

"남자의 욕망을 풀 수 있다는 의미인 거지. 꽃 따러 간다는 건."

라이라는 도통 모르겠다는 표정을 지어 보였다.

"넌 아직 어려서 모르는 것 같구나. 그래, 너 대신 내가 가는 게 어때?"

더벅머리 청년이 은근한 목소리로 협상을 해왔다.

"노략질 끝나고 여자를 만난다, 이건가요?"

"응, 가까운 뭍으로 가는 거지."

'뭍!'

라이라는 반색했다.

"뭍이요?"

"우리 섬이 에드리안 왕국과 가까워. 해안가 근처에 우리가 가는 술집이 있거든. 술집 주인하고 두목이 가까운 사이여서 우리가 해적이라는 사실을 비밀로 해주고 있지."

술집, 여자가 있는 장소. 그녀는 더 이상 생각하지 않았다.

"저도 갈 거예요."

"어이, 넌 아직 어리잖아. 그냥 나한테 넘겨."

"됐거든요."

라이라는 홱 몸을 돌렸다. 뭍으로 가면 천을 구할 수 있을 터. 돈을 챙겨놔야 했다. 다다다다, 자신의 동굴을 향해 잰걸음을 걷는 그녀의 뒤통수에 더벅머리 청년의 볼멘소리가 날아들었다.

"쳇, 쪼꼬만 게 밝히긴."

동굴로 돌아와 보니 테리가 서성이며 그녀를 기다리고 있었다.

"테리!"

그 몇 시간을 못 봤다고 테리가 무척 반갑게 느껴졌다.

"어디 갔었어? 찾아도 없던데."

"그물 정리하고 다른 곳에 가서 일을 도왔습니다."

"그래? 고생했네."

"아가씨도 들으셨죠?"

"응?"

"꽃 따러 가는 것 말입니다."

"응, 들었어. 근데 테리, 말조심."

라이라가 주의를 주자 테리는 아차 한 표정을 지었다.

"아, 그렇지. 그나저나 괜찮겠어?"

"뭐가?"

"노략질이라던데, 그 꽃 따러 간다는 거."

"뭐."

라이라는 어깨를 으쓱였다. 가야 했다. 그녀에게는 가야만 하는 이유가 확실하게 있었다.

"해적들하고 잘 어울려야 한다며. 그러니까 괜찮아."

테리는 떨떠름한 표정으로 고개를 끄덕였다.

"혹시 모르니까 내 옆에 바싹 붙어 있어."

"그럴게, 테리."

"그리고 두목이 우리를 좀 보자고 하던데."

"두목이?"

라이라는 테리와 함께 고든이 있는 동굴로 향했다.

"어서 와라."

짚더미 위에서 심각한 표정으로 종이를 보고 있던 고든이 두 사람을 맞이했다.

"무슨 일로."

그녀는 괜히 고든이 싫었다. 테리의 말대로라면 좋은 사람이어야 하는데 괜히 화가 나는 사람이었다.

"성격 참 직설적이구나."

무슨 말인가 싶어 라이라는 고든을 내려다봤다. 그러나 고든은 그녀가 아닌 테리에게 시선을 주고 있었다.

"오늘 우리가 노릴 배는 작은 배다. 너희들은 그냥 칼만 들고 서 있으면 돼."

그 말에 테리의 이마에 잠시 주름이 졌다.

"그럼, 우리 둘은 필요 없다는 말이군요?"

"그런 셈이지."

고든의 시선이 다시 종이로 돌아갔다.

"그럼 굳이 우리가 노략질할 이유도 없군요?"

"뭍에 나가야 할 핑계인 거지."

"······뭐라고요?"

고든이 종이에서 눈을 떼고 라이라와 테리를 번갈아 봤다.

"너희들, 해적할 놈들이 아니잖아. 잠시 몸을 숨길 장소가 필요했던 것, 아닌가?"

헉, 라이라는 바람을 들이마셨다. 그 소리에 고든이 그녀를 힐끗 바라봤다.

"놀라긴. 네 연기가 문제라고. 아무튼 너희들이 원하는 정보는 뭍에서 얻을 수 있을 거야. 보아하니 루슬란 왕국에서 쫓기는 것 같은데, 안전한 나라가 있는지 알아볼 수 있을 테니까. 술집이란 곳이 원래, 모든 정보가 오가는 곳이거든."

'알고 있었어?'

라이라가 미심쩍은 눈으로 고든을 노려봤다.

"애송이, 그런 시선은 집어치워. 부담되니까."

말을 마친 고든이 두 사람에게 돌아가라는 손짓을 해 보였다.

"왜 우릴 돕는 거죠?"

그녀가 도전적으로 물었다.

"말했잖아. 세상에 사연 없는 사람 없다고. 어서 돌아가. 배 탈 준비나 해라."

고든은 종이에서 눈을 떼지 않은 채로 대꾸했다. 못마땅한 시선을 그에게 던지며 라이라는 뒤돌았다.

"아참, 라일."

막 동굴을 벗어나려는 그녀의 목덜미를 채는 고든의 목소리가 들려왔다.

"조심해라."

이윽고 초저녁 달이 모습을 드러냈다. 열 명의 해적들이 하나둘, 배가 있는 해안가로 몰려왔다. 라이라와 테리는 긴장한 표정을 지우지 못한 채 그들과 합류했다.

"여어, 꼬맹이."

미리 와 있던 제이슨이 라이라에게 말을 걸었다.

"왜요?"

"다치지 않도록 조심해라."

'어머, 웬 배려?'

그녀가 알았다는 듯 고개를 끄덕였다.

"모여라!"

어느새 왔는지 고든이 일행을 불러 모았다.

"잘 들어라. 우리가 노릴 배는 에드리안과 볼드긴 사이의 주마드란 해(海) 동쪽으로 지난다. 정보에 의하면 선원 여섯 명이 탄 작은 배니까 순식간에 해치우면 될 거다!"

"우오!"

커다란 함성과 함께 열한 명의 해적이 배에 올랐다. 해적들의 배란 것이, 생각보다 훨씬 작아서 라이라는 속으로 놀랐다. 딱 열댓 명 정도가 겨우 몸을 숨길 수 있는 삼각돛이 하나인 배였다. 이 조그마한 배가 과연 바다를 항해할 수 있을까, 하는 불안이 생겼다.

하지만 그녀의 불안은 단지 불안일 뿐, 모두 베테랑인지 라이라와 테리를 제외한 해적들의 노 젓는 솜씨는 그야말로 일품이었다. 거기다 고든의 바람을 읽는 능력 또한 대단해서 파도를 헤쳐나간다기보다 파도를 타고 나아가는 기분이었다. 철썩이는 물결을 잘도 옮겨 탔다. 그러나 배가 작은 만큼 이리저리 흔들리는 것도 엄청나서 라이라는 뱃멀미에 정신을 차릴 수가 없었다. 가뜩이나 몸도 좋지 않은 상태였다.

"괜찮아?"

옆에서 테리가 걱정스럽게 물어왔다.

"어, 약간 멀미가 나서. 괜찮아질 거야."

그녀가 핼쑥해진 얼굴로 말했다. 테리는 걱정스런 표정을 지우지 못한 채 안절부절못하는 모습을 보였다.

"조용히!"

고든의 속삭이는 목소리가 들려왔다. 그와 동시에 그가 들고 있던 등불의 불이 꺼졌다. 사방이 어두운 바다 위, 삐걱거리는 노 젓는 소리는 솨아아, 파도 소리에 묻혔다. 고든이 바라보는 쪽을 보니 불빛이 반짝이는 게 영락없이 배가 있었다.

"불은 왜 끄는 거예요?"

라이라가 속삭이듯 물었다.

"저쪽에서 우리가 보이면 안 되니까."

답을 해준 후 고든이 라이라를 향해 쉿, 하며 손가락 하나를 입에 갖다 댔다. 천천히 배가 나아갔다. 차츰 목표인 배가 보였다. 해적들의 배보다 두 배는 더 커 보이는 배였다.

'으아, 저 배를 턴다는 거야?'

라이라는 질린 표정을 지어 보였다. 선원 여섯 명, 인원은 적었지만 배의 크기가 만만치 않아 더럭 겁이 났다.

'저 배에 고작 여섯 명이 탔다고?'

믿을 수 없었다.

"자, 이쪽으로."

어느 틈에 해적선이 상선에 바싹 붙었다. 고든의 손짓에 제이슨이 힘껏 갈고리가 달린 밧줄을 배 위로 던졌다.

털컥 소리와 함께 줄이 팽팽해졌다. 두어 번 힘껏 잡아당기던 제이슨이 됐다는 듯 고개를 끄덕였고 해적들은 조심스럽게 몸을 움직였다. 투박하다고 느꼈던 해적들의 몸놀림은 가볍고 재빨랐다. 근육 덩어리 제이슨이 잡아주는 밧줄을 타고 상선으로 몸을 옮기는 해적들을 지켜본 고든이 라이라에게 손짓했다.

"네 차례다."

그녀는 잠시 망설였다. 밧줄에 매달리면 그다음 사람에게 엉덩이가 보인다는 것이 걱정되었던 것이다. 라이라는 사방이 어둡다는 사실에 의지하기로 했다. 줄을 바싹 휘어잡고 몸을 실었다. 그런 후 재빨리 밧줄을 타기 시작했다. 반쯤 올라왔을 때, 그녀는 자신의 뒤에 누군가가 매달렸음을 느낄 수 있었다.

'아아, 빨리 오르자.'

들킬 수도 있다는 생각이 그녀를 초조하게 만들었다. 몸은 아프고 여자라는 사실이 들킬까 두렵고, 마음이 불안했다. 몸이 말을 듣지 않았다. 평소보다 더 무거운 몸이 라이라를 힘들게 했다.

"핫!"

있는 힘껏 밧줄을 붙잡고 배에 오르는 라이라의 입에서 놀란 비명이 튀어나왔다. 엉덩이에 무언가 뜨뜻한 것이 닿았기 때문이었다. 화들짝 놀라 아래를 바라보니 고든의 머리통이 보였다.

"애송이, 빨리 올라가라."

라이라의 엉덩이를 자신의 어깨에 걸친 고든이 재촉했다.

'이, 이 남자가!'

당황함이 온몸 가득 번져 나갔다. 남자의 어깨 위에 엉덩이를 걸친 꼴이 되다니. 귀족 아가씨의 자존심이 무너지는 순간이었다. 라이라는 입을 꾹 다물었다. 빨리 배 위로 올라가야 했다. 엉덩이에서 느껴지는 스멀스멀한 느낌이 무척 기분 나빴다.

제이슨을 마지막으로 모든 해적들이 상선에 올랐다. 모두들 숨을 죽이고 바싹 몸을 낮춘 자세로 움직이기 시작했다. 그들은 입을 열지 않았다. 오직 고든의 눈빛과 손짓에 의해 움직였다. 테리와 라이라는 그의 말대로 그냥 칼만 들고 서 있을 뿐이었다.

무리는 따로 나눠 움직였다. 선수 쪽은 고든이, 선미 쪽은 제이슨이 맡았다. 마치 연습이라도 한 것처럼 호흡이 딱딱 맞았다. 라이라와 테리는 고든 쪽이었다.

숨죽이고 허리를 낮춘 채 선수에 다다른 고든이 짐과 앤디에게 눈과 손으로 이야기하자 두 사람은 고개를 끄덕이고는 선장실 쪽으로 향했다. 잠시 뒤, 선미 쪽에서 신호를 해오자 고든의 눈이 하늘로 향했다. 그 순간, 고든의 손에서 무언가 번뜩이는 것이 하늘을 향해 날아올랐다.

"컥!"

망루에 있던 선원 한 명이 어깨를 움켜쥐고 갑판 쪽으로 머리를 늘어뜨렸다.

"해, 해적이다!"

다급한 목소리가 선원의 입에서 튀어나왔다. 동시에 선장실과 선미에서 칼 부딪치는 소리와 비명 소리가 터졌다.

속전속결.

정보에 따르면 에드리안의 한 부유한 상인이 아무도 모르게 밀수에 이용한다는 배였다. 사람의 눈을 속이기 위해 적은 인원이 탑승한 배를 제압하는 것은 일도 아니었다. 일행을 둘로 나누어 앞뒤에서 동시에 공격해 들어가는 고든의 방법이 제대로 먹혀들었다.

선미를 장악한 제이슨의 신호로 고든은 연락책인 망루를 공격했고 그와 동시에 선장실도 제압되었다. 이 모든 것이 순식간에 일어난 일이었다. 선미에서 제이슨이 선원 세 명을, 앤디 역시 짐에게 키를 맡기고 두 명의 선원을 끌고 왔다.

"끝난 건가."

후우, 고든의 입에서 안도의 숨이 새어 나왔다. 아무리 완벽한 작전을 짠다 해도 실전에 들어가면 온갖 걱정이 드는 것이 사실이었다. 부하들이 다치는 건 아닐까, 정보가 잘못된 것은 아닐까 등등. 다행히 이번 작전은 성공이었다.

"자, 챙길 거 챙겨라!"

고든의 말이 끝나기가 무섭게 해적들이 환호성을 외치며 사방으로 흩어졌다. 고든의 말대로 한쪽에 멀뚱히 서 있던 라이라와 테리는 어찌해야 할지 어쩔 줄 몰라 했다.

"뭐 해? 너희들도 움직여라."

고든이 두 사람을 불렀다. 움찔하던 라이라가 테리의 옆구리를
툭툭 치고는 움직였다. 두목이 움직이라니 움직일 수밖에. 하릴없
이 갑판을 둘러보던 그녀는 뭐라도 해야겠기에 한쪽에 자리한 창
고 쪽으로 몸을 돌렸다. 그새 몇몇 해적들이 물건을 챙겨 들고 갑
판으로 돌아왔다.

"끝내주는데!"

"오늘 제대로 한 건 했어!"

기쁨에 겨운 해적들의 목소리를 들으며 그녀는 창고 문에 손을
갖다 댔다.

딸깍.

"앗!"

손잡이를 돌리고 문을 연 순간, 라이라는 엄청난 힘에 의해 뒤
로 넘어지고 말았다. 창고 안에 숨어 갑판의 동태를 살피던 다섯
명의 용병들이 튀어나왔고 순식간에 갑판 위는 아수라장이 되고
말았다. 그러나 고든의 대처는 빨랐다. 용병들이 나오자마자 칼
을 들고 벼락같이 덤벼들었다.

창, 챙.

칼이 부딪치는 소리가 고요한 바다를 울렸다. 넘어졌다가 엉거
주춤 상체만 세운 라이라의 시선 끝에, 시퍼렇게 날이 선 칼이
들어왔다. 올려다보니 험상궂은 인상의 털보가 히죽거리며 칼을
겨누고 있었다.

"이 쥐새끼 같은 놈이!"

말이 끝나기도 전에 털보는 칼을 하늘 높이 치켜세웠다.

"라일!"

"라일!"

동시에 고든과 테리의 목소리가 울려 퍼졌다. 두 명의 남자가 위험에 빠진 라이라를 향해 돌진했다. 날카로운 칼끝이 저를 향하는 그 순간, 라이라는 눈을 감고 말았다.

푹.

"윽."

낮은 신음 소리에 라이라는 실눈을 떴다. 고든의 얼굴이 가까이 다가와 있었다. 테리보다 고든이 조금 더 빨랐다. 그녀의 몸에 칼이 닿기 전에, 칼은 고든의 팔뚝을 스쳐 지나갔다.

"괜찮나?"

자신의 상처는 아랑곳하지 않고 고든이 라이라에게 몸 상태를 물어왔다.

"아…… 네……."

퍼억. 쿵.

등 뒤로, 테리의 공격을 받은 털보가 쓰러졌다.

노략질을 마친 해적들은 선장을 선장실 기둥에 묶어 겨우 운전만 할 수 있게 해놓고 나머지 선원들과 용병들은 꽁꽁 묶은 뒤 창고에 가둬놓았다. 그러고는 선수 창고의 문을 쇠사슬로 잠그고 열쇠는 바다 속으로 던져 버린 후, 획득한 물품은 배에 실어 섬으로 돌아왔다. 근처 섬이건 어디건 도착한 선장이 사람을 부르면 그들은 아무 문제없을 터였다.

돌아오는 내내 라이라는 생리통에 시달려야 했다. 자기 대신 다친 고든에게 고맙다고 말을 해야 했는데 입이 떨어지지 않았다.

몸이 둔해져 자신을 향한 칼을 미처 피하지 못했다는 자책과 함께 대신 다친 고든에 대한 미안함에 더더욱 입이 떨어지지 않았다.

은신처로 돌아오자마자 고든은 바투에게 자신의 상처를 내맡겼다.

"아니, 이게, 도대체……."

대충 천을 휘감아 응급 처치한 고든의 팔에서 피가 계속 흘러나오고 있었다. 바투의 눈이 뾰족해졌다.

"자기 몸을 뭐로 생각하는 거야? 바위인 줄 알아? 쇳덩이라도 되는 줄 알아?"

바투의 잔소리를 들으며 고든이 눈살을 찌푸렸다.

"도대체 저 애송이는 왜 데리고 가서 이 사달을 만들어?"

바투가 고든의 상처를 살피며 와다다다 말을 토해냈다. 이제 그 화살은 라이라에게로 향했다.

"넌 도대체 할 줄 아는 게 뭐야?"

라이라는 그저 미안함에 머리만 푹 숙이고 있었다. 입이 열 개라도 할 말이 없었다. 생리통만 아니었다면 그깟 덩치의 공격쯤은 재빨리 피할 수 있었을 터였다.

"미안합니다, 두목."

칼에 베인 팔에서 철철 흐르는 피는 도통 멈출 생각을 안 했다.

"괜찮아."

고든이 눈을 감은 채 답했다. 그 대답에 바투가 그를 노려봤다.

"바투, 눈길이 너무 뜨거운걸."

눈을 감은 채로도 그는 훤히 다 보인다는 듯 입을 열었다.

"어서 지혈이나 해."

입술만 삐죽삐죽 내민 채 바투는 지혈제를 고든의 팔에 뿌렸다. 과할 정도로 뿌려대서 상처를 덮다 못해 멀쩡한 부분까지 지혈제로 덮였다.

"이봐, 아깝잖아."

"피가 멈춰야 될 것 아니얏!"

분통이 터진다는 듯 바투가 버럭 소리를 질렀다. 섬 내에서 고든에게 이렇게 소리 지를 수 있는 이는 바투뿐이었다.

"별일도 아닌 것 갖고 화내지 마."

"별일이 아니긴!"

바투의 목소리에는 촉촉한 물기가 배어 나왔다.

"너였어도 난 그렇게 했어."

고든의 말에 바투는 꾸욱 입을 다물었다. 대신 부지런히 손을 놀려 단단하게 붕대를 감았다. 바투도 알고 있다. 라일이 아니라 다른 누구였어도 고든은 그렇게 했을 것이다, 알면서도 화가 났을 뿐이었다. 다치지 않았을 수도 있는데 저 애송이 때문에 귀한 두목이 다쳤다는 생각이 지워지지 않았다.

치료를 마친 바투가 주섬주섬 물건들을 챙겼다. 섬에서 그의 역할은 참으로 다양했다. 여자처럼 생긴 외모 때문인지 해적들은 바투에게서 엄마 노릇을 바랐고 바투 역시 그 바람에 부응하는 행동을 해왔다.

"이번엔 꽃 따러 가지 마!"

바투가 말한 꽃 따는 일이라 함은, 뭍으로 가서 여자를 만나는 것을 의미했다.

"괜찮아. 이제 덜 아프니까."

"하여간 말도 징글징글하게 안 들어요."

잔뜩 성이 난 계집애처럼 바투가 종알거렸다. 그러나 고든은 들은 척도 하지 않고 자리를 털고 일어섰다.

"어이, 애송이, 너도 가야지."

"아닛, 쟤가 한 게 뭐 있다고 뭍으로 가? 가긴!"

또다시 바투가 거품을 물고 폭주하려 하자 고든은 서늘한 눈으로 그를 보았다.

"거기까지다, 바투."

고든의 목소리가 냉랭해졌다. 더 이상 허튼소리 하면 가만 두지 않겠다는 뜻에 바투는 찔끔한 표정을 지어 보였다. 두 사람을 지켜보는 라이라의 속은 그야말로 뒤집어지고 있었다. 뭍으로 가긴 가야겠는데 아무것도 한 게 없는 주제에, 그것도 두목을 다치게 한 주제에 제 몫을 챙기겠다고 가자니 미안하고 그렇다고 안 가자니 큰일 날 것이 뻔했다.

"라일, 내일 밤에 출발할 거니까 빈 자루나 가방 하나 챙겨라."

"예, 예?"

"이번에 뭍에 가면 또 언제 갈지 모른다. 이럴 때 필요한 개인 물품을 사는 거야."

그녀가 눈을 깜빡였다. 라이라도 뭍으로 나가는 목적이 있는 만큼 자루가 필요했다.

"동료들이 저마다 필요한 걸 사달라고 할 테니, 감당할 수 있는 만큼만 부탁받도록."

"예에."

고든이 말한 대로였다. 고든의 동굴에 나오자마자 뿔뿔이 흩어져 있던 해적들이 그녀의 곁으로 우르르 몰려들었다.

"이봐, 라일, 나가면 담배 좀 사다줘. 배급받는 건 너무 적어서 말이야."

"난 술이나 댓병 사다 주게. 다른 놈들한테 죄다 뺏기는구만."

"나, 나, 향수!"

"날카로운 칼이 필요해!"

"작은 가위 좀 구해다 줘봐! 코털이 너무 길어 간지럽다고!"

정신이 하나도 없었다. 여기저기서 아우성을 치며 지폐며 동전을 내미는 해적들에게서 악취가 풍겨져서 속이 다 메스꺼웠다.

"난 여자 좀 구해다 줘! 아님 너 대신 날 보내주든가! 낄낄!"

"나도, 나도, 여자!"

"오오! 여자!"

어지러웠다. 허리와 배는 계속 아프고 이제는 구역질까지 치밀어 라이라는 괴로웠다.

"이놈들! 그만해!"

쩌렁쩌렁 뒤에서 터져 나온 고함 소리에 라이라는 귀를 틀어막고 움찔거렸다. 고든의 등장에 라이라 앞에 포진했던 해적들이 우우 야유를 하며 우르르 흩어졌다.

"자식들."

혀를 차며 고든이 그녀 옆으로 다가섰다.

"장난친 거다. 뭍으로 간다니 부러웠던 거겠지. 자, 어서 동굴로 돌아가 뭍으로 갈 채비를 해라."

"예."

다음 날 밤.

해적들의 부러움을 뒤로한 채, 용사 열한 명은 의기양양하게 뭍으로 가는 배에 올랐다. 다행히도 이번엔 노를 젓는 배가 아닌 키가 장착된 범선이었다.

'도대체 이 해적들, 배가 몇 척이나 되는 거야?'

의아해하며 라이라는 배에 올랐다.

밤바다는 자연의 소리를 고스란히 들려주었다. 바람이 부는 소리, 파도가 일렁이는 소리, 배가 바다를 가르는 소리, 아직 잠들지 못한 갈매기들의 울음소리 등등. 그녀는 뱃전에 기대어 앉아 가만히 귀를 기울였다.

"몸은 괜찮아, 라일?"

저녁 식사 때, 동료들에게 붙들려 맥주 몇 잔을 마셔야 했던 테리가 라이라가 있는 곳으로 다가왔다.

"어."

괜찮지 않았다. 배가 조금만 흔들려도 온몸이 아파 죽을 것 같았다. 엉덩이 아래가 덜컹거릴 때마다 그 통증이 온몸으로 퍼지는 것 같다는 시답잖은 생각을 하며 그녀는 테리를 건너다 봤다. 그의 얼굴에 안심하는 기색이 흘렀다.

"근데."

"응?"

"술집 가도 괜찮겠어, 라일?"

"응, 괜찮아."

"하지만⋯⋯."

테리의 걱정이 무엇인지 그녀는 알 수 있었다.

"괜찮아. 내가 다 알아서 할게. 테리도 가면 내 걱정 접어두고 즐겨."

"하, 하지만⋯⋯."

"우리, 잘 어울려야 하잖아. 해적들과."

"그렇긴 해도⋯⋯."

라이라가 얼른 화제를 돌렸다.

"어제는 진짜 큰일 나는 줄 알았어."

이제 테리도 뱃전에 기대어 앉았다.

"그러게. 두목 아니었으면 큰일 날 뻔했어."

그렇게 말하는 테리는 우울했다.

'내가 더 빨랐다면 좋았을 것을.'

테리는 자신이 라이라를 구했더라면 더 좋았을 것이라 생각했다.

"정말 다행이야."

다시 생각해도 아찔했다.

"어이, 도착했다."

어느 틈에 배는 에드리안의 한 선착장에 당도했다. 깨끗한 옷으로 갈아입은 해적들은 해적이 아니라 길 어디에서든 흔히 볼수 있는 평범한 남자들로 보였다. 라이라는 우락부락한 남자들 사이에 끼어서 뭍을 밟았다.

막 밤이 깊어가는 시각이라 그런지 행인은 별로 없었다. 지나는 사람이라곤 비틀거리는 취객이 고작이었다. 해적들은 눈짓을 나누고는 삼삼오오 짝을 지어 거리를 배회했다. 우르르 몰려가면 의심하는 눈이 생길 테고 그렇게 되면 병사들이 뜰지도 모르기 때문이었다.

"너희들은 나를 따라와라."

고든이 라이라와 테리에게 손짓했다. 가까이 다가가니 챙이 넓은 모자를 쓰고 머리를 한데 묶어서 라이라는 그의 얼굴을 고스란히 볼 수 있었다.

"왜?"

라이라는 새삼 그의 얼굴에 넋을 잃었다. 잘생겼다. 아니, 잘생겼다기보다 뭐랄까, 세심하게 생겼다고 해야 맞는 표현이었다.

"아, 아니요."

힐끔, 자신을 바라보는 고든의 눈길에 그녀는 눈을 내리깔았다. 밤이라서 다행이었다. 라이라는 자신의 얼굴이 너무 뜨거워지는 것 같아 당혹스러웠다. 얼굴이 빨개진 사실을 누가 알아챌세라 그녀는 도록도록 눈을 굴려 주변을 살폈다.

"어서 와."

뒤쳐진 라이라에게 테리가 손짓하며 불렀다.

"으응."

앞으로 먼저 걸어간 일행을 따라잡기 위해 그녀가 빠르게 걸었다.

"여기다."

이윽고 고든이 걸음을 멈췄다. 해적들과 긴밀한 관계가 있다는 술집의 이름은 '프리마돈나'였다.

딸랑딸랑.

문에 달린 방울이 울렸다. 고든의 뒤를 따라 들어서니 이것저 것이 뒤엉킨 냄새가 풍겼다. 술 냄새, 감자튀김 냄새, 생선 냄새 에 향긋한 분 냄새까지. 라이라의 눈이 휘둥그레졌다.

보기보다 술집 안은 무척 넓었다. 밖에서 봤을 때는 퀴퀴한 냄 새가 나는 지저분한 곳일 줄 알았는데 아니었다. 넓은 홀 가득한 테이블마다 손님들이 있는 것으로 보아 장사가 무척 잘되는 술집 인 것 같았다. 시끄럽게 떠드는 소리가 여기저기서 들려왔다.

"어머, 어서들 오세요~."

귀가 녹아내릴 정도로 부드러운 음색이 그녀의 귀를 잡아챘다. 소리가 들려온 쪽으로 시선을 돌리니 분홍빛 드레스를 곱게 차려 입고 진한 화장을 한 여자가 부채를 살랑거리며 다가왔다.

"아아, 오랜만이야, 비오네."

고든이 여인에게 알은 척을 했다.

"그러게요, 오랜만이네요, 고든."

눈부시게 아름다운 여인이었다. 아니, 아름답다는 표현은 맞지 않았다. 여자에게는 성숙한 여인의 분위기가 났다.

"어머, 처음 보는 얼굴들이네?"

비오네라 불린 여자의 시선이 테리와 라이라에게 닿았다.

"귀여워라."

테리를 힐끗 보더니 이내 라이라에게 시선을 고정시킨 비오네 가 웃음 섞인 목소리로 말을 걸어왔다.

"이 꼬마 신사분은 나이가 어떻게 되시려나?"

갑작스런 질문에 라이라는 저도 모르게 침을 꿀꺽 삼켰다.

"여, 열일곱이요."

"어머."

라이라의 눈높이에 맞춰 허리를 약간 굽혔던 비오네의 얼굴이 멀어져 갔다. 비오네의 시선이 그녀의 몸을 위아래로 훑어 내렸다.

"이런 데 오기에는 좀 어린걸?"

고든은 어깨를 으쓱이며 대답했다.

"오늘 일을 같이 치러서 데려온 거야."

"아하."

"뭐, 적당한 방 하나 주면 되겠지."

"흐응."

콧소리를 내며 비오네는 고개를 끄덕였다.

딸랑딸랑.

다시 방울이 울리고 시간차를 두고 해적들이 들어섰다.

"어머, 짐, 오랜만이야. 제이슨도 왔네?"

고든 외의 해적들은 모두 비오네에게서 반말을 들었다. 그 모습에 라이라는 잠시 고개를 갸웃거렸다. 비오네의 나이가 보기보단 많은 것 같다는 생각에서였다.

"메어리는?"

들어서자마자 짐이 다급하게 물었다.

"호호호, 그렇게 급해? 짐도 차암. 조금만 기다려 봐. 짐 온다고 예쁘게 치장한다고 했으니까."

비오네는 노련하게 남자를 달랠 줄 알았다. 얌전히 술을 마시며 여자들을 기다리는 해적들과 비오네는 경쾌하게 이야기를 나누었다.

"자, 꼬마 신사분은 따뜻한 우유."

"쳇."

"술 마시기에는 너무 일러, 꼬마 신사분."

겉으로는 투덜댔지만 그녀는 속으로 비오네에게 감사했다. 배가 아파 뭔가 따뜻한 것을 마시고 싶었기 때문이었다.

"어머, 짐!"

"메어리!"

"어서들 오세요~"

"잘 오셨어요."

예닐곱의 여자들이 와르르 쏟아져 나왔다. 그녀들은 마치 꽃 같았다. 노랗고 빨갛고 파란 드레스를 갖춰 입은 여자들은 향긋한 냄새를 풍기며 해적들을 맞이했다. 각자 마음에 드는 상대가 있었는지 짝을 맞추어 테이블에 앉아 술을 마시기 시작했다.

라이라는 잠시 망설였다. 어느 사이에 낄 것인지 고민이었다. 우유를 들고 맥주 마시는 사람들 틈에서 버틸 자신이 없어진 그녀는 그냥 가까운 곳 빈자리를 택해 앉았다. 테리를 찾았지만 이미 짐과 같은 테이블에서 여자 둘과 대화를 나누고 있는 모습이 보였다.

물끄러미 바라보다 테리와 눈이 마주친 라이라가 괜찮다는 시늉을 해보였다. 자연스럽게 행동하는 편이 좋다는 것을 깨달은 그녀는 우유를 한 모금 마셨다.

"아, 달시 황녀가 또 이번에 일을 냈다지?"

"뭐?"

"아, 글쎄, 주변국들에 세금을 더 부과한다더라고."

"뭐어? 아니, 지금도 세금이 많은데 거기서 또 더 내라고?"

"그러게나 말일세."

"아니, 도대체 뭣 때문에 세금을 올린다던가?"

"별궁을 짓는다더군. 허, 참."

"별궁?"

옆 테이블이 시끌벅적해졌다. 별달리 할 일이 없던 라이라는 그들의 대화에 귀를 기울였다.

"왜, 이번에 루슬란 왕국의 왕자랑 결혼하지 않았나."

"그렇지."

"밤마다 아주 뜨거운 모양일세. 들리는 말에 의하면 그 루슬란의 왕자가 훈련까지 했다더군."

"훈련? 무슨?"

"아, 달시 황녀를 밤마다 뜨겁게 해주는 훈련이지!"

"뭐어?"

"자네도 알다시피 루슬란 왕자가 숙맥이지 않나. 여자를 안아 본 적이 없는 그 왕자가 말하자면 특훈을 했다는 거지. 그 덕에 달시 황녀가 매일 밤 남편과 시간을 보낸다더군. 아주 신이 나서 별궁을 새로 짓는다고 하더군."

루슬란 왕국의 왕자란 말에 라이라의 눈썹이 꿈틀거렸다. 필시 체이셔가 분명했다. 우유 잔을 꽉 쥔 손이 새하얗게 질렸다.

"에휴, 우리 에드리안하고 인근 나라들만 죽어나는 거지, 뭐."

답답한지 대화를 나누던 두 남자는 동시에 맥주를 벌컥벌컥 마셨다.

"전(前) 황태자가 있을 때가 좋았지."

"그러게."

"하도 오래된 이야기지만 말이야."

"그러게나 말일세. 황태자만 살아 있었어도 우리가 좀 살기 좋았을 텐데."

후욱, 두 남자의 입에서 커다란 한숨 소리가 새어 나왔다. 라이라는 여전히 부들부들 떨고 있었다. 다시 체이셔를 떠올린 순간부터 그녀는 온통 복수 생각뿐이었다.

"얘."

눈에 독기를 품은 채 체이셔의 이름만 되뇌던 그녀는 누군가가 자신을 건드리는 것에 생각을 멈췄다.

"네?"

비오네가 씨익 웃으며 라이라를 내려다보고 있었다.

"이 아이는 리즈라고 해. 열다섯이야. 오늘 처음 일 시작하는 건데 네가 얘의 손님이 되어주었으면 좋겠어서."

수줍게 미소 짓는 소녀가 라이라의 눈에 들어왔다. 그녀는 당황했다.

"저, 저, 저요?"

"그래, 너. 그럼 부탁한다?"

의미심장하게 웃으며 비오네는 라이라에게서 등을 돌렸다. 그런 후 그녀는 고든에게 다가가 몇 마디 주고받더니 고든을 데리고 안쪽으로 들어가 버렸다. 멍하니 그 모습을 보던 라이라는 갑자기 화가 났다.

'아니, 왜 두목이 저 여자랑!'

"저어."

들려오는 가냘픈 목소리에 라이라는 가까스로 시선을 돌렸다.

"어, 어?"

"이름이……."

아직 소녀티를 벗지 못한 소녀가 술집에서 일한다니, 라이라는 착잡한 심정이었다.

"내 이름은 라일이야."

"아, 라일……."

리즈는 라이라가 가르쳐 준 이름을 소리 내어 중얼거렸다.

9장

비밀

‘프리마돈나’의 깊숙한 내실은 특별한 장소였다. 주인인 비오네
만이 사용하는 바로 그곳에 고든과 비오네가 함께 있었다. 깨끗
하게 정리된 방 안, 탁자에 턱을 괴고 앉아 한쪽 눈썹을 들어 올
린 고든은 왠지 기분 좋아 보이지 않았다.

“그러니까.”

고든이 천천히 입을 열었다.

“메르첼 재정이 바닥이라고?”

“네, 오래 버틸 수는 없을 것 같다더군요.”

고든은 비오네의 답에 눈살을 찌푸리며 들고 있는 종이를 눈으
로 훑어 내렸다.

“아까 듣자 하니 달시가 별궁을 짓는다고 하던데.”

고든은 메르첼 제국의 절대 권력자인 달시 클라제 흔나리온 텐
셔너 황녀의 이름을 아무렇지도 않게 불렀다.

"루슬란 왕국 로이드 왕자와의 결혼 생활을 별궁에서 하고 싶다는 이유랍니다."

그녀의 설명에 고든이 입을 꾹 다물었다. 서늘한 눈매는 이제 완전히 차가워져 있었다.

"결혼한 지 얼마 되지 않은 것으로 아는데?"

"식 올리신 지 사흘째입니다."

"그런데 별궁을 짓겠다?"

미치겠군, 고든의 얼굴이 사나워졌다.

"원로들이 말리지 않던가?"

"달시 황녀의 고집을 꺾을 만한 분은 이제 안 계시니까요."

비오네의 말 그대로였다. 세리야르 장로가 일 년 전에 타계하고 난 뒤 황녀는 고삐 풀린 망아지처럼 제멋대로 행동했다. 세리야르 장로를 등에 업고 황권을 독차지했던 달시는 그 세리야르가 없어지자 그 누구도 막지 못하는 무소불위의 권력을 휘두르게 된 것이다.

"백성들의 원성이 더욱 높아졌습니다. 평민들은 높은 세금에 허리가 휠 지경이고 귀족들은 달시 황녀 아래에서 갖은 호사를 누리고 있지요."

고든이 무겁게 고개를 끄덕였다.

"원로회에서, 황녀를 끌어내리려는 의견도 조심스레 나오고 있다고 합니다."

붉은 장미 장식을 단 비오네의 머리가 흔들렸다.

"전하, 이제 얼마 남지 않은 듯합니다."

누군가가 들었다면 크게 놀랄 만한 말이었다. 하지만 자리에 앉아 있는 고든도, 그 옆에 서서 머리를 조아린 비오네도 자연스 럽기만 했다.

사실 '웃는 해적' 고든의 실체는 바로 죽었던 제국의 전(前) 황태자, 율리우스 휴고 흔나리온 텐서너였다.

메르첼 대제국의 장자로 태어나 제국을 이어받아 더 부강하게 키울 운명을 타고난 사나이. 지금은 대원로와 동생의 계략에 의 해 죽은 사람이 되어 이곳까지 흘러들어 와 해적 두목 노릇을 하 고 있지만 고든은 다시 나라를 되찾을 꿈을 꾸고 있었다.

"달시 녀석, 이왕 이렇게 된 거 나라라도 잘 다스리던가."

고든의 눈빛이 깊어졌다. 그녀가 자신에게 한 짓을 생각하면 괘 씸했고 제국이 제 것인 양 날뛰는 행태를 보면 분노가 끓었다. 제 국을 말아먹을 속셈인가, 고든의 얼굴에 짙은 어둠이 깔렸다. 이 윽고 고든이 다시 입을 열었다.

"자크라는?"

"유로스와 밀담을 나누고 있다 들었습니다."

"음."

유로스는 황실과 가장 가까운 위치의 귀족으로 고든의 먼 친척 이었다. 그는 고든이 죽었다는 소식을 듣자마자 치를 떨며 궁을 떠나왔다. 작은 시골 마을에서 조용히 살고 있던 그에게 죽었다 던 고든이 찾아온 순간부터, 그는 자신의 능력을 최대한 발휘하 여 고든을 위한 병사를 모으고 훈련시키기 시작했다.

"별궁을 짓는다면 꽤 많은 인력이 들겠군."

"네, 노예들을 비롯하여 군인들을 위시로 상당히 많은 인력이 동원된다고 합니다."

둘 사이에 침묵이 찾아왔다. 동생인 달시의 행동에 고든은 분노를 금치 못했다.

메르첼은 제국으로서 수백 년이 넘는 시간 동안 그 위세가 대단했지만 나라가 큰 만큼 나라 안에 분쟁이 많았다. 율리우스의 할아버지 대에 그가 내란을 정리하고 '메르첼'이라 국호를 바꾸었다. 메르첼은 절대 힘으로 약소국을 누르지 않았고 모두의 존경을 받는 나라가 되었다. 그런데 불과 몇 년 만에 그 명성을 땅에 떨어뜨리는 동생의 행태에 고든은 화가 치밀어 올랐다.

"전하."

비오네의 부름에 고든이 그녀를 건너다 봤다. 비오네는 고든을 돌봤던 시녀장의 딸로, 머리가 좋고 수완 또한 좋아서 고든에게 큰 힘이 되어주고 있었다.

"무리로 들어오는 백성들이 점점 늘어나고 있습니다. 대부분 과도한 세금에 허덕이다 법을 어기게 된 이들로 어떻게든 살기를 바라는 자들이옵니다."

그는 자신의 어깨에 매달린 짐의 무게가 얼마나 큰 것인지 아주 잘 알고 있었다.

"이제, 그만 나오셔야 할 때입니다."

비오네의 말이 무슨 의미인지 고든은 충분히 알고 있었다. 하루 빨리 해적 생활을 청산하고 제자리로 돌아가라는 것.

"비오네."

"예, 전하."

"난 지금의 동료들과도 함께할 생각이다."

"······네?"

"내가 해적단에 들어가기 전부터 있던 자들을 설득하면 될 것이라 생각한다."

"하, 하지만……."

"좋은 사람들이야, 비오네."

비오네는 불안한 기색을 감추지 못했다.

"특별히 악한 자는 없어. 그들이 처한 상황이 그들을 내몰 뿐이지."

고든과 눈이 마주친 비오네는 곧바로 눈을 내리깔았다. 비오네는 고든을 믿었다.

"네, 전하. 조치를 취하겠습니다."

유로스의 지휘 아래, 고든을 위한 군대가 만들어지고 있었다. 고든이 제 권리를 되찾게 해주기 위해 애를 쓰는 사람들은 상당히 많았다. 고든을 받드는 유로스를 비롯하여 이제는 죽고 없지만 고든을 누구보다 아꼈던 시녀장 조세핀과 그녀의 딸 비오네, 그리고 고든의 호위 기사였던 자크라.

"비오네."

"네, 전하."

비오네의 이름을 부른 뒤 고든은 잠시 망설이는 모습을 보였다.

"혹시 깨끗한 천을 구할 수 있을까?"

"무엇에 쓰시려고요?"

"아, 뭐, 상처를 치료한다든가……."

"붕대 말씀이신가요?"

"아니, 아니, 붕대 말고 그냥 깨끗한 흰 천이 있었으면 해서."

"그럼, 광목이면 될까요?"

"그거, 흡수 잘 되나?"

"네."

"그럼 그게 좋겠군. 좀 많이 필요한데."

"준비해 놓도록 하겠습니다."

비오네는 고든에게 왜 광목이 필요한지에 대해 묻지 않았다. 그가 필요하다고 말하면 그것을 준비하는 것이 그녀의 일이었다.

"아, 그리고 비누와 향초도 구해주겠어?"

한편, 라이라의 온 신경은 비오네와 함께 사라진 고든에게 쏠려 있었다.

'도대체 왜 두목이 저 여자를 따라간 거지? 어디로 간 거야? 그리고 둘이, 뭐 하는 거지?'

술을 거나하게 들이켠 사람처럼 그녀는 들고 있던 우유 잔을 거칠게 내려놓았다.

"아……."

라이라의 맞은편에 앉아 그저 그녀가 하는 양을 지켜보던 리즈의 입에서 놀란 탄성이 튀어나왔다.

"앗, 미안."

그제야 리즈의 모습이 눈에 들어온 라이라가 사과를 했다.

"아니, 괜찮아요."

주변은 떠들썩했지만 라이라와 리즈가 앉은 테이블은 조용하기만 했다. 리즈는 자신의 첫 손님이 마음에 들었다. 꽤 미소년인데다가 나이도 비슷하고 거기다 점잖기까지 했다. 이렇게 옷을 차

러입고 손님을 받기 전까지 리즈는 식당에서 허드렛일을 하며 언니들이 남자들에게 시달리는 모습을 많이 봐왔기 때문에 사실 겁이 나 있는 상태였다.

돈이 필요해서 식당 종업원에서 술집 접대부가 되기는 했지만 남자들이 자신에게 어떻게 할지에 대한 걱정이 있었는데 다행히도 첫 손님이 라일이라서 그녀는 안심이 되었다. 하지만 라이라는 리즈처럼 마음이 편하지 않았다. 괜히 신경 쓰이는 고든도 그렇지만 자꾸만 심해지는 생리통 때문에 죽을 맛이었다.

"저기."

그녀가 천천히 입을 열었다. 라이라가 말 걸어주기를 기다렸던 리즈는 반갑게 답했다.

"네."

"혹시 이 근처에 천 파는 데가 있을까?"

"천이요?"

"응."

"잡화점이라면 모퉁이 쪽에 있긴 한데."

"그래?"

지금 당장 갈 것처럼 라이라의 엉덩이가 들썩였다.

"그런데 지금은 문 닫았어요."

"아……."

온통 천 생각 때문에 그녀는 지금이 새벽 시간임을 깜빡하고 있었다.

"필요하시다면 제가 드릴 수도 있는데……."

리즈는 눈앞의 소년이 꽤 마음에 들었다. 이 사람이라면, 자신을 주어도 좋을 것 같다고 생각했다. 어차피 술집 아가씨가 되기로 마음먹은 거, 기왕이면 마음에 드는 사람에게 처음을 주는 게 나을 것 같았다.

"아, 아냐. 내일 사면 돼."

그럭저럭 내일까지 버틸 수 있을 것 같아서 라이라는 일단 진정했다. 모쪼록 조심해야지, 라이라는 다짐하고 또 다짐했다. 시간이 흐를수록 왁자지껄했던 술집은 언제 그랬냐는 듯 조용해지기 시작했다. 비오네에게서 방을 하나 얻은 라이라는 자신을 따라오는 리즈를 난감한 표정으로 바라봤다.

"나 혼자 자도 되는데."

"저, 처음이에요."

라이라는 리즈가 말한 뜻을 알 수 있었다.

"아⋯⋯."

그녀는 말을 잇지 못했다. 이런 일이 있을 거라고 상상은 했지만, 막상 자신을 바라보며 수줍게 웃는 여자를 보니 처음부터 강하게 거절할걸, 하는 후회가 밀려왔다.

"먼저 씻을까요?"

열다섯 소녀 리즈는 자신이 앞으로 해야 할 일이 무엇인지 정확히 알고 있었다. 귀동냥으로 들은 남자와 여자의 관계를 오늘 직접 경험하게 될 터였다. 리즈는 오늘, 여자가 될 것이다.

"저, 저기."

라이라는 난처해졌다. 리즈를 돌려보내야 하는데 어떻게 말을 꺼내야 그녀가 마음 다치지 않을까, 걱정이 일었다.

"네?"

리즈는 단추를 풀다 말고 라이라를 돌아봤다. 라이라는 망설이다 두 눈 딱 감고 입을 열었다.

"처음이라고 했지, 리즈?"

"네."

"리즈."

"네?"

"여자의 몸은 소중한 거야. 정말 사랑하는 사람에게 허락해야 하는 거라고."

말을 하면서 라이라는 심장이 옥죄이는 듯한 고통을 느껴야 했다.

"사랑하는 사람을 위한 거야. 내 말, 무슨 뜻인지 알겠어?"

리즈는 그대로 멈춰 섰다.

"리즈."

라이라가 리즈의 손을 곱게 모아 힘주어 잡았다. 그리고 소녀의 갈색 눈에 눈을 맞추고 다정하게 말을 이어 나갔다.

"여자의 몸은, 함부로 해선 안 되는 거야. 나중에, 아주 나중에 리즈가 정말로 사랑하는 사람이 생기면, 그 사람한테 미안하면 안 되잖아."

리즈는 그 말을 이해할 수 없었다. 리즈 주변의 어떤 여자도 정절을 지키는 사람은 없었다. 그렇기에 리즈에게 라일의 말은 잘 와 닿지 않았다. 빈민가의 여성들은 살기 위해, 굶주림에서 벗어나기 위해 몸을 파는 경우가 많았다.

"제가 마음에 안 드세요?"

풀 죽은 리즈의 말에 라이라가 도리질했다.

"아니, 난 리즈가 마음에 들어. 그런데 리즈는 아직 어려. 지금 리즈가 하려는 건, 아주 나중에, 나중에 해도 늦지 않아. 지금은 아니야."

제대로 설득하는 건지 그녀는 스스로 장담할 수 없었다. 다만, 리즈에게 하는 말이 바로 자신에게 하는 말임을 깨닫고 있었다. 라이라도 진짜 사랑을 꿈꾸었다. 목숨을 주어도 아깝지 않을 사람을 만나 사랑을 하고 싶었다. 그러나 이미 버려진 몸뚱이, 사랑하지 않는 자와의 구역질 날 것 같았던 관계. 라이라는 아직 소녀인 리즈가 자신과 조금이라도 비슷한 경험을 하지 않기를 바랄 뿐이었다.

리즈는 곰곰이 생각에 잠겼다. 식당에서 일할 때도 자신에게 이런 말을 해주는 사람은 없었다. 어딜 가든 함부로 대하는 사람들뿐이었다. 그런데 이 소년은 자기 자신을 소중히 여기라고 말해주었다. 그 말은 진심으로 들렸다. 진정으로 저를 생각해 주는 것 같았다. 리즈는 자신의 손을 잡고 있는 손을 물끄러미 바라봤다. 남자치곤 굉장히 섬세한 손이 소녀는 무척 마음에 들었다.

"내가 좀 더 자라면, 라일이 날 안아줄 건가요?"

꿀꺽, 라이라는 저도 모르게 침을 삼켰다.

'아, 어떻게 이 상황에서 벗어나야 하나.'

라이라는 난처해졌다.

"리즈."

라이라의 진지한 부름에 리즈 역시 진지한 표정으로 대답했다.

"네."

"나도 아직 어려. 음, 시간이 지나면 분명히 리즈를 소중하게 아껴줄 사람이 나타날 거야. 그 사람이 내가 될 건지, 아닌지는 잘 모르겠지만."

언니들에게 들어서 여자의 첫날밤이란 것이 얼마나 아픈지, 짐승 같은 사내가 얼마나 많은지 리즈는 이미 알고 있었다. 그래서인지 리즈는 라일이 자신을 아껴줄 바로 그 남자일지도 모른다는 생각이 들었다.

"그냥, 곁에서 자기만 하면 안 돼요?"

"으, 응?"

"그냥 라일 옆에서 잠만 잘게요."

라이라는 잠시 고민했다. 잠잘 때면 꽉꽉 묶어놓은 가슴을 자유롭게 했었는데 만일 리즈가 옆에 있다면 그렇게 할 수 없는 까닭이었다. 그러나 그녀는 눈을 초롱초롱 빛내는 리즈에게 더 이상 거절의 말을 할 수 없었다.

"그, 그래."

다음 날, 해가 뜨기가 무섭게 라이라는 식사를 하는 둥 마는 둥 하며 술집 밖을 나섰다. 다른 해적들은 아직 꿈나라인지 한 사람도 나오지 않고 있었다. 그녀는 내심 잘됐다고 생각하며 잡화점을 향해 걸음을 옮겼다.

"어서 오세요."

수더분하게 생긴 아주머니가 라이라를 반겼다.

"저, 천을 사려고 하는데요."

"무슨 천이요?"

"아, 광목이 좋겠어요."

"얼마나 드릴까?"

"좀 많이 필요한데요."

"요즘 물자가 워낙 귀해서 우리도 많이 구하지는 못했어요."

주인이 가게 안에 있는 광목을 전부 꺼내왔다는 것을 보고서 라이라는 실망했다. 생각보다 천이 많지 않았다. 이 정도 양이면 겨우 하루하고 반나절은 버틸 수 있을 것 같았다. 해적들 눈에 띄지 않게 수시로 빨아 말려야 할 생각에 한숨이 나왔다.

"다른 잡화점은 없나요?"

"이 마을엔 우리 가게뿐이라우."

"아, 그렇군요. 그거 다 주세요."

부족한 양이 아쉬웠지만 어쩔 수 없었다.

'그래도 천을 구한 게 어디야.'

라이라는 나름 위안을 삼으며 가게를 떠났다. 그녀가 모퉁이를 돌자마자 제이슨이 라이라가 나온 잡화점에 들어섰다.

"어서 오세요."

"방금 나간 꼬마가 뭘 샀소?"

"예?"

"아, 일행인데 뭘 샀는지 궁금해서."

"천 사갔는데요?"

"천? 무슨 용도로?"

"글쎄요?"

어깨를 으쓱이는 여주인을 뒤로한 채 제이슨은 잡화점을 빠져나왔다. 바투의 부탁대로 제이슨은 라이라와 테리의 일거수일투족을 감시하는 중이었다. 제이슨은 멀리 보이는 라이라의 뒤를 쫓았다. 그녀는 더 이상 다른 곳에 들르지 않고 곧바로 술집으로 향했다. 제이슨 역시도 술집으로 천천히 걸음을 옮겼다.

어스름이 깔리고 나서야 해적들은 자신들의 본거지로 향했다. 오래 쌓였던 욕구를 푼 해적들의 얼굴에서는 빛이 났다. 도착하자마자 필요한 물품을 배급하도록 지시를 내린 고든은 남몰래 테리를 자신의 동굴로 불렀다.

"무슨 일이십니까?"

"음, 이걸 라일에게 갖다주도록."

고든은 꽤 큰 자루를 테리에게 건넸다.

"이게 뭡니까?"

"라일에게 필요할 것 같아서. 천이랑 비누랑 초, 뭐 그런 거다."

"이게 왜 필요하다고 보십니까?"

고든이 라이라를 구하고 난 뒤, 테리는 더욱 고든에게 까칠한 모습을 보였다.

"귀족이 이런 형편없는 데서 지내려니 힘들 거다. 원래 귀족이란 족속이 더러움을 못 참지 않나. 동굴 청소나 제대로 하라고 천을 준비했지. 양이 제법 되니까 지푸라기에 깔고 누우라고 해. 비누는 씻을 때 써야 할 거고 초야, 동굴 안을 밝히라고 주는 거지."

별것 아니라는 듯, 고든은 대수롭지 않게 말했다. 테리는 못마땅했지만 라이라를 위한 물건이라고 하니 두말없이 그것들을 갈무리했다.

"하루라도 빨리 내보내야지."

테리를 보내고 짚더미에 누운 채 눈을 감고 앞날에 대해 곰곰이 생각하던 고든이 불쑥 중얼거렸다. 동굴 안에는 그 외에 아무도 없었지만 고든의 혼잣말은 계속되었다.

"귀족 아가씨가 해적단에 들어올 정도면 뭔가 대단한 일을 겪은 게 분명해."

라일이 여자라는 것을 알아차리는 데는 그리 오래 걸리지 않았다. 처음 봤을 때도 여성스럽다는 생각을 했었고 행동 역시 일부러 남자 흉내를 내는 듯한 어색한 모습이 보였다. 한때는 어쩌면 라일도 바투 같은 성향인 건 아닐까 하는 생각도 했었다. 그러나 그녀가 여자라는 사실을 확신한 건 바로 그제였다.

노략질하기 위해 노린 배에 오르던 중 라일의 엉덩이를 어깨로 밀었을 때, 고든은 확실히 알았다. 라일에게서 희미한 피 냄새가 났던 것이다. 다치지도 않은 사람에게서 피 냄새가 날 일이 또 무엇이 있을까 싶었다.

'루슬란 왕국의 귀족 아가씨라. 비오네 말대로 해적질을 청산하려면 그 아가씨부터 내보내야지.'

다른 녀석들이 알면 안 된다, 고든은 본능적으로 중얼거렸다. 거친 사내들 사이에 여자가 있음이 알려지면 그야말로 대혼란이 벌어지리라. 고든은 가볍게 눈살을 찡그렸다.

'그런데 테리랑 같이 지내게 한 거, 잘한 걸까? 그래도 귀족 아가씨인데 또래의 청년과 같은 공간을 사용하는 게 불편하지는 않을까?'

흐음, 고든은 콧소리를 냈다.

"그냥 내 동굴로 데리고 올까?"

동굴 안에 울려 퍼진 소리는 고스란히 고든의 귀로 되돌아왔다. 그가 화들짝 놀라서는 얼른 고개를 저어 그 생각을 멀리 날려 버렸다. 그리고 다른 생각을 하기로 했다.

'……녀석들에게도 알려야겠지.'

고든은 해적 동료들에게 자신의 정체를 솔직하게 밝힐 생각이었다. 현재 이 섬에 있는 해적들은 팔, 구십 명 정도 되었다. 그중 고든이 이 섬에 오기 전부터 해적이었던 자들은 오십 명 내외였다. 그들 대부분이 현 두목인 고든을 잘 따르고는 있지만 고든이 제국으로 가겠다고 했을 때에도 그를 따를지는 미지수였다.

만일 그 무리가 고든을 따르지 않겠다고 한다면 그는 결단을 내려야 했다. 앞으로 그가 하려는 일은 냉정하게 말해 반역이나 마찬가지였다. 후환을 위해서라도 자신을 따르지 않는 자들을 그대로 내버려 둘 수는 없었다. 만약 그들을 그냥 두었다가 메르첼로 가서 이 사실을 알린다면 그간 준비했던 것들이 몽땅 물거품이 될지도 모를 일이었다.

"내 편이 아니라면, 그냥 둘 수는 없겠지."

스산한 목소리가 흘러나왔다. 무시무시한 표정이 고든의 얼굴 위로 번져 나갔다.

'라일이 나가고 나서 알리는 게 낫겠지?'

또다시 고든은 라일을 떠올렸다. 두어 번 눈을 깜빡인 고든은 절레절레 고개를 저었다.

"미치겠군."

라일에 대한 생각이 머릿속을 떠나지 않는 건 아무래도 좀 이상했다. 멀리에 있는 동생도 이렇게까지 걱정해 본 적은 없었다.

사실 고든은 여자라면 지긋지긋했다. 영민하고 어여쁜 여자라면 더욱더. 가족이라 믿었던 동생의 잔악한 꾀에 의해 죽기 직전까지 몰렸기 때문인지도 모른다. 아니, 어쩌면 아버지의 마음을 혹하게 만든 새어머니 때문일 수도 있었다. 여자라면 돌멩이 보듯 하던 자신인데 아샤를 닮았다는 이유로 라일을 계속 떠올린다는 건 스스로 생각해도 이해가 되지 않았다.

"예민해진 모양이야."

고든은 스스로를 다독이듯 중얼거렸다. 그러나 고든은 알지 못했다. 바로 라일이 자신의 가슴 깊이 박혀 있던 여자에 대한 두터운 경계를 무너뜨렸다는 사실을.

"두목이 나한테?"

라이라는 눈을 동그랗게 뜬 채로 테리에게서 묵직한 꾸러미를 받아 들었다.

"응."

테리의 라이라를 향한 반말은 어느 정도 자연스러워졌다.

"뭔데?"

선뜻 꾸러미를 풀지 못한 채 그녀가 미심쩍은 표정으로 테리에게 물었다.

"천이랑 비누랑 초라던데."

"응? 천이랑 비누?"

귀가 번쩍 뜨일 정도로 반가운 단어에 그녀가 놀란 탄성을 질렀다. 하지만 기쁨도 잠시였다.

"……이걸 왜?"

꾸러미를 내려다보는 라이라의 가슴이 서늘해졌다.

'혹시, 고든이 눈치챈 게 아닐까?'

그가 자신이 여자임을 알아차린 건 아닌지 불안함이 엄습했다.

"동굴 청소하라고 하던데. 귀족이 지저분한 곳에서 지내니까 마음이 쓰이나 봐."

"아아."

그제야 납득의 탄성을 던지며 라이라는 잽싸게 꾸러미를 풀었다. 그 속에 잔뜩 들어 있는 하얗고 깨끗한 천에 라이라의 얼굴이 금세 밝아졌다.

"우와!"

휘둥그레진 눈은 좀처럼 작아질 기미가 보이지 않았다.

"이렇게 많이!"

우연인지 라이라가 원하던 크기의 천들이 많았고 활짝 펼치면 동굴 바닥을 다 덮을 수 있을 정도로 커다란 천도 있었다.

"아아, 이거 좋다!"

그녀가 커다란 천을 펄럭거렸다. 부드러운 촉감에 얼굴 가득 만족스러운 미소가 생겼다.

"이 짚더미 위에 깔면 대충 침대 모양이 될 것 같은데?"

아무리 지푸라기가 푹신하다고 해도 라이라의 여린 피부에는 거친 풀잎일 뿐이었다. 라이라는 얼른 짚더미 위에 천을 펼쳐서 깔았다. 이제야 제법 침대처럼 보였다.

"좋다, 좋아!"

라이라는 박수까지 치며 좋아했다. 생리 중이라 피부가 예민해져 조금만 스쳐도 아픈데, 지푸라기들이 살갗을 찌르는 고통이 생각보다 컸기 때문이었다. 짚더미 위를 덮은 천을 손바닥으로 쓸어내리며 그녀는 정말로 좋다고 또 중얼거렸다.

"초도 있네! 악! 비누다, 비누!"

이미 테리에게 꾸러미 속에 무엇이 들어 있는지 들었음에도 직접 눈으로 확인하고 나니 절로 탄성이 튀어나왔다.

"오오, 비누⋯⋯."

라이라는 비누를 코에 갖다 대고 흥흥, 냄새를 맡았다. 곧바로 그녀는 황홀한 표정을 지었다.

"아아, 향기 좋다⋯⋯."

드디어 제대로 씻을 수 있게 되었다는 안도감이 밀려들었다. 비누에 코를 박고 킁킁대던 라이라는 어느새 테리가 보이지 않는다는 사실을 깨달았다.

"어? 어디 갔지?"

그녀의 고개가 한쪽으로 기울었다.

"나가면 나간다고 할 것이지."

중얼거리던 라이라는 이러고 있을 때가 아니라는 생각에 얼른 물건들을 정리했다. 품에 그득한 천에 절로 뿌듯해졌다.

'정말 잘됐다.'

이 정도 양이면 앞으로도 안심이었다.

'이제 씻어볼까?'

비누와 수건을 챙겨 씻으러 나가려던 라이라는 마침 테리가 동굴 안으로 들어오자 고개를 들어 그를 보았다.

"어디 갔었어?"

"짚더미를 갈려고."

"짚더미?"

"축축해져서."

테리는 품에 한가득 지푸라기를 안고 있었다. 어리둥절해 하는 라이라를 지나친 그가 그녀가 잠을 자는 쪽으로 갔다. 라이라가 펼쳐 둔 천을 치워내고 지푸라기를 갈고 있는 그는 지금 화가 나기도 하고 속이 상하기도 한 상태였다.

'왜 아가씨에게 필요한 것들을 생각지 못했을까.'

해적 두목이 건넨 물건에 라이라가 저렇게 기뻐할 줄은 몰랐다. 테리는 그녀에게 필요한 것을 먼저 챙기지 못한 자신에게 잔뜩 화가 났다. 이미 섬으로 들어온 이상 그녀에게 필요한 물건을 구하는 것은 무리고, 이 섬에서 라이라에게 필요한 것, 마른 지푸라기를 가져온 것이다.

해적들은 공동생활을 했다. 식사는 물론이요, 옷이며 필요한 물품은 그때그때 배급받아서 쓰는 식이었다. 섬에서 제일 큰 동굴이 있는데 공동으로 사용하는 물건들은 모두 그곳에 모아두고 있었다.

"더 가지고 올게."

한 사람이 한 번에 가지고 온 양으로 침대로 사용할 만큼의 짚더미가 되기엔 무리가 있었다. 테리가 몇 번 더 왔다 갔다 하고서야 제법 그럴듯한 침대가 만들어졌다.

라이라는 기뻤다. 안 그래도 섬이라 습한 데다 생리통 때문에 괴로워하며 자신이 흘린 땀 때문에 짚은 금세 축축해졌다. 어제는 아주 오랜만에 침대에서 잠을 자게 되어 좋았는데 다시 돌아온 이곳의 짚더미 침대에 한숨을 쉬던 마침 잘되었다는 생각이 들었다.

테리의 도움으로 마른 지푸라기를 뭉쳐 푹신푹신한 짚더미를 만들고 그 위에 고든이 준 커다란 천을 씌우니 완벽하지는 않지만, 그럭저럭 쓸 만한 침대가 되었다.

"우와."

라이라는 몸만 괜찮다면 당장에 뛰어들 기세로 헤벌쭉 입을 벌리며 짚더미 침대를 쓸고 또 쓸었다.

"아⋯⋯!"

그러다 코끝을 스치는 향에 라이라는 코를 벌름거렸다. 아주 향기로운 연기가 동굴 안을 천천히 흐르고 있었다.

"이 냄새 뭐야, 테리?"

어쩐지 저 냄새를 맡으니 찌르륵거리던 배의 통증도 가라앉는 기분이었다. 바닥에 떨어진 지푸라기를 치우고 초에 불을 붙여 동굴 안을 밝힌 테리가 그녀를 돌아보며 답했다.

"초에서 나는 향 같아."

"아아, 좋다."

냄새를 들이마실수록 몸이 편해지는 기분이 들었다. 아까보다 훨씬 좋아진 표정을 짓는 라이라를 보며 테리는 우울해졌다. 자신이 아닌, 다른 사람이 그녀를 기분 좋게 만들었다는 것이 썩 기분 좋지만은 않았다.

그의 생각을 알 리 없는 라이라는 테리가 잠이 들면 나가기로 했다. 며칠 동안 땀이 나도 제대로 씻지 못해 답답했는데 비누가 생긴 이상 망설일 이유가 없어졌다.

"천?"

의문을 가득 담고 바투가 물었다.

"응."

제이슨은 고개를 주억거렸다.

"무슨 천?"

"광목이라고 하더라고."

"광목?"

바투와 제이슨이 머무르는 동굴 안. 제이슨은 꼬치꼬치 묻는 바투의 질문에 성심성의껏 대답하고 있었다.

"그것뿐이야?"

"응, 천만 사더라고."

"그래?"

바투는 고개를 갸웃거렸다.

'왜 천이 필요하지? 광목천이라고?'

바투가 팔짱을 끼며 눈썹 사이를 좁혔다.

"어제, 라일 꽃 땄어?"

다시 제이슨에게 시선을 주며 바투가 물었다.

"응, 비오네가 어제 신참 아가씨를 소개시켜 줬거든."

"그래?"

여전히 바투의 미간 주름은 펴지지 않았다.

'라일이 여자와 잤다? 그럴 리가 없는데.'

바투는 라이라를 향한 의심을 좀처럼 거두지 못했다.

"보고 싶었어, 바투."

고작 하루 떨어져 있었을 뿐인데도 제이슨은 무척 그리웠다는 듯 바투를 향해 달려들었다.

"아유, 차암!"

생각을 정리하는 데 방해를 하는 제이슨이 못마땅하여 바투는 고운 손을 들어 그의 머리를 탁 쳤다.

"아악."

그다지 아프지 않음에도 제이슨은 머리를 움켜쥐고 바닥을 뒹구는 척했다.

"아파, 아파. 바투, 아파!"

칭얼거리는 제이슨을 보며 바투는 주먹을 꽉 움켜쥐었다. 아프다며 머리를 잡고 구르는 제이슨의 뒤통수를 냅다 치고 싶은 충동을 애써 내리누르며 바투는 쓴웃음을 지었다.

"아아, 제이슨, 아파?"

"응, 응, 많이 아파!"

'아아, 제발 좀 덩칫값 좀 해.'

바투는 미칠 것 같았다. 제이슨의 환심을 사기 위해 그가 되도 않는 애교를 부릴 때마다 '귀여워, 앙증맞아'라며 맞장구를 친 지난날이 후회됐다. 하지만 바투는 자신의 감정을 감출 줄 알았다.

"안 아프다, 안 아프다."

자신이 때린 부분을 쓰다듬으며 그렇게 말하자 제이슨이 뒹구는 것을 멈췄다.

"어흥."

제이슨이 다시 바투에게 달려들었다. 큼직한 손으로 바투의 손목을 잡아챈 후, 제이슨은 바닥으로 그를 끌어당겼다.

"앗."

바투는 못 이기는 척 그에게 끌려갔다. 물론 힘껏 뿌리치면 그를 밀어낼 자신이 있었다. 하지만 바투는 그러지 않았다. 아직은 제이슨의 힘이 필요했다. 제이슨의 비위를 맞출 필요가 있었다. 이성은 그렇게 주장했지만 바투는 오만상을 찡그렸다. 지저분한 바닥을 뒹구는 건 정말 싫었기 때문이었다.

"아우, 진짜."

바투는 투덜거리며 동굴을 나섰다. 어느새 바깥은 어둠으로 뒤덮여 한 치 앞도 보이지 않았다. 바투는 송진 먹인 소나무 장작에 불을 붙였다.

"지저분해 죽겠네."

제이슨과의 행위는 다 참을 수 있는데 지저분해지는 게 문제였다. 깔끔한 성격의 바투는 그것을 참을 수 없었다. 오늘처럼 바닥에서 굴러 흙먼지와 침으로 범벅이 되는 것은 더더욱 사양이었다.

바투는 서둘러 걸음을 옮겼다. 그의 목적지는 그리 가까운 거리가 아니었다. 섬의 특성상 울퉁불퉁한 바위 바닥인지라 걷는 것이 힘들었다. 사방이 어두운데 불빛 하나에 의지해야 하는 걸음은 더욱 더뎠다. 바투는 당장 지저분해진 몸을 씻기 위해 불편함도 감수하고자 했다.

가까스로 도착한 곳은 작은 동굴이었다. 가까운 곳에 섬의 우물이 있어 그 영향인지 이곳에서도 작은 샘이 솟았는데 고든과 바투, 그리고 몇몇 해적들은 이곳에서 몸을 씻곤 했다. 하지만 바다에 들어가는 것으로 씻었다 생각하는 자들이 대부분이라 그 덕에 바투는 혼자 목욕을 하는 여유를 누리곤 했다.

"응?"

동굴 입구에 들어선 바투는 안쪽에서 새어 나오는 작은 불빛에 걸음을 멈췄다.

"누가 있나?"

'이상하다? 이 시간에 씻을 녀석은 없을 텐데?'

바투의 눈이 가늘어졌다. 해적 생활 몇 년 동안에 이 밤중에 씻는 녀석은 저 말고는 한 명도 없었다. 그의 발걸음이 조심스러워졌다.

'혹시 꼬맹이 아냐?'

라일이 여자일 것이라는 의심이 다시 고개를 쳐들었다. 바투는 저도 모르게 숨까지 죽이고 들고 있던 횃불을 끈 다음 조심조심, 몸을 낮추고 앞으로 걸어갔다. 불빛은 작고 희미했다. 바람에 일렁이는 폼을 보니 촛불이 분명했다. 그리고 누군가가 꼼지락거리는 모습도 눈에 들어왔다.

엇, 바투는 짧은 숨을 삼켰다.

희미한 불빛에 짧은 금발이 보였다. 분명 라일이었다. 바투는 더 몸을 낮추고 가까이 다가갔다. 뭘 하고 있는지 알아야겠다는 생각에서였다.

불빛이 너무 희미해 잘 보이지는 않으나 동작으로 보건대 라일은 지금 분명 빨래를 하는 중이었다. 바투의 눈썹이 하늘로 치솟았다. 가슴이 두근거렸다. 의심이 확신이 되는 순간이었다. 바투는 라일이 빨고 있는 것을 자세히 보기 위해 한 발짝 앞으로 나섰다.

톡, 데구르르.

헙, 바투는 숨을 들이마셨다. 발끝에 채인 작은 돌멩이가 요란한 소리를 내며 굴러갔다. 재빨리 바투는 라일 쪽으로 시선을 돌렸다.

"헉."

이번엔 놀란 목소리가 그대로 튀어나왔다. 자신 쪽을 바라보는 라일의 눈과 정면으로 마주쳐 버린 것이었다.

"누구지?"

라이라는 눈을 가늘게 뜨고 소리가 들려온 곳을 노려봤다. 초를 들고 소리가 들려온 방향을 향해 불빛을 비췄다. 하지만 일렁이는 작은 불빛은 원하는 곳까지 빛을 보내지 못했다.

"거기 누구 있어요?"

라이라가 소리를 높였다. 온 세상이 멈춘 듯한 적막이 흘렀다. 그녀는 신경을 곤두세웠다. 귀를 기울이고 숨을 죽이며 누군가의 기척을 느끼려 했지만 더 이상 아무 소리도 들리지 않았다.

"이상하다?"

조용히 내뱉은 소리는 작은 동굴 안을 잠시 울린 후 고스란히 라이라에게 돌아왔다. 어둠 저편을 열심히 살폈지만 라이라는 저 말고 다른 이를 찾지 못했다.

'잘못 들었나?'

또옥. 또옥.

갑자기 바닥으로 떨어지는 물방울 소리가 마치 천둥소리처럼 커다랗게 들렸다. 라이라는 초를 다시 한 번 높이 들어 올려 주변을 살폈다. 여전히 아무도 보이지 않았다.

'신경 써서 그랬나 봐.'

그래도 여전히 불안해서 라이라는 완전히 마음을 놓지는 않고 서둘러 빨래를 마쳤다.

한편 바투는 조마조마한 마음으로 바위 뒤에 몸을 숨긴 채 라일을 엿보고 있었다. 심장이 터질 것 같았다. 잠시 제가 착각한 게 아닐까 싶었다. 하지만 금세 고개를 저었다. 바투는 제 눈으로 똑똑히 보았다.

라일의 목에는, 남자의 상징인 목울대가 없었다. 흉한 상처가 있기는 했지만 굴곡 없이 매끄럽기만 한 그 목은 분명 여자의 것이었다. 의심이 진실이 되었다는 기쁨보다 떨리는 설렘이 바투를 덮쳤다.

'역시, 여자였어!'

바투의 눈이 라일을 좇았다. 희미한 촛불에 촉촉이 젖은 금발과 발그레한 뺨이 몽환적으로 비쳤다. 파르르 떨리는 섬세한 속눈썹은 잠자고 있던 바투의 남성성을 건드렸다. 가슴이 진탕 치는 것 같았다. 바투의 갈색 눈동자 가득 라일이 담겼다. 흔들리는 촛불만큼이나 바투의 눈동자도 크게 일렁였다.

"……아름다워."

누군가가 손으로 입을 꽉 막은 것처럼 눌린 음색이 새어 나왔다.

"거기, 누구야!"

앙칼진 목소리가 바투의 귀를 꿰뚫었다. 어둠에 눈이 익숙해졌는지 아까와는 달리 라일의 시선이 정확히 이쪽으로 향했다. 바투는 주섬주섬 자리에서 몸을 일으켰다.

"바, 바투?"

당황한 음색이 들려왔다. 바투는 자신의 모습이 더 잘 보이도록 앞으로 나아갔다. 그사이, 라이라는 재빨리 목에 머풀러를 둘렀다.

"혼자서 뭐 하냐?"

아무렇지도 않은 척 말을 꺼냈지만 바투의 온 신경은 그녀에게 곤두서 있었다. 자신의 몸을 구성하는 세포 하나하나가 라일을 향해 있는 것 같았다. 당황하며 들고 있던 천을 뒤로 숨기는 그녀의 모습까지도 바투는 꼼꼼히 망막에 새겼다.

"이, 이 시간에 여긴 어쩐 일이에요?"

라이라는 의문을 애써 감추며 아무렇지도 않은 듯 물었다. 그녀의 목소리가 떨려 나왔다.

'도대체 어디부터 본 거지?'

라이라는 불안해졌다.

"여기에 올 이유가 씻는 것밖에 더 있냐?"

바투는 평소처럼 불퉁대는 말투로 답하며 더욱 가까이 다가갔다.

"왜 숨었어요?"

라이라의 날 선 물음이 날아들었다.

"너 놀랠까 봐."

바투는 그녀의 얼굴에서 시선을 떼지 않으며 답했다. 라이라는 바투의 끈질긴 시선에 초조해졌다.

'도대체 언제부터 본 거야?'

입술을 질끈 깨무는 그녀를 세세히 살피는 바투의 심장은 자꾸 뛰어대고 있었다. 여자를 처음 보는 것처럼 바투의 심장이 요동쳤다. 흠, 바투는 짧은 숨을 토해냈다. 라이라에게서 풍기는 향이 너무 좋았다.

'저 목덜미에 코를 박고 마음껏 향을 들이마시면 어떨까.'

바투는 자신이 떠올린 성적 환상에 또다시 가슴이 뛰는 것을 느꼈다.

"내가 놀랠까 봐 숨은 거라고요? 횃불까지 끄고?"

미심쩍은 목소리가 라이라의 입술을 비집고 흘러나왔다.

"응."

바투의 눈이 그녀의 가슴께로 내려갔다.

"왜요?"

바투의 시선을 눈치챈 라이라는 한 걸음 뒤로 물러서면서 등 뒤로 돌렸던 손을 들어 가슴을 가렸다. 깊은 공포가 밀려왔다. 어두운 동굴, 남자와 단둘이 있는 자신. 아무리 바투가 남자를 좋아하는 남자라지만 어느 쪽이든 라이라에겐 위협적이기만 했다.

"말했잖아. 너 놀랠까 봐."

대화가 되지 않았다. 그녀는 어처구니없는 표정과 경계 섞인 표정을 지으며 바투를 노려봤다. 밀려오는 공포를 애써 누르며 아무렇지 않은 척하려 했다. 겁먹은 모습을 보이고 싶지 않았다.

"다 씻은 거야?"

"……네."

바투는 가까스로 라일의 몸에서 시선을 거뒀다. 이대로 더 있다가는 자신이 무슨 일을 벌일 것만 같았다.

"이제 나 씻을 거니까 그만 가보지?"

"……네?"

생각지도 못한 말에 라이라가 되물었다.

"나도 너처럼 누가 내 몸 보는 거 싫거든? 너, 네 몸 보이기 싫어서 혼자 늦은 시각에 씻으러 온 거 아니었어?"

"마, 맞아요!"

뭐라 변명거리를 찾아야 했던 라이라는 바투의 말에 서둘러 동조했다.

'어서 빨리 여기에서 나가야 해.'

"그럴 줄 알았어. 목의 흉터, 역시 보이기 싫은 거지?"

"네, 네."

열심히 고개를 끄덕이는 라이라에게 바투는 괜한 심통을 부리는 척했다.

"그 천은 뭐야?"

고개를 끄덕이던 라이라가 다시금 당황한 기색을 비쳤다.

"이, 이거요? 씻고 나서 몸 닦은 거예요!"

손에 든 천도 모자라 바닥에도 흰 천이 잔뜩이었다. 라이라는 앞뒤 잴 겨를도 없이 외치고는 얼른 바닥에 놓인 천들을 품에 안았다.

"그래? 몸 닦은 것치고는 좀 많네?"

바투는 눈까지 가늘게 뜨고 중얼거렸다. 그녀는 들킬세라 얼른 동굴을 빠져나가기로 했다.

"그럼 씻으세요. 전 다 씻었으니까 그만 가볼게요."

"그래."

긴장으로 쿵쾅거리는 심장 소리가 들릴까 그녀는 서둘러 몸을 움직였다.

"잠깐."

뒷덜미를 잡아채는 바투의 목소리에 라이라의 등 뒤로 식은땀이 주룩 흘러내렸다.

"네, 네?"

가까스로 고개만 돌리니 바투가 심상찮은 눈으로 자신을 바라보고 있었다. 천천히, 바투가 움직였다. 라이라의 몸이 덜컥 굳어 버렸다.

'혹시 들킨 건가? 내 몸을 훔쳐보고 날 떠보는 거였나? 피 묻은 천을 빨래하는 걸 본 건 아닐까? 설마 이상한 짓을 하려는 건 아니겠지? 저 녀석을 때려눕혀야 하나? 그렇게 되면 어쩌지? 테리 깨워서 도망을 가? 테리가 배를 몰 줄 알까?'

수만 가지 생각이 한꺼번에 들이닥쳤다.

"불 좀 줘."

툭 내뱉은 바투의 말에 소용돌이를 그리며 돌아가던 라이라의 생각이 뚝 멈췄다.

"······네?"

"횃불에 불 좀 붙이라고. 이렇게 어두운 데서 씻으란 거냐?"

말을 마치기가 무섭게 바투가 촛불을 든 그녀의 손목을 잡아끌었다. 그 서슬에 라이라는 맥없이 바투의 가슴으로 쓰러지고 말았다.

"헉."

다행히도 바투가 단단히 버티고 서 있는 덕에 촛불은 무사했다. 그녀가 잽싸게 바투에게서 자신의 몸을 떨어뜨렸다.

"미, 미안합니다."

"너는 왜 이렇게 비실대?"

퉁명스럽게 말했지만 바투는 정신이 하나도 없었다. 자신을 자극하던 향긋하고 부드러운 몸체가 몸에서 떨어지니 어쩐지 서운하다는 생각까지 들었다. 더불어 바투는, 다시 한 번 자신이 남자라는 사실을 인지했다.

"자, 그만 가봐."

횃불에 불을 붙인 후 바투는 그녀의 손을 놓아주었다. 인사를 하는 둥 마는 둥, 라이라는 서둘러 동굴을 빠져나갔다. 바깥에 나오고 나서야 그제야 긴장이 풀렸다.

"하아."

길고 긴 안도의 한숨이 나왔다. 씻은 보람도 없이 바투와 마주한 이후로 흘린 땀으로 등 뒤가 축축했다. 라이라는 놀란 가슴을 진정시키며 얼른 자신의 동굴로 향했다.

화륵.

홀로 남아 라일이 사라진 방향을 바라보던 바투는 송진 타는 소리에 정신을 차렸다.

"후우."

가슴은 여전히 떨리고 있었다. 바투는 자신의 몸에서 일어나는 변화에 어떻게 대응해야 하나, 걱정이 들었다. 일단 라일이 여자인 것은 확실했다.

'미친 건가.'

아주 잠깐 든, 라일이 아름다워 보인다는 생각에 바투는 진저리를 쳤다. 하지만 여전히 뜀박질하는 심장은 어찌할 수 없었다.

'모르긴 몰라도 아까 그 천들.'

횃불이 커지며 바투의 얼굴을 환하게 비췄다. 바투의 눈이 날카롭게 빛나고 있었다.

'몸 닦는 데 저렇게 많은 천이 필요하지 않지. 머리가 길면 모를까.'

틀림없이 다른 용도이리라. 바투는 나름의 해석을 내렸다. 바투는 라일이 머물고 있는 동굴과의 거리를 계산한 후 천천히 동굴 밖으로 나섰다. 사방은 한층 더 어두워져 있었다.

이젠 완전히 칠흑 같은 어둠이 섬 전체를 뒤덮었다. 그 어둠 속에서 바투가 들고 있는 횃불만이 자신의 존재감을 드러내고 있었다. 바투는 자신이 이곳으로 온 목적을 상실하고 말았다. 잠시 멍하니 섰던 바투는 그대로 발길을 돌렸다.

'그럼, 테리라는 녀석은 라일이 여자라는 걸 알고 있겠군.'

갑자기 바투의 눈이 샐쭉해졌다.

"혹시 두 사람, 사귀는 건 아니겠지?"

걸음을 멈추며 바투는 마음 상한 듯 중얼거렸다. 그러다 이내 다시 고개를 저었다.

'사귀는 사이라면 이 밤에 여자 혼자 돌아다니게 하진 않을 테지.'

그래도 영 찝찝했다. 라일이 여자라는 사실을 알고 있는 사람이 자신 말고 더 있다는 것이 마음에 걸렸다.

'두 사람이 친구 이상의 관계는 아닌 것이 분명해.'

조금 마음이 놓였다. 그러나 바투는 혼란스러웠다. 라일을 섬 밖으로 내보내야 옳았다. 그것이 바투가 섬에 남아 살아갈 수 있는 방법이었다. 하지만 마음 깊은 곳에서부터 들려오는 속삭임은 반대의 말을 하고 있었다.

"가져 버릴까."

지금까지와는 전혀 다른 목소리가 튀어나왔다. 톤이 높아 라이라가 여성스럽다고 생각했던 목소리는 온데간데없이 바투는 본연의 소리를 내고 있었다. 동시에 여성스러웠던 표정도 사라졌다. 굵직한 음성 뒤에 숨겨진 남자로서의 본능은 라일을 원하고 있었다.

'어차피 고든도 제이슨도 여자를 좋아하지 않으니까. 만일 내가 저 녀석을 취한다면, 어떻게 될까.'

바투는 곰곰이 생각에 잠겼다.

'고든은 아무 말도 안 할 거야. 하지만 제이슨이 문제겠지.'

자신에게 여자가 생기면, 제이슨은 길길이 날뛰리라. 그렇다고 라일을 품으며 제이슨에게 안길 수는 없었다. 바투는 스스로 만들어낸 상처에 괴로웠다.

"그래도, 난 남자야."

그제야 바투는 자신의 진심을 알 수 있었다. 처음 봤을 때부터 라일이 계속 거슬렸던 건, 남자로서의 본능이 여자를 알아보고 신호를 보냈기 때문이었다. 어쩌면 본능적으로 그녀를 통해 남자로서의 삶을 되찾을 수 있다고 판단한 것인지도 몰랐다.

바투는 그녀에게, 남자이고 싶었다.

쏴아아. 밤바다가 울어댔다. 날카로운 바닷바람과 차가운 공기를 뚫고 걷는 바투의 얼굴은 점점 단단해져 갔다. 부드러운 금발을 쓰다듬고 싶다, 하얀 목덜미에 얼굴을 묻고 말간 입술에 입 맞추고 여린 몸을 힘껏 안고 싶다, 온통 그 생각뿐이었다.

'앞으로, 어떻게 해야 하지?'

지금까지 살아온 방식을 완전히 뒤엎어야 하는 과제가 남아 있었다. 여자가 아닌 남자로 이 섬에 남게 된다면 어떻게 살아야 할까. 그것은 지독히 현실적인 문제였다. 바투는 남자로서의 본능과 현실을 직시하라는 이성 사이에서 갈등했다. 이미 죽어버린 줄로만 알았던 남성성은 바투를 혼란으로 밀어 넣었다.

"바투, 어디 갔다 왔어?"

머무르는 동굴 안으로 들어서자 꽉 잠긴 목소리가 바투를 반겼다.

"응, 잠시 볼일 좀."

제이슨이 꼼지락거리며 이불 속에서 팔을 쑤욱 빼내 바투를 향해 양팔을 한껏 벌렸다. 얼른 자신의 품으로 들어오라는 뜻이었다. 바투는 얼굴을 찡그렸다.

"어서, 어서."

보채는 제이슨의 머리통을 갈기고 싶었지만 바투는 참았다. 아직은 제이슨의 그늘에 있는 것이 안전했다.

"기다려."

저도 모르게 싫은 내색을 하고 말았다. 힐끔 제이슨을 보니 그는 아직 잠에 취해 제대로 눈을 뜨지 못하고 있었다. 바투는 횃불을 끄고 짚더미로 다가간 후, 조심스럽게 이불 속으로 들어갔다.

"아유, 몸이 차가워졌잖아!"

호들갑을 떨며 제이슨이 바투를 꼬옥 끌어안았다. 바투는 숨이 턱 막혀 그만 버둥거리고 말았다.

"으으, 숨 막혀, 숨!"

제이슨의 근육질 팔을 손바닥으로 힘껏 쳐대자 그제야 제이슨이 슬그머니 팔에 힘을 풀었다.

"어, 미안."

하지만 그것도 잠시. 제이슨은 바투의 얇은 허리를 양팔로 감싼 뒤 끌어당겨 안았다.

"바투는 부드러워서 좋아."

슬슬 잠이 오는 듯 제이슨이 웅얼거렸다. 그사이 열심히 제이슨의 팔을 풀려고 애를 썼지만 역부족인지라 바투는 그만 포기하고 말았다. 가만히 있으니 점점 몸이 따뜻해졌다.

"으응."

제이슨이 뒤척이며 바투를 바싹 끌어당겨 그의 목덜미에 얼굴을 묻었다. 순간 바투는 신경질이 치솟았다.

"바투……."

제이슨이 웅얼거리며 바투의 얼굴을 자신 쪽으로 돌렸다.

'이 자식, 입 냄새 나는데!'

그러나 바투는 제이슨이 하자는 대로 그냥 내버려 두었다. 아직은, 제이슨이 필요했기에.

동굴 안은 금세 뜨거운 숨소리로 가득해졌다. 온몸으로 제이슨의 무게를 버텨내며, 제이슨의 욕망을 고스란히 받아내며 바투는 이를 악다물었다.

'참자, 참아내자.'

제이슨이 물고 빠는 대로 바투는 그저 좋은 척 신음 소리를 내주고 몸을 흔들었다. 그뿐이면 되었다.

'내가 아닌 라일이라면, 제이슨이 아닌 나라면.'

제이슨의 아래에서 바투는 라일과 자신을 떠올렸다. 남자의 밑에 깔린 자신이 아닌, 제 아래에 누운 라일을 떠올렸다.

'그거, 좋겠군.'

한차례 열락의 바람이 불고 난 뒤, 곯아떨어진 제이슨과는 달리 바투는 점점 정신이 또렷해지고 있었다. 남자이고 싶다, 가슴 밑바닥에서부터 욕망이 머리를 쳐들었다. 남자이고 싶다, 부지불식(不知不識)간에 떠오른 생각은 오래도록 바투의 뇌리에서 떠나지 않았다.

한편 라이라는 누가 볼세라 조심 또 조심하며 동굴 안으로 들어섰다. 입구 쪽에 바짝 붙어 있는 테리가 깨지 않도록 그녀는 숨을 죽이고 자신의 짚더미 위에 소리가 나지 않도록 앉았다.

라이라와 테리가 머물고 있는 동굴은 좁고 긴 형태였다. 안쪽 깊숙한 곳에 그녀의 짚더미가 있고, 문 쪽에는 테리의 짚더미가 있어서 마치 테리가 라이라를 지키는 모양새였다.

라이라는 짚더미 옆에 나뭇가지를 얼기설기 세워 빨아온 천을 널어놓았다. 깊은 동굴이기 때문에 그녀가 있는 곳은 완전히 새까만 먹물 같았다. 천을 다 널고 나서 라이라는 짚더미 위에 몸을 뉘었다.

'괜찮은 거겠지?'

그녀도 좀처럼 잠을 이루지 못했다. 바투가 자신의 정체를 알고도 모른 척하는 게 아닐까, 하는 의구심이 좀처럼 떨어지지 않았다.

"눈빛이 이상하긴 했어."

조그맣게 중얼거린 그녀는 살며시 머리를 들고 테리 쪽을 살폈

다. 미동이 없는 걸로 봐서 테리는 깊이 잠든 것 같았다. 그녀의
고민은 다시 시작됐다.

'도대체, 왜 그 시간에 나타난 거야?'

불안했다. 자신을 바라보던 바투의 눈빛이 영 께름칙했다. 뭔
가를 알고 있는 것 같은 그 의미 불명한 눈빛을 라이라는 찬찬히
돌이켜 보았다.

바투가 그리 가까이에 올 때까지 라이라는 어떤 인기척도 느끼
질 못했었다. 대체 그는 어디에서부터 본 것일까? 혹시나 누구에
게 들킬까 싶어 최대한 빨리 몸을 씻고 피가 묻은 천을 빨았기 때
문에 그 동굴 안에 그리 오래 있었던 것은 아니었다. 만약 바투가
처음부터 보았다면? 그럼 아무 말 안 하고 넘어갔을 리가 없다.

'그럼, 내가 바투를 발견했던 그 순간에 온 걸까?'

그렇게 믿고 싶었다. 바투는 아무것도 보지 못했어야 했다.

"아우."

머리가 터질 것 같았다.

"그래, 바투는 아무것도 못 봤어."

라이라는 주먹까지 움켜쥐며 중얼거렸다. 그래야 했다. 반드시
그래야 했다.

10 장

위기

뜬눈으로 밤을 샌 바투는 해가 뜨기가 무섭게 동굴을 나섰다. 한숨도 자지 못했다. 밤이 깊어지면 깊어질수록 정신은 더욱 또렷해지고 심장은 걷잡을 수 없이 뛰어댄 탓이었다.

그저 라일만 생각이 났다. 험악한 놈들이 득시글거리는 이 해적 소굴에서 그녀를 지켜내야 한다는 생각밖에 들지 않았다. 아니, 남자의 본능이 앞선 탓이었다. 그녀를 눈에 담고 싶었다. 다른 놈들이 라일의 정체를 알아차리기 전에 그녀를 취하고 말리라는 욕망이 꿈틀거렸다.

커다란 보폭으로 성큼성큼 걸음을 옮기는 바투의 뺨은 붉게 물들어 있었다. 어깨까지 내려오는 다갈색 머리가 어지럽게 흩날렸다. 여성스럽던 모습은 오간 데 없었다. 바투의 시선은 오로지 앞을 향해 있었다.

라일의 얼굴을, 몸을 떠올리는 것만으로도 바투는 숨이 가빠왔다. 이런 감정이 드는 것은 실로 오랜만이었다.

"라일."

입술을 비집고 새어 나온 목소리에는 강한 욕구로 번들거렸다. 그와 동시에 바투의 눈에 험악한 기운이 맴돌았다.

'진짜 이름이 뭘까.'

궁금했다. 그 궁금증은 바투의 심장을 더욱 뛰게 만들었다. 이윽고 저 멀리, 라일과 테리가 머물고 있는 동굴이 보였다.

"흡!"

바투는 숨을 강하게 빨아들였다. 그러고 보니 동굴 입구에 거적을 만들어놓은 이유를 알 것 같았다.

'여자라는 사실을 숨기기 위함일 거야.'

걸음이 천천히 느려졌다. 본능에 의해 단박에 달려왔지만 마음먹은 대로 행동할 수는 없었다. 일단, 언제나 라일의 곁에 바싹 붙어 있는 테리를 떼어놓아야 할 것 같았다.

바투는 라일이 잠들어 있을 동굴 앞에 다다랐다. 보고픈 마음에 오긴 했지만 더 이상 무얼 해야 할지 감이 잡히질 않았다. 그저 동굴 입구를 가린 거적만 하염없이 바라보았다.

'깨우자니 좀 그렇고, 그냥 떠들어볼까.'

가만히 생각에 잠긴 바투의 눈에 거적을 들추는 작은 손이 들어왔다. 그리고 뒤이어 라일이 모습을 드러냈다. 어두운 곳에 있다가 밝은 곳으로 나온 그녀는 눈이 부신 듯 눈을 찡그렸다. 바투는 움직임을 딱 멈추고 숨죽인 채 그녀를 바라봤다.

"어?"

잠시 뒤, 눈부신 아침 햇살 속에 서 있는 바투를 발견한 라이라의 입에서 놀람의 탄성이 튀어나왔다.

"바, 바투?"

"어, 잘 잤어?"

신기한 일이었다. 그녀를 보자 온몸이 얼어붙은 것 같았는데 말은 참으로 자연스럽게 흘러나왔다. 거기다 바투는 약간 어색하지만 웃기까지 했다.

"여, 여기서 뭐 해요?"

여유로워 보이는 바투와는 달리 라이라는 더럭 겁이 났다. 라이라는 저도 모르게 한 발짝 뒤로 물러났다. 그렇지 않아도 혹시 바투에게 자신의 정체가 탄로 나지 않았을까 하는 걱정에 잠을 제대로 이루지 못했기에 얼굴은 저절로 찌그려졌다. 의아함을 얼굴 가득 띠운 그녀를 보며 바투는 당황했다. 그저 라일을 보고만 싶었을 뿐이지 딱히 핑곗거리를 생각하지 않은 탓이었다.

"어, 어, 밥 먹자고 왔어."

"예?"

대충 둘러댄 바투의 대답은 라이라에게 믿음을 심어주지 못했다. 식사하기에는 너무나도 이른 시간이었기 때문이었다.

"식사요?"

슬쩍, 그녀의 왼쪽 눈썹이 하늘로 올라갔다.

"어, 어, 너도 이제 곧 식사 당번이 될 테니 미리 연습하자고 왔어."

뭔가 어색한 변명이었다. 바투 스스로도 그것을 알고 있었다. 하지만 그대로 돌아가고 싶지 않았다. 바투는 여전히 눈썹을 들어 올리고 서 있는 그녀에게 바싹 다가섰다.

"가자!"

바투는 덥석 라이라의 손목을 휘어잡았다.

"뭐, 뭐 하는 거예요!"

아무런 방어도 하지 못한 채 그녀는 바투에게 자신의 손목을 내어주어야 했다.

"이, 이거 놔요!"

바투에게 잡힌 손목을 빼내기 위해 그녀는 안간힘을 썼다. 하지만 남자의 단단한 손아귀는 여자의 가느다란 손목을 놓아주지 않았다.

"가자니까?"

바투는 상당히 흥분해 있었다. 라이라에게서 풍기는 향긋한 향과 손안에 잡힌 여자의 보드라운 피부는 바투의 남성성을 건드리기에 충분한 것이었다.

"그 손 놓으십시오."

묵직한 목소리가 바투의 머리 위로 내려앉았다.

"지금 뭐 하시는 겁니까."

감정의 높낮이가 없는 목소리에 바투의 눈동자가 위쪽으로 향했다. 화난 것이 분명한 테리의 얼굴이 바투의 눈 안 가득 들어왔다. 그와 동시에 라이라를 잡고 있던 바투의 손목에 어마어마한 고통이 느껴졌다. 순식간에 바투의 손에서 그녀의 손목이 떨어져 나갔다.

"괜찮아?"

걱정 가득한 테리의 목소리는 라일에게로 향한 것이었다. 바투는 손의 통증에도 아랑곳 않고 눈썹 사이를 한껏 모았다.

"응, 괜찮아."

테리의 손이 그녀의 어깨에 닿자 바투의 눈에서 불이 일었다.

"아침부터 이게 무슨 일입니까."

동굴 밖에서 들려오는 실랑이에 잠이 깬 테리는 라이라가 보이지 않자 서둘러 밖으로 나섰다. 바투가 우격다짐으로 라이라를 끌고 가는 모습을 본 테리는 정신 차릴 사이도 없이 본능적으로 몸을 움직였던 것이다.

바투는 시큰거리는 손목을 움켜쥐고 테리를 사납게 노려봤다. 그녀가 여자임을 아는 사내, 그의 행동은 분명 여자를 보호하는 남자의 그것이었다.

"네가 상관할 바 아냐!"

들어본 적 없는 바투의 굵은 목소리에 테리의 시선이 라이라에게서 바투에게로 천천히 옮겨졌다. 테리의 눈에 비친 바투는 심통이 잔뜩 난 아이의 모습에서 분노하는 청년으로 바뀌어 있었다. 라이라를 사이에 두고 두 남자의 소리 없는 전쟁이 시작되었다. 마주 보는 눈빛 속에서 불꽃이 튀어 올랐다.

"아니요."

테리는 담담히, 그러나 단호하게 말했다.

"상관해야겠습니다."

테리의 대답에 바투의 눈썹이 꿈틀거렸다. 바투는 라이라를 자신의 몸 뒤로 숨기는 테리가 마음에 안 들었다. 무슨 보호자인양 행동하는 것부터가 마뜩잖았다. 혹시 저 두 사람이 연인이 아닐까, 하는 생각이 들자 저절로 얼굴이 굳어지고 말았다.

테리 역시 아침부터 라이라를 괴롭히는 바투가 마음에 들지 않았다. 그나마 해적 두목인 고든은 호의를 보이고 있지만 지금 눈앞의 작은 남자는 온통 적대심으로 가득하지 않은가. 바투를 바라보는 테리의 시선 역시 곱지는 않았다.

'도대체 이게 무슨 일이람.'

험악한 시선을 주고받는 두 남자 사이에서 라이라는 안절부절 못했다.

'이 사람, 왜 이러는 거지?'

불안했다.

'어젯밤 내가 씻는 모습을 고스란히 지켜본 건 아닐까?'

설마설마했던 우려가 현실이 될 것 같아 불안했다. 그러한 심리는 그녀의 얼굴에 그대로 나타나고 말았다. 불안함이 가득한 라이라의 얼굴을 본 바투는 한 걸음 물러나기로 마음먹었다. 겁에 질린 여자의 얼굴은 보기 좋은 것이 아니었으므로. 더군다나 마음에 담게 된 여자의 얼굴에 걸린 두려움을 본다는 건 유쾌한 일이 아니기 때문이었다.

"그러시든가."

바투의 말투는 어느새 다시 여자의 것이 되어버렸다. 팩, 토라지는 바투의 얼굴에 테리와 라이라는 어안이 벙벙해졌다. 잔뜩 긴장하게 만들고서는 예의 여성스러운 동작으로, 엉덩이까지 살랑살랑 흔들며 사라지는 바투의 뒷모습에 두 사람은 마치 무언가에 홀린 것 같은 기분이 들었다.

"왜, 왜 저러는 거야?"

"글쎄요."

테리는 여전히 경계의 시선을 거두지 못하고 있었다. 확실히,

조금 전까지 바투는 남자였다. 그녀를 향했던 위험스레 번뜩이던 눈은 분명 욕망에 들끓는 사내의 것이었다.

"조심해야 할 것 같습니다."

의외의 모습을 보이는 바투가 마음에 걸렸다. 테리는 라이라에게 주의를 줘야겠다고 생각했다.

"되도록이면 바투와 단둘이 있지 마십시오."

"으응."

테리가 당부하지 않아도 그녀는 본능적으로 바투를 멀리해야겠다고 마음먹고 있었다. 섬을 뜨기 전까지 무슨 일이 있어도 정체를 들켜서는 안 되기 때문이었다.

바다 깊숙한 곳에서부터 떠오른 태양이 서서히 하늘 위로 모습을 드러냈다. 그것을 신호로 섬 곳곳에서 웅성거리는 소리가 들려왔다.

"다들 깼나 보군요."

"그러게."

라이라는 커다랗게 고개를 끄덕였다. 생리통도 오늘쯤이면 깨끗이 사라질 것이고 풍족한 천으로 인해 마음도 여유로웠다. 그것은 이제 몸을 사리지 않고 남자 행세를 하는 데 아무 지장이 없다는 뜻이었다.

"자, 우리도 움직여 보자."

"네."

그렇게 말을 했음에도 둘이 있을 때면 가끔씩 존대를 하는 테리에게 라이라는 어쩔 수 없다는 표정을 지어 보였다. 테리의 어깨를 톡톡 두드린 그녀는 그대로 앞장서서 걸음을 옮겼다. 테리 역시 그녀의 뒤를 따라 하나둘 모습을 드러내는 해적들 쪽으로 다가갔다.

툭.

라이라와 테리, 바투가 한동안 실랑이를 벌이던 장소에서 조금 떨어진 바위틈 사이로 작은 돌멩이가 굴러떨어졌다. 이윽고 모습을 드러낸 건 제이슨이었다.

"뭐지."

아주 오랜만에 제이슨의 얼굴은 진지했다.

"바투, 이상하다."

바투의 말에 의하자면 뇌까지 근육으로 만들어진 제이슨은 머리를 굴리려 애를 쓰고 있었다.

"바투가, 남자처럼 보였어."

제이슨의 중얼거림은 의혹으로 가득했다. 아침이 되자마자 으레 해왔던 대로 바투를 끌어안으려던 제이슨은 손에 아무것도 잡히지 않는 바람에 눈을 떴고 동굴 안에 자신만이 있음을 알아차릴 수 있었다. 곧바로 동굴 밖을 나온 제이슨은 바쁘게 걷는 바투의 뒷모습을 목격할 수 있었고 의아함에 그대로 바투의 뒤를 따랐던 것이었다.

"왜, 바투가……?"

굵직한 목소리가 바닥으로 내려앉았다 제이슨의 심장은 평소보다 빨리 뛰고 있었다. 바투를 부르려다가 갑자기 바투가 라일의 손을 잡아끄는 통에 놀라 저도 모르게 바위 뒤에 몸을 숨기고 사태를 지켜본 것이었다. 여전히 제이슨의 머리는 헤매고 있었다.

'왜 바투가 남자 목소리를 낸 거지?'

오 년 전, 처음 만났을 때부터 바투는 여자였다. 제이슨이 지금껏 봐온 여자들보다 훨씬 아름답고 우아한 여자였다. 그런 바투가 남자의 모습을 보이다니, 제이슨은 작은 눈을 끔뻑였다.

'뭔가 이상해.'

제이슨의 뇌가 이상 신호를 감지해 냈다. 바투가 자신을 뒷배경으로 이용하고 있다는 사실은 제이슨도 잘 알고 있는 일이었다. 그래도 상관하지 않았다. 어차피 바투는 자신의 사람이므로 자신이 보호해야 할 의무가 있었다.

바투가 자신 말고도 두목인 고든을 끊임없이 유혹하고 있다는 사실도 알고 있었다. 하지만 제이슨은 별로 신경 쓰지 않았다. 그 이유 역시 고든을 배경으로 쓰기 위함임을 알고 있기 때문이었다. 고든은 남자고 여자고 간에 애정 문제에는 관심이 없었기에 걱정이 되지 않았다. 그러나 방금 전 봤던 상황은 지금까지와는 사뭇 달랐다.

'바투가 남자의 모습을 보였어.'

그것이 신경 쓰였다. 여자 행세를 하는 건 바투가 살아가기 위한 삶의 방식이었다. 그런데 그것을 깨고 본연의 모습을 보인다? 그건 분명 심각한 것이었다.

'그러고 보니 바투가 라일 녀석에게 관심이 있는 것 같았어.'

제이슨의 시선이 뭔가를 떠올리는 듯 하늘로 향했다. 제이슨의 뇌리에는 테리와 라일이 처음 섬으로 왔던 그때가 떠올랐다.

'라일 녀석이 여자처럼 예쁘게 생겨서 바투가 질투하는 건 줄 알았는데.'

제이슨의 생각은 점점 더 깊어졌다.

'꽃 따러 갈 때도 라일을 감시하라고 신신당부했었지.'

돌이켜 생각해 보니 이상한 점이 한두 군데가 아니었다. 아무리 생각해도 라일에 대한 바투의 관심이 도를 넘는 것 같았다.

"설마 바투 자식, 라일을?"

제이슨의 얼굴이 험악해졌다. 그 덕분에 그렇지 않아도 사나운 인상의 제이슨은 무시무시한 형상이 되고 말았다. 제이슨의 턱이 단단하게 맞물렸다. 제이슨의 시선이 라일과 테리가 머무는 동굴에서 그들이 사라진 방향으로 옮겨졌다. 제이슨의 잿빛 눈동자는 질투의 물결로 넘실거렸다.

제이슨에게 바투는 세상 전부였다. 철이 들면서 자신이 남들과 다르다는 사실을 알았을 때 제이슨은 폭주하고 말았다. 눈에 보이는 것은 닥치는 대로 부수고, 지나가는 이가 누구건 간에 시비를 걸고 두들겨 패며 세월을 보내다 자발적으로 해적이 되었다.

해적이 되어서도 제이슨은 자신의 성 정체성 때문에 많이 괴로워해야 했다. 동료들은 무력으로 제압했다지만 뒤에서 수군거리는 것까지 억압할 수 없었다.

사실 제이슨은 스스로를 부정하며 다른 남자들처럼 살려고 부단한 노력을 한 사나이이기도 했다. 그러나 아무리 아리따운 여자를 끌어안아도 가슴 깊숙한 곳에서부터 치밀어 오르는 혐오감을 억누를 수는 없었다.

제이슨은 여자와의 관계에서 혐오감을 느끼는 남자였다.

제이슨은 욕망을 풀기 위해 자신의 혼란을 애써 무시하며 여자를 안았지만 그 행위 자체마저 부정하는 단계에까지 이르고야 말았다. 그제야 제이슨은 자신을 인정할 수밖에 없었다.

세상에는 수많은 종류의 사랑이 존재했다. 제이슨은 자신과 같은 부류의 남자들을 찾게 되었고 그 정점에서 바투를 만났던 것이었다. 바투는 지금까지 본 사람 중에서 제일 아름다웠다. 달콤하고 감미로웠다. 품 안에서 정신을 쏙 빼놓는 기술에 제이슨은 그만 넋이 나가고 말았다.

다른 남자는 눈에 들어오지 않았다. 여자보다 예쁘다는 남자도 몇몇 안아봤지만 바투만큼은 아니었다. 보드라운 피부도, 자신을 어르고 달래는 수완도 최고였다. 바투는 제이슨에게 있어서 지상 최고의 여자나 다름없었다. 그런 바투에게서 제이슨은 남자의 향기를 맡았다. 그 사실이 견딜 수 없을 정도로 화가 났다. 이 모든 일이 바로 저 라일이라는 꼬마 때문인 것이 분명했다.

'예쁘장하게 생겨서 봐주려고 했더니.'

제이슨은 씨근덕댔다. 처음 라일을 봤을 때 여자처럼 생긴 곱상한 외모에 아주 조금 마음이 움직이기도 했지만 제이슨은 바투를 배신할 수 없었다. 그런데 지금, 바투가 자신을 배신하려 하고 있다! 제이슨의 가슴이 커다랗게 움직였다.

'바투는, 내 것이야.'

봇물처럼 솟아오르는 소유욕이 제이슨의 단단한 몸을 휘어 감았다. 그것은 걷잡을 수 없는 질투, 분명 그것이었다.

한동안 못 박은 듯이 그 자리에 서 있던 제이슨이 천천히 몸을 움직였다. 아무래도 두 사람을 주시해야 할 것 같았다. 바투를 잡기 위해서라도.

"이야, 오늘 스튜 끝내준다! 누가 만든 거야?"

"나 스튜 더 줘! 많이 줘!"

이미 해적들은 왁자하게 식사 판을 벌이고 있었다. 제이슨의 걸음이 자연스럽게 바투 쪽으로 향했다.

"어이, 부두목, 왜 이제 와? 오늘 스튜 끝내주는데 건더기가 별로 없다!"

오늘의 식사 당번인 짐이 제이슨을 반기며 스튜 그릇을 건넸고 제이슨은 고개를 끄덕이며 감사의 인사를 전하곤 바투를 눈으로 찾았다.

"아침 일찍 어디 갔었어?"

바투 옆에 앉으며 제이슨이 말을 건넸다.

"으응, 산책."

아무렇지 않게 거짓말하는 바투에 제이슨의 눈이 더욱 작아졌다.

"아침에 산책한 적 한 번도 없었잖아? 그 시간에 나랑 매일 뒹굴었지."

"그냥 하고 싶었어."

심드렁한 바투의 대답에 제이슨의 눈이 가늘어졌다. 대충 대답하는 것이 분명한 그를 제이슨은 곁눈으로 힐끔거렸다. 바투는 예쁘고 작은 입을 오물거리며 음식을 먹다가 멍한 표정으로 한곳을 바라보곤 했다. 제이슨의 눈이 바투가 보고 있는 곳으로 향했다.

"음."

묵직한 침음성이 흘러나오고 제이슨의 눈이 깊어졌다. 그곳에는 라일과 테리가 이야기를 나누며 식사를 하고 있었다. 제이슨의 시선이 다시 바투에게 향했다. 이제 바투는 먹는 것조차 잊은 채, 라일을 바라보기에 여념이 없었다.

쿵. 제이슨의 심장이 바닥으로 떨어지고 말았다. 덜덜, 숟가락을 잡은 손이 떨렸다. 바투의 배신을 엿본 기분이 들어 온몸이 떨려왔다. 제이슨은 다시 라일을 바라봤다. 아니, 노려봤다. 이제 라일과는 연적이 된 것이다. 애송이에게 사랑하는 바투의 마음을 빼앗길 수 없었다. 결코 그럴 수 없었다.

"제이슨?"

나붓한 목소리가 가깝게 들려왔다. 제이슨은 퍼뜩 정신을 차리고 목소리가 들려온 곳으로 시선을 돌렸다.

"많이 먹어."

바투가 예쁘게 웃으며 자신의 그릇에서 고깃덩어리를 꺼내 제이슨의 그릇에 넣었다.

"바투……."

감격에 겨운 탓이 아니었다. 이렇게 예쁘고 다정한 바투인데, 그런 바투가 자신이 아닌 다른 남자에게 연정을 품었다는 사실이 견딜 수 없는 탓이었다. 제이슨의 심경은 복잡하고 또 복잡했다. 제이슨의 온몸을 휘감고 있는 것은 질투였다. 하지만 그것은 바투의 질투와는 완전히 다른 것이었다. 바투의 질투는 바람처럼 가벼운 것이지만 제이슨의 질투는 무겁고 또 깊은 것이었다.

고든의 아침은 언제나 같았다. 저절로 눈이 떠지는 새벽과 아침 사이, 친히 몸을 움직여 입구에 쳐 놓은 거적을 걷음으로 동굴 안으로 보다 더 많은 빛을 끌어들인 뒤, 느긋하게 빛의 흐름을 감상하는 것으로 아침을 열곤 했다.

깜깜한 동굴 벽에 새겨지는 빛의 영상들은 고든의 머릿속을 차분히 정리하는 데 도움을 주었다. 머리를 정리하고 하루 일과의 계획이 끝날 즈음이면 식사하라는 소리가 멀리서 들려왔다.

두목이란, 항상 마지막에 등장하는 법.

자신이 먼저 자리를 잡고 있으면 분명 부하들은 부담스러워 할 것이다, 그것이 고든의 생각이었다. 또한 그것은 부하들의 그릇에 고깃덩이가 조금이라도 더 들어가도록 하기 위함이기도 했다. 그래서 고든은 식사하라는 소리가 들릴 때면 그제야 씻기 시작했다.

느긋하게 씻고, 느긋하게 옷을 갈아입고 느긋한 걸음으로 식사판에 도착할 즈음이면, 이미 고든의 식사가 차려져 있었다. 언제나 같은 자리에, 같은 양으로.

해적들의 식사 역시 항상 같았다. 소금 통이 하늘 위로 붕붕 날아다니고 크게 웃고 떠드느라 입안의 음식물들이 해적과 해적 사이를 부유하고 가끔 난투전도 생기기도 했다. 언제나처럼 평화로운 식사 시간의 연속.

무리가 한자리에 모이는 때란, 식사 시간이나 술자리, 그리고 노략질 전후가 전부였다. 술자리의 해적들의 움직임이란 정신없는 것이어서 관찰할 수가 없고 노략질 때의 해적들 역시 제대로 살필 여력이 없었다. 꽤 많은 인원의 해적들을 하나하나 살피기에 적합한 때는 역시 식사 시간뿐이었다.

어떤 무리가 되었던 두목이란, 부하 한 명 한 명의 노고와 모든 상태를 끊임없이 관찰하고 살펴야 하는 위치의 사람임을 고든은 잘 알고 있기에 식사 시간이 되면 고든의 눈은 해적들을 지켜보느라 매섭게 번뜩이곤 했다.

그런데 지금, 이들 사이에 미묘한 기운이 흐른다는 걸 고든은 눈치챌 수 있었다. 그것은 잔잔한 호수 위에 한 마리의 소금쟁이가 나타난 것과 같았다. 세심히 살피지 않으면 물 위에 소금쟁이가 있는지 알아차리기는 쉽지 않지만, 소금쟁이가 움직이기 시작하면 물 위에 이는 파동을 무시할 수 없는 그런 것이었다.

변화는 바투와 제이슨 쪽에서 일어났다. 식사 시간이건 질펀한 파티 시간이건 바투의 목소리는 항상 하늘 위로 솟을 것 같은 하이소프라노였다. 그래서 아무리 시끄러운 북새통 속에서도 고든은 바투의 목소리를 단박에 알아차릴 수 있었다. 그런데 오늘은 어쩐지 이상했다.

"제이슨?"

전에 없이 바투의 말은 짧았다.

"많이 먹어."

재잘재잘, 바투라면 새처럼 지저귀며 식사할 터였다. 타인의 시선을 즐기는 바투는 주목을 받아야 직성이 풀려 큰 소리로 이야기하며 떠들어대곤 했었다. 그런데 오늘은 어쩐지 평상시와는 다른 느낌이었다.

고든은 숟가락질을 계속하면서 동료들을 살피는 것을 잊지 않았다. 한차례 해적들을 둘러보던 고든의 눈이 스쳐 지난 길을 다시 되돌아갔다. 고든의 눈길이 닿은 곳에, 라일이 있었다. 라일은 테리와 머리를 맞대고 소곤거리고 있었다.

'루슬란 왕국의 귀족 아가씨다, 이거지?'

이틀 전, '프리마돈나'에서 비오네가 전해준 이야기가 떠올랐다.

"얼마 전에 루슬란 왕국에서 웸블던 자작이 반역죄로 처형당했습니다. 하나뿐인 딸은 도주했다고 합니다. 워낙 힘이 없는 시골 귀족이라 그럴 리 없다는 여론이 있긴 해도 다른 귀족들의 별다른 이의가 없었다고 하더군요."

식사 시간에도 라일은 식사 예의를 지키고 있었다. 천 쪼가리이긴 해도 그녀의 손에는 냅킨을 흉내 낸 것이 들려 있었고 음식물을 떠먹는 모습도 조신했다. 딴에는 거칠게 먹는다고 노력하는 것 같지만 확실히 귀족의 모습이 엿보였다.

'아버지가 반역을 저질러 처형당하고 그 딸은 도망? 그래서 루슬란 왕국으로 돌아갈 수 없다고 한 건가?'

문득 든 의문에 고든은 가볍게 도리질했다.

'쓸데없는 의문이로군. 지금 내 일로도 벅찬데 말이야.'

고든의 시선이 라일을 지나쳐 다시 해적들을 훑기 시작했다. 하지만 고든은 다시 라일에게로 시선을 돌릴 수밖에 없었다.

'바투 녀석, 왜 저러지?'

고든은 눈썹 사이를 좁혔다. 바투가 이상했다. 식사하는 내내 바투의 눈은 라일에게 고정되어 있었다. 고든의 눈이 바투 옆에 앉은 뚱한 표정의 제이슨에게로 향했다.

'불길한데.'

다시 고든의 시선이 라일에게 향했다. 그녀는 자신을 향한 바투의 눈을 의식하지 못한 듯 계속 테리와 소곤거리며 식사를 하고 있었다. 라일을 바라보는 바투의 시선이 고든은 매우 불길하게 느껴졌다. 마치 사냥감을 바라보는 매의 눈으로 라일을 바라보는 바투의 얼굴에는 한 조각의 미소도 걸려 있지 않았다.

'······뭐지?'

왁자지껄한 시간은 어제와 다름없이 흘러 지나고 있었지만 분명한 것은 어제와 같진 않다는 사실이었다.

'뭔가 문제가 생긴 게 틀림없다.'

고든은 생각했다. 해적들에게 이것저것 할 일을 지시하고 난 후 자신의 동굴로 돌아온 고든은 짚더미 위에 몸을 누인 채 생각에 잠겼다.

'뭐지, 이 찜찜한 기분은?'

썩 유쾌한 기분은 아니었다. 아니, 솔직히 말해 굉장히 불쾌했다. 라일을 뚫어져라 바라보는 바투의 모습에 상당히 기분이 나빠져 버렸다. 더 문제인 것은 왜 그런 기분이 들었는지 모르겠단 것이었다. 고든은 천천히 눈을 굴렸다.

'왜 바투가 라일을 바라보는 것이 기분 나빴던 걸까.'

고든은 눈을 감았다 떴다. 그의 눈에 서렸던 의혹의 그림자는 금세 사라지고 없었다.

'아샤를 닮아서겠지.'

그래, 그래서일 거야, 고든은 중얼거렸다. 그 이유가 아니라면 왜 자신이 라일에게 관심을 가지겠는가. 답은 아주 명쾌하다, 그렇다고 생각했다. 이성은 그렇게 결론을 내렸지만 문제는 감성이었다. 마음 한구석에서 뭔가 스멀스멀한 기운이 피어오르는 것을 고든은 느낄 수 있었다.

'아샤를 닮아서라고.'

고든은 다시 생각에 몰두했다.

'그보다, 왜 바투는 라일을 그런 눈으로 바라봤던 걸까?'

생각은 꼬리에 꼬리를 물었다.

'라일이 뭐 실수라도 했나?'

고든은 가볍게 도리질했다. 실수했다고 그렇게 먹이를 노리는 맹수처럼 노려볼 바투가 아니었다. 대놓고 그 앞에서 한소리 하면 했지 기회를 노리려고 기다리거나 하는 사람이 아니었다.

'그 눈빛은.'

고든의 눈썹이 일그러졌다. 예리한 빛을 보이던 바투의 눈이 떠올랐다.

'설마 라일이 여자라는 걸 알아차리기라도 한 걸까.'

어쩐지 신빙성이 느껴지는 가설에 고든의 인상이 험악해졌다.

"둘 중 하나로군."

고든은 천천히 몸을 일으켰다. 그리고 동굴 밖으로 걸음을 옮겼다.

"라일에게 반했거나, 라일이 여자라는 사실을 눈치챘거나."

밖으로 나온 고든은 눈으로 바투를 찾았다. 식사를 마치고 일을 배정할 때 분명 바투에게 개리를 포함한 몇 명과 함께 그물 고치는 일을 맡겼었다. 하지만 그들 사이에 바투는 없었다.

"개리!"

고든의 부름에 만지작거리던 그물을 내던지고 개리가 숨을 헐떡이며 달려왔다.

"부르셨습니까, 두목!"

"바투는 어디 있지?"

개리는 잠시 당황한 빛을 얼굴에 드리웠다.

"바투는 어디에 있느냐고."

고든이 재차 묻자 개리는 떨떠름한 표정으로 입을 열었다.

"아까 생선 말리러 갔습니다."

고든의 눈썹이 하늘로 치솟았다.

"생선 말리러?"

"예, 짐 하고 일을 바꿨다고……."

생선 말리는 일은 분명 라일이 배정받은 일이었다.

"알았다."

고든은 곧장 생선 말리는 곳으로 걸어갔다. 뒤에 남겨진 개리는 갑자기 흉흉한 기운을 내뿜는 고든에 놀라 어안이 벙벙한 표정을 했다.

'불안하군.'

바투가 라일이 있는 곳으로 갔다는 말을 듣는 순간 불안감이 엄습했다. 바투는 남달리 눈치가 빨랐다. 어려서부터 온갖 고생을 해서인지 바투는 상황 판단도 빠르고 어떻게 해야 자신이 유리하게 되는지 알아차리는 것도 빨랐다.

'정말 바투는 라일이 여자라는 사실을 알아차린 걸까.'

고든은 걸음을 빨리했다. 만일 바투가 정말로 라일이 여자임을 알았다면 라일에게 해코지할 가능성이 높다는 생각이 들었다. 해적단에서의 바투의 위치를 생각하면 당연한 것이었다. 고든은 이제 거의 뛰다시피 하며 라일이 있는 곳으로 향했다.

"거참."

생선을 만지작거리며 라이라는 감탄사를 내뱉었다.

"어떻게 이렇게 되는 거지?"

갓 잡은 생선과 꾸덕꾸덕 마른 생선의 전혀 다른 촉감에 라이라는 정신이 팔려 있었다. 고향에 있을 때는 언제나 요리되어 나온 생선만 먹었기에 싱싱한 생선과 말린 생선, 절인 생선의 차이 같은 건 알지 못했는데 요 근래 들어 참 많은 것을 알게 된 것 같았다.

"그럼 고기 말린 것도 이것과 같으려나?"

그렇게 중얼거리던 그녀는 이상한 기분에 고개를 들어 주변을 둘러봤다.

"헉."

바람을 들이마시는 소리를 냈다가 라이라는 재빨리 다시 고개를 숙이고 일에 열중하는 척했다. 그리 멀리 떨어지지 않은 곳에서 자신을 뚫어져라 바라보는 바투가 있었다.

'왜 저러지?'

심장이 빠르게 뛰기 시작했다. 바투의 날카로운 눈초리는 분명 익숙한 것이었다. 잊을 수 없는 그 눈빛에 덜덜 손이 떨렸다. 라이라는 악몽과도 같은 지난날의 기억에서 여전히 자유롭지 않았다. 숨이 점점 가빠졌다.

'바투는 왜 여기에 있는 거지?'

분명 이 일을 함께하기로 되어 있는 건 짐과 어니스트였다. 그런데 어느 순간, 짐의 모습이 보이지 않더니 그 자리에 바투가 있었다. 그때만 해도 아무 생각 없었는데 자꾸 느껴지는 이상한 시선에 기분까지 이상해져 버리고 말았다.

'진짜, 내가 여자라는 걸 눈치챈 걸까?'

뒤통수로 서늘한 바람이 스쳐 지나갔다. 라이라는 부인하고 싶었지만 바투의 눈빛을 보건대 그가 알아챈 것이 틀림없다는 생각이 들었다.

'그러고 보니 아침에도 좀 이상했어.'

등줄기로 식은땀이 흘러내렸다. 바투가 평소와 달리 남자의 눈빛을 하고 있었음이 떠올랐다.

'어쩌지? 어떻게 해야 하지?'

생선의 마르지 않은 면을 하늘로 향해 뒤집으면서 그녀는 생각에 생각을 거듭했다.

'이럴 줄 알았으면 우겨서라도 테리와 같이 있는 건데.'

생각하면 할수록 초초함만 늘어갔다.

라이라가 초조하건 말건 바투는 우직하게 일하고 있는 어니스트를 어떻게 따돌릴까, 하는 생각에 몰두하고 있었다. 얼굴에 주름이 생기는 것을 극도로 싫어하는 바투였지만 지금 그의 이마는 내천 자로 일그러져 있었다.

바투의 심장 역시 빠르게 뛰어대고 있었다. 그대로 라일의 곁으로 가 확 끌어안고 싶은 충동이 원인이었다. 하지만 바투는 그녀가 여자라는 사실이 밝혀지는 것을 원치 않았다. 일단, 단둘이 있고 싶었다.

"어니스트."

마침내 핑곗거리를 찾아낸 바투가 숨도 쉬지 않고 생선을 뒤집는 어니스트를 불렀다. 그러나 그는 묵묵부답이었다.

"어니스트!"

바투가 빽 소리를 지르자 그제야 어니스트가 머리를 들고 바투를 바라봤다.

"어, 왜?"

"생선 좀 더 가져와!"

그의 말에 눈, 코, 입이 가운데로 몰린 어니스트의 얼굴이 우스꽝스럽게 일그러졌다.

"생선?"

"그래, 생선!"

말귀를 제대로 못 알아듣는 것이 어니스트의 특징이었다. 답답함에 바투는 더욱 크게 소리를 질렀다.

"생선을 더 가져와야 될 것 아냐!"

"다 했나?"

머리를 갸우뚱거리면서도 움직일 생각을 하지 않는 어니스트를 보며 바투는 눈을 부라렸다.

"아까 가져온 거 거의 다 작업했잖아! 더 가져와야지!"

"아, 그렇지."

"제가 가져올게요."

때는 이때다 싶은 라이라가 자신이 가져오겠다며 빈 바구니를 들었다.

"아니, 라일, 넌 남은 생선 말려야지."

바투가 만류했다.

"네 힘으로 생선 가져와 봤자 얼마 되지 않을 것 아냐. 힘은 어니스트가 세지."

"그래, 그래, 힘은 내가 세지."

제이슨처럼 덩치 좋은 어니스트였지만 그의 몸은 근육이 아니라 대부분 살이었다. 그럼에도 힘이 세다는 게 다행이었다. 거기다 어니스트가 유일하게 좋아하는 칭찬이 바로 힘 좋다는 말이었으니, 그는 입이 함지박만 해져서 바구니를 어깨에 둘러메고 생선을 가지러 사라졌다.

말린 생선이 주욱 늘어선 해변가에 정적이 흘렀다. 대부분의 해적은 바다로 나가 고기를 잡거나 섬에 조금 있는 땅을 일궈 밭을 만드는 일에 동원되었기에 지금 라이라가 있는 곳은 고즈넉하기만 했다.

'아, 진짜.'

라이라는 되도록 바투에게서 멀리 떨어지려고 애를 썼다. 아침나절에 있었던 일도 있고 해서 웬만하면 말도 섞지 않을 생각이었다.

"힘들지 않아?"

나지막하게 들려오는 목소리에 등에 소름이 돋았다.

"허억!"

펄쩍 뛰어오르다시피 하며 라이라는 두어 걸음 뒷걸음질 쳤다. 어느 틈에 바투가 가까이 다가와 있었다.

"왜 그렇게 놀라?"

그의 말투는 부드러웠지만 여성적인 것과는 거리가 멀었다.

"말없이 다가오니까 그렇죠!"

두려움을 감추느라 라이라의 목소리가 한층 더 커졌다.

"그렇다고 생선까지 버리다니."

놀라는 바람에 들고 있던 생선을 떨어뜨린 그녀를 나무라며 바투는 허리 굽혀 생선을 집어 들고는 탁탁 생선에 묻은 모래를 털어냈다. 그러는 중에도 바투의 눈은 그녀를 향해 있었다.

'저 눈!'

라이라는 시선을 돌려 버렸다. 욕망으로 서서히 물드는 눈을, 분명 기억하고 있었다.

'저 눈빛!'

그녀의 얼굴이 일그러졌다. 이제 떨림은 몸 전체로 번졌다.

"왜 그래?"

그녀의 변화에 바투가 살짝 당황해 물었다.

"아니, 아무것도 아니에요."

그녀는 바투가 눈치채지 못하게 가만히 숨을 토해냈다. 진정해야 했다. 자꾸 몰려오는 두려움과 불안함을 몰아내야 했다.

"너, 괜찮은 거야?"

기회였다. 걱정하며 라일 옆에 다가설 수 있는 기회. 바투는 그 기회를 놓치지 않았다. 눈엣가시 같은 테리도 없고 거치적거리던 어니스트도 완전히 사라져 버렸으니 바투는 자신의 감정을 마음껏 내비쳐도 될 터였다.

"……아!"

라일에게 순식간에 다가선 바투가 그녀의 손목을 잡아끌었다. 라이라는 저도 모르게 소리를 지르고 말았다.

"왜, 왜 이래요?"

가까스로 몰아낸 공포가 봇물처럼 샘솟아 올랐다.

"괜찮은 거냐고."

완전한 남자의 목소리와 손에서 느껴지는 강인한 힘에 라이라의 몸이 저절로 반응했다. 라이라는 바투에게 잡힌 손을 빼내려 힘껏 몸부림쳤다.

"이, 이거 놔요!"

라일의 말은 듣지도 않은 채 바투는 남은 손으로 그녀의 허리를 휘감았다. 그러고는 자신의 품으로 확 끌어당겼다.

"아앗!"

라이라의 입에서 터져 나온 뾰족한 목소리는 여자의 것이었다. 바투는 만족스럽게 웃었다.

'그래, 너, 여자였어.'

아무도 방해하지 않는다, 그 생각이 바투를 더욱 흥분하게 만들었다.

"가만히 있어!"

바투의 윽박지름은 라이라에게 들리지 않았다.

"이거 놔!"

부질없는 몸부림. 아무리 바투의 가슴을 밀고 때려도 바투는 꿈쩍도 하지 않았다. 오히려 바투는 상황을 즐기고 있었다. 언제나 여자로 살아오던 자신이 남자가 되는 지금 이 상황이 무척이나 마음에 들었다.

"놔!"

"놓으라잖아."

동시에 들려오는 같은 의미의 다른 목소리에 바투의 눈썹이 일그러졌다. 빠져나가려는 라이라와 가두려는 바투의 움직임이 동시에 멈췄다. 쏴아아, 파도 소리가 길게 울려 퍼졌다.

"싫다는데 뭐 하는 거야, 바투."

시원한 파도 소리를 뚫고 나른한 목소리가 잔잔하게 퍼져 나갔다. 고든, 바투의 입술이 달싹였다. 동시에 눈초리가 뾰족해졌다.

얼음처럼 서늘한 기운이 바투의 등줄기를 타고 흘러내렸다. 바투는 천천히, 머리를 돌렸다. 온몸이 딱딱해서 마치 삐걱거리는 소리가 들리는 것 같았다.

"뭐 하냐니까."

의문형도 아니요, 질책형도 아닌 그저 담담한 말투에 바투는 묘한 공포감을 맛봐야 했다. 눈빛만으로도 사람이 죽을 수 있을 것 같다는 것을 바투는 뼈저리게 느끼고 있었다.

바투의 품에 갇혀 옴짝달싹하지 못하는 라이라는 볼 수 없었지만 바투의 망막에 그려진 고든의 모습은 저승사자와도 같았다. 바닷바람을 타고 흩날리는 길고 검은 머리카락은 위압감을 주기에 충분했다. 눈만 내리깐 채 바투를 내려다보는 고든의 얼굴은 무표정했다. 그것이 더 오싹함을 안겨주었다.

"약자에게 위협을 가해선 안 된다."

그것은 맨 처음 해적단을 접수할 때 고든이 단원들을 모아놓고 못 박듯 말했던 것이었다. 왜 이제야 그 명령이 뇌리에 떠오른 걸까, 바투의 얼굴이 핼쑥해졌다.

"아, 저기, 나, 난……."

순식간에 분위기가 바뀌고 말았다. 라이라 앞에서 남성다움을 표출하던 바투는 다시 고분고분한 모습으로 돌아가 라이라를 잡고 있던 손의 힘을 풀었다. 그 틈을 놓칠세라 그녀가 서둘러 바투에게서 떨어졌다. 그러나 너무 놀란 나머지 모래 위에서 제대로 걷지 못하고 비틀거리고 말았다.

"이봐, 조심하라고."

바투를 스쳐 지나며 고든은 모래에 걸려 넘어지려는 라이라를 가까스로 붙잡을 수 있었다.

"아……."

입이 떨어지지 않았다. 바투로 인해 기억해 낸 공포는 여전히 그녀에게 머물고 있었다. 와들와들 떨고 있는 그녀의 눈에는 아무것도 보이지 않았다. 그저 눈앞이 캄캄하기만 했다.

'왜 이러지?'

라이라의 떨림이 팔을 잡고 있는 고든에게로 고스란히 전달되었다. 적잖이 당황했으나 고든은 내색하지 않고 그대로 그녀를 부축한 채 바투를 바라봤다.

"뭐 하는 거냐고 물었다."

이제 확인해야 할 것은 과연 바투가 라일의 정체를 알아챘느냐 하는 것이었다. 날카로운 고든의 눈빛이 바투의 얼굴을 훑었다. 다시 얌전한 모습으로 돌아간 바투는 천연덕스런 표정을 짓고 있었다.

"그냥 장난 좀 친 거야."

어깨까지 으쓱거리며 바투는 아무것도 아닌 투로 말했다.

"……장난?"

여전히 몸을 떨고 있는 그녀의 모습은 결코 장난에 의한 것이 아니었다. 고든의 눈썹이 움찔했다.

"사내자식이 뭐 그런 걸로 놀라는지, 원."

쯧, 혀까지 차며 바투는 라일을 힐끔거렸다. 바투는 자신이 그녀의 정체를 알고 있다는 사실을 꼭꼭 숨겨야 했다. 고든이 여자에게 관심이 없다는 사실쯤은 알고 있지만 그래도 그 역시 남자.

쏴아아.

두 남자 사이의 정적을 파도 소리가 메워주었다. 고든은 자꾸 다리에 힘이 풀려 주저앉으려는 라일을 안전한 곳으로 데려가야 할 필요성을 느꼈다.

"장난이 아주 심했나 보군."

고든의 말에 바투는 다시 어깨를 으쓱거렸다. 아무렇지도 않은 얼굴을 하고 있지만 바투는 속이 끓고 있었다. 처음엔 팔만 잡아 주던 고든의 손이 어느새 그녀의 어깨를 단단히 움켜쥐고 있었기 때문이었다.

"그런데 두목이 이곳엔 어쩐 일로."

말을 하던 바투가 제 발 저려 입을 다물었다. 담담한 표정을 유지하던 고든의 한쪽 입꼬리가 슬며시 올라갔다.

"분명 이곳 일을 배당받은 사람은 네가 아닐 텐데."

바투는 입을 닫았다. 라일 때문에 왔다는 말을 할 수 없었다. 사실대로 말하다 보면 그녀가 여자라는 말이 튀어나올 게 자명했다. 바투는 은근슬쩍 고든의 시선을 외면하며 재빨리 머리를 굴렸다. 변명거리를 만들어야 했다.

"어어이!"

아주 짧은 침묵을 무참히 깨는 커다란 목소리가 들려온 건 그 때였다.

"두목!"

고든을 부르며 다가오고 있는 사람은 어니스트였다. 아까 짊어 졌던 바구니와 똑같은 바구니를 하나 더 짊어진 채 어니스트는 커다란 보폭으로 두 사람을 향해 걸어오고 있었다.

"두목이 어쩐 일이십니까?"

쿵, 생선이 가득한 두 개의 바구니를 내려놓으며 어니스트가 고든을 향해 물었다.

"그냥 와봤다."

더 이상 여기에 머무를 수 없다고 고든은 판단했다. 자꾸 미끄러지는 라일의 몸을 지탱하려면 보다 안전한 장소가 필요했다.

"어? 얘는 왜 이럽니까?"

라일에게 시선을 주며 어니스트가 놀라 물었다.

"바투가 라일에게 너무 심한 장난을 쳐서 혼이 나간 모양이다."

고든은 마침 필요한 말을 물어주는 어니스트가 마치 구세주 같았다.

"딱 보니 별로 일할 건 없어 보이는군."

"예에? 바구니 두 개 가득 생선이……."

"두 사람이면 충분하겠지. 난 이만 라일을 데리고 가야겠다. 얘가 완전히 풀어졌어."

"아, 예."

팽팽한 긴장감을 주고받았던 바투와는 달리 어니스트하고는 이야기 진행이 빨랐다. 고든은 고개를 까딱여 보이고는 라일의 어깨에 놓인 손을 내려 허리를 휘감았다. 아무래도 부축한 채 움직이려면 그쪽이 훨씬 편했다.

"도대체 라일에게 무슨 짓을 한 거야? 뭘 했기에 쟤가 저 모양인 거야?"

라일과 고든의 모습이 멀어지자 어니스트가 바투에게 물었다.

그러나 답은 들리지 않았다.

"바투?"

고든의 뒷모습에서 시선을 뗀 어니스트가 바투를 바라봤다. 그러고는 곧바로 헉, 하며 크게 숨을 들이마셨다.

"……바투?"

바투가 낯설었다. 계집처럼 삐친 표정의 바투를 보는 것은 흔한 일이었지만 이렇게 분노가 가득한 표정은 처음 보는 것이어서 어니스트는 작은 눈을 왕방울만 하게 떴다.

바투는 주먹을 꾹 쥐었다. 가슴이 진탕 쳤다. 어니스트의 말은 들리지도 않았다. 벌벌 떨리는 주먹에 힘을 주며 바투는 멀어져 가는 고든을 노려봤다. 누구에게나 친절하고 배려 깊은 남자라는 건 알고 있었다. 하지만 라일이 여자인 이상, 그녀에게 대하는 다른 이들의 모든 행동 하나하나가 바투는 거슬렸다.

'설마 두목, 알고 있는 거야?'

머리를 스쳐 가는 의문에 바투는 얼굴을 일그러뜨렸다.

'아냐, 알고 있다면 저렇게 내버려 두지는 않을 텐데?'

아무리 뭍으로 나가 욕구를 푼다 해도 한 달에 한 번씩, 나가는 인원은 열 명 정도뿐. 그러니 백여 명이 되는 해적들이 마음껏 욕구를 풀 수 있는 횟수는 아니었다. 그런 욕구불만인 사내들 사이에 여자를 떨어뜨려 놓는다는 것이 얼마나 위험한 일인지, 그 역시 알고 있을 것이다.

'모르는 건가?'

하지만 라일을 조심스럽게 부축하는 손길은 그가 사실을 아는 것 같기도 했다.

"어우, 도대체 뭐야!"

버럭 소리를 지르는 바투 옆에 있던 어니스트가 깜짝 놀라 움찔거렸다.

"바, 바투? 왜 그래?"

하지만 여전히 바투의 눈과 귀에는 그 어떤 것도 보이지도, 들리지도 않았다.

"안다고 해도 상관없어."

그랬다. 상관없었다.

'어떻게 해서든 내 것으로 만든다.'

생각만으로도 흥분이 일었다. 자신이 남자임을 확인시켜 주는 라일을 결코 놓칠 수 없다고 바투는 생각했다.

'테리와 고든이 없는 틈을 이용하면.'

바투는 그렇게 중얼거리다 뭔가 결심한 듯 눈을 번뜩였다. 그 모습이 너무 이상하고 흉흉해 어니스트는 말을 더 걸려던 것을 포기하고 자신이 가져온 바구니에서 생선을 주섬주섬 꺼내 들고는 말리는 일에 착수했다.

'요상한 표정 짓고 있는 바투는 건들면 안 되지.'

다년간의 경험으로 익히 알고 있는 사실이었다. 다혈질에 다중인격 같은 성격의 바투가 남다른 행동이나 표정을 하고 있을 때는 그저 몸을 사리는 것이 최선이었다. 어니스트는 바투의 눈에 띄지 않게 최대한 몸을 웅크린 채 생선을 널고 또 널었다.

11장
폭풍전야

　한편, 섬에서 가장 안전한 장소인 자신의 동굴로 걸음을 옮기던 고든은 난처한 상황에 봉착하고 말았다.

　"허어."

　동굴로 향하던 중, 기어이 라일이 쓰러지고 만 것이다. 축 늘어지는 그녀를 품에 안고서 고든은 난감해졌다.

　'도대체 바투 녀석, 뭘 한 거야?'

　다행히 동굴까지 오는 도중 마주친 사람은 아무도 없었다. 기절한 라일을 짚더미에 내려놓으려던 고든이 잠시 멈칫거렸다.

　'이거, 내 땀으로 축축할 텐데 귀족 아가씨에게 폐가 되지 않으려나?'

　고민은 찰나였다. 고든은 조심스럽게 라일을 짚더미 위에 눕혔다.

　"으으……."

정신을 잃은 와중에도 신음을 흘리는 라일의 모습에 고든의 굵은 눈썹이 심하게 꿈틀거렸다. 고든은 물끄러미 라일을 내려다보다가 그 옆에 자리를 잡고 앉았다.

"후우."

고든의 낯빛이 어두워졌다. 창백한 라일이 안쓰럽게 느껴졌다.

"곱게 자란 귀족 아가씨가, 참."

고든은 말을 잇지 못했다. 그러는 자기 자신도 황족이지 않은가. 어떤 연유로 이런 흉흉한 일을 겪고 있는지 몰라도 어쩐지 동병상련의 아픔이 느껴져 그저 가만히 라일의 얼굴만 바라봤다.

고든의 동굴은 섬에서 제일 안쪽에 있으면서도 가장 높은 곳에 위치해서 태양 빛을 고스란히 받을 수 있는 최적의 장소였다. 자연이 빚어놓은 천연의 창문으로 흘러들어오는 빛이 동굴 안을 밝혀주는 동시에 따뜻하게 만들어주었다. 빛 무리가 영롱하게 뭉쳐 동굴 곳곳을 돌아다니다가 지친 기색이 역력한 라일의 얼굴 위로 살포시 내려앉았다.

"그러고 보니, 예쁜 얼굴이군."

고든은 혹시 누가 듣지나 않았을까, 동굴을 휘휘 둘러보았다. 당연하게도 라일과 자신 외의 사람이 없다는 사실에 마음을 놓으며 고든은 다시 그녀의 얼굴에 시선을 꽂았다.

'반역의 죄를 뒤집어쓰지 않았다면 우아한 귀부인이 됐을지도 모르는데.'

그것은 자신에게 한 말이나 다름없었다. 그렇게 당하지만 않았어도 제국을 다스리는 황제가 되었을 텐데. 배다른 동생인 달시에게 왕좌에서 내쳐져 겨우 목숨을 부지한 채 해적 신세가 된 자신에게 한 말이었다.

'며칠 땡볕에서 일했는데도 피부가 좋네.'

가까이 그리고 꼼꼼히 지켜보며 고든은 라일의 피부가 굉장히 좋다는 사실을 알아차렸다. 바닷가 햇빛에 타서 조금 가무잡잡해지긴 했지만 피부는 고왔다. 긴 속눈썹도, 단정하게 손질된 눈썹도, 고른 숨소리도 모두 고스란히 고든의 눈동자에 새겨졌다.

"굉장히 강한 아가씨야."

은연중에 품고 있던 생각이 입 밖으로 나와 버렸다. 또다시 고든은 흘끔거리며 주변과 그녀를 살폈다. 자신과 하늘과 땅만이 들었을 그 말에 도리질하며 괜스레 주변을 흘끔거렸다.

'내가 왜 이러나.'

고든이 다시 라일에게 시선을 주었다.

'이 아가씨는 앞으로 어떻게 될까?'

문득 떠오른 의문을 고든은 애써 외면했다. 신경 쓸 필요는 없다, 마음먹어도 어쩐지 신경이 쓰였다. 고든은 자신의 상태에 의아함을 느꼈다. 라일이 또 다른 동생인 아샤와 닮아 처음부터 신경이 쓰인 것은 사실이었다. 하지만 이제는 그것뿐만은 아닌 것 같았다.

"귀족 아가씨치고 검을 잘 다뤄서 신기한 건가?"

영 자신 없는 목소리였다. 하지만 그 또한 고든의 마음을 움직인 것은 사실이었다. 처음 봤을 때는 그저 칼 부리는 솜씨가 좋은 미소년이라고 생각했다. 호리호리한 외형과는 달리 당돌해 보이기까지 했던 눈빛 역시 아샤를 닮아 마음이 움직인 것이었다.

그것은 분명 변명이었다. 그렇다고는 해도 고든은 딱 부러지게 자신의 마음을 단정 짓기 힘들었다. 분명 라일이 신경 쓰였지만 그 이유가 참으로 불분명하다고 판단한 탓이었다.

'뭐, 흔히 보던 귀족 영애와는 조금 다른 아가씨니까.'

피식, 고든은 웃음을 흘리며 그녀를 가만히 내려다봤다. 확실히 라일은 지금까지 그가 봐왔던 귀족 아가씨들과는 달랐다. 보통의 귀족 아가씨라면 반역의 죄를 뒤집어쓴 상황에 직면했을 때 어떤 행동을 할까.

"흐음."

가문이 반역죄로 몰살당한다면 곱게 자라기만 한 아가씨들은 아무것도 하지 못한 채 가족들과 같이 죽임을 당하거나 혹은 귀족 신분을 박탈당한 채 평민보다 못한 노예 생활을 하게 된다. 그 반역죄가 진짜이든 혹은 누명이든 귀족 아가씨들이 할 수 있는 건 없었다. 그런데 눈앞의 아가씨는 아버지가 처형을 당했는데도 도망을 치고, 남장을 한 채 해적까지 되었다.

'도대체 무슨 속셈인 거지?'

라일을 바라보는 고든의 눈빛은 애틋했다. 본인 스스로는 깨닫지 못하고 있었지만 그의 마음 깊은 곳에서는 그녀에 대한 감정이 조금씩 조금씩 피어오르고 있었다.

"으으……."

가느다란 신음 소리에 고든은 그녀에게로 몸을 가까이 했다. 라이라가 천천히 눈을 떴다. 어쩐지 몸이 무거워 눈을 뜨는 데도 상당한 기운을 써야만 했다.

'여기, 어디지?'

왠지 모를 낯섦에 그녀는 눈을 깜빡였다.

'생선을 말리고 있었는데……. 어니스트가 생선을 가지러 간 다음에 바투가……!'

흡, 바람을 들이마시며 그녀가 벌떡 일어났다. 바투의 눈빛이 떠올랐다. 덩달아 몸이 사시나무 떨듯 떨리기 시작했다.

"왜 그래?"

그 와중에 들려오는 낯선 남자의 목소리에 라이라는 더욱 공포에 질리고 말았다.

"아악!"

라이라의 입에서 찢어지는 비명 소리가 났다. 라이라는 벌벌 떨며 몸을 웅크린 채로 계속 비명을 질렀다.

"이, 이봐!"

갑작스런 비명에 화들짝 놀란 고든이 커다란 손으로 그녀의 입을 틀어막았다. 다른 사람들이 들으면 안 되기 때문이었다. 하지만 그의 행동은 라이라에게 더욱 공포로 다가왔다.

"으, 읍!"

기다란 속눈썹이 파르르 떨렸다. 초점 없는 눈동자는 고든을 알아보지 못하고 이리저리 흔들렸다.

"이봐, 왜 이러는 거야?"

느닷없는 라일의 발작에 고든은 적잖이 당황했다. 좀 진정하라며 속삭이듯 다그쳤지만 그 소리 또한 그녀에게 닿지 않았다.

"허, 헉!"

숨넘어가는 소리에 고든은 황급히 라일의 입에서 손을 떼어냈다. 하지만 그보다 먼저 그녀의 몸이 축 늘어지고 말았다.

"이, 이봐, 라일?"

가쁜 숨을 몰아쉬던 라이라는 자신을 '라일'이라고 부르는 소리에 가까스로 정신을 차릴 수 있었다.

"으으."

그럼에도 그녀는 자신의 몸이 마음대로 움직이지 않는다는 사실을 깨달았다. 심장이 무섭게 뛰어대고 몸의 떨림은 멈추지 않았다. 동굴 안에, 거기다 덩치 큰 사내와 단둘이 있다는 사실이 바투로 인해 시작된 공포를 더욱더 극한으로 만들었다.

"……괜, 찮냐?"

한눈에 봐도 딱히 좋은 상황은 아니었다. 동굴로 데려올 때보다 라일의 얼굴은 더욱 하얗게 질렸고 뭐에 놀란 건지 여전히 공포로 가득한 눈은 불안하게 흔들리고 있었다. 계속 이름을 부르자 라일의 떨림이 조금씩 잦아들었다. 천천히, 그녀의 눈에 빛이 돌았다.

"내, 내가 왜, 왜 여기에 있는 거죠?"

가까스로 입술을 달싹이는 라이라의 목소리는 잔뜩 메말라 있었다. 제 앞에 바투가 아닌 고든이 있다는 사실을 인지하고 나자 그녀는 묘하게도 안정되었다.

"정신을 잃었거든, 네가."

고든은 대수롭지 않은 듯 말했다. 자신감 넘치고 당당하던 그녀가 겁에 잔뜩 질려 벌벌 떠는 게 예사롭지 않아 보여 걱정이 됐지만 손을 대지는 않았다. 방금 전 보인 라일의 반응에 무언가를 느낀 탓이었다.

라이라는 가만히 숨을 몰아쉬기만 했다. 그녀는 고든의 말을 곱씹었다. 고든이 자신을 바투에게서 구해준 것이었다.

"괜찮은 거냐?"

무뚝뚝한 말투에 담긴 걱정이 느껴져 그녀가 새삼스런 눈으로 고든을 바라봤다. 희미한 빛들이 부딪치며 동굴을 밝혀준 덕에 고든의 얼굴이 똑똑히 보였다.

"……네."

순간, 라이라는 자신이 여자라는 사실을 고든이 알고 있지 않을까 하는 의심이 들었다. 조심스럽게 옷매무새를 정리하며 그녀는 가만히 고든을 곁눈으로 바라봤다. 하지만 고든은 이미 그녀를 보고 있지 않았다.

"넌 왜 그렇게 몸이 약한 거지? 걸핏하면 쓰러지기나 하고."

자리에서 일어나며 퉁을 주는 고든이 왠지 싫지 않았다.

"나 이만 나가봐야 하니까 좀 누워 있다가 정신이 들면 일하러 가라. 꼭 정신 들면 나가야 해. 남들한테 피해 주면 안 되니까. 알았나?"

간신히 고개를 끄덕이는 그녀에게 등을 돌리며 고든은 다시 말을 이었다.

"아무도 안 올 거니까 푹 자두는 것도 나쁘진 않을 거다."

라이라가 마음 놓고 쉴 수 있도록 동굴 밖으로 나온 고든의 얼굴은 무시무시했다.

'도대체 무슨 일을 겪은 거냐.'

겁에 질려 덜덜 떨던 그녀의 모습이 뇌리에 깊숙이 박히고 말았다. 공포 가득한 푸른 눈동자가 자꾸 어른거렸다.

'그러고 보니 지난번에도……'

일전에 단둘이 동굴에 있었을 때도 그녀가 픽 쓰러졌던 기억이 떠올랐다. 고든은 미간을 좁혔다. 제국을 떠나온 이후로 그는 온 갖 것을 경험하며 세상에 대한 이해도가 높아졌다. 세상 밖으로 나와 죽을 고비를 넘기면서 경험한 것들은 고든을 타인에게 이해 심 많고 배려 깊은 사람으로 만들었다. 고든은 입을 굳게 다물었 다. 말을 하지 않아도 라일의 반응이 무엇 때문인지 어렴풋이 알 수 있었다. 고든은 한동안 움직임 없이 동굴 앞에 서 있었다.

✤

라일에게 향해 있던 바투의 촉각이 한층 더 바빠졌다. 전처럼 무뚝뚝한 고든이었지만 그녀를 바라보는 시선에 어딘지 묘한 기 운이 담겨 있었기 때문이었다. 바투는 그것이 신경 쓰였다.

'두목은, 아는 걸까?'

바투는 초조해졌다.

'그래, 라일이 여자라는 걸 알아차린 게 분명해.'

바투가 허리춤의 단검을 신경질적으로 꺼내 들었다.

'두목과 싸워야 하는 걸까.'

단검을 손질하던 바투의 손이 문득 멈췄다. 하지만 이내 곧바 로 도리질했다.

'두목을 어떻게 이겨.'

그럼에도 바투의 눈은 매의 그것처럼 날카롭게 빛나고 있었다. 혼자 있는 동굴은 고즈넉했다. 제이슨이 물질하러 나간 후 바투 는 검을 손질하며 생각에 잠겨 있었다.

'그렇지!'

신중하게 검을 손질하던 바투가 고개를 번쩍 들었다. 천사 같은 얼굴에 악마와도 같은 광기가 번들거렸다.

'이때쯤 두목이 자리를 비우지?'

한 달에 한 번, 무슨 일인지 고든은 꼭 이맘때 뭍으로 나가 이삼 일을 지내다 오곤 했다는 사실이 떠올랐다.

"기회로군."

비릿한 웃음이 바투의 얼굴에 걸렸다.

"문제는 테리란 녀석인데."

바투는 가만히 중얼거렸다. 일단 가장 큰 걸림돌인 고든이 섬을 비우게 되면 섬을 통솔하는 자는 이인자인 제이슨이다. 제이슨이야 어르고 달래면 분명 자신의 말에 깜빡 넘어갈 터.

'흥, 테리란 녀석, 그냥 확 섬에서 쫓아내 버릴까.'

그렇지 않아도 라일 옆에 딱 달라붙어 있는 게 보기 싫었기에 심술이 튀어나왔다.

'그래, 기회를 봐서 쫓아내고 고든한테는 스스로 떠났다고 하는 거야!'

히죽, 만족스런 미소가 입가에 걸렸지만 바투의 눈은 웃지 않았다.

'라일 녀석이야.'

바투의 얼굴이 묘하게 일그러졌다.

'아무 말도 못 하겠지.'

바투의 이중성은, 미소로 모든 것을 덮으려 하는 데에 있었다. 본인 자신도 남자에게 억지로 당했던 쓰라린 과거가 있으면서도 라일에게 똑같이 하려는 이중적인 행태. 그것은 본능이었다. 남자로서 끓어오르는 불같은 소유욕. 비록 여자인 척 살아간다 해도 바투는 남자였기에 자신의 성 정체성을 일깨워 준 그녀를 결코 놓을 수 없다고 생각했다.

"라일, 넌 이제 내 여자다."

득의양양한 웃음이 치솟았다. 그 가느다란 허리를 잡고 품에 끌어안으면 얼마나 좋을까, 생각만으로도 즐거웠다. 이제 난 여자가 아닌 남자로 다시 태어날 수 있어, 바투의 심장이 살아 있다고 외치고 있었다.

"바투, 뭐 해?"

언제 왔는지 제이슨이 물을 뚝뚝 흘리며 바투 앞에 장승처럼 서 있었다.

"어, 어, 언제 왔어, 제이슨?"

라이라에 대한 생각에 잠겨 있던 바투가 놀라 몸을 일으켰다.

"지금 막."

바투는 자신이 말한 것을 혹시 제이슨이 들었나 싶어 조심스럽게 눈치를 살폈다. 그러나 제이슨의 얼굴은 무덤덤했다. 한층 마음을 놓은 바투가 구석에 놓인 마른 수건을 집어 들었다.

"춥겠어, 제이슨."

"음."

제이슨은 말이 없었다. 바투가 건네는 수건으로 몸의 물기를 닦아낸 제이슨은 말없이 바투의 손목을 홱 낚아챘다.

"아앗!"

바투는 힘없이 제이슨의 품으로 쓰러졌다.

"이러지 맛!"

역정을 내며 바투는 힘껏 제이슨의 가슴을 밀쳐냈다. 그 힘에 의해 제이슨은 두어 걸음 뒤로 밀려났다. 그리고 무시무시한 눈으로 바투를 쏘아봤다.

"제, 제이슨⋯⋯?"

처음 보는 제이슨의 표정에 바투는 저도 모르게 말을 더듬었다.

"왜 그러는 거냐, 바투."

"⋯⋯으, 응?"

바투는 온몸으로 제이슨의 분노를 느끼고 있었다. 지금까지 그는 단 한 번도 제이슨의 요구에 응하지 않은 적이 없었다. 하지만 지금은 그러고 싶지 않았다. 이제 막 되찾은 남자로서의 기분을 망치고 싶지 않았다.

"너, 이상해."

당황한 바투의 눈이 이리저리 흔들렸다.

"아, 아니, 난⋯⋯."

아주 오랜만에 되찾은 남자의 모습이 서서히 사그라졌다.

"제이슨이 갑자기 덤비니까 그렇지!"

뾰족한 목소리는 여자의 것이고 파르르 떠는 모습도 여느 때의 바투와 같았다. 하지만 제이슨의 눈에는 예전과 같아 보이지 않았다.

"무슨 일, 있는 거냐?"

제이슨은 바투에게 한없이 다정한 남자였다. 그러나 지금의 제이슨에게는 다정함이란 찾아볼 수가 없었다. 그럼에도 바투는 그 사실을 미처 알아차리지 못했다. 오로지 라일을 품을 생각만이 머릿속을 지배하고 있었기에 그는 제이슨의 이상을 눈치채지 못했다.

"아니, 아무 일도 없어!"

바투는 다시 소리쳤다.

"그냥, 그냥 지금은 하고 싶지 않아서 그래."

다소 풀 죽은 목소리에 제이슨은 꽤나 꼼꼼한 눈으로 바투의 얼굴을 샅샅이 살폈다. 여전히 흔들리는 눈빛은 바투가 무언가를 숨기고 있다는 사실을 말해주고 있었다.

"……그래?"

불행히도 바투의 상대는 고든이 아니었다. 며칠 새 바투와 라이라를 지켜보던 제이슨은 자신이 한계에 다다랐음을 깨달았다.

"알았다."

제이슨은 바로 등을 돌려 동굴 밖으로 나섰다. 바투에게 화가 났지만 그를 나무라고 싶지 않았다.

'라일, 이 자식.'

바투가 변한 원인은 분명 라일 때문이다. 제이슨은 생각했다.

'라일만 없으면 된다.'

제이슨이 내린 결론은 지극히 단순했다. 원인이 없으면 분란은 사라질 터. 제이슨은 흉흉한 기운을 온몸으로 내뿜으며 라일과 테리가 머무는 동굴 쪽으로 향했다.

'라일, 넌 이제 내 여자다, 라고 말했어.'

동굴에 들어서자마자 들었던 바투의 말을 다시 떠올리며 제이슨은 이마를 구겼다.

'그건 라일이 여자라는 뜻인가?'

제이슨의 머리가 기우뚱거렸다.

'설마, 그럴 리는 없겠지. 그럼 라일에게 반했다는 거군. 남자 역할을 하고 싶었던 건가, 바투 녀석.'

이유가 어쨌든 바투의 관심이 자신이 아닌 다른 남자에게 쏠리는 것이 기분 나빴다. 바투는 오직 자신의 것이어야 했다. 라일의 동굴 앞에 다다른 제이슨은 숨을 골랐다. 이제 이 동굴 안을 쑥대밭으로 만들 것이다. 제이슨의 질투는 하늘을 찌를 듯 치솟았다. 그러던 중 동굴 안에서 들려오는 말소리에 제이슨은 숨 쉬는 것조차 멈춰 버리고 말았다.

"아가씨."

"아유, 테리. 제발 호칭 좀!"

"아 그렇지, 하지만 아직은 몸을 숨겨야 해."

도란도란 들려오는 말소리에 제이슨의 작은 눈이 커졌다. 제이슨은 조심조심 거적에 바싹 귀를 갖다 댔다.

"바투의 낌새가 이상하단 말이야."

"응?"

라이라가 꿀꺽 침을 삼켰다. 며칠 동안 혼자 끙끙거렸지만 역시 테리도 알아야 할 것 같았다.

"아무래도 바투가 눈치챈 것 같아."

테리의 눈썹이 꿈틀거렸다. 그녀는 작게 한숨을 쉬고 눈을 꼭 감았다.

"내가, 여자라는 거."

적막이 동굴 안에 휘몰아쳤다. 소용돌이와도 같은 어지러운 침묵이었다.

"아가씨."

한참 뒤에야 테리가 입을 열었다.

"이 섬을 떠야겠습니다."

"……응."

불안했지만, 섬 밖의 세상은 위험할 게 분명했지만 이제 이 섬도 더 이상 안전지대가 아니라는 판단이 선 테리는 섬을 떠나기로 마음먹었다.

'라일이 여자?'

불행의 씨앗이 꽃망울을 터뜨렸다. 라일이 여자라는 말에 놀라 서둘러 자리를 뜨는 바람에 라일과 테리가 섬을 떠나야겠다고 한 것은 듣지 못한 제이슨의 눈에 불꽃이 튀었다.

'라일이 여자! 그래서 바투가!'

아니, 그보다 해적단에 여자가 있다는 사실이 더 큰 문제였다. 비록 지금은 이인자이지만 제이슨은 해적단의 전(前) 두목이었다.

해적에게 여자는 필요악이었다. 해적선에 여자를 태우면 반드시 바다 신의 노여움을 사 배는 전복되고, 해적단에 여자가 섞이면 그 해적단은 자멸한다는 미신 아닌 미신이 있었다.

'없애야 해!'

바투에 대한 질투심도 질투심이지만 해적단이 사라지는 꼴을 두고 볼 수는 없었다.

'여자가 우리 해적단에 있다니……!'

제이슨의 걸음이 사나워졌다. 이 중대한 일을 모두에게 알려야 했다.

"죽. 인. 다."

한 자 한 자 끊어 내뱉는 말에 살기가 배어들었다.

질투의 마음이 아니더라도 죽여야 한다. 제이슨은 마음을 굳게 먹었다.

"아니지."

문득 제이슨은 떠오른 생각에 걸음을 멈췄다.

'분명 고든이라면 그냥 내버려 두겠지?'

고든의 성정상, 미신이라며 코웃음 칠 것이 빤했다. 제이슨은 찬찬히 생각했다.

'난 라일 녀석을 없애야 한다고.'

그것은 해적단을 위한 일이기도 하고 자신의 연적에 대한 응징이기도 했다.

⚜

고든의 검은 눈이 라일을 응시했다.

'괜찮을까.'

한숨이 푹푹 나왔다. 이삼 일 정도 섬을 비워야 하는데 그동안 바투가 무슨 해코지라도 하지 않을지 걱정이 됐다.

"이봐."

고든은 조용히 테리를 불렀다.

"무슨 일이십니까."

테리는 고든에게 말하지 않은 채 섬을 떠날 생각이었다. 이유

를 묻기라도 하면 라이라가 여자라는 사실을 밝혀야 하기 때문이
었다.

"네 주인 옆을 잘 지키도록."

"……예?"

"내 할 말은 그게 다. 자, 가봐."

뜬금없는 말을 전하는 고든에게 이상한 표정을 지어 보인 테리
는 곧장 라이라의 곁으로 갔다. 고든이 말하지 않아도 라이라를
지키는 것은 그의 일이었다.

"자, 모여라!"

고든의 우렁찬 고함에 해적들이 하나둘 모습을 드러냈다. 해적
들이 모두 모이자 고든은 높은 바위에 올라서서 그들을 내려다봤
다.

"이틀간 자리를 비우겠다. 평상시처럼 지내도록."

한 달에 한 번, 월례 행사처럼 섬에서 사라지는 고든을 모두 알
고 있었다. 고든이 섬을 비워도 질서는 제대로 유지되었는데 그것
은 제이슨이 자리를 잘 지키고 있기 때문이었다.

'오늘 밤이다.'

바투의 눈이 빛났다. 바로 오늘 밤, 자신의 계획을 실행할 생각
이었다. 제이슨을 유도해 테리를 라일 옆에서 떼어낸 뒤 라일을
자신의 것으로 만들 것이다. 하지만 그것은 바투의 생각일 뿐이
었다. 고든의 모습이 멀어지자마자 제이슨이 고든이 있던 바위 위
로 올라섰다.

"들어라!"

제이슨은 아주 오랜만에 두목으로서의 면모를 보였다.

"난 우리 해적단이 오래오래 지속되기를 바란다!"

느닷없는 말에 모인 해적들은 어리둥절한 표정을 지어 보였다.

"당연하지 부두목! 우리 웃는 해적단은 영원하다!"

짐의 부추김에 해적들이 모두 손을 하늘 높이 들며 '우오어!' 하고 소리쳤다. 제이슨은 함성이 가라앉기를 기다렸다.

"우리에게 비밀은 없다. 그건 알고 있겠지?"

해적들은 다시 소리를 질렀다.

"그런데 우리 중에 비밀을 안고 있는 자가 있다! 그것도 우리 해적단을 망칠 정도의 큰 비밀을!"

해적들이 눈이 휘둥그레졌다. 지금껏 그런 전례가 없었기 때문이었다. 저마다 서로를 돌아보며 어리둥절한 얼굴을 했다.

"무슨 소리야, 부두목?"

"해적단을 망친다니?"

소란이 일자 제이슨은 입을 다물었다. 그리고 군중 속에 있는 바투와 라일, 테리를 번갈아 바라봤다. 소름 끼치도록 차가운 눈빛에 바투가 라일의 곁으로 다가섰다. 산전수전 다 겪은 바투의 느낌이 위험하다고 외치고 있었다. 그녀를 바라보는 제이슨의 시선이 표독하게 느껴진 까닭이었다.

"이 안에 여자가 있다!"

그 말의 파장은 한없이 컸다. 순식간에 고요해진 해적들 사이로 어, 어, 하는 놀람의 탄성이 터지더니 그것은 이내 분노가 되었다.

"여자? 여자라고?"

"우리 해적단에 여자가 있단 말이야?"

"오, 안 돼! 우린 신의 노여움을 사고 말 거야!"

큰 소란이 일었다. 서로서로 노려보며 해적들은 험악한 시선을 던지며 혼란스러워했다.

"도대체 여자가 어디에 있다는 거야, 제이슨!"

자신에게 쏠린 시선을 즐기며 제이슨이 바위에서 내려왔다. 그리고 천천히 라일을 향해 걸음을 옮겼다.

라이라는 정신이 아득해졌다.

'들켰다!'

몸이 움직이지 않았다. 수많은 해적들 틈에서 빠져나가야 하는데 그럴 수 없었다. 테리 역시 당황하기는 마찬가지였다. 이제 검까지 빼 들고 자신들 앞으로 다가서는 제이슨을 그저 노려보기만할 뿐이었다.

"너!"

제이슨의 날카로운 칼끝이 정확히 라일을 가리켰다.

"정체를 밝혀라!"

제이슨이 라일에게 다가서자 해적들이 둥글게 원을 그리며 그 주위로 둘러섰다. 그들의 얼굴에는 놀람과 경악이 교차했다.

"라일? 라일이 여자야?"

"저 녀석이 여자라고? 하긴 예쁘장하긴 하지만……. 어떻게 여자일 수가 있지?"

해적들은 날렵하고 검을 잘 쓰던 라일이 여자라는 말을 믿을 수 없었다.

스릉.

테리 역시 칼을 빼 들었다.

"뭐 하는 겁니까."

"뭐 하는 거야, 제이슨!"

테리와 바투가 동시에 소리쳤다. 라이라를 지켜야 했다. 테리는 사나운 눈으로 제이슨을 바라봤다. 하지만 제이슨에게는 해적 무리가 있었다.

"잡아."

제이슨의 말이 떨어지기가 무섭게 테리 옆에 있던 해적 두 명이 테리의 양팔을 단단히 붙잡았다.

해적들에게 팔을 붙잡힌 테리가 몸부림을 쳤지만 혼자 몸으로 그들을 막을 수는 없었다.

"바투, 너도 가만히 있어라."

아직 제이슨은 바투를 사랑했다. 제이슨의 눈짓에 바투 역시 옴짝달싹 못 하는 신세가 되고 말았다.

"이, 이거 놔!"

바투가 악을 쓰든 말든 제이슨의 관심은 라일에게로 옮겨갔다.

"자, 정체를 밝히라고."

제이슨이 칼끝으로 라일의 턱을 치켜들었다. 목을 겨눈 칼이 머플러를 갈랐다.

"어?"

"헉!"

횃불 아래 고스란히 드러난 라이라의 목에는 남자의 상징이 없었다.

"저, 저거 뭐야? 정말 여자야?"

당혹한 목소리가 밤하늘 위로 솟아올랐다.

라이라는 자신의 목 아래 겨눠진 칼이 금방이라도 목을 뚫고 들어올 것 같은 공포에 휩싸이고 말았다. 하지만 칼은 그녀의 목이 아닌 옷을 헤쳐 놓았다. 순식간에 벌어진 옷 사이로 하얀 천으로 단단히 감은 가슴이 드러났다.

"저게 뭐야?"

"라일이 가슴 다친 적이 있었어?"

웅성거리는 해적들을 뒤로한 채 제이슨은 때를 놓치지 않고 라일의 가슴을 동여맨 천을 칼로 갈랐다.

"아앗!"

순식간에 새하얀 가슴이 모습을 드러냈다. 그녀가 사색이 되어 얼른 양손으로 가슴을 가렸다.

"여자다!"

누군가 외치는 소리를 끝으로 사위가 조용해졌다.

"주, 죽여야 돼!"

해적들은 미신에 약했다. 여자가 섞인 해적단의 끝은 파멸뿐이라고 믿었다.

"죽여, 죽여! 제이슨!"

모든 게 제이슨의 생각대로였다. 이제 제이슨은 라일을 죽일 대의명분이 생긴 것이었다. 제이슨의 한쪽 입가가 올라갔다. 이제, 바투는 다시 제자리로 돌아올 터였다.

스윽, 제이슨의 칼끝이 라이라의 목에 닿았다. 그녀는 자신의 눈앞에 다가온 죽음에 눈을 감았다. 바로 그 순간.

"뭐 하는 거냐!"

무시무시한 분노가 느껴지는 목소리는 제이슨의 없는 머리털을 곤두세울 정도로 날카로웠다.

"혁, 두, 두목!"

어느새 돌아왔는지 고든이 제이슨을 노려보고 있었다.

저벅저벅. 고든의 발소리가 커다랗게 울렸다.

"비켜라."

고든의 명령에 제이슨은 저도 모르게 한 발짝 옆으로 물러났다. 고든의 망막에 오들오들 떨고 있는 라일이 새겨졌다.

"고든, 라일이 여자였어!"

"죽이지 않으면 우리가 죽는다!"

해적들이 입을 모아 소리쳤다. 하지만 고든은 꿈쩍도 하지 않았다. 고든은 망토를 벗어 라일의 몸을 감쌌다.

"괜찮은 거냐?"

그녀는 미동조차 할 수 없었다. 고든의 눈이 테리에게 향했다. 절망 가득한 테리의 얼굴을 보다가 고든은 다시 바투를 바라보았다.

해적들의 웅성거림은 더욱 커졌다. 고든은 한쪽 팔을 쭉 뻗으며 라일의 앞을 가로막아 섰다. 그리고는 냉기 어린 눈으로 모여 있는 해적들을 천천히 훑었다.

압도적인 카리스마에 눌린 해적들은 언제 떠들었냐는 듯 조용해졌다.

"내 여자다."

벼락이라도 맞은 듯 해적들은 몸을 그대로 굳힌 채 입을 열지 못했다.

쏴아아.

기나긴 밤 파도 소리만이 정적을 깨뜨리고 있었다.

"두, 두목 여자라고?"

굵직한 음성이 해적들 머리 위로 날아올랐다. 그 소리가 신호라도 되는 양 일시에 해적들이 입을 열었다.

"말도 안 돼!"

"아니, 두목하고 그렇고 그런 사이라고? 두목은 여자 싫어하는 거 아니었어?"

"언제부터 그런 사이인 거야?"

순식간에 분위기가 바뀌었다. 대부분의 해적이 라일이 '여자'라는 사실보다 '두목의' 여자라는 사실에 주목했다. 웅성거림이 커질수록 제이슨의 얼굴은 일그러졌다.

"지금 그게 문제냐!"

제이슨이 커다랗게 소리쳤다.

"해적단에 여자라니, 그게 말이 된다고 생각하나!"

번뜩, 제이슨의 눈에서 독기가 흘러나왔다.

"두목의 여자건 아니건 간에, 해적단에 여자는 있을 수 없어!"

다시 좌중이 쥐죽은 듯 조용해졌다. 제이슨의 말은 상당한 파문을 일으켰다. 제이슨은 험악한 눈으로 고든을 노려봤다.

"아무리 두목이라도 여자를 숨겼다면 그 역시 죽음을 면치 못할 터."

해적단 내에 여자를 숨겼다면 숨겨준 자를 처벌해야 하는 것이 마땅했다. 고든의 눈동자가 천천히 움직였다.

"그래서."

희한하게도 고래고래 소리 지르는 제이슨의 말소리보다 나지막

한 고든의 말소리가 또렷하게 울려 퍼졌다.

"날 죽이기라도 하겠다는 건가?"

어쩐지 제이슨은 그의 무표정이 자신을 비웃는 것처럼 느껴졌다.

"해적단을 살리기 위해서라면."

제이슨은 차갑게 응수했다. 진심이었다. 제이슨에게 있어서 해적단은 가족이요, 고향이었다. 해적단을 위해서라면 무슨 일이든 할 각오가 되어 있었다.

스릉. 서늘한 검 소리가 고든의 손끝에서 울렸다.

"어디 한번, 죽여보시지."

입술을 비집고 흘러나온 말에 해적들이 흡, 하고 숨을 들이마셨다. 비장미가 느껴질 만치 노려보는 제이슨에 비해 고든은 너무나도 여유로워 보였다. 마치 오래전 그날처럼 대치한 두 사람을 해적들은 조마조마한 마음으로 지켜보았다.

이 년 전, 고든과의 싸움에서 무참히 진 제이슨은 호락호락하게 그의 부하가 되지는 않았다. 싸움이 끝난 후 머릿수를 믿고 부하들을 부추겨 고든의 뒤를 쳐보려고도 했으나 고든과 그의 부하 자크라의 실력에 처참하게 패하고 말았던 것이다. 그때의 기억이 떠오른 제이슨의 눈이 빠르게 움직였다. 고든의 뒤를 지키는 자크라의 부재를 확인한 제이슨은 검을 힘주어 잡았다.

"들어라!"

제이슨은 커다랗게 소리쳤다.

"나와 뜻을 같이하는 자는 이쪽으로 오도록!"

자신 있었다. 대부분의 해적들은 고든보다 자신과 더 오랜 시간을 동고동락한 사이가 아니던가. 이후 들어온 해적들에게도 신임을 얻었다는 생각이 든 제이슨은 해적들을 선동했다.

"우리는 예전으로 돌아간다! 약탈도 마음껏 하고 여자도 마음껏 취할 수 있다!"

제이슨의 칼끝이 고든을 가리켰다.

"우리는 웃는 해적, 고든처럼 나약한 해적이 아니다!"

제이슨의 우렁찬 목소리에 해적들의 귀가 쫑긋해졌다. 이제 그들의 머릿속에는 라일이 여자라는 사실 따위는 이미 사라진 지 오래였다.

고든이 해적단을 접수한 뒤, 고든이 만든 규칙 때문에 얼마나 힘들었던가. 사람을 죽이지 말라고 해서 제대로 공격을 할 수가 없어 다치기도 부지기수요, 약자를 괴롭히지 말라고 해서 약탈 후 인질로 잡은 여자들의 보드라운 속살을 구경조차 하지 못하게 되니 온통 불만이었던 터였다.

두목인 고든의 명령이었기에 대부분의 해적들은 그러한 불만을 표현하지 않았을 뿐이었다. 그런데 마음대로 약탈하고 즐기던 그때로 돌아가자고 하는 제이슨의 말에 혹한 해적들이 서서히 흩어지기 시작했다.

라이라는 이 순간, 딴생각에 빠져 있었다. 어느새 자신을 향했던 날카로운 칼이 사라졌지만 그녀의 머릿속은 온통 하나의 의문으로 가득했다.

'어떻게, 내가 여자라는 걸 알았지?'

제이슨이 자신을 여자라고 몰아붙일 때 고든은 없었다. 그런데 고든은 이미 알고 있었다는 듯 '내 여자'라고 하지 않았던가. 라이라는 혼란스러웠다.

당황스럽기는 테리도 마찬가지였다. 제이슨의 손에 귀족 아가씨의 고귀한 속살이 드러났는데도 아무것도 하지 못하고 우악스런 힘에 묶여 있을 수밖에 없던 바로 그 순간, 고든이 나타나 세상에서 제일 소중한 아가씨를 '자신의' 여자라 칭하다니, 미칠 것만 같았다.

바투는 그만 눈살을 찌푸렸다. 아쉬움과 허탈함 그리고 분노가 동시에 밀려왔다.

'쳇, 역시 알고 있었군. 하지만 '내 여자'라니!'

제각기 생각에 빠진 사람들 속에서, 고든은 눈 하나 깜짝하지 않은 채 오로지 제이슨만 노려봤다. 여느 때처럼 뭍으로 나가기 위해 막 배를 타려는 고든의 발길을 붙잡은 건 호위무사 자크라였다.

메르첼 제국에 이상한 조짐이 보인다는 전서를 전하는 자크라의 얼굴에 고든은 일의 심각성을 알아차릴 수 있었다. 좀처럼 표정 변화가 없는 자크라의 얼굴이 긴장으로 잔뜩 일그러져 있었다.

조금만 더 시간을 들이기로 했던 계획은 앞당겨졌다. 이제 고든은 동료인 해적들을 진정한 자신의 편으로 만들고 제국으로 떠나야 했다. 초조한 걸음을 돌려 해적들이 있는 곳으로 와보니 제이슨이 위험한 일을 벌이고 있었던 것이다.

기어이 해적들은 둘로 패가 나뉘고 말았다. 제이슨과 함께했던 기존 멤버들과 고든이 두목이 된 후 새로 합류한 부류로 나뉜 채서로 대치하는 상황이 되었다.

제이슨은 자신 쪽의 사람들이 더 많다는 것을 알고는 마음을 놓고 썩은 미소를 그려냈다.

"자, 해적단에 여자를 끌어들인 자는 죽음으로 처벌해야 한다."

팽팽한 긴장감이 섬 전체로 내려앉았다.

"글쎄……."

느릿한 고든의 목소리에 날 선 긴장감은 금세 자취를 감추고 말았다.

"아직 난 죽을 수 없어, 제이슨."

깊고 검은 눈동자가 매끄럽게 움직였다.

"앞으로 할 일이 좀 남았거든."

고든의 나른한 목소리에 제이슨이 흥, 하고 콧방귀를 뀌었다.

"넌 이제 두목이 아니다, 고든!"

그것은 정면 도전이자 이제 고든은 자신의 패거리가 아님을 알리는 선전포고였다.

"그러게."

제이슨의 도발에도 고든은 여전히 나른한 태도를 보였다. 묵직한 것이 짓누르는 것처럼 숨이 턱 막힐 것 같은데 그 속에서 유유히 느긋한 모습을 보이는 고든은 마치 다른 세상 사람 같았다.

"뭐, 그렇군. 이제 해적은 안 할 거니까."

뜬금없는 소리에 제이슨을 비롯한 해적들의 표정이 묘해졌다.

"뭐, 뭐?"

제이슨이 놀라 소리쳤다.

"들은 그대로다. 이제 해적은 그만."

쏴아아아!

밤 파도 소리는 여전히 거세기만 했다. 제이슨의 근육질 뇌가 부단히 움직였지만 도통 고든의 말뜻을 제대로 알아들을 수가 없었다.

"여자 때문에 해적을 그만둔다는 거냐?"

이제 제이슨은 더 이상 고든에게 존칭을 하지 않았다. 하지만 고든은 그것이 그다지 거슬리지 않았다. 그저 어깨를 으쓱거리는 것으로 제이슨의 말을 부정할 뿐이었다.

"설마."

고든은 특유의 몸짓과 두세 마디의 말로 제이슨의 전의를 상실시켰다. 하지만 그런 점이 더 제이슨의 성질을 긁었다.

"뭐야, 그럼 이제 어떻게 되는 거야?"

"그러게, 고든 두목이랑 싸우긴 하는 거야?"

뒤에서 들려오는 해적들의 속삭임에 제이슨은 재빨리 검을 고쳐 쥐었다.

"아무튼 이제 넌 죽었다!"

말이 끝남과 동시에 제이슨이 몸을 날렸다.

"어허!"

얼마든지 피할 수 있는 공격이었지만 자신이 피하면 뒤에 있는 라일이 다칠 수도 있었다. 고든은 늘어뜨렸던 팔을 들어 올려 제이슨의 검을 막았다.

채캉!

날카로운 금속성의 소리가 밤하늘을 갈랐다. 두 사내가 힘겨루기에 돌입했다. 이 년 전, 고든과의 싸움에서 지긴 했지만 그때는 자크라와의 협공에 무너졌던 것이다. 지금 고든의 옆에 자크라가 없으니 제이슨은 자신 있었다. 더군다나 제이슨은 고든의 검 실력을 속속들이 알고 있었다. 지금이라면 충분히 이길 수 있으리라.

투캉!

고든이 있는 힘껏 칼을 퉁겨 내자 제이슨은 몇 발자국 뒤로 물러서고 말았다. 하지만 이내 전열을 가다듬고 다시 돌진했다.

차차창!

몇 차례의 칼부림 끝에 이윽고 승부가 났다. 시린 칼끝 아래 쓰러진 제이슨은 체념한 듯 눈을 감아버렸다. 제이슨을 따르는 무리들이 흉흉히 일어섰지만 그런 그들을 고든 편이 가만 놔둘 리 만무했다.

스릉, 챙.

제각각의 무기들이 고유의 소리를 내지르며 하얀 달빛 아래 빛을 발했다. 화려한 태양 아래에서는 하얀 모래가 빛이 났지만 서늘한 달 아래에서는 날카로운 쇠붙이들이 예기를 뿜으며 서로를 마주 봤다.

"제이슨."

죽음을 각오한 제이슨의 귓가에 나직한 목소리가 들렸다.

"나와 함께 가자."

고든은 해적 무리들을 모두 데리고 제국으로 가고 싶었다. 그들의 전투력도 필요하긴 했지만 무엇보다 이 년간 쌓은 정은 무시하지 못할 무게였다.

"뭐, 뭐?"

제이슨은 꼭 감았던 눈을 떴다. 그리고 자신을 향한 심연과도 같은 눈동자를 들여다봤다.

"······어딜?"

고든의 눈은 진실했다. 그래서 제이슨은 저도 모르게 묻고 말았다. 가만히 제이슨을 바라보던 고든이 문득 허리를 폈다.

"자크라."

나직한 부름과 함께 어둠 속에서 자크라가 모습을 드러냈다.

"예, 전하."

자크라의 입에서 흘러나온 호칭에 제이슨의 눈동자가 커졌다. 그리고 해적들 역시 웅성거리다가 자크라에게 시선을 모았다. 자크라의 대답이 고든은 지극히 만족스러웠다. 아주 정확한 타이밍이었다.

"저, 전하?"

제이슨이 얼빠진 목소리로 되물었다.

"이분은 메르첼 대제국의 율리우스 휴고 흔나리온 텐셔너 황태자 전하이시다."

해적들은 이 년 만에 처음으로 긴말을 하는 자크라의 모습을 보게 되었다.

"미안하다."

고든의 사과에 라이라는 멍한 표정을 지어 보였다.

'왜 사과를 하는 거지? 내가 여자라는 사실을 알고도 모른 척해서?'

그녀는 마른침을 겨우 삼키며 어깨를 덮고 있는 고든의 망토를 단단히 여몄다.

"내 여자라고 한 거, 널 살리기 위해선 어쩔 수 없었어."

라이라의 손끝이 바들바들 떨렸다.

'아아, 나더러 자기 여자라고 말한 거에 대한 사과인 거구나.'

라이라는 간신히 고개를 끄덕였다. 고든의 말이 사실이었기 때문이었다.

타닥, 불꽃이 튀어 올랐다. 동굴 속 어둠을 몰아내기 위한 촛불이 희미하게 흔들렸다. 동굴 안에는 다섯 개나 되는 초가 켜져 있었다. 단지 어둠을 몰아내기 위한 용도라면 이는 분명 낭비였다. 하지만 고든은 구석구석 환하게 촛불을 켰다. 그것은 라일에 대한 배려였다.

동굴 그리고 남자와 단둘이 있는 상황. 하지만 그럼에도 동굴 안은 환해서 라이라의 두려움은 점점 엷어져 갔다. 무엇보다 그 남자가 고든이라는 점에서 더욱 마음이 놓였다. 라이라가 새삼스런 눈으로 고든을 바라봤다.

'이 사람이 죽었다던 그 메르첼 제국의 황태자.'

예전의 라이라였다면 믿지 않았을 것이 분명했다. 하지만 두어 달 새에 일어난 일련의 일들은 상식을 무너뜨리기에 충분한 것들이어서 믿을 수 있었다. 아니, 믿고 싶었다.

"그래."

그녀의 숨결이 안정을 찾아가자 고든이 천천히 입을 열었다.

"앞으로 어떻게 할 생각이신가, 루슬란 왕국의 귀족 아가씨?"

귀족의 영애인 만큼 예의를 갖추어야 할 테지만 갑자기 예우를 한다는 것이 왠지 쑥스러웠다. 자신을 향한 물음에 라이라는 가만히 눈을 굴렸다.

'이 사람이 바로 그 황태자. 거기다 이제 메르첼 제국으로 향한

다고 했지.'

고든이 메르첼 제국의 전(前) 황태자라는 사실을 밝힌 시점에서 라이라의 사고는 이미 멈춰 있었다. 라이라는 자리에서 벌떡 일어섰다. 그 서슬에 고든이 놀란 눈이 되었다. 라이라는 꼭 붙들어 맨 망토가 풀리지 않도록 조심하며 고든에게 예를 갖췄다.

"루슬란 왕국의 라이라 제랄딘 웸블던, 황태자 전하를 뵈옵니다."

치마 대신 망토가 그 역할을 했다. 우아한 손동작으로 망토 자락을 펼치며 무릎과 허리를 굽히고 살짝 머리를 숙이는 그녀는 숙녀, 그 자체였다.

"아아."

갑작스런 인사에 고든은 잠시 당황하다가 곧바로 자리에서 일어나 황족으로서의 면모를 보였다.

"메르첼의 율리우스 휴고 흔나리온 텐셔너요."

라이라가 진지한 표정으로 고든을 올려다봤다.

"전하."

나긋하면서도 힘이 느껴지는 부름에 그가 라이라를 다시 바라봤다.

"부탁이 있습니다. 저와 테리, 전하와 함께 메르첼에 가고 싶습니다."

어차피 가야 할 곳. 라이라는 보다 빠른 길을 택하기로 했다. 메르첼에 당도하더라도 궁에 있을 체이셔를 만난다는 건 그야말로 하늘의 별 따기였다. 하지만 고든과 함께라면 곧바로 목적을 이룰 수 있을 것 같았다.

"라이라 양."

라이라가 귀족으로서 예의를 갖췄으니 당연히 고든도 그래야 했다. 오랜만에 듣는 이름과 존칭에 그녀는 마음이 먹먹해졌다. 하지만 제국의 황태자를 기다리게 할 수는 없었다.

"네, 전하."

"이유를 물어도 되겠습니까?"

라이라의 눈동자가 흔들렸다. 하지만 그녀는 회피하지 않았다. 자신이 귀족이란 사실까지 알고 있으니 어쩌면 자신이 처한 상황을 고든이 알지도 모른다는 생각이 들었다.

"복수를 위함입니다."

그녀의 판단은 빨랐다. 이런저런 이유 댈 것 없이 곧바로 속내들 드러내는 라이라를 고든은 천천히 살폈다. 작은 체구에서 흘러나오는 감정이 너무도 처절해서 저절로 고개가 끄덕여질 정도였다.

"복수?"

고든 역시 빙빙 돌려 말할 생각은 없었다. 이미 그녀의 집안이 반역의 누명을 썼다는 사실을 알고 있지 않은가.

라이라는 천천히 호흡했다. 이제 그녀는 자신에게 일어났던 일들을 하나도 빠짐없이 말할 생각이었다. 복수를 향해 달리기 위해선 거짓 같은 건 필요 없었다.

"이야기가 깁니다."

라이라의 얼굴에 걸린 절박함에 고든은 천천히 고개를 끄덕였다.

"아침까지는 시간이 많으니까."

늘어선 초들이 두 번 닳았을 때쯤, 라이라의 기나긴 이야기도 끝이 났다. 고든은 묵묵히 초를 갈았다. 두 번이나 초를 가는 고든의 손은 가늘게 떨리고 있었다. 그녀의 말 속에서 고든의 묵직한 한숨 소리도 섞여 나왔다.

그녀는 한층 창백해진 얼굴로 얌전히 손을 모으고 고든의 말을 기다렸다. 여자로서, 입 밖에 내는 것조차 수치스러운 상황을 설명할 때 라이라는, 몇 번이고 숨을 들이마셔야 했다. 떨어지지 않는 입을 억지로 떼어내며 끝끝내 말을 마쳤을 때, 그녀는 녹초가 되고 말았다.

"라이라 양."

드디어 고든의 입이 열렸다.

"아니, 라일. 난 그게 편하군."

라이라는 잠자코 고개를 끄덕였다.

"날 이용해라."

그녀의 눈이 고든에게 향했다. 검은 눈동자와 푸른 눈동자가 마주쳤다.

"날 이용해서 복수해, 라일."

타륵.

불꽃이 타올랐다

사람을 불러 제이슨과 바투를 오게 한 고든은 팔짱을 낀 채 서늘한 눈으로 두 사람을 올려다봤다.

"목이 아프군. 앉지."

고든의 말에 제이슨과 바투가 그의 맞은편에 앉았다. 라이라는 고든 옆에서 고개를 돌린 채 그들을 보고 있지 않았다. 자신이 여자라는 사실을 밝히면서 죽일 듯이 달려들었던 제이슨의 시선을 받는 것이 두려웠다. 고든이 두 사람을 불렀을 때 그녀는 자신의 동굴로 가려 했지만 고든이 막았기에 이 자리에 있는 것이었다.

고든이 일의 발단이 된 세 사람을 둘러봤다.

"그럼."

차가운 음성이 흘러나왔다.

"어떻게 된 일인지 들어나 볼까."

고든의 시선이 라이라와 바투를 거쳐 제이슨에게 닿았다.

"제이슨."

입을 꾹 닫고 있던 제이슨이 고든의 목소리에 그 커다란 덩치를 들썩였다.

"바투."

바투 역시 눈을 내리깐 채 아무 말도 하지 않았다. 두 사람을 지켜보던 고든이 다시 입을 열었다.

"왜 그 난리가 났는지 그 이유를 들어보자고."

동굴 안에 나직이 울리는 그의 목소리는 차갑기만 했다. 이미 고든에게 백기를 든 제이슨이 어쩔 수 없다는 표정을 얼굴에 떠올렸다.

"난 바투를 잡고 싶었다."

그 말에 바투가 눈을 치켜뜨고 제이슨을 보았다. 제이슨은 이왕 이렇게 된 거 다 털어놓겠다는 듯 입을 놀렸다.

"바투가 라일에게 마음이 있는 것 같아서. 라일을 내쫓고 싶었다."

"흠."

이번엔 고든의 검은 눈이 바투에게로 향했다.

"나, 난."

바투가 이를 악물었다.

"라일 녀석이 좋아졌어! 단지 그것뿐이야."

그는 아무렇지 않게 말을 했지만 듣는 라이라는 가슴이 서늘해지고 말았다.

"바투가 여자인 라일을 좋아한다. 난 그걸 참을 수 없었다. 바투는 온전히 내 것이어야 해."

제이슨이 눈을 번뜩였다.

"제이슨."

천천히, 고든이 입을 열었다.

"아무리 그래도 바투는 남자야. 여자가 좋아질 수도 있는 거라고."

고든은 모든 가능성을 열고 말을 이었다.

"너와 사이좋다가도 그에게 좋은 여자가 나타날 수도 있지. 물론 제이슨 네게도 여자가 나타날 수가 있어."

"그렇지 않다!"

제이슨이 소리 높여 반박했다. 그와 동시에 벌떡 자리에서 일어섰다.

"내겐 바투뿐이다!"

그의 으르렁거림이 동굴 안을 울렸다. 소유욕 가득한 그 말에 고든이 검은 눈을 들었다.

"앉아."

사납게 들썩이는 제이슨의 가슴을 노려보며 그가 다시 말했다.

"앉아."

두 사나이의 눈이 날카롭게 얽혔다. 하지만 우위는 역시 고든이었다. 제이슨이 불퉁거리며 자리에 앉았다.

"어쨌든."

고든의 목소리가 동굴 안을 울렸다.

"그로 인해 라일이 고생했다."

그 말에 제이슨과 바투의 시선이 황망히 움직였다.

"알고는 있겠지? 내가 항상 하던 말."

바투의 몸이 움찔거렸다.

"약자에게 위협을 가해선 안 된다."

바투는 스스로 그 규칙을 어겼음을 알고 있었다. 하지만 그 당시 바투는 그런 것에 신경이 쓰이지 않을 만큼 라일에 대한 욕망이 컸다. 돌이켜 생각해 보면 그 욕망이란 것에 사로잡혀 스스로가 아니었던 것 같았다. 어떻게 고든과 대적할 생각을 하다니, 바투는 후회하고 또 후회했다.

평소의 고든은 잘 화를 내지 않지만 정말로 화났을 때의 그는 정말이지 무서운 존재였다. 잠시나마 그것을 잊었던 자신이 바투는 한심하게 느껴졌다.

"규칙을 어긴 자는, 그에 합당한 벌을 받게 되어 있지."

고든의 말에 바투는 머리를 푹 숙였다.

"일단 사과해라, 바투."

고든은 더 이상 일을 크게 만들고 싶지 않았다. 어차피 라이라가 여자라는 사실은 밝혀진 것이고 이제 그녀를 남자로 보는 이들은 없을 터였다. 다만 상처받은 라이라를 감싸는 것이 지금으로선 최선이라는 생각이 들었다.

바투가 고개를 들고 라이라를 바라봤다. 라이라는 고든 옆에 바싹 붙어 숨을 죽인 채 상황을 지켜보다가 바투와 눈이 마주치자 서둘러 눈을 돌리고 말았다. 그제야 바투는 그녀가 떨고 있는 것을 보았다. 겁에 질린 그 모습을 보니 미안한 마음이 들었다.

"미안해, 라일."

바투가 조심스럽게 말문을 열었다.

"내가 잠시 정신이 나갔었나 봐. 힘들게 했던 거, 미안하게 생각하고 있어."

본인 스스로도 약자였으면서 더 약한 이에게 군림하려 했던 자신을 떠올리니 바투는 정말로 라이라에게 미안해졌다.

"정말 미안해, 라일."

머리를 조아리는 바투에게 라이라는 선뜻 어떤 말도 할 수가 없었다. 고든은 그런 마음을 어루만지듯 작게 그녀의 손등을 톡톡 쳤다.

"지금 당장 용서받을 수는 없을 것 같군, 바투."

이에 바투는 고개를 끄덕였다.

"빌게, 라일이 용서할 때까지 빌 거야."

그 말에 고든이 흡족한 듯 고개를 까딱였다.

"자, 그럼."

순식간에 다른 주제로 대화가 넘어갔다.

"규칙을 어긴 자에 대한 벌이 남았군."

바투의 얼굴이 새하얘지기 시작했다. 규칙을 어기는 자는 해적단에서 퇴출당했다. 그는 세상 밖으로 나가는 것이 두려웠다. 제이슨이 있어서, 해적들 안에서 있기 때문에 자유로울 수 있었는데 또다시 밑바닥 인생을 살게 될까 두려웠다.

"퇴출."

묵직한 울림이 고든의 입에서 떨어져 내렸다. 이미 짐작하고 있던 바투는 눈을 질끈 감았다. 그의 얼굴에 이제 끝났다는 표정이 떠올랐다.

"안 된다."

고든의 말을 반대하고 나선 건 제이슨이었다.

"바투는 여길 나가면 안 돼."

제이슨은 바투가 지금까지 어떻게 살아왔는지 잘 알고 있었다. 그 처절한 곳으로 바투를 다시 보낼 수 없었다.

"이런 일이 또 생길 거야, 제이슨."

고든의 눈이 제이슨에게 향했다.

"바투가 네 옆에 있겠다고 해도 또 이런 일이 벌어질 거다."

그 말인즉, 바투가 또 여자에게 마음을 먹는 일이 생긴다면 어떻게 하겠느냐 뜻이었다.

"상관없어."

제이슨이 우직하게 말했다.

"바투는 남자야. 여자를 안고 싶어 할 테지."

제이슨은 바투를 인정했다. 바투는 자신처럼 남자를 좋아하는 사람이 아님을 알고 있었다. 그가 자신을 따르는 것은 살기 위한 방법일 뿐이란 것을 이미 제이슨은 알고 있었다.

"상관없어. 바투만 내 옆에 있으면 된다. 녀석이 다른 여자를 품는 것은 상관없어. 마음만 안 주면 돼. 내 곁에만 있으면 돼."

그것은 고백이었다. 바투는 아니라 해도 제이슨은 바투가 없으면 안 되었다.

"제이슨……."

제이슨의 그 우직한 말에 바투는 뭉클해졌다. 세상에 태어나 그 어떤 누군가에게도, 심지어 부모에게조차 버림받았던 자신이 아니었던가. 자신을 향한 마음을 한껏 드러내는 제이슨이 바투는 새롭게 보였다.

"바투는."

턱, 제이슨이 그 두툼한 손을 바투의 머리 위에 얹었다.

"내가 책임진다."

제이슨은 바투의 모든 것을 다 받아들이겠다고 말하고 있었다.

"흠."

고든은 다시 팔짱을 끼고 제이슨과 바투를 바라봤다. 그 옆에서 지켜보던 라이라는 묘한 감정에 혼란스러웠다.

"다시는 이런 일이 일어나지 않도록 조심하겠다."

말을 마친 제이슨이 육중한 몸을 일으켰다. 그리고 라이라를 향해 허리를 굽혔다.

"라일, 정말 미안했다. 질투에 눈이 멀어 몹쓸 짓을 했어."

어쩐지 라이라는 울컥한 기분이 들었다.

"아, 나, 난······."

말이 나오지 않았다. 그들의 사과를 받아들일 수 있을 것 같았다. 두 사람의 마음이 어떤 건지 알 것도 같았다. 하지만 좀처럼 말이 나오지 않았다.

"아무래도."

고든이 모든 상황을 마무리했다.

"너희들은 라일의 용서를 그리 쉽게 받을 것 같진 않군. 두고두고 빌어라."

어느새 동굴 입구에서부터 새벽빛이 흘러들어오기 시작하자 동굴 안을 비추던 초는 그 빛을 잃고 말았다. 서서히, 아침이 밝아왔다.

〈2권에서 계속〉